LA GARDE BLANCHE

MIKHAÏL BOULGAKOV

LA GARDE BLANCHE

ROBERT LAFFONT

Traduit du Russe par
Claude Ligny

ISBN : 2-266-06287-5

Introduction

Lorsqu'en avril 1924 Boulgakov signe avec la revue *Russie* un contrat en vue de la publication de *La Garde blanche*, la chance semble lui sourire enfin. Arrivé depuis deux ans et demi dans la capitale, où il lui a d'abord fallu lutter pour survivre, il commence tout juste à sortir du dénuement et à se faire un nom. Il collabore régulièrement à plusieurs périodiques, ses *Notes sur les manchettes* ont été partiellement publiées en 1922-1923 et, surtout, vient de voir le jour dans un recueil collectif, *Diablerie*, sa première grande nouvelle fantastique, qui fait l'objet d'un compte rendu élogieux de Zamiatine. Mais tout cela est encore bien peu pour ce débutant plus tout à fait jeune que tenaille le désir de rattraper le temps perdu, de voir son talent reconnu, de devenir un grand écrivain.

C'est dire l'enjeu de ce premier roman auquel Boulgakov songeait, semble-t-il, depuis l'époque de ses pérégrinations dans le Caucase. Quand ce projet avait-il pris corps ? Il ne reste de *La Garde blanche* aucun brouillon, aucun manuscrit, aucun exemplaire dactylographié qui permette d'en reconstituer avec précision la genèse. Force est donc de procéder par recoupements en rassemblant les parcimonieuses informations que fournissent la correspondance de l'écrivain, les annonces des revues littéraires, les témoignages de ses contemporains. « J'ai travaillé pendant un an à mon roman *La Garde blanche*. De tout ce que j'ai écrit, c'est lui que je préfère[1] », affirme

1. « Bulgakov Mixail Afanas'evic. Avtobiografija », *Sobranie sočinenij* (5 vol.), t. 5, Moscou, 1990, p. 604.

Boulgakov en octobre 1924. Plus tard, il confiera à son ami Pavel Popov que l'événement qui servit de catalyseur avait été la mort de sa mère, survenue inopinément à Kiev en février 1922 et que le roman avait été écrit par à-coups en 1923-1924[1]. C'est bien la date que porte le texte définitif. Mais il faut noter que dès 1922, Boulgakov commence à publier dans divers périodiques des récits sur la guerre civile en Ukraine. Ainsi, dans *Les Aventures extraordinaires d'un docteur* et *La Nuit du 2*, on trouve déjà un héros autobiographique, jeune médecin de Kiev mobilisé par les armées qui occupent successivement la ville, et témoin impuissant de meurtres et d'atrocités. *La Nuit du 2* est du reste présenté, lors de sa parution en décembre 1922 dans le supplément littéraire de *La Veille*, comme un « extrait du roman sur la guerre civile, *La Foulée écarlate* ». C'est la première mention dans la presse de la future *Garde blanche*. Trois mois plus tard, *Russie* annonce à son tour, en donnant cette fois le titre définitif : « Mikhaïl Boulgakov achève actuellement un roman intitulé *La Garde blanche*, dont l'action se déroule dans le Sud à l'époque de la lutte contre les Blancs (1919-1920). »

En réalité, loin d'être achevée, l'œuvre commençait tout juste à prendre corps, tout au moins celle que nous connaissons, car il est possible qu'un premier projet, dont paraissaient déjà des fragments, ait mûri dès cette époque. Quel qu'en ait été l'avancement, on remarque que la tonalité de ces textes diffère sensiblement de celle de *La Garde blanche*. L'accent y est mis en effet sur les horreurs de la guerre et sur le dilemme moral d'un héros qui s'y trouve mêlé à son corps défendant, tandis que la maison, havre de paix et d'harmonie, n'y apparaît que très fugitivement.

Peu après, intervint la deuxième impulsion qui devait donner au roman sa forme définitive. En mai 1923, Boulgakov se rendit à Kiev, où il n'était plus revenu depuis la guerre civile. Lui qui n'avait pu assister à l'enterrement de sa mère fit maintenant ses véritables adieux à celle qui avait été l'âme de la maison chaleureuse, respirant la douceur de vivre des « temps légendaires », où il avait grandi. Ces retrouvailles avec les lieux de son enfance ravivèrent sa nostalgie tout en lui faisant

1. P.S. Popov, « Biografija M.A. Bulgakova » Mixail Bulgakov, *Písma*, Moscou, 1989, p. 537.

mesurer le chemin parcouru, comme en témoigne le reportage « La Ville de Kiev » qu'il publie peu après dans *Nakanounié*. Sous leur influence se précisèrent la structure et la tonalité de ce « roman sur la guerre civile » dans lequel la maison des jeunes héros orphelins, avec son poêle de faïence, ses livres, sa musique, devint le repère essentiel, source et incarnation des valeurs qu'ils sont prêts à défendre, les armes à la main.

Dès l'hiver 1923-1924, Boulgakov lut des extraits de son roman dans les cercles littéraires qu'il commençait à fréquenter. D'après plusieurs témoignages, l'œuvre se présentait alors comme le premier volet d'une trilogie dont les personnages devaient ensuite se retrouver sur le Don dans les rangs de l'armée blanche, avant que leurs routes ne se séparent. *La Garde blanche* aurait désigné l'ensemble et les trois parties se seraient appelées *La Croix de minuit*, *L'Étendard jaune* et *La Foulée écarlate*. Ce projet ambitieux était toujours d'actualité en été 1925, lorsque le poète Volochine offrit à Boulgakov un de ses recueils de poèmes avec en guise de dédicace : « Cher Mikhaïl Afanassievitch, achevez votre trilogie *La Garde blanche*[1] ! » Mais les circonstances allaient en décider autrement.

1925 débuta pourtant sous d'heureux auspices. En janvier et avril parurent dans les quatrième et cinquième livraisons de *Russie* les deux premiers tiers du roman. Le reste devait suivre dans le numéro 6, mais malgré les exhortations répétées du rédacteur en chef, Boulgakov différait la remise des derniers chapitres dont la rédaction lui posait visiblement des problèmes. Quand il rendit enfin son texte en juin, c'était la revue qui se trouvait en difficulté. Bientôt, il devint clair que le numéro 6 ne verrait jamais le jour. Boulgakov corrigea pourtant les épreuves de ses derniers chapitres, mais, en octobre, la revue *Rossia* fermait ses portes, ainsi que la maison d'édition du même nom qui devait faire paraître le roman en volume séparé. Les circonstances à la fois rocambolesques et dramatiques de cette publication avortée furent plus tard évoquées dans les premiers chapitres du *Roman théâtral*, dont le héros, auteur malheureux du roman *La Neige noire*, hérita non seulement des infortunes de Boulgakov mais aussi de sa prédilec-

1. Marietta Čudakova, « Mixail Bulgakov : Glava iz romana i pis'ma », *Novy mir*, n° 2, 1987, p. 140.

tion pour les titres colorés. La situation était d'autant plus désespérante qu'à la suite d'un imbroglio juridique, Boulgakov se trouvait empêché de donner son roman à un autre éditeur pendant trois ans.

C'en était fait de *La Garde blanche* en Russie. Entre-temps, le climat idéologique se durcit, *Cœur de chien* fut interdit et surtout les remous provoqués par la pièce *Les Jours des Tourbine*, adaptation du roman créée par le Théâtre Artistique de Moscou en octobre 1926, rendirent impensable toute publication.

Amputé de ses derniers chapitres, éclipsé par son adaptation scénique, le premier roman de Boulgakov ne suscita guère d'écho. La plupart des critiques attendaient pour se prononcer la fin de sa parution. Certes Volochine écrivit dès mars 1925 que c'était là une œuvre forte et originale et que les débuts littéraires de Boulgakov ne pouvaient être comparés qu'à ceux de Tolstoï et de Dostoïevski[1]. Mais ce jugement était porté dans une lettre privée et s'il fut rapporté à l'auteur, il n'atteignit pas le public. Celui-ci put en revanche lire dans la *Pravda* un compte rendu qui, s'abstenant d'attaquer le roman sur le terrain idéologique, le jugeait agréable à lire, plein de vivacité et de relief, mais manquant de quelque chose d'essentiel, d'une vision cohérente de la société, faute de quoi il s'agissait somme toute de littérature de kiosque de gare de qualité supérieure[2]. Le propos était perfide, mais, comparé aux invectives lancées plus tard contre la pièce, étonnamment courtois.

Ayant perdu tout espoir de voir *La Garde blanche* publiée en Russie, Boulgakov commença à envisager de la faire paraître en Occident, démarche qui, à l'époque — et pour peu de temps encore —, n'était pas considérée comme un crime. Une circonstance imprévue vint hâter sa décision. En 1927 paraissait à Riga une édition pirate du texte « complet » du roman dans laquelle les chapitres manquants avaient été extrapolés à partir des répliques et des didascalies de la fin de la pièce. Craignant par ailleurs les manœuvres de Kaganski, l'ex-directeur de *Russie* désormais émigré (Rvatski dans *Le Roman théâtral*), Boulgakov prit ses dispositions. C'est ainsi que vit

1. Marietta Čudakova, *Žizneopisanie Mixaila Bulgakova*, Moscou, 1988, p. 246.
2. N. Osinskij, *Pravda*, 28.7.1925.

le jour à Paris, aux éditions Concorde, le seul texte russe intégral de *La Garde blanche* publié du vivant de l'auteur et autorisé par lui. Un premier volume, qui comprenait les chapitres 1 à 11, fut édité dès 1927. Les chapitres 12 à 20 suivirent en 1929.

Si un tel intervalle sépare la parution des deux volumes, c'est que la fin prévue pour le numéro 6 de *Russie* ne semblait plus satisfaisante à l'auteur. Étant donné les circonstances, Boulgakov avait renoncé à donner une suite à son roman, à écrire la trilogie dont il avait conçu le projet en d'autres temps. Il percevait en outre différemment, avec le recul des années et après son travail sur la pièce, l'itinéraire de ses personnages, notamment celui de son héros Alexis Tourbine. Boulgakov remania donc la fin de *La Garde blanche*, ce qui donna les chapitres 19 et 20 de la rédaction définitive. Dans cette nouvelle version où s'affirmait la structure circulaire de l'œuvre, il ne se contentait pas d'escamoter les fils en attente pour de nouveaux développements de l'action, mais lui donnait une tonalité nouvelle, une majestueuse gravité dont était dépourvue la première variante. Les nouvelles amours des héros étaient désormais plus éthérées, les événements vus avec un plus grand détachement et le personnage d'Alexis, moins « profane », acquérait une lucidité tragique qui en faisait, non plus un intellectuel rongé par le sentiment de son impuissance et de sa culpabilité, mais un juge et — potentiellement — un martyr.

Cette nouvelle fin fut reprise dans la première édition soviétique de *La Garde blanche* parue en 1966. Certaines phrases jugées particulièrement désobligeantes pour l'Ukraine y étaient censurées. Ces passages ont été rétablis dans le premier tome des œuvres de Boulgakov en cinq volumes paru à Moscou en 1989. Ils ont été traduits en français pour la présente édition et intégrés au texte, leur présence étant signalée en note.

Laure Troubetzkoy

A Lioubov Evguenievna Belozerskaia[1].

1. Deuxième femme de Boulgakov, revenue d'émigration en 1923. Boulgakov devait l'épouser en 1925, quelques mois après la parution du début de *La Garde blanche* portant cette dédicace. Ils se séparèrent en 1932.

PREMIÈRE PARTIE

Une neige fine commença à tomber, puis soudain, elle se déversa en gros flocons. Le vent se mit à hurler; la tourmente se déchaîna. En un instant, le ciel ténébreux fut noyé dans un océan de neige. Tout disparut.
— Hé, seigneur, cria le cocher, malheur à nous : c'est la tempête!

POUCHKINE, La Fille du capitaine.

Et les morts furent jugés selon leurs œuvres, d'après ce qui était écrit dans les livres...

Apocalypse, XX, 12.

CHAPITRE PREMIER

Grande et terrible fut cette année-là, mil neuf cent dix-huitième depuis la naissance du Christ, et seconde depuis le début de la Révolution. L'été regorgea de soleil, l'hiver fut enseveli sous la neige, et dans le ciel, à une hauteur insolite, étaient suspendues deux étoiles : l'étoile du berger — la Vénus vespérale —, et la lueur rouge et vacillante de Mars.

Mais, dans les années de paix comme dans les années de sang, les jours passent comme des flèches, et les jeunes Tourbine ne virent pas arriver, dans le gel rigoureux qui durcissait la terre, le blanc et chenu décembre. Ô notre père Noël, étincelant de neige et de bonheur ! Maman, radieuse reine, où es-tu ?

Un an après que la fille, Hélène, eut épousé le capitaine Serge Ivanovitch Thalberg, et la semaine même où le fils aîné, Alexis Vassilievitch Tourbine, après de dures années de service, de campagnes et de misères, rentrait en Ukraine et retrouvait la Ville[1] et le foyer familial, un cercueil blanc emportant le corps de la mère descendait la pente abrupte de la rue Saint-Alexis vers le Podol, jusqu'à la petite église du Bon-Saint-Nicolas, qui est rue de la Côte.

L'office des morts fut dit au mois de mai : le feuillage des cerisiers et des acacias masquait comme un épais rideau les

1. La Ville est Kiev, « mère des villes russes ». Construite sur les hauteurs de la rive droite du Dniepr, elle fut au Moyen Age la capitale du premier État russe. Elle comprend trois parties distinctes : au sud-est, la ville haute de Petchersk, où se trouvent la citadelle et le monastère des Grottes ; au centre, escaladant les collines du Vieux-Kiev, les quartiers administratifs et commerçants ; au nord, le long du fleuve, le Podol ou ville basse, peuplée d'artisans et de petits commerçants.

fenêtres ogivales. Bredouillant de chagrin et de confusion, le père Alexandre étincelait de mille feux à la lumière dorée des cierges, tandis que le diacre, violet de figure et de cou et bardé d'or jusqu'à la pointe grinçante de ses bottes, marmonnait d'un air lugubre l'adieu liturgique à la mère qui quittait ses enfants.

Alexis, Hélène, Thalberg, ainsi qu'Aniouta, élevée chez les Tourbine, et Nikolka, abasourdi par la mort et dont la mèche rebelle pendait sur son sourcil droit, se tenaient debout aux pieds de la vieille icône brunie de l'évêque saint Nicolas. Les yeux bleus de Nikolka, plantés aux bords d'un long nez d'oiseau, avaient un regard perdu, sans vie. De temps à autre, il les levait sur l'iconostase, vers la voûte noyée d'ombre qui surplombait l'autel, où se dressait un vieillard morose et énigmatique qui semblait cligner de l'œil — Dieu. Pourquoi ce malheur qui nous frappe ? Pourquoi cette injustice ? Quel besoin avait-il de nous enlever notre mère quand nous allions tous être réunis, quand tout commençait à aller mieux ?

Mais Dieu s'envolait sans répondre dans le ciel noir et fissuré. Quant à Nikolka, il ne savait pas encore que tout ce qui arrive, est dans l'ordre des choses, et que tout est pour le mieux.

L'office achevé, on sortit sur les dalles sonores du parvis. Et, à travers l'énorme cité, on conduisit la mère jusqu'au cimetière où, depuis bien longtemps déjà, le père reposait sous une croix de marbre noir. Et la mère fut ensevelie. Hé oui...

Bien des années avant cette mort, dans la salle à manger du n° 13, rue Saint-Alexis, le grand poêle de faïence dispensait chaleur et forces à la petite Hélène, à Alexis l'aîné, et à Nikolka, le tout-petit. Que de fois ils avaient lu, au pied de l'ardente paroi de faïence, *Le Charpentier de Zaandam*[1] ! De temps à autre, la pendule de bronze égrenait une gavotte et, comme toujours à la fin de décembre, le parfum des aiguilles de sapin envahissait la pièce, tandis que des bougies de paraffine multicolores brûlaient dans les branches vertes. En réponse à la gavotte qui venait de la chambre maternelle —

1. *Le Charpentier de Zaandam* (1849), roman pour la jeunesse de Piotr Fourman, qui a pour héros le jeune tsar Pierre Ier à l'époque où il travaillait comme simple charpentier en Hollande.

aujourd'hui celle d'Hélène —, la pendule noire de la salle à manger carillonnait comme l'horloge d'une tour. Le père, qui était professeur, l'avait achetée jadis, au temps où les femmes portaient ces manches ridicules, exagérément bouffantes aux épaules. Puis les manches avaient disparu, le temps avait fui comme un feu follet, le père était mort et les enfants avaient grandi, mais la pendule n'avait pas changé et carillonnait toujours. Ils y étaient tous tellement habitués que si, par quelque prodige, elle avait disparu du mur, ils en auraient éprouvé le même chagrin qu'à la perte d'une voix familière, dont rien ni personne n'eût pu combler la place laissée vide. Mais heureusement, les pendules sont immortelles, comme est immortel le charpentier de Zaandam, et le poêle de faïence hollandaise qui, tel un rocher plein de sagesse, prodigue vie et chaleur à travers la misère des temps.

Et c'est ce poêle de faïence, ces meubles recouverts de vieux velours rouge, ces lits à boules brillantes, ces tapis usés, cramoisis, bariolés, représentant Alexis Mikhaïlovitch[1] le faucon au poing ou Louis XIV se prélassant dans un jardin paradisiaque au bord d'un étang soyeux, ces tapis turcs aux extraordinaires arabesques sur fond oriental, qui hantèrent les cauchemars fiévreux de Nikolka pendant sa scarlatine, et la lampe de bronze sous son abat-jour, et ces bibliothèques sans égales au monde, chargées de livres qui exhalaient une mystérieuse odeur de vieux chocolat, où l'on retrouvait Natacha Rostov[2] et la fille du capitaine, et les tasses de porcelaine dorée, l'argenterie, les portraits, les portières, ces sept pièces poussiéreuses et bourrées d'objets qui avaient vu grandir les jeunes Tourbine, c'est tout cela que, dans les temps les plus difficiles, la mère laissa à ses enfants, en leur disant, à bout de souffle et déjà mourante, cramponnée à la main d'Hélène en larmes :

— Vivez... toujours... en bonne entente...

Mais comment vivre ? Est-il possible de vivre ?

L'aîné, Alexis Vassilievitch Tourbine, est un jeune médecin de vingt-huit ans. Hélène en a vingt-quatre. Son mari, le capitaine Thalberg a trente et un ans, et Nikolka dix-sept ans et

1. Le tsar Alexis Mikhaïlovitch, père de Pierre le Grand, reprit Kiev à la Pologne en 1667.

2. Natacha Rostov, héroïne de *Guerre et Paix*.

demi. C'est dans sa fleur même que leur vie a été brisée. Depuis longtemps déjà, la tempête a commencé à souffler du Nord, et elle souffle, souffle sans cesse et sans repos, et cela va de mal en pis. L'aîné des Tourbine est revenu dans sa ville natale juste après que le premier choc eut ébranlé les collines qui dominent le Dniepr. Bon, se disait-il, cela va bientôt s'arrêter, et alors commencera cette vie qui est décrite dans les livres à l'odeur chocolat ; or, non seulement elle ne commence pas, mais tout alentour devient de plus en plus terrible. Au Nord, la tourmente de neige tourbillonne et hurle, et ici, on sent le sol trembler et gronder sourdement : la terre, inquiète, gémit de toutes ses entrailles. L'année 1918 touche à sa fin, et chaque jour qui vient se hérisse de menaces.

Les murs tomberont, le faucon effrayé s'envolera du gantelet blanc, la flamme s'éteindra dans la lampe de bronze, et la fille du capitaine sera brûlée dans le poêle. Leur mère leur a dit :

— Vivez...

Il leur faut maintenant souffrir et mourir.

Un soir, à la tombée de la nuit, peu de temps après l'enterrement, Alexis Tourbine se trouvait chez le père Alexandre, et il lui disait :

— Oui, tout cela est bien triste pour nous, père Alexandre. Difficile de ne plus penser à maman... Et cette terrible époque... Moi qui venais tout juste de rentrer, je me disais que notre vie allait s'arranger, et voilà...

Assis devant la table dans l'obscurité grandissante, il se tut, pensif et le regard perdu au loin. Au-dehors, dans le jardin de l'église, les branchages feuillus enserraient la maisonnette du prêtre, et on avait l'impression que, tout contre le mur de l'étroit cabinet de travail encombré de livres, commençait une luxuriante forêt printanière, inextricable et pleine de mystère. De la Ville montait la sourde rumeur du soir, et l'air sentait le lilas.

— Que voulez-vous, que voulez-vous, bredouilla le prêtre en rougissant d'un air confus (il avait toujours l'air confus quand il devait parler aux gens)... c'est la volonté de Dieu.

— Enfin, tout cela va bien finir un jour ? Plus tard, les choses iront peut-être mieux ? demanda Tourbine, sans qu'on pût savoir à qui il s'adressait.

Le prêtre s'agita dans son fauteuil.

— Ah, c'est une époque bien pénible, bien pénible, il faut bien le dire, marmotta-t-il. Mais on ne doit pas perdre courage...

Soudain, sa main pâle surgit de la manche noire de sa soutane et vint se poser sur une pile de livres entassés sur la table. Il prit celui du dessus et l'ouvrit à la page marquée par un signet brodé.

— Il ne faut pas céder au découragement, dit-il, l'air toujours confus, mais sur un ton de profonde conviction. C'est un grand péché, le découragement... D'ailleurs, je crois que d'autres épreuves nous attendent. Oh oui, oh oui, de grandes épreuves (son ton était de plus en plus assuré). Depuis quelque temps, vous savez, je passe des journées entières sur mes bouquins, dans ma partie, naturellement, surtout de la théologie...

Il leva son livre de façon que la dernière clarté qui venait de la fenêtre tombât sur la page, et il lut : « Le troisième ange vida sa coupe dans les fleuves et dans les sources des eaux ; et ils devinrent du sang[1]. »

II

Ainsi, blanc et chenu, décembre était arrivé... Hâtif, il avait déjà parcouru près de la moitié de son chemin, et les rues enneigées reflétaient les lumières de la prochaine Nativité. L'année dix-huit touchait à sa fin.

Dans le jardin blotti au flanc de la colline escarpée qui dominait le n° 13 de la rue Saint-Alexis (curieuse bâtisse à un étage, où l'appartement des Tourbine était au premier sur la rue mais au rez-de-chaussée sur l'agréable petite cour de derrière, toute en pente elle aussi), les branches des arbres, inclinées jusqu'au sol, ressemblaient à de grosses pattes velues. Sous la neige qui avait transformé la colline en un gigantesque pain de sucre, les appentis de la cour avaient presque disparu, et la maison semblait coiffée d'un énorme bonnet de fourrure de général blanc. Au rez-de-chaussée sur la rue, qui donnait en sous-sol sur la cour, sous la véranda des Tourbine, une faible lumière jaune éclairait les fenêtres de l'ingénieur Vassili Ivanovitch Lissovitch, bourgeois poltron et antipathique, tandis qu'au-dessus, les fenêtres des Tourbine étaient brillamment et gaiement illuminées[2].

1. *Apocalypse*, XVI, 4.

2. Cette maison est celle du 13, rue Saint-André (en russe « Andreïevski spusk », littéralement « descente Saint-André »), où la famille Boulgakov

Dans la nuit tombante, Alexis et Nikolka sortirent pour aller chercher du bois dans la resserre.

— Hé, mais, il n'y a presque plus de bois ! On nous en a encore volé aujourd'hui, regarde.

Un cône de lumière bleu pâle tomba de la lampe électrique de Nikolka, révélant qu'une ou deux planches du mur de la cabane avaient été arrachées, puis hâtivement reclouées de l'extérieur :

— Mériteraient un bon coup de fusil, ces bougres-là ! Vrai ! Écoute donc : si on faisait le guet, cette nuit ? Je les connais, c'est ceux du 11, la maison du cordonnier. C'est quand même des vrais salauds ! Du bois, ils en ont plus que nous...

— Ah, qu'ils aillent... Allons, viens.

Le cadenas rouillé grinça, et une plaque de neige tomba sur les deux frères. Ils traînèrent les bûches jusqu'à la maison, et vers neuf heures, les carreaux de faïence de Zaandam étaient devenus si brûlants qu'on pouvait à peine y toucher.

La surface éblouissante de ce poêle remarquable portait des dessins et des inscriptions historiques, les uns et les autres d'une grande profondeur et de la plus haute signification, tracés à l'encre de Chine par Nikolka au cours de l'année 1918 :

Si on te dit que les Alliés vont venir bientôt à notre secours, n'en crois rien. Les Alliés sont des salauds[1].
Ils sympathisent avec les bolcheviks.

Un dessin représentant la trogne hilare du dieu Momus[2], accompagné de cette inscription :

Le uhlan Léonide Yourievitch.
Rumeurs menaçantes, oppressives :
Les bandes rouges passent à l'offensive !

Un dessin en couleurs : une tête aux moustaches tombantes,

emménagea en 1906. La maison fut ensuite achetée par l'ingénieur Vassili Pavlovitch Listovnitchi, qui s'installa au rez-de-chaussée.

1. Installé à Odessa fin novembre 1918, le vice-consul de France Émile Henno, qui représentait les Alliés en Russie du Sud, annonçait l'arrivée imminente de troupes de l'Entente chargées de rétablir l'ordre.

2. Momus ou Momos, dieu de la raillerie et de la satire dans la mythologie grecque.

coiffée d'un bonnet en peau de mouton, à queue bleue[1]. Inscription :

Sus à Petlioura !

D'autres inscriptions — à l'encre, à la peinture, à l'encre de Chine, au jus de cerise — étaient de la main d'Hélène et des meilleurs amis d'enfance des Tourbine, Mychlaïevski, la Carpe, Chervinski :

Hélène Vassilievna nous aime énormément.
A l'un elle dit tiens, à l'autre pas question.
Lenotchka, je t'ai pris un billet pour *Aïda*[2].
1er balcon, n° 8, côté droit.
12 mai 1918 : je suis amoureux.
« Vous êtes gros et laid. »
Après de telles paroles, je vais me brûler la cervelle. (Dessin, très ressemblant, d'un browning.)
Vive la Russie !
Vive l'autocratie !
Juin. Barcarolle.
Ce n'est pas en vain que toute la Russie
Se souvient de Borodino[3].

En majuscules de la main de Nikolka :

J'ordonne impérativement de ne pas écrire sur le poêle de choses sans rapport avec la chose, sous peine pour tout camarade d'être fusillé avec privation de ses droits. Le commissaire du comité de quartier du Podol, tailleur pour dames, hommes et femmes Abraham Proujiner.

30 janvier 1918[4].

Un air chaud monte de la faïence barbouillée d'inscriptions,

1. Attributs des nationalistes ukrainiens de gauche. Le 14 novembre 1918, un directoire de cinq membres — dont Simon Petlioura, chargé des affaires militaires — avait appelé à l'insurrection contre le gouvernement « antipopulaire et antinational » de l'hetman Skoropadski.

2. L'*Aïda* de Verdi était, après le *Faust* de Gounod, l'opéra préféré de Boulgakov, qui l'avait vu très souvent à Kiev. On en trouve des échos dans plusieurs de ses œuvres, notamment dans *Cœur de chien*.

3. Extrait de *Borodino* (cf. note 1, p. 117), chant patriotique sur des paroles de Lermontov.

4. Date en ancien style de l'entrée des troupes bolcheviques à Kiev, où le gouvernement de la Rada venait de proclamer l'indépendance de l'Ukraine (Au xxe siècle, le calendrier julien, en usage en Russie jusqu'en février 1918, avait treize jours de retard sur le calendrier occidental.) Sous

tandis que, comme trente ans plus tôt, la pendule noire poursuit son battement régulier : tonk-tank. L'aîné des Tourbine, le cheveu clair, rasé de près, le visage sombre et comme vieilli depuis le 25 octobre 1917[1], vêtu d'une tunique militaire aux vastes poches et d'une culotte de cheval bleue, chaussé de pantoufles neuves, a pris place dans son fauteuil préféré. A ses pieds Nikolka, la mèche en bataille, est assis sur un petit banc, les jambes étendues jusqu'à toucher des pieds le buffet de la petite salle à manger. Il est chaussé de bottes à boucles. Nikolka a une amie : sa guitare, dont il caresse vaguement et tendrement les cordes... drinn... Un accord vague, parce que pour l'instant, voyez-vous, on ne sait rien de précis. La Ville vit mal, dans la confusion d'une attente lourde d'inquiétude...

La veste de sous-officier de Nikolka porte des épaulettes à galons blancs, et sur sa manche gauche est cousu un chevron tricolore très allongé. (Troisième section du premier détachement de milice à pied, formé depuis quatre jours à cause des récents événements[2].)

Il faut dire pourtant qu'au fond, malgré tous ces événements, on se sent parfaitement bien dans cette salle à manger chaude et intime, calfeutrée par ses rideaux de couleur crème. A cause de la chaleur, une certaine langueur a envahi les frères.

L'aîné laisse tomber son livre, s'étire.

— Tiens, joue-nous donc la marche des junkers-ingénieurs[3]...

Bérets à la dernière mode,
Bottes de bon faiseur
Ce sont les junkers-ingénieurs !

Alexis se met à fredonner. Ses yeux sont toujours sombres,

la pression des Allemands, les bolcheviks évacuèrent la ville trois semaines plus tard.

1. Date en ancien style du coup d'État bolchevik à Saint-Pétersbourg (7 novembre en nouveau style).

2. A partir d'octobre 1918, face à la menace du directoire et en prévision du retrait des troupes allemandes, furent formés des « milices de volontaires » (essentiellement composées d'officiers et d'élèves-officiers russes) et des « détachements d'étudiants » formellement placés sous le haut commandement de l'hetman. Les uniformes étaient ceux de l'armée russe d'ancien régime.

3. Junkers-ingénieurs : élèves d'une école d'officiers du génie.

mais une petite flamme s'y allume, et une ardeur nouvelle court dans ses veines. Mais doucement, messieurs, tout doux, tout doux.

Bonjour les estivantes,
Bonjour les estivants...

Les cordes sonnent en cadence, une compagnie en marche sort de la guitare. Ce sont les junkers-ingénieurs — une, deux ! Les yeux de Nikolka se souviennent : « L'école militaire. Les colonnes d'Alexandre, tout éraflées. Les canons. Les junkers qui rampent d'une fenêtre à l'autre, tirant sur les assaillants. Les mitrailleuses aux fenêtres.

Une nuée de soldats assiège l'école. Une véritable nuée, oui. Que faire ? Le général Bogoroditski a eu peur, il s'est rendu, il s'est rendu avec ses junkers. Une honte[1]... »

Bonjour les estivantes,
Bonjour les estivants,
Voyez, nous sommes déjà en train
De faire des levés de terrain.

Les yeux de Nikolka se voilent.

Tourbillons d'air brûlant sur les champs d'or fin de l'Ukraine. Couverts de poussière, foulant la poussière, marchent des compagnies de junkers. Tout cela a été, et rien de tout cela n'est plus. Honte. Absurdité.

Soudain, la portière s'écarta, et la tête rousse d'Hélène parut sur le fond obscur de la porte ouverte de sa chambre. Le regard qu'elle posa sur ses frères était plein de douceur, mais il se chargea d'inquiétude quand elle le dirigea vers la pendule. Il y avait de quoi : que faisait donc Thalberg, où était-il ? La sœur d'Alexis et Nikolka se tourmentait.

Elle allait, pour cacher cette angoisse, fredonner avec ses frères, quand elle se tut soudain et leva le doigt :

— Écoutez. Vous entendez ?

Sur les sept cordes de la guitare, le pas cadencé de la com-

1. Il s'agit de l'insurrection armée bolchevique de Kiev qui, au lendemain du coup d'État d'octobre 1917, porta finalement au pouvoir le gouvernement socialiste ukrainien de la Rada. Parmi les junkers qui avaient tenté de s'y opposer, se trouvait le frère cadet de Boulgakov, Nikolaï.

pagnie s'arrêta net : halte ! Tous trois prêtèrent l'oreille, et comprirent vite : le canon. Une canonnade lourde, assourdie par l'éloignement. Encore : boum... boum... Nikolka posa sa guitare et se leva vivement ; Alexis, en grognant, l'imita.

Dans le salon-salle d'attente, il faisait complètement noir, et Nikolka heurta une chaise. Aux fenêtres, on aurait dit l'opéra *La Nuit de Noël*[1] : neige, lueurs fugitives, lumières scintillantes. Nikolka colla son visage à la vitre. L'école militaire et les tourbillons d'air brûlant avaient disparu de ses yeux, qui s'emplissaient du bruit intense de la canonnade. D'où venait-il ? Un haussement d'épaules souleva ses épaulettes de sous-officier.

— Va le savoir ! On dirait que c'est du côté de Sviatochino. Bizarre, ça ne peut pas être si près.

Alexis est resté en arrière, dans l'obscurité, mais Hélène s'est rapprochée de la fenêtre ; ses yeux sont assombris par la frayeur. Comment se fait-il que Thalberg ne soit pas encore là ? Conscient de l'inquiétude de sa sœur, Alexis ne dit mot, bien qu'il ait grande envie de parler. C'est à Sviatochino. Aucun doute là-dessus. Le canon tire à douze verstes de la ville, pas plus. Mais qu'est-ce que ça veut dire ?

Accroché d'une main à l'espagnolette, Nikolka s'appuie de l'autre sur la vitre, où il écrase en même temps son nez, comme s'il voulait enfoncer la fenêtre pour sortir plus vite.

— J'ai envie d'aller là-bas. Voir ce qui se passe...

— Ah oui, il manquerait plus que ça...

Hélène a parlé d'un ton angoissé. Car le malheur, c'est que son mari devait rentrer au plus tard — il avait bien dit au plus tard — cet après-midi vers trois heures. Et il est déjà dix heures du soir.

Ils regagnèrent en silence la salle à manger. La guitare, mélancolique, se taisait. Nikolka alla dans la cuisine chercher le samovar, qui crachait et sifflait lugubrement. Sur la table étaient disposées les tasses spéciales, en forme de colonnes sculptées, ornées de fleurs délicates à l'extérieur et dorées à l'intérieur. Du temps de leur mère, Anna Vladimirovna, on ne sortait ce service que dans les grandes occasions, mais maintenant, on l'utilise tous les jours. La nappe, malgré le canon et

1. Opéra de Rimski-Korsakov d'après le conte fantastique du même nom, dans *Les Soirées du hameau*, de Gogol.

en dépit des tourments, de l'angoisse et de l'absurdité générales, est blanche et empesée. On le doit à Hélène, qui ne peut agir autrement, et à Aniouta, qui a été élevée dans la famille. Les parquets reluisent, et sur la table, en plein mois de décembre, un grand vase droit en verre dépoli contient des hortensias bleus et deux roses d'un rouge sombre et ardent, qui affirment la beauté et la pérennité de la vie malgré la présence, aux abords de la Ville, d'un ennemi perfide qui, peut-être, détruira la merveilleuse cité enneigée et écrasera à coups de talon les débris de toute paix et de toute intimité. Fleurs offertes par le fidèle admirateur d'Hélène, le lieutenant de la garde Léonide Yourievitch Chervinski, ami d'une vendeuse de la célèbre confiserie *Marquise*, et d'une autre vendeuse de la boutique *A la flore de Nice*. A l'ombre des hortensias, une assiette à dessins bleus contenant des rondelles de saucisson, un beurrier transparent, et dans le panier à pain, un couteau-scie en métal argenté et un pain blanc de forme allongée. Tout cela, accompagné d'une bonne tasse de thé, eût fait une excellente collation, sans ces pénibles circonstances... Hé oui...

Un coq de laine multicolore chevauche la théière, et les flancs brillants du samovar reflètent en les déformant les trois visages des Tourbine; Nikolka a les joues de Momus.

Les yeux d'Hélène sont mélancoliques, et les mèches de ses cheveux touchés de lueurs rousses pendent tristement.

Thalberg a dû rester bloqué quelque part avec le convoi de l'hetman, et voilà la soirée gâchée. A moins qu'il ne lui soit réellement arrivé quelque chose ? Le diable seul le sait... Les frères mâchent sans entrain leur pain beurré. Devant Hélène, à côté de sa tasse de thé refroidie, est ouvert *Le Monsieur de San Francisco*[1], et ses yeux voilés regardent sans les voir les mots : « ... les ténèbres, l'océan, la tempête. »

Elle est incapable de lire.

1. *Le Monsieur de San Francisco*, une nouvelle de Bounine (1870-1953) saluée comme un chef-d'œuvre lors de sa parution en Russie en 1916. « Les ténèbres, l'océan, la tempête » sont les derniers mots de ce texte aux accents apocalyptiques, qui raconte la mort à Capri d'un milliardaire américain, et qui portait en épigraphe (supprimée par l'auteur en 1951) : « Malheur à toi, ô Babylone, cité grande et puissante » (*Apocalypse*, XVIII, 10). Bounine émigra en France en 1920 et reçut le prix Nobel de littérature en 1933.

Perdant patience, Nikolka dit :

— Je voudrais quand même bien savoir pourquoi on tire si près ? Car enfin, c'est impossible que...

Il s'interrompt et fait un mouvement qui, de nouveau, déforme son visage dans le samovar. Un temps de silence. L'aiguille de la pendule franchit la dixième minute et — tonk-tank — poursuit lentement son chemin vers le quart de dix heures.

— On tire parce que les Allemands sont des canailles, grogne soudain l'aîné.

Hélène relève la tête vers la pendule et demande d'un ton inquiet :

— Alors, c'est vrai ? Ils nous abandonnent à notre sort ?

Les frères, comme au commandement, secouent la tête et s'empressent de mentir :

— On ne sait rien, dit Nikolka en grignotant une rondelle de saucisson.

— Si j'ai dit ça, c'est... hum... à titre de supposition... Ce ne sont que des bruits.

— Non, ce ne sont pas des bruits, répond Hélène avec force. Non. C'est la vérité. J'ai vu Madame Chtcheglov aujourd'hui, et elle m'a dit qu'on venait de retirer deux régiments allemands de Borodianka.

— Des bêtises.

— Réfléchis, dit Alexis. Est-il concevable que les Allemands laissent cette crapule s'approcher jusqu'aux portes de la Ville ? Réfléchis, voyons. Personnellement, je suis incapable d'imaginer qu'ils puissent le supporter plus d'une minute. Les Allemands avec Petlioura ? Absurde, absurde. Eux-même ne le traitent pas autrement que de bandit. Laisse-moi rire.

— Oh, tu peux parler. Je les connais, maintenant, les Allemands. J'en ai vu moi-même plusieurs qui portaient des rubans rouges. Dont un sous-officier, ivre, avec une espèce de bonne femme. Soûle elle aussi, d'ailleurs.

— Eh bien, et après ? Même dans l'armée allemande, il peut y avoir des cas de démoralisation. Des cas isolés.

— Donc, d'après vous, Petlioura n'entrera pas dans la ville ?

— Hum... Pour moi, c'est exclu.

— *Absolument*[1]. Donne-moi encore un peu de thé, s'il te plaît. Et ne t'inquiète pas. Garde ton calme, comme on dit.

— Mais enfin, mon Dieu, où est Serge ? Son train transportait de l'argent. Je suis sûre qu'il a été attaqué...

— Et quoi encore ? Pourquoi imaginer le pire inutilement ? Tu sais bien, d'ailleurs, que la ligne est entièrement dégagée.

— Alors, pourquoi n'est-il pas encore là ?

— Bon Dieu ! As-tu oublié comment on voyage, maintenant ? Ils ont dû s'arrêter quatre heures à chaque gare.

— Ce sont les voyages révolutionnaires. On roule une heure, et on s'arrête deux.

Hélène pousse un profond soupir, regarde l'heure en silence, puis reprend :

— Mon Dieu, mon Dieu ! Et dire que tout irait si bien si les Allemands n'avaient pas commis cette infamie. Avec deux de leurs régiments, ils en avaient assez pour écraser votre Petlioura comme une mouche. Non, je le vois bien, ils jouent je ne sais quel répugnant double jeu. Et ces fameux Alliés, qu'attendent-ils pour venir ? Ils promettent, ils promettent... Promesses de misérables, oui...

Le samovar, silencieux depuis un moment, se mit soudain à chanter, et des escarbilles enrobées de cendre grise tombèrent sur le plateau. Involontairement, les frères regardèrent le poêle. La réponse à la question d'Hélène était là, sous leurs yeux :

« Les Alliés sont des salauds. »

L'aiguille s'arrêta sur le quart, la pendule eut une respiration rauque, et sonna un coup. Au même instant, d'en bas, lui répondit le tintement aigrelet de la sonnette d'entrée.

— Dieu merci, c'est enfin Serge, dit l'aîné soulagé.

— C'est Thalberg, appuya Nikolka, qui courut ouvrir. Le rose aux joues, Hélène se leva.

Ce n'était pas Thalberg. Trois portes claquèrent, et l'escalier renvoya l'écho assourdi des exclamations étonnées de Nikolka. Une autre voix lui répondit. Puis un bruit de bottes et de crosse de fusil ébranla les marches. La porte du vestibule laissa entrer une bouffée d'air froid, et une haute silhouette aux larges épaules parut devant Hélène et Alexis, enveloppée

1. En français dans le texte.

dans une capote militaire qui lui battait les talons, et dont les pattes d'épaules kaki étaient marquées au crayon à encre de trois étoiles de lieutenant. Le capuchon était couvert de givre, et le lourd fusil à baïonnette d'acier bruni barrait toute la porte.

— Bonjour! prononça la silhouette d'une voix de ténor chantante mais enrouée, et des doigts gourds essayèrent de défaire le capuchon.

— Vitia!

Nikolka l'aida à déboutonner le capuchon qui glissa, ainsi que la casquette d'officier aplatie comme une crêpe et à la cocarde ternie, découvrant, au-dessus des formidables épaules, la tête du lieutenant Victor Victorovitch Mychlaïevski. Cette tête était très belle, de cette beauté étrange, triste et attirante à la fois, des fins de races authentiques et très anciennes. Beauté qui résidait aussi dans les yeux vairons ombragés de longs cils, au regard insolent. Le nez était aquilin, la lèvre orgueilleuse, le front blanc et pur, sans signes particuliers. Cependant, un coin de la bouche s'abaissait d'un air chagrin, et surtout, le menton était taillé obliquement, comme si un sculpteur, en modelant cette noble figure, avait eu soudain l'idée saugrenue d'en enlever un morceau et de laisser ce visage viril avec un petit menton féminin tout à fait incongru.

— Où étais-tu?

— D'où viens-tu?

— Attention, répondit faiblement Mychlaïevski, ça casse. J'ai une bouteille de vodka.

Nikolka accrocha avec précaution la pesante capote, dont une poche laissait dépasser le goulot d'une bouteille enveloppée de journal, et le lourd mauser dans son étui de bois, ébranlant le portemanteau orné de bois de cerf. Alors seulement, Mychlaïevski se tourna vers Hélène, lui baisa la main et dit :

— Je viens de l'Auberge rouge[1]. Tu permets, Léna, que je passe la nuit ici? Je suis incapable d'aller jusque chez moi.

— Mon Dieu oui, naturellement!

Mychlaïevski poussa un gémissement sourd. Il essaya de souffler sur ses doigts, mais ses lèvres refusèrent d'obéir. Le givre qui blanchissait ses sourcils et poudrait à frimas la courte brosse de sa moustache, commençait à fondre, mouillant son visage. L'aîné des Tourbine lui dégrafa sa tunique, passa ses doigts dans les coutures, tira sur la chemise.

1. L'Auberge rouge, localité au sud de Kiev.

— Évidemment, il en est plein... Ça grouille.

— Écoutez, dit Hélène, oubliant momentanément Thalberg dans son effroi et son souci d'agir vite. Nikolka, il y a du bois dans la cuisine. Cours allumer le chauffe-bain. Ah, c'est bête que j'aie laissé partir Aniouta. Alexis, ôte-lui sa tunique, dépêche-toi.

Mychlaïevski, donnant libre cours à ses gémissements de douleur, se laissa choir sur une chaise, près du poêle. Pendant qu'Hélène s'affairait, faisant tinter son trousseau de clefs, Alexis et Nikolka, à genoux, tiraient sur les élégantes bottes à tige étroite de Mychlaïevski.

— Ah, ça va mieux...

Les répugnants chiffons qui lui entouraient les pieds furent déroulés, laissant apparaître des chaussettes de soie mauve. Nikolka porta tout de suite la tunique dehors, sous la véranda pour que les poux soient tués par le froid. Avec sa chemise de batiste crasseuse serrée par des bretelles noires et sa culotte de cheval bleue à sous-pieds, Mychlaïevski paraissait maintenant maigre et noiraud, maladif et pitoyable. Il plaqua ses paumes bleuies sur les carreaux de faïence du poêle qu'il tâta en différents endroits, cachant à demi les inscriptions :

« Rum... çantes... »

« Les band... ...fensive ! »

« 12 mai... amoureux... »

— En voilà des salauds ! s'écria Alexis. Ils n'auraient pas pu vous donner au moins des bottes de feutre et des pelisses ?

— Des b... des bottes de feutre ! hoqueta Mychlaïevski les larmes aux yeux, en imitant le ton indigné d'Alexis. Des bottes...

A la chaleur du poêle, une douleur insupportable lui vrillait les mains et les pieds. N'entendant plus les pas d'Hélène dans la cuisine, il cria avec une violence mêlée de sanglots :

— Quel bordel !

Crispé, la respiration sifflante, il se pencha maladroitement, glissa un doigt dans sa chaussette en gémissant :

— Otez-moi ça, ôtez-moi ça...

Une odeur écœurante d'alcool dénaturé se répandit dans la pièce. Dans la bassine fondait une montagne de neige. Le lieutenant Mychlaïevski avala un verre à vin de vodka, qui l'enivra d'un seul coup à lui révulser les yeux.

— Il faudra m'amputer les pieds, hein ? Bon Dieu..., dit-il amèrement en se balançant sur sa chaise.

— Mais non, voyons attend. Ce n'est rien... Bon... Le pouce est gelé... Mais c'est superficiel, cela s'arrangera... Oui... Et ce doigt-là aussi...

Nikolka s'accroupit et lui enfila des chaussettes propres, de couleur noire. Puis Mychlaïevski passa ses mains raides comme du bois dans les manches d'un peignoir de bain en tissu éponge. Des taches rouges s'épanouirent sur ses joues. Vêtu de linge propre, enveloppé dans son peignoir, l'homme à moitié mort de froid qu'était tout à l'heure le lieutenant Mychlaïevski parut se détendre et reprendre vie. Alors, menaces et gros mots se mirent à pleuvoir comme grêle dans la salle à manger. Louchant des deux yeux vers le bout de son nez, il couvrit d'injures ordurières les états-majors dans leurs wagons de première classe, un certain colonel Chtchekine, le froid, Petlioura, les Allemands et la tempête de neige, pour finir par déverser un flot d'obscénités sur l'hetman de toute l'Ukraine[1] en personne.

Alexis et Nikolka regardaient le lieutenant qui, à mesure qu'il se réchauffait, s'était mis à claquer des dents, et ils l'interrompaient de temps à autre par des exclamations : « Eh bien... Ça alors... »

— L'hetman, hein ? Le fils de pute ! rugit Mychlaïevski. Le chevalier-garde ? Au palais ? Ha ! Et nous, on nous a foutus dehors, tels que nous étions. Vingt-quatre heures dans la neige, par un froid de loup... Bon Dieu ! Je me suis dit : on va tous y rester... La putain de sa mère ! Les officiers à cent sagènes[2] l'un de l'autre : c'est ça, un déploiement en ligne ? Ils auraient pu nous égorger comme des poules !

— Attends, dit Tourbine, ahuri par ce flot d'injures. Mais qui était là-bas, à l'Auberge ?

— Hé, tu ne comprends donc pas ? (Mychlaïevski eut un geste d'impuissance.) Sais-tu combien nous étions là-bas ? Qua-rante ! Et cette tapette de colonel Chtchekine qui s'amène et qui nous dit (Mychlaïevski tordit son visage pour ressem-

1. Mécontents de la politique agraire de la Rada, les Allemands portèrent au pouvoir en avril 1918, Pavel Skoropadski, grand propriétaire foncier d'origine ukrainienne et ancien officier de la garde impériale (il avait servi dans le très aristocratique régiment des chevaliers-gardes). Skoropadski prit l'ancien titre de hetman, porté au XVIIe siècle par les chefs cosaques élus et aboli par Catherine II en 1764.

2. Un sagène = 2,13 m.

bler au colonel détesté et prononça d'une odieuse petite voix grêle et zézayante) : « Messieurs les officiers, la Ville a mis tout son espoir en vous. La mère de toutes les villes russes est en danger de mort, soyez dignes de sa confiance. Si l'ennemi se montre, attaquez... Dieu est avec nous ! Dans six heures, je vous ferai relever. Économisez les cartouches, je vous prie... » (Mychlaïevski reprit sa voix normale) — et il a foutu le camp dans sa voiture, avec son ordonnance. Avec ça, il faisait noir comme dans un trou du c..., et un froid à vous percer les os.

— Mais enfin, sacrebleu, qui est là-bas ? Ça ne peut pas être Petlioura, déjà à l'Auberge rouge !

— Est-ce que je sais ! Mais crois-moi, ce matin, on a cru devenir cinglés. On était là depuis minuit, on attendait la relève... Je ne sentais plus mes mains ni mes pieds. Pas de relève. Impossible, évidemment, d'allumer des feux : le village est à deux verstes, et l'Auberge à une. Et la nuit, tu sais ce que c'est : on croit voir quelque chose bouger dans la plaine quelque chose qui rampe... Tu te demandes quoi faire. Quoi ? Tu lèves ton fusil : je tire ? Je ne tire pas ? Dur de ne pas céder à la tentation. On était là, à hurler comme des loups. De loin en loin, on se répondait. Finalement, avec la crosse de mon fusil, je me suis creusé un trou, une tombe plutôt, dans la neige. Je m'y suis installé, et j'ai essayé de ne pas m'endormir : si tu t'endors, t'es foutu. Mais vers le matin, j'ai senti que je ne pouvais plus résister, le sommeil me gagnait. Sais-tu ce qui m'a sauvé ? Les mitrailleuses. Ça a commencé à tirer à l'aube, à deux-trois verstes de là : et allez donc ! Mais figure-toi que je ne me suis même pas levé : pas envie... Là-dessus, boum ! voilà le canon qui s'y met. Du coup, je me suis mis debout, non sans peine, comme si j'avais eu un boulet d'un poud à chaque pied. Je me suis dit : « Félicitations, Petlioura nous fait bien de l'honneur ! » Nous nous sommes appelés les uns les autres, et notre ligne s'est un peu rétrécie. Nous nous sommes vite décidés : s'il arrive quelque chose, on se regroupe, et on se replie en tiraillant vers la ville. Si on doit se faire tuer, on se fera tuer, mais au moins tous ensemble. Et là-dessus, figure-toi, ça c'est calmé. Plus rien. Le jour venu, on a commencé à aller, trois par trois, se réchauffer à l'Auberge. Sais-tu quand la relève est arrivée ? Cet après-midi, à deux heures. Deux cents junkers du premier détachement de la milice. Et tu peux m'en croire, parfaitement équipés : bonnets de fourrure, bottes de feutre, et même un groupe de mitrailleurs. Commandés par le colonel Naï-Tours.

— Oui, oui ! C'est le nôtre ! s'écria Nikolka.

— Attends, ce n'est pas un hussard de Belgrade[1] ? demanda Alexis.

— Oui, oui, un hussard... Quand ils nous ont vus, tu comprends, ils ont été horrifiés : « Mais on pensait trouver au moins deux compagnies, avec des mitrailleuses ! Comment avez-vous pu tenir ? » Quant aux tirs de mitrailleuses que nous avions entendus le matin, c'était une bande d'un millier d'hommes, qui se sont rassemblés à Serebrianka et qui ont attaqué. Heureusement qu'ils ignoraient l'existence d'une ligne de défense comme la nôtre. Sinon, tu parles, toute cette bande n'aurait pas manqué de faire une petite visite en ville. Heureusement aussi que les autres avaient une vague liaison avec Post-Volynski[2], qu'ils ont informé, de sorte qu'une batterie a arrosé ces gars-là de schrapnells. Ça les a refroidis, tu comprends : ils se sont dispersés sans achever leur attaque, et ils ont été se faire voir au diable.

— Mais qui était-ce ? Pas Petlioura ? C'est impossible.

— Le diable le sait, qui c'était ! Pour moi, c'était encore de ces moujiks locaux, de ces porteurs de Dieu à la Dostoïevski[3] ! Les enfants de p...

— Mon Dieu !

— Enfin, poursuivit Mychlaïevski d'une voix rauque en tirant sur sa cigarette, on nous a relevés, Dieu merci. On n'était plus que trente-huit. Compliments : deux de gelés. Bons à jeter aux chiens. Et deux autres qu'on a ramassés, à qui il faudra couper les jambes.

— Comment ! Deux hommes morts de froid ?

— Et qu'est-ce que tu croyais ? Un junker et un officier. Mais à Popieloukh, pas loin de l'Auberge rouge, on a vu encore plus beau. On s'est traîné jusque là-bas, le sous-lieutenant Krassine et moi, voir si on trouvait un traîneau pour ramener les deux gars aux pieds gelés. Le patelin était comme

1. Régiment fictif dont le nom est probablement inspiré de celui des Uhlans de Belgorod, qui dépendaient de la région militaire de Kiev.

2. Post-Volynski, gare à 6 km au sud de Kiev.

3. Allusion au passage des *Possédés* de Dostoïevski (II, 1, VII) où Chatov déclare que « l'unique peuple "porteur de Dieu", appelé à rénover et à sauver le monde » est le peuple russe.

mort : pas une âme. On cherche, et finalement, on trouve un vieux en touloupe qui se traînait, appuyé sur un bâton. Il nous voit, et le voilà qui prend un air tout réjoui. Je flaire aussitôt quelque chose de louche. Là-dessus, ce vieil abruti d'« homme de Dieu » nous fait des grands sourires et chantonne : « *Mes frères... mes bons frères...*[1] » De la même voix mielleuse, je lui dis : « Salut, *grand-père*. Trouve-nous un traîneau, vite. » Il me répond : « *Il n'y en a plus. Les officiers les ont tous pris pour les envoyer à Post.* » Je fais un clin d'œil à Krassine, et je demande au vieux : « *Les officiers, hein ? Bien, bien. Et où sont vos gars ?* » Et voilà le vieux qui lâche : « *Ils se sont tous sauvés chez Petlioura.* » Hein ? Qu'est-ce que tu en dis ? Ce vieux bigleux n'avait pas vu nos épaulettes, et nous avait pris pour des partisans de Petlioura. Du coup, j'ai perdu patience... Avec le froid, tout ça... Bref, ça m'a mis en rogne. J'ai attrapé le vieux au collet, à lui décrocher la tête, et j'ai gueulé : « *Chez Petlioura*, hein ! Je vais te régler ton compte, moi, et on verra si tu iras *chez Petlioura* ! Je vais t'envoyer chez le Bon Dieu, charogne ! » Tu penses que ce saint homme de Dieu, ce bon laboureur et auguste semeur (Mychlaïevski lâcha ici une avalanche d'horribles jurons) a eu vite fait de recouvrer la vue. Naturellement, il se jette à nos pieds et se met à gueuler : « Ah, pardon, pardon, votre Haute Noblesse, je ne suis qu'un aveugle et une vieille bête, je vais vous donner des chevaux, tout de suite, mais ne me battez pas ! » Et on a eu des chevaux et un traîneau. Enfin, la nuit tombait quand nous sommes arrivés à Post. Ce qui se passe là-bas, alors là, c'est à n'y rien comprendre. J'ai vu sur les voies quatre batteries de canons, mais pas en position de tir, et visiblement sans munitions. Ça grouille d'états-majors, mais bien entendu, personne ne sait rien. Et le pire, c'est qu'on ne sait pas quoi faire des morts. On a quand même fini par tomber sur une infirmerie volante, mais figure-toi qu'ils n'en voulaient pas, il a fallu leur refiler de force. Il y en a un qui nous a dit : « Vous n'avez qu'à les emmener à la Ville. » Ça nous a rendus furieux. Krassine voulait descendre un officier d'état-major. « C'est des méthodes à la Petlioura », a dit l'autre, et il a filé. C'est le soir seulement que nous avons trouvé le wagon de Chtchekine.

1. Les phrases en italique sont dans l'original en ukrainien ou en pseudo-ukrainien plus ou moins mâtiné de russe.

Première classe, éclairé à l'électricité... Et devine le plus beau ! On tombe sur une espèce de larbin, une ordonnance, qui nous empêche de passer. « Ces messieurs dorment, qu'il dit. Ordre de ne laisser entrer personne. » Je le repousse à coups de crosse contre le wagon, tandis que derrière moi, nos gars se mettent à faire un boucan de tous les diables. De tous les compartiments, il sort des types comme des puces d'un matelas. Chtchekine se montre enfin, et se met à se trémousser : « Ah, mon Dieu ! Mais naturellement, voyons. Tout de suite ! Hé, les plantons, allez chercher de la soupe aux choux et du cognac ! Venez, nous allons tout de suite vous installer. Repos com-plet ! Vous êtes des héros. Ah, quelle perte ! Mais que faire ? C'était un sacrifice nécessaire. Je me suis *tellement* tourmenté... » Il puait le cognac à une verste. Haaa !...

Mychlaïevski bâilla soudain et piqua du nez. Il marmonna, comme dans un rêve :

— Notre détachement a eu un wagon de marchandises avec un poêle... Oooh ! Moi, j'ai eu du pot. Après le boucan qu'on avait fait, Chtchekine préférait évidemment se débarrasser de moi : « Lieutenant, vous retournez en ville. Allez à l'état-major du général Kartouzov, vous lui ferez un rapport. » Hééé ! suis monté dans une loco... complètement engourdi de froid... château de Tamara... vodka...

La cigarette de Mychlaïevski lui tomba de la bouche. En même temps, il se renversa en arrière et se mit aussitôt à ronfler.

— Ça alors ! dit Nikolka déconcerté.

— Où est Hélène ? demanda Alexis d'un air soucieux. Il faudrait lui donner des draps, et que tu l'emmènes se laver.

Hélène, cependant, s'était réfugiée dans le fond de la cuisine, où derrière un rideau d'indienne, des flammes de bûches de bouleau sec dansaient dans le chauffe-bain, près de la baignoire de zinc. Elle pleurait. La pendule enrouée de la cuisine venait de sonner onze heures, et Hélène se représentait Thalberg mort. Évidemment, son train avait été attaqué pour l'argent qu'il transportait. L'escorte avait été massacrée, et la cervelle et le sang de Thalberg maculaient la neige. Elle était assise dans l'ombre. Les reflets du feu traversaient la couronne emmêlée de ses cheveux, et des larmes coulaient sur ses joues. Mort. Mort...

Et soudain, retentit le tintement grêle de la sonnette, qui

emplit tout l'appartement. Hélène traversa en coup de vent la cuisine et la bibliothèque obscure, et fit irruption dans la salle à manger. L'éclat des lumières s'aviva et la pendule noire se mit à sonner en frémissant.

Cette première flambée de joie — qui était surtout pour Hélène d'ailleurs — s'éteignit tout de suite chez les deux frères. Les épaulettes à insigne triangulaire du ministère de la Guerre de l'hetman, que portait Thalberg, inspiraient de la répulsion à Alexis et Nikolka. Du reste, bien avant l'apparition des épaulettes, peut-être depuis le jour même du mariage d'Hélène, une sorte de fêlure s'était produite dans le vase de la vie des Tourbine, et la bonne eau s'en était échappée goutte à goutte, le laissant tari. La cause principale en était peut-être dans le regard à double couche du capitaine d'état-major général Serge Ivanovitch Thalberg...

Hé oui... Quoi qu'il en soit, la première couche, celle du dessus, était pour l'instant clairement lisible. Elle exprimait la simple joie humaine que donnent la chaleur, la lumière et la sécurité. Mais la couche du dessous était marquée d'une évidente angoisse, que Thalberg avait apportée avec lui du dehors. Quant à la réalité tapie tout au fond, elle demeurait naturellement cachée, comme toujours. Rien de tout cela, en tout cas, ne se reflétait dans l'aspect et le maintien de Serge Ivanovitch. Son ceinturon était large et solide. Ses deux insignes blancs — celui de l'université et celui de l'académie militaire — brillaient également. Sa silhouette maigre et sèche évoluait devant la pendule noire comme une mécanique. Thalberg était littéralement gelé, mais il souriait à tous avec bienveillance. Mais son angoisse se faisait sentir dans cette bienveillance même. Nikolka, avec son long nez fureteur, fut le premier à la remarquer. Thalberg, étirant les mots, raconta lentement et d'un ton enjoué que le train qu'il convoyait, et qui transportait de l'argent en province, avait été attaqué à quarante verstes de la Ville, près de Borodianka, mais nul ne savait par qui ! D'effroi, Hélène ferma les yeux et se serra contre les insignes blancs, tandis que les frères répétaient leurs exclamations : « Eh bien... ça alors... » et que Mychlaïevski continuait de ronfler comme un fossoyeur en montrant trois couronnes d'or.

— Mais qui était-ce ? Petlioura ?

— Si ç'avait été Petlioura, prononça Thalberg avec un sourire méprisant mais anxieux, je ne serais probablement pas en train de parler ici... euh... avec vous. Je ne sais pas qui c'était. Probablement des *serdiouki*[1] en débandade. Ils ont fait irruption dans le wagon en brandissant leurs fusils, et en criant : « A qui est le train ? » J'ai répondu : « Aux *serdiouki.* » Ils sont restés un moment à danser d'un pied sur l'autre, puis j'ai entendu un ordre : « Tous en bas, les gars ! » et ils ont disparu. Je suppose qu'ils cherchaient des officiers. Ils croyaient sans doute que ce n'était pas un convoi d'Ukrainiens, mais d'officiers — Thalberg eut un regard expressif pour les galons de Nikolka, puis jeta un coup d'œil à la pendule et ajouta inopinément :

— Hélène, je voudrais te dire deux mots...

Hélène se hâta de le suivre dans la partie de l'appartement réservée aux Thalberg, dans cette chambre où, au-dessus du lit, était perché un faucon sur un gantelet blanc, où une lampe à abat-jour vert brûlait d'une douce lumière sur le bureau d'Hélène, et où de jeunes bergers de bronze, debout sur un socle d'acajou, ornaient le fronton de la pendule qui, toutes les trois heures, jouait une gavotte.

Nikolka, au prix d'efforts considérables, réussit à réveiller Mychlaïevski. Celui-ci se dirigea en titubant vers la salle de bains et, par deux fois se raccrocha bruyamment aux portes. Une fois dans la baignoire, il se rendormit, et Nikolka dut veiller auprès de lui, afin de l'empêcher de se noyer. Quant à Alexis, sans savoir pourquoi, il passa dans le salon obscur, appuya son front contre la fenêtre et prêta l'oreille : de nouveau, au loin, on entendait de temps à autre les coups sourds, comme cotonneux et inoffensifs, du canon.

La rousse Hélène paraissait soudain vieillie et enlaidie. Ses yeux étaient rouges. Les bras ballants, elle écoutait Thalberg avec tristesse. Raide et sec comme un piquet d'état-major, il se dressait au-dessus d'elle et disait d'un ton sans réplique :

— Hélène, il est impossible d'agir autrement.

Résignée à l'inévitable, Hélène répondit :

1. Le terme *serdiouki* (à l'origine gardes du corps des hetmans cosaques) désignait les soldats de la garde ukrainienne formée, pendant l'été 1918, par Skoropadski avec des volontaires pour la plupart issus de la paysannerie. A la fin de l'année, beaucoup avaient déserté pour rejoindre les rangs du directoire ou former des bandes de pillards.

— Bien sûr, je comprends. Tu as raison, évidemment. Dans cinq ou six jours, dis-tu ? Mais peut-être que la situation peut encore s'améliorer ?

Thalberg fut très embarrassé. Même son éternel sourire patenté s'effaça de son visage. Il parut vieilli à son tour, mais dans sa pensée, tout était décidé point par point. Hélène... Hélène. Ah, espoir inconscient et fallacieux... Dans cinq jours... six au plus tard...

Et Thalberg dit :

— Je dois partir à l'instant même. Le train est à une heure du matin...

... Une demi-heure plus tard, tout était sens dessus dessous dans la chambre au faucon. Par terre, une valise béait, son couvercle dressé. Hélène, le visage amaigri et austère, marqué de plis autour des lèvres, y entassait chemises, caleçons et draps. Thalberg, agenouillé devant le tiroir inférieur de l'armoire, une clef à la main, fourrageait dans la serrure. Et puis... et puis la chambre prit un aspect rebutant, comme toute chambre envahie par un chaos d'emballages, d'autant plus que l'abat-jour avait été ôté de la lampe. Il ne faut jamais, jamais dépouiller une lampe de son abat-jour ! L'abat-jour est chose sainte. Devant le danger, ne fuyez jamais, comme fuient les rats, vers l'inconnu. Demeurez près de l'abat-jour, somnolez ou lisez — au-dehors, que mugisse la tempête ! —, attendez que l'on vienne à vous.

Thalberg, lui, fuyait. Debout près de la lourde valise bouclée, piétinant les lambeaux de papier froissé, il se dressait dans sa longue capote, sabre au côté, et coiffé d'un irréprochable bonnet à oreillettes noir, arborant la cocarde gris-bleu de l'hetman.

Sur une voie de garage de Kiev, la gare de voyageurs, le train est là, sans locomotive encore, comme une chenille sans tête. Neuf wagons, éclairés *a giorno* par la lumière blanche de l'électricité. A une heure, il emportera vers l'Allemagne l'état-major du général von Busov. Thalberg sera du voyage : Thalberg a des relations... Le ministère de l'hetman — cette ridicule et stupide opérette (Thalberg aimait à s'exprimer en termes rudes mais énergiques), comme l'hetman lui-même, d'ailleurs. D'autant plus stupide, que...

— Tu comprends (chuchotement), les Allemands abandonnent l'hetman à son triste sort, et il est très, très possible que Petlioura arrive... et ça, tu sais...

Oh oui, Hélène savait ! Elle savait parfaitement. En mars 1917, Thalberg fut le premier — je dis bien : le premier — à venir à l'école militaire avec un large brassard rouge à la manche. C'était dans les tout premiers jours, quand, aux nouvelles de Pétersbourg, tous les officiers de la Ville, cramoisis et muets comme des briques, filaient on ne sait où, par les couloirs obscurs, pour ne rien entendre. Et ce fut Thalberg qui, en tant que membre du Comité militaire révolutionnaire, procéda en personne à l'arrestation du fameux général Petrov[1]. Mais quand, vers la fin de cette mémorable année, la Ville fut le théâtre de nombreux événements étranges et inexplicables, quand on y vit surgir une foule de gens bizarres, dépourvus de bottes mais vêtus de larges pantalons qui dépassaient de leur capote grise de soldat, et que ces gens déclarèrent tout net qu'en aucun cas ils ne quitteraient la Ville pour aller au front, parce qu'ils n'avaient rien à faire là-bas et que par conséquent ils resteraient ici, Thalberg devint excessivement irritable et proclama sèchement que cela n'allait pas du tout, que tout cela n'était qu'une stupide opérette. Dans une certaine mesure, il avait raison : ce fut effectivement une mascarade, mais pas si simple qu'il le croyait — elle fit couler beaucoup de sang. En moins de deux, les hommes aux pantalons bouffants[2] furent chassés de la Ville par des régiments disparates, en uniforme gris, venus on ne sait trop d'où par les forêts qui couvrent la plaine en direction de Moscou. Thalberg dit alors que ces gens aux pantalons bouffants étaient des aventuriers et que les vraies racines étaient à Moscou, même si elles étaient bolcheviques.

Mais un jour, en mars de l'année suivante, on vit entrer dans la Ville, en rangs gris et serrés, les Allemands, coiffés de cuvettes métalliques roussâtres, qui leur protégeaient la tête des shrapnells. A cette vue et plus encore à celle des hussards en bonnets à poil et de leurs chevaux, Thalberg comprit tout

1. Allusion au général Ivanov, chargé par Nicolas II, en février 1917, de rétablir l'ordre à Saint-Pétersbourg. Il gagna ensuite le Don, où il mourut du typhus.

2. Les pantalons bouffants ou *charovary*, typiques du costume ukrainien, désignent les nationalistes de gauche, qui formèrent, en 1917, le premier gouvernement ukrainien (la *Rada*) renversé en janvier 1918 par les bolcheviks « en uniforme gris », lesquels furent à leur tour chassés par les Allemands (cf. note 4, p. 23).

de suite où étaient ces fameuses racines. Après quelques tirs de l'artillerie lourde allemande sur les faubourgs de la Ville, les Moscovites s'égaillèrent au loin, dans les forêts bleues où ils allèrent se nourrir de charognes, et l'on vit alors rappliquer les gens aux pantalons bouffants, sur les talons des Allemands. C'était une grosse surprise. Thalberg souriait d'un air un peu égaré, mais il n'avait pas peur, car en présence des Allemands, les pantalons bouffants paraissaient très paisibles. Ils ne tuaient personne, et on les voyait même marcher dans les rues avec une certaine circonspection, comme des hôtes peu sûrs d'eux. Thalberg dit alors que ces gens-là n'avaient pas de racines, et pendant deux mois il s'abstint de tout service. Une fois même, Nikolka Tourbine ne put s'empêcher de sourire en entrant dans la chambre de Thalberg. Assis à sa table, celui-ci écrivait sur une grande feuille papier des exercices de grammaire, tandis que devant lui était posé un mince bouquin de mauvais papier gris intitulé : Ignaty Perpillo — *Grammaire ukrainienne*[1].

En avril 1918, le jour de Pâques, les globes électriques de verre dépoli bourdonnaient joyeusement, dans le cirque noir de monde jusqu'en haut du chapiteau. Jovial et martial à la fois, Thalberg, debout au milieu de la piste, comptait les mains levées : c'en était fait des pantalons bouffants, l'Ukraine était née, mais l'Ukraine « hetmaniste » — on venait d'élire l'« hetman de toute l'Ukraine[2] ».

— Nous n'avons rien de commun avec la sanglante mascarade de Moscou, disait Thalberg à la maison, et son étrange uniforme hetmaniste resplendissait sur le fond sombre des chers vieux papiers peints. L'horloge s'étranglait de mépris — tonk-tank — et le vase s'était tari.

Nikolka et Alexis n'avaient aucun sujet de conversation avec Thalberg. Il leur eût été fort difficile, d'ailleurs, de causer avec lui, car Thalberg se fâchait tout de suite dès qu'on parlait de politique, notamment dans les cas où, avec un parfait manque de tact, Nikolka commençait ainsi : « Mais toi-même, Sé-

1. Allusion à la *Grammaire ukrainienne* (1918) de P. et P. Terpilo, également auteurs d'un *Dictionnaire russo-ukrainien*, paru la même année.

2. Le 29 avril 1918, Pavel Skoropadski fut élu « hetman de toute l'Ukraine et des armées cosaques » par un « congrès des cultivateurs » réuni au cirque de Kiev, à l'initiative de l'Union des propriétaires fonciers, soutenue par les Allemands.

rioja, en mars tu disais... » On voyait alors Thalberg retrousser sa lèvre sur ses dents trop écartées mais solides et blanches, des étincelles jaunes s'allumaient dans ses yeux, et une vive agitation s'emparait de toute sa personne. Et c'est ainsi que d'elles-mêmes, les conversations passèrent de mode.

La mascarade... Hélène savait ce que ce mot voulait dire sur ces lèvres légèrement gonflées, typiquement baltes. Et voici que la mascarade se faisait terriblement menaçante, non plus seulement pour les pantalons bouffants, pour les Moscovites, pour un Ivan Ivanovitch quelconque, mais pour Serge Ivanovitch Thalberg lui-même. Chaque homme a son étoile, et ce n'est pas sans raison qu'au Moyen Âge, les astrologues de cour composaient des horoscopes pour prédire l'avenir. Ah, comme ils agissaient sagement! C'est ainsi que Thalberg, Serge Ivanovitch, se trouvait doté d'une bien mauvaise, d'une fâcheuse étoile. Pour Thalberg, tout eût été bien si les choses avaient suivi une ligne bien droite, bien tracée; mais hélas, à cette époque, la Ville était le théâtre d'événements qui décrivaient des zigzags d'une extrême bizarrerie, et c'est en vain que Serge Ivanovitch essayait de prévoir ce qui allait se passer. Il ne prévoyait rien du tout. A une distance encore assez considérable de la Ville — cent cinquante verstes, peut-être deux cents —, sur une voie de chemin de fer inondée de lumière blanche, était arrêté un wagon-salon. Dans ce wagon, telle une graine dans sa cosse, un homme glabre pérorait, dictant ses ordres à ses secrétaires et aides de camp dans une langue étrange où Perpillo lui-même avait le plus grand mal à se retrouver[1]. Malheur à Thalberg si cet homme entrait dans la Ville, et il était bien capable d'y entrer! Malheur. Le nom du capitaine Thalberg, qui avait élu l'hetman, était connu de tous, ainsi que certains numéros du journal *Le Courrier*. Ce numéro contenait un article, dû à la plume de Serge Ivanovitch, où l'on trouvait ces mots : « Petlioura est un aventurier, dont la mascarade menace de porter la dévastation et la ruine dans notre région... »

— Tu comprends, Hélène, c'est un voyage qui comporte trop de risques, trop d'inconnues pour que je puisse t'emmener. N'ai-je pas raison?

1. « dans une langue étrange... se retrouver » : passage censuré dans les éditions soviétiques antérieures à 1989.

Hélène ne dit mot, parce qu'elle était fière.

— Je pense qu'en passant par la Roumanie, je pourrai gagner sans encombre la Crimée, et de là, le Don. Von Bussov m'a promis son aide. Ils ont besoin de moi. L'occupation allemande est devenue une vraie opérette. Déjà, d'ailleurs, les Allemands s'en vont. (Murmure.) Et Petlioura, d'après mes calculs, ne tardera pas non plus à s'effondrer. La vraie force, c'est du Don qu'elle viendra[1]. Et tu sais que je ne peux pas ne pas être là où se forme l'armée de la Loi et de l'Ordre. Ne pas y être, d'abord, ce serait ruiner ma carrière : tu sais que Denikine était mon chef de division. Je suis certain que dans trois mois — disons au plus tard en mai —, la Ville sera à nous. Tu n'as rien à craindre. Personne ne touchera à un cheveu de ta tête, et puis, au pis aller, tu as un passeport à ton nom de jeune fille. Je demanderai à Alexis de veiller à ce que toute offense te soit épargnée.

Hélène se ressaisit.

— Un instant, dit-elle. Faut-il prévenir mes frères que les Allemands nous trahissent ?

Thalberg rougit jusqu'à la racine des cheveux.

— Bien sûr, bien sûr, il est de mon devoir de... Au fait, dis-le-leur toi-même. Ça ne changera d'ailleurs pas grand-chose.

Un étrange sentiment traversa l'esprit d'Hélène, mais elle n'eut pas le temps de se livrer à des réflexions : déjà Thalberg embrassait sa femme, et pendant un bref instant, son curieux regard à deux niveaux n'exprima que la tendresse. Hélène ne put s'empêcher de verser quelques larmes, mais très discrètement, en femme courageuse, digne fille d'Anna Vladimirovna. Les adieux aux deux frères eurent lieu ensuite, dans le salon. Une lumière rose jaillit de la lampe de bronze et baigna l'angle de la pièce, révélant le doux éclat des dents blanches du piano et cette page de la partition de *Faust* noircie de doubles croches où le jeune Valentin aux vêtements bigarrés et à la barbe rousse chante :

> Au nom de ma sœur, je t'en prie,
> Aie pitié, oh ! aie pitié d'elle !
> Protège-la !

1. L'armée des volontaires fut créée fin 1917 à Novotcherkassk, sur le Don, par le général Alexeïev, pour combattre les bolcheviks. Elle était commandée depuis avril 1918 par le général Denikine.

Même Thalberg, inaccessible à toute sentimentalité, se souvint en cet instant des noirs accords et des pages usées de l'éternel *Faust*. Hélas... Thalberg n'entendra plus les cavatines à la gloire de Dieu tout-puissant, il n'entendra plus Hélène accompagner Chervinski ! Et pourtant, quand les Tourbine et Thalberg ne seront plus de ce monde, des touches de piano résonneront encore, on verra encore le jeune Valentin, en costume bariolé, descendre vers la rampe, des effluves de parfum flotteront encore dans les loges, et à la maison, des femmes, embellies par la lumière, joueront encore l'accompagnement — car *Faust*, comme *Le Charpentier de Zaandam*, est immortel.

Thalberg fit son discours près du piano. Les frères observèrent un silence poli, en s'efforçant de ne pas hausser les sourcils. Le plus jeune par fierté, l'aîné parce que c'était une chiffe. La voix de Thalberg trembla.

— Prenez bien soin d'Hélène, dit-il, tandis que la couche superficielle de ses yeux exprimait l'inquiétude et la prière.

Puis il hésita, regarda sa montre d'un air confus et dit enfin d'une voix altérée :

— Il est temps...

Hélène attira son mari par le cou, lui fit un vague et hâtif signe de croix, et l'embrassa. Puis Thalberg, de la brosse noire et cirée de ses moustaches, piqua les joues des deux frères. Ensuite, il sortit son portefeuille, l'ouvrit, vérifia fébrilement ses papiers, compta la maigre liasse de billets ukrainiens et de marks allemands, adressa aux Tourbine un sourire crispé, tourna les talons et sortit. Dzin... dzin... La lampe s'alluma dans l'entrée, puis on entendit la lourde valise heurter la rampe. Hélène se pencha sur l'escalier et entrevit une dernière fois la pointe du capuchon de son mari.

A une heure du matin, surgissant des ténèbres qui enveloppaient les cimetières de wagons de marchandises vides, s'élançait sur la voie 5, dans un grondement assourdissant, un train blindé gris comme un crapaud, haletant et crachant la chaleur rouge de son foyer, avec des hurlements sauvages. Il franchit huit verstes en sept minutes, traversa sans ralentir la gare de Post-Volynski dans un fracas de roulement et de claquements métalliques, trouant l'obscurité de ses phares, quitta la ligne principale en faisant tressauter les manettes des aiguillages, et, faisant naître au passage, dans l'âme des junkers et des officiers transis installés dans des wagons ou déployés aux environs, un vague sentiment d'espoir et d'orgueil, résolument, ne craignant personne, il fila vers la frontière allemande. A sa suite, dix minutes plus tard, un train de voyageurs tiré par une énorme locomotive, scintillant de dizaines de lumières, traversait Post. L'espace d'un éclair, il fit surgir des ténèbres les silhouettes massives comme des bornes des sentinelles allemandes emmitouflées jusqu'aux yeux, révélant l'éclat sombre de leurs larges baïonnettes. Brusquement, inondés de lumière, les aiguilleurs suffoquant de froid virent défiler sur l'enchevêtrement des rails les longs pullmans aux vitres étincelantes. Puis tout disparut, et l'âme des junkers s'emplit d'envie, de haine et d'angoisse.

— Aah !... Les salauds !... gémit une voix quelque part, du côté des aiguillages. Au même moment, une bourrasque de neige cinglante s'abattit sur les wagons de marchandises chauffés. Il y eut tempête de neige, cette nuit-là, à Post.

Dans un compartiment du troisième pullman après la locomotive, sur la banquette recouverte d'une housse à rayures, Thalberg, avec des sourires d'une politesse obséquieuse, parlait allemand à un lieutenant allemand assis en face de lui.

— *O, ja*, laissait tomber de temps à autre le gros lieutenant, en mâchant son cigare.

Enfin, le lieutenant s'endormit, les portes des compartiments se fermèrent une à une, et il n'y eut plus, dans le wagon éblouissant de lumière et de chaleur, que le ronronnement monotone des roues sur les rails. Thalberg sortit alors dans le couloir, écarta le rideau pâle aux lettres transparentes CFSO (Chemins de fer du Sud-Ouest) qui masquait la fenêtre, et plongea longuement son regard dans la nuit, où dansaient des flocons de neige et que traversaient de temps à autre des étincelles. En avant, la locomotive fonçait, poussant des hurlements si menaçants et si lugubres que même Thalberg en fut désagréablement affecté.

III

A cette heure de la nuit, dans l'appartement du rez-de-chaussée occupé par le propriétaire de l'immeuble, l'ingénieur

Vassili Ivanovitch Lissovitch, régnait un profond silence, que troublait seulement de temps à autre une souris, dissimulée dans la petite salle à manger. Elle était dans le buffet, cette souris, et elle grignotait, grignotait, affairée et obsédante, une vieille croûte de fromage, tout en maudissant l'épouse de l'ingénieur, Wanda Mikhaïlovna, et son avarice. Femme osseuse et jalouse, la maudite Wanda, elle, n'en dormait pas moins comme une souche, dans la chambre obscure de l'appartement humide et froid. Quant à l'ingénieur, il veillait dans son cabinet de travail bien calfeutré, encombré de meubles et de bibelots et bourré de livres, ce qui le rendait extraordinairement confortable. Un lampadaire représentant une reine d'Égypte, surmonté d'un abat-jour vert à fleurs, donnait à toute la pièce une coloration douce et mystérieuse, et même l'ingénieur, enfoncé dans son fauteuil de cuir, avait l'air d'un personnage mystérieux. Le caractère énigmatique et ambigu de cette époque versatile se traduisait avant tout par le fait que l'individu assis dans le fauteuil n'était plus du tout Vassili Ivanovitch Lissovitch, mais Vassilissa[1]... A vrai dire, il continuait bien à se donner lui-même le nom de Lissovitch, et la plupart des gens qui le rencontraient l'appelaient bien Vassili Ivanovitch, mais uniquement en sa présence. Derrière son dos, personne ne nommait plus l'ingénieur autrement que Vassilissa. La cause en était qu'en janvier 1918, quand les événements de la Ville avaient pris un tour décidément fantastique, le propriétaire de la maison n° 13, dans sa crainte d'avoir à encourir quelque responsabilité future, avait abandonné le ferme et net « V. Lissovitch » qui lui servait habituellement de signature, pour apposer désormais sur ses questionnaires, fiches de renseignements, attestations, bons divers et cartes d'alimentation l'inscription : « Vass. Liss. ».

Le 18 janvier de l'année 18, Vassili Ivanovitch remit à Nikolka une carte de sucre. Nikolka se rendit sur le Krechtchatik[2] mais, en fait de sucre, il reçut avec une extrême brutalité un pavé dans le dos, qui lui fit cracher du sang pendant

1. Vassilissa, prénom porté au Moyen Age par différentes princesses russes. Vassilissa la Belle ou Vassilissa la Sage est l'héroïne de plusieurs contes populaires. L'abréviation Liss évoque le mot russe *lissa*, qui signifie le renard.

2. Avenue la plus élégante de Kiev.

deux jours (un obus était venu éclater précisément au milieu des intrépides qui, ce jour-là, faisaient la queue pour le sucre). Nikolka rentra à la maison; s'appuyant au mur, le visage vert, il sourit pour ne pas effrayer Hélène, mais cracha de quoi remplir une cuvette de sang. Au cri épouvanté d'Hélène :

— Mon Dieu ! Qu'est-ce que tu as ?

Il répondit :

— C'est le sucre de Vassilissa, que le diable l'emporte !

Sur quoi il devint tout blanc et tomba évanoui. Nikolka fut de nouveau sur pied deux jours plus tard, mais il n'y avait déjà plus de Vassili Ivanovitch Lissovitch. Les locataires du n° 13 d'abord, puis toute la Ville appelèrent désormais l'ingénieur Vassilissa, et seul le possesseur de ce nom féminin continuait à se présenter sous le nom de Lissovitch, président de comité d'immeuble.

Quand il fut certain qu'aucun bruit — pas même, de loin en loin, le crissement des patins d'un traîneau sur la neige — ne troublait plus le silence de la rue, et après avoir attentivement prêté l'oreille à la respiration régulière, quoique sifflante, de son épouse endormie, Vassilissa se rendit dans l'entrée, vérifia avec soin les verrous, la barre, la chaîne et le crochet qui fermaient sa porte, et revint dans son cabinet. Dans un tiroir de son bureau massif, il prit de petits objets brillants : quatre épingles de nourrice. Ensuite, sur la pointe des pieds, il disparut on ne sait où dans les ténèbres, d'où il revint chargé d'un drap et d'un plaid. Il prêta l'oreille de nouveau et posa même un doigt sur ses lèvres. Il ôta son veston, retroussa ses manches, prit sur une étagère un pot de colle et un morceau de papier peint soigneusement roulé et une paire de ciseaux. Puis il colla son visage à la fenêtre et, les mains arrondies autour de ses yeux pour se protéger de la lumière, il regarda dans la rue. Il masqua alors les carreaux de la fenêtre : celui de gauche à l'aide du drap, et celui de droite à l'aide du plaid, qu'il fixa avec les épingles de nourrice, en vérifiant qu'il ne laissait aucun interstice. Cela fait, il prit une chaise, monta dessus, tâta le mur au-dessus de la dernière étagère de livres, puis, à l'aide des ciseaux, commença à découper le papier peint qui le tapissait d'abord verticalement, puis à angle droit. Il glissa ensuite les ciseaux dans la fente, et découvrit une petite cachette de la grandeur de deux briques environ, soigneusement dissimulée, qu'il avait lui-même aménagée au cours de la nuit précédente.

Il ôta la mince plaque de zinc qui la fermait, posa celle-ci sur l'étagère, descendit de sa chaise, et alla à la fenêtre vérifier d'un air inquiet que le drap et le plaid n'avaient pas bougé. De deux tours de clef qui cliquetèrent dans le silence, il ouvrit le tiroir inférieur de son bureau, y plongea la main jusqu'au fond et amena au jour un paquet enveloppé de papier journal, solidement ficelé et cacheté. Vassilissa fourra ce paquet dans la cachette, et remit la plaque de zinc en place. Il passa alors un long moment, sur le tapis rouge de la table, à découper des bandes de papier peint, jusqu'à ce qu'elles aient la forme et la dimension voulues. Il les badigeonna de colle et les posa sur le mur, où elles s'ajustèrent merveilleusement : chaque carré en face d'un carré, chaque demi-bouquet en face d'un demi-bouquet. Redescendu de sa chaise, l'ingénieur put constater que le mur ne présentait aucune trace visible de la cachette. Avec une intense satisfaction, Vassilissa se frotta les mains. Il ramassa alors et froissa les chutes de papier peint, les brûla dans le poêle, en dispersa les cendres, et rangea la colle.

Dans la rue obscure et déserte, une silhouette grise, déguenillée et efflanquée comme un loup, descendit silencieusement de la branche d'acacia sur laquelle elle était restée perchée pendant une demi-heure, souffrant cruellement du froid mais observant avec une curiosité avide, à travers un interstice ménagé traîtreusement par le drap en haut de la fenêtre, le travail de l'ingénieur, qui avait donc lui-même, en masquant d'un drap sa fenêtre éclairée d'une lumière verte, attiré ce malheur. La silhouette se laissa tomber en souplesse sur un tas de neige, remonta la rue à pas de loup et disparut dans une ruelle, tandis que les ténèbres et la tempête de neige effaçaient toute trace de son passage.

La nuit, toujours. Vassilissa est dans son fauteuil. Dans l'ombre verte de l'abat-jour, on jurerait Tarass Boulba[1]. Vassilissa? Eh, diable! ces grosses moustaches tombantes sont celles d'un homme. Léger bruit de tiroir. Sur le tapis rouge de la table, devant Vassilissa, apparaissent des liasses de papiers oblongs et verts, semblables à des dos mouchetés de cartes à jouer :

1. Héros belliqueux et inflexible du célèbre roman historique de Gogol, dont l'action se passe au XVIIe siècle, chez les Cosaques zaporogues.

Assignat du Trésor
50 roubles
Payable en billets de banque

Sur chaque billet figure un villageois moustachu portant une bêche, et une villageoise armée d'une serpe. Au verso, dans un cadre ovale, on retrouve les visages agrandis et rougeâtres de ces personnages. L'homme a les moustaches tombantes, à l'ukrainienne. Sur le tout, cet avertissement :

Toute contrefaçon sera punie de prison[1]

et une signature marquée d'un paraphe énergique :

Le directeur du Trésor national

LEBID-YOURTCHIK

Un Alexandre II d'airain aux favoris mousseux, monté sur un cheval de bronze, lance un regard irrité sur l'œuvre d'art de Lebid-Yourtchik, et un autre, beaucoup plus aimable, sur la reine d'Égypte du lampadaire. Au mur, un fonctionnaire décoré de l'ordre de Stanislas contemple d'un air horrifié les papiers verts : c'est un ancêtre de Vassilissa, peint à l'huile. Dans la lumière verte de la lampe luisent doucement les dos de cuir des Gontcharov et des Dostoïevski, et se dresse, puissant et martial, l'alignement des Brockaus-Efron noir et or[2]. Intimité.

La cachette murale, dissimulée par le papier peint, abrite solidement un paquet d'obligations à 5 %, plus quinze « catherine », neuf « pierre », dix « nicolas premier[3] », trois anneaux de brillants, une broche, une croix de Sainte-Anne et deux de Saint-Stanislas[4].

1. Un grand nombre de faux billets étaient en circulation sous le gouvernement de Skoropadski.

2. Il s'agit du célèbre Dictionnaire encyclopédique en 82 volumes de Brokhaus-Efron paru à Saint-Pétersbourg de 1890 à 1904. Sa reliure était noir et or.

3. Billets de banque d'ancien régime valant respectivement 100, 500 et 50 roubles.

4. Croix de Sainte-Anne et de Saint-Stanislas : décorations civiles les plus courantes en Russie d'ancien régime. L'ordre de Sainte-Anne comprenait quatre classes et celui de Saint-Stanislas, trois.

Mais il y a une cachette n° 2, qui contient vingt « catherine », dix « pierre », vingt-cinq cuillers d'argent, une montre en or avec sa chaîne, trois porte-cigares (« A notre cher collègue », bien que Vassilissa ne fume pas), cinquante pièces d'or de dix roubles, des salières, une ménagère d'argenterie pour six personnes et une passoire à thé en argent (c'est une grande cachette dans la remise de la cour — compter deux pas en avant à partir de la porte, un pas à gauche, trouver une marque à la craie sur un rondin du mur, et de là, un pas à droite. Elle a deux archines de profondeur, et tout y est rangé dans des boîtes à biscuits enveloppées dans de la toile cirée cousue de fil goudronné).

Troisième cachette : le grenier. A un demi-archine de la cheminée en direction du nord-est, sous la poutre, dans une cavité masquée par une couche de glaise. Des pinces à sucre, cent quatre-vingt-trois pièces d'or de dix roubles, et vingt-cinq mille obligations.

Les papiers de Lebid-Yourtchik sont pour les dépenses courantes.

Comme toujours quand il comptait de l'argent, Vassilissa jeta autour de lui un regard soupçonneux, puis il mouilla son doigt et entreprit de compter les billets mouchetés. Son visage prit un air inspiré. Mais tout à coup, il pâlit.

— Contrefaçon, contrefaçon, grogna-t-il aigrement en hochant la tête. Si c'est pas malheureux...

Une tristesse mortelle emplit les yeux bleus de Vassilissa. Un billet dans la troisième liasse de dix, deux dans la quatrième, deux dans la sixième, et trois de suite dans la neuvième appartenaient incontestablement à la catégorie visée par Lebid-Yourtchik avec ses menaces de prison. Sur cent treize billets, il y en avait donc huit — pas moins — qui présentaient des signes évidents de contrefaçon. Le villageois avait, au lieu de la physionomie joviale de rigueur, un air morose et les deux points et la virgule renversée — signes mystérieux mais authentiques — avaient disparu de la gerbe, et le papier était meilleur que celui de Lebid. Vassilissa examina un billet à la lumière, et par transparence, la signature de Lebid apparut manifestement fausse.

— Bon, se dit Vassilissa. Un, demain soir, pour le cocher, puisque de toute façon, il faudra que je prenne un fiacre, et les autres, évidemment, au marché.

Il mit soigneusement de côté les faux billets destinés au cocher du fiacre et aux commerçants du marché, et serra le reste dans le tiroir dont il fit cliqueter la serrure. A ce moment, il tressaillit. Au-dessus de sa tête, des pas rapides firent résonner le plancher, puis des rires et des voix confuses déchirèrent le silence sépulcral de la nuit. Vassilissa se tourna vers Alexandre II :

— Vous voyez, dit-il. Pas moyen d'avoir la paix...

Là-haut, le silence revint. Vassilissa bâilla, lissa ses filandreuses moustaches, ôta le plaid et le drap qui masquaient la fenêtre, et passa dans le salon où il alluma une petite lampe qui fit naître un reflet blafard sur le pavillon du gramophone. Dix minutes plus tard, l'appartement était plongé dans une complète obscurité. Dans la chambre humide et froide, Vassilissa dormait près de sa femme. Tout respirait un ennui grincheux et ensommeillé, mêlé d'une odeur de souris et de moisissure. C'est alors que Vassilissa vit en songe Lebid-Yourtchik qui venait à lui monté sur un cheval, tandis que des voleurs de Touchino[1], armés de pieds-de-biche, ouvraient la cachette. Le valet de cœur grimpa sur une chaise, cracha à la moustache de Vassilissa, puis tira sur lui à bout portant. Vassilissa poussa un cri et se dressa sur son lit, le visage inondé de sueur froide. Le premier bruit qu'il entendit fut celui de la souris qui, avec toute sa famille, s'affairait sur un paquet de biscottes, dans la salle à manger ; puis, à travers tapis et plafond, il perçut les accords étrangement suaves d'une guitare, et des rires...

Ensuite, une voix singulièrement puissante et passionnée entonna une chanson, que la guitare accompagna sur un rythme de marche.

— Il n'y a qu'une chose à faire : les mettre à la porte, grogna Vassilissa en se roulant dans ses draps. C'est incroyable, à la fin. De jour comme de nuit, pas moyen d'avoir la paix.

Marchez, chantez, junkers
De l'école de la garde !

— Pourtant, s'il arrivait quelque chose... C'est vrai, avec les horreurs qu'on voit de nos jours. Savoir, encore, qui vien-

1. Le voleur de Touchino, surnom donné au deuxième faux Dimitri, l'un des imposteurs qui au début du XVIIe siècle prétendirent au trône de Russie lors de la crise dynastique du « temps des troubles ».

drait à leur place... Ce sont des officiers, après tout... S'il arrivait quelque chose, c'est quand même une protection... Fiche le camp, ouste ! cria Vassilissa à la souris furieuse.

Guitare... guitare... guitare...

Quatre lampes brûlent au lustre de la salle à manger. Des oriflammes de fumée bleue s'effilochent. Les lourds rideaux de couleur crème masquent hermétiquement les vitres de la véranda. La pendule est muette. De frais bouquets de roses de serre colorent la blancheur de la nappe, où brillent trois flacons de vodka et de longues et minces bouteilles de vin blanc du Rhin. Verres à bordeaux, pommes dans des compotiers de cristal aux ciselures étincelantes, rondelles de citron, miettes, verres de thé, miettes...

Sur un fauteuil gît un numéro froissé du journal humoristique *La Poupée du diable*[1]. Des nuées de brouillard roulent dans les têtes, tantôt portées vers les îles d'or d'une joie sans cause, tantôt jetées dans les eaux sombres de l'angoisse. Une phrase impertinente émerge du brouillard : « On ne s'assoit pas le profil nu sur un hérisson ! »

— En voilà, de joyeux salopards... Tiens, on n'entend plus le canon. Trrrès spirituel, cré nom de Dieu ! Vodka. Vodka et brouillard. Rrratata-plan ! Guitare.

A quoi bon cuire vos pastèques au savon,
Américains, vous êtes des champions[2]

Mychlaïevski, derrière un nuage de fumée, éclate de rire. Il est ivre.

Breitman[3] fait des blagues salées,
Bernique pour les Sénégalais !

1. *La Poupée du diable*, expression injurieuse et allusion au journal satirique *La Poivrière du diable* fondé à Petrograd en 1918 et qui parut ensuite à Kiev. Le n° 6 avait pour épigraphe « On ne s'assoit pas le profil nu sur un hérisson », d'après l'expression populaire « s'asseoir le cul nu sur un hérisson », pour « se mettre dans une situation épineuse ».

2. Ces distiques satiriques reprennent plus ou moins textuellement ceux de l'*Alphabet de la poivrière du diable* (n° 6), eux-mêmes inspirés de l'*Alphabet du séminariste*, texte burlesque du folklore potache où le premier vers de chaque distique était neutre et le second inconvenant. Entrés en guerre en 1917 aux côtés des Alliés, les Américains jouèrent un rôle déterminant dans l'offensive de l'été 1918.

3. Breitman, humoriste en vogue à Kiev. Sur les Sénégalais, voir note 1, p. 55.

— Oui, au fait, où sont-ils ? Où ? demande Mychlaïevski, les yeux troubles.

Les moutons naissent sous le manteau,
Le président sera Rodzianko[1].

— Mais ils ont du talent, les canailles, rien à dire ! Hélène, qui n'a pas encore eu le temps de se ressaisir après le départ de Thalberg — le vin blanc n'a pas aboli sa douleur, il n'a fait que l'émousser —, Hélène, dans un fauteuil, occupe la place d'honneur, au bout de la table. A l'autre bout, en face d'elle, est assis Mychlaïevski, drapé dans son peignoir blanc duveteux, le visage marbré par la vodka et une mortelle fatigue. Le froid, la peur, la vodka, la haine ont rougi ses yeux. De chaque côté de la table, Alexis et Nikolka font face à Léonide Yourevitch Chervinski, ancien lieutenant au régiment des uhlans de la garde impériale, aujourd'hui aide de camp à l'état-major du prince Bieloroukov[2], et au sous-lieutenant Fiodor Nikolaievitch Stepanov, artilleur, surnommé la Carpe par ses condisciples du lycée Alexandre.

Petit mais replet, ressemblant en effet étrangement à une carpe, la Carpe s'est trouvé nez à nez avec Chervinski au seuil même de la maison des Tourbine, vingt minutes environ après le départ de Thalberg. Tous deux étaient munis de bouteilles. Chervinski portait dans un sac en papier quatre bouteilles de vin blanc, et la Carpe avait deux bouteilles de vodka. Chervinski, en outre, était chargé d'un énorme bouquet étroitement enveloppé dans trois feuilles de papier — un bouquet de roses, bien entendu, pour Hélène Vassilievna. Avant même d'entrer, la Carpe annonça la nouvelle : ses épaulettes viennent d'être ornées de deux canons d'or, plus question de patienter, tout le monde doit aller se battre, parce que de toute façon, aller à

1. Rodzianko, l'un des fondateurs du parti octobriste (droite modérée), fut président des 3e et 4e doumas et, pendant la révolution de Février, du comité provisoire de la douma d'État (cf. note 1, p. 72). On lui prêtait de hautes ambitions politiques.

2. Bieloroukov, littéralement « aux mains blanches », allusion au prince Dolgoroukov, nommé par l'hetman commandant en chef des forces armées ukrainiennes, en novembre 1918.

l'université maintenant, c'est perdre son temps pour des prunes, à plus forte raison si Petlioura et sa bande réussissent à s'infiltrer dans la ville. Tout le monde doit partir, et les artilleurs doivent absolument rejoindre le régiment de mortiers. Son chef est le colonel Malychev, et c'est un régiment formidable — on l'appelle le régiment des étudiants. La Carpe est désolé et furieux que Mychlaïevski se soit engagé dans cette milice imbécile. Complètement crétin. Trop pressé de jouer les héros. Qu'est-il devenu, maintenant ? Le diable le sait. Si ça se trouve, il s'est fait tuer sous les murs de la Ville...

Ah mais non, Mychlaïevski est ici, en haut ! Dans la pénombre de la chambre, devant le miroir ovale encadré de feuillage d'argent, Hélène aux cheveux d'or s'est repoudrée hâtivement avant d'aller recevoir le bouquet de roses. Hourra ! Tout le monde est là ! Les canons d'or agrafés sur les épaulettes froissées de la Carpe paraissaient totalement insignifiants devant les blanches épaulettes de cavalerie et la culotte bleue impeccablement repassée de Chervinski. De petites billes de joie sautèrent dans les yeux insolents du petit Chervinski à la nouvelle de la disparition de Thalberg. Tout aussitôt, le petit uhlan se sentit en voix comme jamais, et le salon rose s'emplit véritablement d'un colossal ouragan de son : Chervinski chantait l'épithalame au dieu Hyménée[1], et comment ! Sans doute, tout n'est qu'absurdité dans le monde, à l'exception, toutefois, d'une voix comme celle de Chervinski. Bien sûr, pour l'instant, il y a l'état-major, cette guerre idiote, les bolcheviks, et Petlioura, et le devoir, mais plus tard, quand tout sera rentré dans l'ordre, il laissera tomber le service, malgré ses relations de Saint-Pétersbourg — vous voyez de quelles relations je veux parler, hé ! hé ! hé... — et hop ! sur la scène ! Il chantera à la Scala, et aussi au Grand Théâtre de Moscou, quand les bolcheviks seront pendus aux becs de gaz de la place du Théâtre. A Jmerinka, la comtesse Lendrikova tomba amoureuse de lui parce qu'il avait pris, alors qu'il chantait l'épithalame, un *la* au lieu du *fa*, et qu'il l'avait tenu pendant cinq mesures. En prononçant ce chiffre, Chervinski avait baissé la tête et regardé autour de lui d'un air confus, comme si on venait de lui faire remarquer ce qu'il avait fait, sans que lui-même s'en fût aperçu.

1. Il s'agit de l'épithalame de *Néron*, opéra d'Anton Rubinstein.

— Eh oui, cinq, s'il vous plaît. Bon, allons dîner.

Oriflammes de fumée, qui s'effilochent...

— Alors, où sont-ils, ces tirailleurs sénégalais? Réponds, aide de camp, réponds donc! Lenotchka, bois du vin, ma toute dorée, bois. Tout ira pour le mieux. Je dirai même qu'il a *très* bien fait de partir. Il ira jusqu'au Don, et il reviendra, avec l'armée de Denikine.

— Ah ouiche! éclata Chervinski. Tu parles! Permettez-moi de vous annoncer une importante nouvelle : aujourd'hui, sur le Krechtchatik, j'ai vu des officiers de logement serbes, et après-demain, dans trois jours au plus tard, deux régiments serbes vont s'installer en ville.

— Oh, tu es sûr?

Le visage de Chervinski vira au rouge brique.

— Hum, voilà qui est étonnant. Puisque je vous dis que je les ai vus de mes yeux, la question me paraît pour le moins incongrue.

— Deux régiments... Mais qu'est-ce que deux régiments?

— Eh bien, si vous êtes disposés à m'écouter... Le prince lui-même m'a dit aujourd'hui qu'à Odessa, on était en train de débarquer des transports de troupes : des Grecs, et deux divisions de Sénégalais[1]. Si nous tenons seulement une semaine, après ça nous pourrons envoyer paître les Allemands.

— Ces traîtres!

— Mais alors, si tout cela est vrai, nous pourrons attraper Petlioura et le pendre! Oui, le pendre!

— Je l'abattrai de mes mains!

— Buvons encore un coup. A votre santé, messieurs les officiers!

Encore un coup — et ce fut le brouillard complet! Le brouillard, messieurs. Nikolka, qui avait bu trois grands verres, courut dans sa chambre chercher un mouchoir, puis passa dans l'entrée, où — quand personne ne vous voit, on peut être soi-même — il tomba à genoux devant le porte-manteau. Le cimeterre de Chervinski à l'étincelante poignée d'or. Cadeau d'un prince persan. Lame de damas. Peut-être pas un cadeau

1. Le corps expéditionnaire franco-anglais, débarqué à Odessa à partir de fin novembre 1918, comprenait des unités de tirailleurs sénégalais — que plus loin Nikolka confond avec des Cinghalais — et des unités grecques, polonaises, roumaines et serbes.

de prince, du reste, et peut-être pas une lame de damas, mais vraiment une belle arme, une arme précieuse. Le sombre mauser de la Carpe au canon d'acier bruni, dans son étui de bois fixé à un ceinturon. Nikolka appuya sa joue contre la surface froide et lisse de l'étui, caressa du bout des doigts le museau carnassier du mauser, et faillit pleurer d'émotion. Une envie le prit d'aller se battre tout de suite, à la minute même, là-bas, au-delà de Post, dans les champs de neige. Quelle gêne, quelle honte d'être ici, bien au chaud, à boire de la vodka, alors que là-bas c'est la nuit noire, le vent qui hurle, la tempête de neige, et que les junkers gèlent... Mais à quoi pensent-ils donc, dans les états-majors ? Eh, la milice n'est pas encore prête, l'instruction des étudiants n'est même pas commencée, et toujours pas de... Cinghalais, rien. Ils doivent être noirs comme des bottes... Mais au fait, ils vont crever comme des chiens, ici ? Ils doivent être habitués à un climat chaud ?

— C'est votre hetman, que je commencerais par pendre pour la jolie Ukraine qu'il nous a concoctée[1] ! cria l'aîné des Tourbine. *Vive l'Ukraine libre de Kiev à Berlin*[2] ! Ça fait six mois qu'il se moque des officiers russes[1], qu'il se moque de nous tous. Qui s'est opposé à la formation d'une armée russe ? L'hetman. Qui a terrorisé la population russe avec cette langue ignoble qui n'existe même pas ? L'hetman. Qui a fait proliférer ces canailles en bonnet à queue ? L'hetman[3]. Et c'est maintenant, alors que nous avons le couteau sur la gorge, qu'on commence à former une armée russe ? L'ennemi est à deux pas, et on parle de milice, d'états-majors ? Ah, prenez garde ! J'ai bien peur que...

— Tu sèmes la panique, dit froidement la Carpe.

Tourbine se fâcha.

— La panique ? Moi ? Vous ne voulez pas me comprendre, tout simplement. Il ne s'agit pas de panique, il s'agit pour moi de me décharger de tout ce que j'ai sur le cœur. La panique, tu dis ? Ne t'en fais pas : dès demain, c'est décidé, j'irai à ce fameux régiment de mortiers, et si votre Malychev ne veut pas

1. « pour la belle Ukraine qu'il nous a concoctée » et « qu'il se moque des officiers russes » : membres de phrase censurés dans les éditions soviétiques antérieures à 1989.

2. Phrase censurée en URSS avant 1989.

3. « Qui a terrorisé... en bonnet à queue ? L'hetman. » : *idem*.

de moi comme médecin, je m'engagerai comme simple soldat. J'en ai jusque-là, de toutes ces histoires ! Il ne s'agit pas de panique...

Il avala de travers un morceau de concombre et fut pris d'une violente quinte de toux qui lui coupa le souffle. Nikolka accourut et se mit à lui taper dans le dos.

— Très juste ! approuva vigoureusement la Carpe en frappant sur la table. Mais pas comme simple soldat, au diable ! Comme médecin.

— Ddemain, on vva tous y aller, balbutia Mychlaïevski, complètement ivre, ttous ensemble ! Tout le lycée impérial Alexandre ! Hourra !

— C'est un salaud, continua Tourbine d'une voix chargée de haine. Et il ne parle même pas cette maudite langue[1] ! Tenez, avant-hier, je demande à cette canaille de docteur Kouritziki — lequel, figurez-vous, a désappris de parler russe, depuis novembre dernier, et de Kouritski, il est devenu *Kouritziki* — ... bref, je lui demande : « Comment dit-on "kot" en ukrainien ? » Il me répond : « *Kit.* » Ah bon, dis-je. Et comment dit-on « kit[2] » ? Sur quoi il me regarde avec des yeux ronds et se tait. Depuis, il m'en veut à mort.

Nikolka rit aux éclats et dit :

— Ils ne peuvent pas connaître le mot « kit », parce qu'en Ukraine, on ne rencontre guère de baleines. Tandis qu'en Russie, on trouve de tout en abondance. Il y en a dans la mer Blanche...

— Et la mobilisation ! continua Tourbine avec virulence. Vous auriez dû voir, hier, comment ça se passait dans les bureaux de recrutement ! Tous les petits malins étaient au courant de la mobilisation trois jours avant l'ordre officiel. Tous avaient une hernie, ou une tache au poumon droit, et quant à ceux qui n'avaient rien, ils disparaissaient tout simplement, comme avalés par la terre. Et ça, mes amis, c'est mauvais signe, très mauvais signe. Quand on chuchote dans les cafés qu'il va y avoir mobilisation et qu'ensuite, personne n'y va, c'est le bordel ! Quel salaud, quelle canaille ! Car enfin, si dès le mois d'avril, il avait commencé à former des corps d'officiers au lieu de se livrer à cette infâme comédie appelée ukrai-

1. « maudite » censuré en URSS avant 1989.
2. En russe, *kot* signifie « chat » et *kit*, « baleine ».

nisation[1], à l'heure actuelle, Moscou serait à nous ! Rendez-vous compte que rien qu'ici, dans la Ville, il aurait pu rassembler une armée de cinquante mille hommes — et quelle armée ! La meilleure, une armée d'élite, parce que formée uniquement d'officiers, de junkers et d'étudiants, et il y en a des milliers à Kiev, et tous seraient partis de grand cœur. Non seulement il ne serait plus question de Petlioura en Petite-Russie, mais Trotski lui-même à Moscou sera écrasé comme une mouche[2]. Ce serait juste le moment : à ce qu'on dit, ils en sont à bouffer des chats, là-bas. Ce fils de chienne, paraît-il, aurait sauvé la Russie.

Des taches rouges avaient envahi le visage de Tourbine, et sa bouche, en même temps que les mots, projetait de fines gouttelettes de salive. Ses yeux brûlaient.

— Tu... tu... sais, ma parole, c'est pas médecin que tu devrais être, mais ministre de la Guerre, dit la Carpe.

Il sourit ironiquement, mais les paroles de Tourbine lui plaisaient et l'enthousiasmaient.

— Dans un meeting, Alexis est un homme irremplaçable, un orateur, dit Nikolka.

— Nikolka, ça fait deux fois que je te dis que ça ne te va pas du tout de faire de l'esprit, lui répondit Tourbine. Bois donc un coup, ça vaudra mieux.

— Tu sais bien, objecta la Carpe, que les Allemands nous craignent, et qu'ils ne nous auraient jamais laissé former une armée.

— C'est faux ! cria Tourbine d'une voix aiguë. Il aurait suffi d'avoir un peu la tête sur les épaules, et on aurait toujours pu s'entendre avec l'hetman. Il aurait fallu expliquer aux Allemands qu'ils n'ont plus rien à craindre de nous. La guerre, nous l'avons perdue. Bon. Terminé. Nous avons affaire maintenant à bien plus terrible que la guerre, que les Allemands, que n'importe quoi au monde. Nous avons affaire à Trotski[2]. Voilà ce qu'il fallait dire aux Allemands : vous voulez le sucre, le blé ? Prenez, bouffez, gavez vos soldats. Empiffrez-vous, mais aidez-nous. Laissez-nous former une armée. Pour vous, ce sera même mieux, nous pourrons vous aider à main-

1. « au lieu... ukraïnisation » : censuré en URSS avant 1989.

2. Trotski était alors commissaire du peuple à la Guerre, dans le gouvernement soviétique.

tenir l'ordre en Ukraine, à empêcher nos « porteurs de Dieu » d'attraper la peste moscovite. Qu'il y ait aujourd'hui une armée russe à Kiev, et nous serions séparés de Moscou par un véritable rideau de fer. Quant à Petlioura... Ha...

Et Tourbine fut pris d'une violente quinte de toux...

— Minute ! — Chervinski se leva. Écoute. J'ai quelque chose à dire pour la défense de l'hetman. Des fautes ont été commises, c'est vrai, mais le plan de l'hetman était juste. Oh, c'est un diplomate ! Nous sommes en terre ukrainienne, il y a ici des gens qui veulent parler *cette* langue — eh bien, soit !

— Mais ils sont 5 %, contre 95 % de Russes !

— Oui, mais, comme disait le prince, ils risquaient de devenir des... euh... de perpétuels ferments de discorde. Mieux valait donc les calmer[1]. Et par la suite, l'hetman aurait fait exactement ce que tu disais : une armée russe, et finie la comédie. Que veux-tu de mieux ? Chervinski tendit le bras triomphalement dans une direction indéterminée. Rue Vladimir, on voit déjà flotter les drapeaux tricolores[2].

— Un peu tard, pour les drapeaux !

— Hum, oui. C'est juste. On est un peu en retard, mais le prince est convaincu que l'erreur est réparable.

— Dieu le veuille, et je le souhaite sincèrement, et Tourbine, se tournant vers l'icône de la Sainte Mère, fit le signe de croix.

— Voici quel était son plan, prononça Chervinski d'une voix forte et solennelle. Une fois la guerre terminée, les Allemands auraient réparé leurs forces et nous auraient aidés à combattre les bolcheviks. Aussitôt Moscou pris, l'hetman aurait solennellement déposé l'Ukraine aux pieds de Sa Majesté impériale, notre souverain Nicolas Alexandrovitch.

Un silence de mort accueillit ces paroles, tandis qu'une pâleur douloureuse envahissait le visage de Nikolka.

— L'empereur a été assassiné[3], murmura Nikolka.

— Quel Nicolas Alexandrovitch ? demanda Tourbine d'un air ahuri.

1. « il y a... » « les calmer » : censuré en URSS avant 1989.

2. Le drapeau russe a trois bandes horizontales blanc-bleu-rouge. Le drapeau ukrainien a deux bandes horizontales, jaune et bleu azur.

3. Nicolas II, l'impératrice et leurs cinq enfants furent massacrés à Ekaterinbourg dans la nuit du 16 au 17 juillet 1918.

Mychlaïevski, la tête branlante, loucha sur le verre de son voisin :

— Je vois. A force de prendre du remontant, le voilà plein comme un fût.

Hélène, la tête appuyée dans ses mains, regardait l'ancien uhlan avec effarement.

Mais Chervinski qui n'était pas particulièrement ivre, leva la main et dit d'un ton ferme :

— Du calme, et écoutez-moi. Mais d'abord, messieurs les officiers (Nikolka rougit et pâlit), je vous prie de garder le silence, pour l'instant, sur ce que je vais vous apprendre. Savez-vous, messieurs, ce qui s'est passé au palais de l'empereur Guillaume, lorsque la suite de l'hetman lui a été présentée[1] ?

— Nous n'en avons pas la moindre idée, déclara la Carpe intéressé.

— Eh bien moi, je le sais.

— Tss ! Il sait tout, s'étonna Mychlaïevski. Tu ne vas pas...

— Messieurs ! Laissez-le parler.

— Après avoir entretenu avec bienveillance les gens de la suite, l'empereur Guillaume leur a dit : « Je dois maintenant vous quitter, messieurs, mais vous allez pouvoir parler de vos affaires avec... » On souleva une portière, et notre souverain en personne entra dans la salle. Il dit : « Allez en Ukraine, messieurs les officiers, et formez nos unités. Quand le moment sera venu, je prendrai moi-même la tête de l'armée et je la conduirai au cœur de la Russie, à Moscou », et il avait les larmes aux yeux.

Chervinski promena sur l'assemblée un regard étincelant, avala d'un trait un verre de vin, et ferma les paupières. Cinq paires d'yeux étaient fixées sur lui, et le silence régna jusqu'au moment où il se rassit et s'attaqua à une tranche de jambon.

— Voyons... c'est une légende, dit Tourbine avec une grimace douloureuse. J'ai déjà entendu cette histoire.

— Ils ont tous été tués, dit Mychlaïevski. Tous : l'empereur, l'impératrice, le prince héritier.

Chervinski regarda le poêle d'un œil torve, prit une profonde inspiration et déclara :

1. L'hetman Skoropadski s'était rendu en Allemagne début septembre 1918 et avait été reçu par Guillaume II.

— Vous avez tort de ne pas me croire. La nouvelle de la mort de Sa Majesté impériale...

— ... est un tantinet exagérée[1], risqua Mychlaïevski avec un petit rire d'homme ivre.

Hélène eut un sursaut indigné, et son visage émergea du brouillard.

— Victor ! Tu n'as pas honte ? Toi, un officier.

Mychlaïevski replongea dans le brouillard.

— ... n'est qu'une invention de bolcheviks. L'empereur a pu se sauver grâce à l'aide de son fidèle gouverneur... euh, c'est-à-dire, pardon, du gouverneur du prince héritier, M. Gilliard, et de quelques officiers, qui ont réussi à le faire passer... euh... en Asie. Ensuite, ils ont gagné Singapour, puis ils sont rentrés en Europe par bateau. Et maintenant, notre souverain est l'hôte de l'empereur Guillaume.

— Mais Guillaume aussi, a été renversé ?... commença la Carpe.

— Ils sont tous les deux les hôtes du Danemark, et avec eux la très auguste mère de l'empereur, Maria Fiodorovna[2]. Et si vous ne me croyez pas, je vais vous dire une chose : c'est le prince Bieloroukov lui-même qui me l'a appris.

L'âme en plein désarroi, Nikolka gémit intérieurement. Il aurait voulu croire à cette histoire.

— Si c'est vrai, dit-il soudain avec exaltation en se levant brusquement et en essuyant la sueur de son front, je propose un toast : à la santé de Sa Majesté l'Empereur !

Son verre étincela, et les éclats d'or du cristal à facettes traversèrent le vin blanc du Rhin. Les éperons cliquetèrent contre les pieds des chaises. Mychlaïevski se mit debout en titubant et se retint à la table. Hélène se leva. La faucille d'or de ses cheveux se défit, et les mèches tombèrent sur ses tempes.

— Oui, oui, oui ! Même s'il est mort ! cria-t-elle d'une voix rauque, brisée. C'est égal. Je bois. Je bois.

1. Réminiscence de Mark Twain, très apprécié en Russie. L'écrivain américain raconte dans ses souvenirs comment, ayant découvert dans un journal l'annonce de sa propre mort, il démentit cette nouvelle en la qualifiant d'« exagérée ».

2. Guillaume II abdiqua le 10 novembre 1918 et se retira, non au Danemark, mais en Hollande. Quant à l'impératrice mère, elle put quitter la Russie en 1917 et gagna l'Angleterre, puis le Danemark, où elle mourut en 1928.

— Jamais, jamais, on ne pourra lui pardonner son abdication à la gare de Dno[1]. Jamais. Mais c'est égal, nous sommes maintenant instruits par une amère expérience, et nous savons que seule la monarchie peut sauver la Russie. Donc, si l'Empereur est mort, vive l'Empereur ! s'exclama Tourbine en levant son verre.

— Hourra ! Hourra ! Hourraaah !

La triple ovation roula avec fracas dans la salle à manger.

En bas, Vassilissa sursauta, inondé de sueur froide. Dans son sommeil, il poussa un glapissement éperdu, qui réveilla Wanda Mikhaïlovna.

— Mon... mon... mon Dieu, balbutia Wanda, en s'agrippant à la chemise de nuit de son mari.

— Qu'est-ce que c'est que ça ? Il est trois heures du matin ! (piaula Vassilissa en pleurant, à l'adresse du plafond obscur). Je vais porter plainte, à la fin !

Wanda se mit à pleurnicher. Et soudain, tous deux s'immobilisèrent, pétrifiés. D'en haut, un flot sonore épais comme de l'huile ruisselait à travers le plafond, bientôt dominé par une voix de baryton puissante comme un tocsin :

> ... puissant, invincible,
> que ton règne soit grand[2].

Le cœur de Vassilissa défaillit, et il se mit à transpirer comme un nègre, des pieds à la tête. La langue embarrassée et lourde comme un tapis, il marmotta :

— Non... cette fois... sont complètement fous... Ils vont nous fourrer dans un guêpier, jamais on ne pourra s'en dépêtrer. Bon Dieu, qu'est-ce qu'ils ont ? L'hymne est interdit ! Et on les entend de dehors, dans la rue !

Cependant, Wanda était retombée comme un sac sur son oreiller et dormait déjà. Vassilissa, lui, ne s'allongea à nouveau que lorsque, là-haut, le dernier accord se fut dissous dans un brouhaha confus entrecoupé d'exclamations.

1. Revenu du quartier général de Mohilev à la suite des événements révolutionnaires à Saint-Pétersbourg, Nicolas II abdiqua le 2 (15) mars 1917 à la gare de Dno, près de Pskov, en faveur de son frère le grand-duc Michel, qui renonça le lendemain à la Couronne.

2. Paroles de l'hymne impérial russe, écrit en 1833 par le général Lvov sur des vers du poète Joukovski, à la demande de Nicolas Ier.

— La foi orthodoxe et le pouvoir autocratique[1], cria Mychlaïevski chancelant, rien d'autre ne peut exister en Russie !

— Très juste !

— Je... la semaine dernière... continua Mychlaïevski la langue pâteuse, j'étais à la représentation de *Paul Ier*... quand l'acteur a prononcé cette phrase, je n'ai pas pu m'empêcher de crier : « Très juste ! » Eh bien, autour de moi, on a applaudi. Il n'y a eu qu'un salaud, au poulailler, qui m'a crié : « Idiot ! »

— Un youpin ! affirma sombrement la Carpe, fortement éméché.

Brouillard. Brouillard. Brouillard. Tonk-tank... tonk-tank... Impossible de boire une goutte de vodka de plus, impossible de boire une goutte de vin de plus ; ça vous transperce jusqu'au fond de l'être, pour ressortir aussitôt. Dans l'étroite caverne du petit cabinet de toilette, où une lampe dansait au plafond, comme ensorcelée, tout ondulait, vacillait. Blême, épuisé, Mychlaïevski était secoué d'horribles vomissements. Tourbine, ivre lui aussi, effrayant d'aspect avec sa joue tiraillée par un tic et ses cheveux collés au front, soutenait Mychlaïevski.

— Raaah...

Enfin, celui-ci s'écarta en gémissant du lavabo, leva douloureusement ses yeux éteints et s'affala, mou comme un sac vide, dans les bras de Tourbine.

— Nikolka, prononça une voix dans l'air fumeux où roulaient des volutes noirâtres (et il fallut plusieurs secondes à Tourbine pour se rendre compte que c'était sa propre voix), Nikolka ! répéta-t-il.

La cloison blanche du cabinet de toilette se mit à flotter, et devint verte. « Mon Dieu, mon Dieu, quelle saleté, quelle dégoûtation. Jamais plus, je le jure, je ne mélangerai la vodka et le vin. »

— Nikol...

— Aaah, râla Mychlaïevski en s'affaissant sur le plancher.

Une fente noire s'ouvrit dans le mur, s'élargit, et on y vit paraître la tête de Nikolka et le chevron de sa manche.

1. « La foi orthodoxe et le pouvoir autocratique », citation de la pièce *Paul Ier*, de l'écrivain symboliste russe Dimitri Merejkovski. Cette pièce était à l'affiche du théâtre Solovtsov de Kiev, en 1918.

— Nikol... aide-moi, prends-le. Prends-le comme ça, sous les bras.

— Tsss... tsss... Hé, hé, marmotta Nikolka en hochant la tête avec commisération, et il tendit ses muscles. Le corps sans vie ballottait, les pieds traînaient à terre et s'écartaient, la tête morte pendait comme accrochée à un fil. Tonk-tank. La pendule glissait le long du mur, puis reprenait sa place. Les petites fleurs peintes sur les tasses se rassemblaient en bouquets et dansaient. Des taches rouges enflammaient le visage d'Hélène, et une mèche de cheveux s'agitait sur son sourcil droit.

— Bon. Mets-le là.

— Ferme-lui au moins sa robe de chambre. Je suis là, enfin, c'est indécent. Maudits démons. Vous ne savez pas boire. Victor ! Victor ! Qu'est-ce que tu as ? Vic...

— Laisse-le donc. Ça ne sert à rien. Nikolka, écoute. Dans mon cabinet, sur une étagère... il y a un flacon, c'est écrit *Liquor ammonii*, mais l'étiquette est à moitié arrachée... enfin, tu verras, ça sent l'ammoniaque.

— J'y vais... j'y vais... Tsss tsss.

— Tu fais un fameux docteur...

— Oh, ça va, ça va.

— Quoi ? Son pouls s'est arrêté ?

— Mais non, c'est rien, il s'en remettra.

— Une cuvette ! Une cuvette !

— Une cuvette, s'il vous plaît.

— Raaah...

— Vous, alors !

La nauséabonde liqueur jaillit. La Carpe et Hélène avaient ouvert la bouche de Mychlaïevski. Nikolka le soutenait, et par deux fois, Tourbine lui versa entre les dents le liquide blanc et trouble.

— Ah... Rrr... ouch... Tfff...

— De la neige, vite...

— Seigneur mon Dieu. Se mettre dans un état pareil...

Le chiffon mouillé de neige posé sur son front s'égouttait sur le drap, et par-dessous le chiffon, on voyait rouler, sous les paupières battues, le blanc des yeux injecté de sang. Le nez était pincé et marqué d'ombres bleues. Un quart d'heure durant, tous s'agitèrent, s'affairèrent en se heurtant des coudes autour de l'officier vaincu. Enfin, il ouvrit les yeux et grogna :

— Ah... assez...

— Bon, ça ira. Qu'il dorme ici.

Dans toutes les chambres, les lumières s'allumaient, on allait et venait, on préparait les lits.

— Leonid Yourievitch, vous coucherez ici, avec Nikolka.

— A vos ordres.

Chervinski, le visage rouge brique mais se donnant un air gaillard, claqua des talons et, s'inclinant, montra la raie de ses cheveux. Les blanches mains d'Hélène voletaient sur les coussins du divan.

— Ne vous donnez pas la peine... Je vais le faire.

— Allons, ôtez-vous de là. Et pourquoi tenez-vous ce coussin par l'oreille ? Je n'ai pas besoin de votre aide.

— Permettez-moi de vous baiser la main...

— En quel honneur ?

— Pour vous remercier du mal que vous vous donnez.

— Je n'en ai que faire... Nikolka, tu coucheras dans ton lit. Et lui, comment va-t-il ?

— Ça va, ça va mieux, il a besoin de dormir un bon coup.

Deux lits blancs furent également dressés dans la pièce qui précédait la chambre de Nikolka, derrière deux armoires poussées l'une contre l'autre et pleines de livres. Dans la famille du professeur, cette pièce avait reçu le nom de « librairie ».

Et les lumières s'éteignirent ; elles s'éteignirent dans la bibliothèque, dans la chambre de Nikolka, dans la salle à manger, où on ne voyait plus qu'une mince lueur rouge sombre filtrant de la chambre d'Hélène par l'étroite fente laissée entre les pans de la portière. La lumière blessait les yeux d'Hélène, aussi avait-elle couvert la lampe posée sur la table de chevet, d'une capote de théâtre cramoisie. Naguère, à l'époque où ses mains, sa fourrure et ses lèvres étaient parfumées, Hélène allait le soir au théâtre coiffée de cette capote, sous laquelle son visage finement et délicatement poudré rappelait celui de Lisa de *La Dame de pique*. Mais en une seule année — l'année dernière — la capote était tombée dans un étrange et soudain délabrement, les plis étaient coupés et ternis, les rubans usés. Comme Lisa de *La Dame de pique*, la rousse Hélène, en robe de chambre, les mains abandonnées sur les genoux, était assise au bord du lit ouvert[1]. Ses pieds nus

1. *La Dame de pique*, opéra de Tchaïkovski, d'après la nouvelle de

s'enfonçaient dans une vieille peau d'ours râpée. Son ivresse éphémère s'était envolée, et un immense et noir chagrin coiffait la tête d'Hélène, comme jadis la capote. De la chambre voisine parvenaient, assourdis à travers la porte condamnée par une armoire, le léger sifflement de Nikolka et le ronflement alerte et plein de vie de Chervinski. De la librairie, par contre, on ne percevait que le silence de mort de Mychlaïevski et de la Carpe. Hélène était seule, aussi conversait-elle sans honte, tantôt à mi-voix, tantôt silencieusement, remuant à peine les lèvres, avec la capote emplie de lumière et avec les deux rectangles noirs des fenêtres.

— Il est parti...

Ayant murmuré ces mots en clignant de ses yeux secs, elle demeura songeuse. Ses pensées étaient incohérentes, elle-même ne parvenait pas à les comprendre. Il est parti, en un pareil moment. Oui mais permettez, c'est un homme très raisonnable, et il a très bien fait de partir... C'est tout de même pour le mieux...

— Mais en un pareil moment..., grommela Hélène, et elle poussa un profond soupir. Qu'est-ce donc que cet homme-là? Elle croyait pourtant bien l'avoir aimé, et même s'être attachée à lui. Et comment expliquer autrement cette immense tristesse, dans la solitude de la chambre, près de ces fenêtres dont l'obscurité semble aujourd'hui sépulcrale? Mais ni aujourd'hui ni tout le temps — un an et demi — qu'elle a vécu avec cet homme, son âme n'a pu trouver l'essentiel, cet essentiel sans quoi aucune union ne peut exister, pas même le brillant mariage de la belle, de la précieuse Hélène aux cheveux d'or rouge avec l'ambitieux officier d'état-major général, avec les chapeaux, les parfums, les éperons — union facile, qui plus est, parce que sans enfants. Avec un officier d'état-major général, un Balte avisé et circonspect. Qu'est-ce donc que cet homme? Et quelle est cette chose essentielle, sans laquelle mon âme est vide?

— Je sais, je sais, se répondit Hélène à elle-même, c'est l'estime. Tu le sais, Serioja, dit-elle d'un ton significatif à la capote rouge, en levant un doigt, je n'ai aucune estime pour toi. Effrayée soudain de ce qu'elle venait de dire, elle fut en

Pouchkine. Dans la scène 2 du premier acte, Lisa, seule dans sa chambre, s'interroge avec inquiétude sur le mariage auquel elle s'est engagée.

même temps effrayée de sa solitude, et désira qu'il fût là, près d'elle, à l'instant même. Tant pis pour l'estime, tant pis pour cette chose essentielle, pourvu qu'en cet instant pénible, il soit ici. Il est parti. Et les frères l'ont embrassé. Le fallait-il vraiment? Eh mais, pardon, qu'est-ce que je dis là? Qu'auraient-ils pu faire d'autre? Le retenir? Certainement pas. Alors tant pis s'il n'est pas là en cet instant pénible, tant mieux même, en tout cas il ne fallait pas le retenir. Absolument pas. Qu'il s'en aille. Pour l'embrasser, ça évidemment, ils l'ont embrassé, mais dans le fond de leur âme, ils le haïssent. Parole. Et toi, tu te fais des illusions, tu te mens à toi-même, mais si tu réfléchis un peu, c'est clair : ils le haïssent. Nikolka, peut-être, c'est un brave garçon, mais l'aîné... Quoique non. Aliocha aussi est bon, mais on a l'impression que sa haine est plus forte. Seigneur, qu'est-ce que je vais penser là? Serioja, qu'est-ce que je vais penser de toi? Et s'ils coupaient les communications... Il resterait là-bas, moi ici...

— Mon mari, dit-elle en soupirant (et elle commença à déboutonner sa robe de chambre), mon mari...

La capote écoutait avec intérêt, ses joues illuminées d'une juteuse lueur rouge. Elle demanda :

— Ton mari, qu'est-ce que c'est que cet homme-là?

« Une crapule. Et rien de plus! se dit Tourbine, seul lui aussi et séparé d'Hélène par une chambre et le vestibule. Les pensées d'Hélène lui parvenaient et le brûlaient déjà depuis de longues minutes. C'est une crapule, mais moi, je suis vraiment une poule mouillée. Que je ne l'aie pas flanqué à la porte, soit, mais, j'aurais pu au moins m'en aller sans rien dire. Qu'il aille au diable. C'est une crapule, non parce qu'il a abandonné Hélène en un pareil moment — après tout, c'est une bagatelle, une bêtise — mais pour une tout autre raison. Oui, mais laquelle? Ah, nom d'un chien, je lis en lui à livre ouvert. Ce pantin est absolument dépourvu de tout sens de l'honneur. Quoi qu'il en dise, il parle comme une balalaïka sans cordes, et c'est un officier sorti d'une école militaire russe. C'est-à-dire ce qu'il devrait y avoir de meilleur en Russie. »

Le silence se fit dans l'appartement. Le rai de lumière qui tombait de la chambre à coucher d'Hélène s'éteignit. Elle s'endormit, et ses pensées s'éteignirent aussi, mais Tourbine continua longtemps à se tourmenter dans sa petite chambre, accoudé à son modeste bureau. Le mélange de vodka et de vin du Rhin lui jouait de mauvais tours. Ses yeux enflammés étaient fixés sur une page du premier livre qui lui était tombé sous la main, et relisaient sans cesse, stupidement, la même phrase : « Pour l'homme russe, l'honneur n'est qu'un fardeau inutile. »

C'est à l'aube seulement qu'il se déshabilla et s'endormit. Mais dans son sommeil lui apparut un cauchemar de petite taille, en pantalon à grands carreaux, qui lui dit d'un air railleur :

— On ne s'assoit pas le profil nu sur un hérisson !... La Sainte Russie n'est qu'un pays en bois, misérable et... dangereux, et pour l'homme russe, l'honneur n'est qu'un fardeau inutile[1].

— Canaille ! cria Tourbine dans son rêve. Attends, tu vas voir !

Il fouilla dans un tiroir à la recherche de son browning, le trouva, voulut faire feu sur le drôle, se jeta à sa poursuite, mais le cauchemar disparut.

Deux heures s'écoulèrent alors d'un sommeil trouble, noirâtre, sans rêve. C'est seulement lorsqu'une lueur pâle vint caresser les fenêtres de la chambre qui donnaient sur la véranda, que Tourbine se mit à rêver de la Ville.

IV

Comme une ruche aux innombrables alvéoles, la Ville bourdonnait, fumait, vivait, splendide dans l'air gelé et les traînées de brouillard, sur les hauteurs qui dominent le Dniepr. Des jours entiers durant, les fumées de milliers de cheminées montaient en spirales vers le ciel. Des lambeaux de brume flottaient dans les rues, et on entendait crisser le gigantesque

1. « La Sainte Russie est un pays en bois, misérable et... inutile » : propos de l'écrivain Karmazinov, dans *Les Possédés* de Dostoïevski (II, 6, V). Annonçant son intention de quitter la Russie, Karmazinov soutient dans le même passage que « le fond de l'idée révolutionnaire russe est la négation de l'honneur ». Le cauchemar en pantalon à carreaux qui apparaît à Alexis rappelle l'interlocuteur diabolique d'Ivan dans *Les Frères Karamazov* (IV, 11, IX). Dans *Le Maître et Marguerite*, Koroviev, d'abord présenté comme une hallucination narquoise, arborera lui aussi un pantalon à carreaux.

entassement de neige. Les maisons dressaient leur cinq, six, sept étages. Dans la journée, leurs fenêtres étaient noires, mais le soir, par rangées, elles jetaient des lueurs de feu dans les hauteurs bleu nuit. Aussi loin que pouvait porter le regard, semblables à des colliers de pierres précieuses, brillaient les globes électriques, suspendus tout en haut de minces lampadaires gris. Tout le jour, les tramways aux banquettes jaune paille rembourrées, comme on les fait à l'étranger, parcouraient les rues dans un vrombissement continu, agréable à l'oreille. Les cochers de fiacres dévalaient les pentes en poussant des cris, et les cols de fourrure sombre, argentée ou noire, donnaient au visage des femmes une mystérieuse beauté.

Les jardins dormaient silencieux et déserts, sous leur manteau de neige immaculée. Et il y avait dans la Ville plus de jardins que dans aucune ville au monde. Ils s'étalaient partout en larges taches, coupés d'allées et de ravins, remplis de marronniers, d'érables, de tilleuls.

Ils se pavanaient sur les magnifiques escarpements qui surplombent le Dniepr, où, montant en gradins, s'élargissant, tantôt bariolé de millions de taches de soleil, tantôt noyé d'une douce pénombre, régnait l'immortel Jardin impérial. Au bord de vertigineux précipices, les poutres noircies et vermoulues du parapet ne formaient qu'une barrière dérisoire. De hautes parois, balayées par les tempêtes de neige, tombaient à pic sur les lointaines terrasses inférieures, et celles-ci, s'étendant toujours plus loin, atteignaient les bosquets du rivage, au-dessus de la route qui court, sinueuse, le long du grand fleuve, dont le ruban sombre et figé par le gel s'en allait disparaître à l'horizon brumeux, hors de portée du regard même à partir des sommets de la Ville, vers les chutes argentées du Dniepr, la Sietch des Cosaques zaporogues, la Chersonèse, et plus loin, vers la mer[1].

En hiver, plus que dans aucune ville au monde, le silence et la paix descendaient sur les rues et les ruelles de la Ville, aussi bien de la Ville haute accrochée à flanc de rocher que de la

1. Le mot « Sietch » désignait le campement de l'armée zaporogue sur le Bas-Dniepr. La Chersonèse est l'ancien nom de la Crimée, qui était, dans l'Antiquité, une colonie grecque. Cet élargissement de l'horizon en direction de la mer Noire est une réminiscence du prodige décrit dans *Une terrible vengeance* de Gogol, l'un des contes des *Soirées du hameau*.

Ville basse étalée dans un vaste méandre du fleuve glacé, et le grondement des machines, avalé par les édifices de pierre, s'atténuait jusqu'à n'être plus qu'un sourd ronronnement. Toute l'énergie de la Ville, accumulée aux jours ensoleillés et orageux de l'été, se résolvait en lumière. Dès quatre heures de l'après-midi, la lumière embrasait les fenêtres des maisons, les globes des lampadaires électriques, les becs de gaz, les lanternes numérotées des immeubles, et les façades entièrement vitrées des centrales électriques, où l'on voyait tourner et tressauter, inlassablement et follement, les rouages des machines, ébranlant le sol jusque dans ses fondements — ces centrales qui font imaginer, pour l'humanité, un avenir électrique, fait de terrible et vaine agitation. Chaque nuit la lumière brûlait, jouait, ruisselait, scintillait par toute la Ville jusqu'au matin, et au matin elle s'éteignait, et la Ville se voilait de fumée et de brouillard.

Mais la plus brillante de toutes les lumières était celle de la grande croix électrique blanche que portait l'énorme statue de saint Vladimir, érigée sur le tertre du même nom[1]. On la voyait de très loin, et souvent, par les nuits noires de l'été, dans le labyrinthe des anses et des méandres de l'antique rivière, les patrons d'embarcations l'apercevaient à travers les branches des saules, et réglaient sur sa lumière leur route vers la Ville, ses quais et ses appontements. En hiver, la croix scintillait dans les épaisses ténèbres du ciel et régnait, froide et paisible, sur les lointains en pente douce de la rive est, vers Moscou. De cette rive, deux immenses ponts avaient été jetés sur le fleuve. L'un, le pont Nicolas, était un lourd pont suspendu qui menait aux faubourgs de l'autre rive. Sur le second, mince et élancé comme une flèche, passaient les trains qui venaient de là-bas, loin, très loin, où s'étalait la tiare bigarrée de la mystérieuse Moscou.

Et voici qu'en cet hiver de l'année 1918, la Ville connaissait une vie étrange, contre nature, qui restera probablement unique dans les annales du XXe siècle. Derrière les murs de

1. En 988, le grand-prince de Kiev, Vladimir, convertit la Russie au christianisme. Il fut canonisé par l'Église russe à la fin du XIIIe siècle. Sa statue, haute de 19 mètres, œuvre du sculpteur Klodt, fut érigée en 1853 sur la colline boisée de Saint-Vladimir.

pierre, tous les appartements étaient bondés. Leurs anciens et traditionnels habitants se serraient, se serraient sans cesse pour accueillir, bon gré mal gré, les nouveaux venus attirés par la Ville. Et ceux-ci, précisément, arrivaient par le pont élancé comme une flèche, des lointaines régions où montaient de mystérieuses fumées bleues.

On voyait arriver des banquiers en fuite, aux cheveux grisonnants et accompagnés de leur femme, des hommes d'affaires avisés qui avaient laissé à Moscou des fondés de pouvoir chargés de garder la liaison avec le nouveau monde qui était en train de naître dans l'empire moscovite, des propriétaires qui avaient confié leurs immeubles, secrètement, à des intendants fidèles[1], des industriels, des marchands, des avocats, des hommes politiques. Des journalistes de Moscou et Saint-Pétersbourg, vendus, cupides et lâches. Des cocottes. Des dames honnêtes, de familles aristocratiques. Leurs tendres filles, pâles débauchées pétersbourgeoises aux lèvres peintes de carmin. Des secrétaires de directeurs de cabinet, de jeunes pédérastes passifs. Des princes et des grippe-sou, des poètes et des usuriers, des gendarmes et des actrices des théâtres impériaux. Cette foule, se glissant par toutes les fissures, faisait route vers la Ville.

Pendant tout le printemps, depuis l'élection de l'hetman, la Ville n'avait cessé de se remplir de nouveaux arrivants. Dans les appartements, ils dormaient sur les canapés, sur les chaises. Ils dînaient, dans les maisons riches, en énormes compagnies. On avait vu s'ouvrir d'innombrables échoppes de marchands de pâtés et comestibles qui fonctionnaient jusqu'à la nuit close, des cafés où l'on pouvait acheter non seulement du café, mais aussi des femmes, de nouveaux théâtres de variétés sur les planches desquels grimaçaient et faisaient rire le public les plus célèbres acteurs des deux capitales, le fameux théâtre du Nègre mauve, et dans la rue Nikolas, un club grandiose, intitulé Le Pal[2], (peintres, artistes, littérateurs), où les assiettes et

1. Cette situation est exploitée dans la nouvelle de Boulgakov, *La maison Elpit. Commune ouvrière* (1922).

2. En russe *Prakh*, c'est-à-dire les « cendres ». Allusion au cabaret Khlam (littéralement « fatras », sigle de « peintres, littérateurs, acteurs, musiciens ») qui s'était ouvert à Kiev au sous-sol de l'hôtel Continental, rue Nicolas. Quant au Nègre mauve, (l'expression est empruntée au poème d'Alexandre Vertinski : « Où êtes-vous maintenant, qui vous baise les

les soucoupes tintaient jusqu'à l'aube. Du même coup avaient paru de nouveaux journaux, et les meilleures plumes de Russie y écrivaient des feuilletons qui traînaient les bolcheviks dans la boue. A longueur de journée, les fiacres trimbalaient des clients de restaurant en restaurant, et la nuit, les cabarets, au son des violons, s'emplissaient de fumée et de tabac où se détachaient, d'une beauté extra-terrestre, les visages blêmes et exténués de prostituées droguées à la cocaïne.

La Ville grossissait, s'enflait, débordait comme un pot trop plein. Les cercles de jeu bourdonnaient jusqu'au petit jour. Ils avaient pour clientèle des gens de Pétersbourg et des gens de la Ville, d'importants et orgueilleux officiers allemands, que les Russes craignaient et respectaient, des tricheurs de clubs de Moscou et des propriétaires fonciers russes et ukrainiens dont la fortune ne tenait déjà plus qu'à un fil. Au café Maxime, un Roumain adipeux et charmeur faisait chanter son violon comme un rossignol. Il avait des yeux magnifiques, au blanc teinté de bleu, langoureux, nostalgiques, et des cheveux de velours. Les lampes voilées de châles tziganes jetaient deux lumières, blanche en bas, orange en haut et sur les côtés. Des tentures de soie bleue poussiéreuse partaient en étoile du plafond et descendaient en cascade le long des murs, et, dans les loges bleues, étincelaient de gros diamants et chatoyaient de rousses fourrures sibériennes. Cela sentait le café grillé, la sueur, l'alcool et les parfums français. Pendant tout l'été 1918, des chauffeurs à la silhouette rebondie en caftan ouatiné, firent les cent pas dans la rue Nicolas, près des voitures dont les lanternes, jusqu'au lever du jour, éclairaient la chaussée de leurs cônes de lumière. Aux vitrines des magasins, foisonnaient de véritables forêts de fleurs parmi lesquelles pendaient, comme des rondins de graisse dorée, de gros filets d'esturgeon, et où brillaient les aigles et les médailles des fameuses bouteilles de champagne Abrau.

Et pendant tout l'été, les immigrants continuèrent d'affluer. Ténors d'opéra au visage blême et cartilagineux, barbiche grisonnante soignée, bottines vernies étincelantes et regard impudent, membres de la douma d'État[1] à pince-nez, barbeaux

doigts ? »), il désigne le cabaret-théâtre Jimmy le Borgne, installé au sous-sol de l'hôtel François.

1. Chambre législative élue instituée après la révolution de 1905. Lors de la révolution de Février, un groupe de députés de la 4e douma fut à l'ori-

aux noms sonores, joueurs de billard, filles que l'on menait dans les magasins acheter du rouge à lèvres, du vernis et des pantalons de batiste monstrueusement fendus.

Tout ce monde envoyait lettre sur lettre vers la seule issue possible, à travers la trouble Pologne (nul ne savait, du reste, ce que c'était que ce nouveau pays — la Pologne — et ce que, par le diable, on pouvait bien y fabriquer[1]), vers l'Allemagne, le grand pays des honnêtes Teutons, pour demander des visas ou faire passer de l'argent, pressentant qu'il faudrait sans doute partir plus loin, encore plus loin, vers des régions qui seraient toujours à l'abri du fracas et des épouvantables désordres semés par les régiments bolcheviques. On rêvait de la France, de Paris, on poussait de gros soupirs à la pensée qu'il était très difficile — presque impossible — d'y aller. Et, pendant les nuits sans sommeil sur des divans étrangers, on soupirait de plus belle aux idées qui venaient soudain, affreuses, quoique pas très claires.

— Et si tout d'un coup... ? Si tout d'un coup le cordon de fer allait se rompre ? Si tout d'un coup, ils allaient surgir... Horreur...

Ces idées venaient particulièrement lorsqu'on percevait au loin, très loin, les coups sourds des canons — tout cet été-là, qui fut splendide et chaud, la canonnade, on ne sait pourquoi, ne cessa de gronder aux alentours de la Ville, alors que partout et en toutes circonstances, raides comme des barres de fer, les soldats allemands maintenaient l'ordre, tandis que dans les faubourgs de la Ville même éclataient à tout instant des fusillades étouffées : Tatatatata...

Qui tirait sur qui ? Nul ne le savait. C'était la nuit. Mais le jour, on se rassurait en voyant passer de temps à autre sur le Krechtchatik ou rue Vladimir, le régiment des hussards allemands. Et ça, c'était un régiment ! Bonnets à poil surmontant des visages altiers, jugulaires emprisonnant des mentons de pierre, moustaches rousses hardiment retroussées en pointes. Les grands chevaux alezans allaient par escadrons, flanc à flanc, et les six cents cavaliers étaient sanglés dans des

gine de la création du Gouvernement provisoire renversé huit mois plus tard par les bolcheviks.

1. L'État polonais, qui avait cessé d'exister en 1795 à la suite du troisième partage de la Pologne, fut reconstitué le 7 novembre 1918.

vareuses gris-bleu, comme les lourds chefs allemands des monuments de Berlin dans leur uniforme de bronze.

En les voyant, on se rassurait et on se réjouissait, et derrière les barbelés qui défendaient l'accès de la Ville, on lançait aux lointains bolcheviks, avec un rictus haineux :

— Hé, venez donc vous y frotter !

On haïssait les bolcheviks. Non pas de cette haine acharnée, qui fait qu'on veut aller se battre, qu'on veut tuer, mais d'une haine lâche, sifflante, une haine au ras des murs, une haine de l'ombre. On les haïssait la nuit, en s'endormant dans une vague terreur, le jour dans les restaurants, en lisant les journaux qui décrivaient les bolcheviks tuant d'une balle de mauser dans la nuque des officiers et des banquiers, ou les boutiquiers de Moscou vendant la viande des chevaux contaminés par la morve. Tous les haïssaient, tous : marchands, banquiers, industriels, avocats, acteurs, propriétaires, cocottes, conseillers d'État, ingénieurs, médecins, écrivains...

Il y avait les officiers. Ils accouraient du nord, et de l'ouest — l'ancien front —, et tous se dirigeaient vers la Ville, et ils étaient nombreux, de plus en plus nombreux. Ce faisant, ils risquaient leur vie, car sans argent pour la plupart et portant la marque indélébile de leur profession, il leur était plus difficile qu'à quiconque de se procurer de faux papiers et de passer la frontière. Ils réussissaient cependant à passer, et ils apparaissaient en ville avec des regards de bête traquée, mal rasés et pouilleux, sans galons ni épaulettes, et ils s'efforçaient alors de s'adapter et de se procurer logement et nourriture. Il y avait parmi eux des Kiévains de vieille souche, qui revenaient de la guerre et rentraient dans leurs foyers avec une seule pensée, qui était celle d'Alexis Tourbine : se reposer, se reposer, et se refaire une vie nouvelle, hors de la guerre et de l'armée, une simple vie d'homme ordinaire. Il y avait aussi des centaines d'étrangers à la Ville, pour qui il était désormais impossible de demeurer à Pétersbourg ou à Moscou. Certains d'entre eux — cuirassiers, chevaliers-gardes, gardes à cheval et hussards de la garde — nageaient aisément dans l'écume trouble de la Ville inquiète. C'est ainsi que l'escorte de l'hetman montrait le plus fantaisiste assemblage d'épaulettes, et qu'aux tables de l'hetman prenaient place jusqu'à deux cents individus aux cheveux calamistrés et aux dents cariées couvertes d'or. Ceux que l'escorte ne pouvait absorber s'installaient dans de coûteuses fourrures à col de castor et dans le demi-jour des appartements à lambris de chêne sculpté de Lipki — le meilleur quartier de la Ville —, dans les restaurants et les hôtels...

D'autres, capitaines d'état-major venus de régiments de ligne désorganisés et dissous, hussards de la ligne comme le colonel Naï-Tours, enseignes et sous-lieutenants par centaines, ex-étudiants comme Stépanov, dit la Carpe, éjectés des rouages de la vie par la guerre et la Révolution, lieutenants, anciens étudiants aussi mais privés à jamais de tout avenir universitaire, comme Victor Victorovitch Mychlaïevski, arrivaient à la Ville en capote grise râpée jusqu'à la corde, avec des blessures non encore cicatrisées, montrant la trace effilochée de leurs épaulettes disparues. Dans leur famille ou dans une famille étrangère, ils dormaient sur des chaises, enveloppés de leur capote. Ils buvaient force vodka, couraient partout, s'affairaient en tout sens, bouillonnant de haine rentrée. Ceux-là haïssaient les bolcheviks d'une haine directe et brûlante, de la haine qui pousse à se battre.

Il y avait les junkers. Au début de la révolution, il existait encore dans la Ville quatre écoles militaires : une du génie, une d'artillerie, deux d'infanterie. Prises d'assaut par les soldats, elles s'étaient dissoutes dans le vacarme de la fusillade, jetant à la rue leurs élèves mutilés, lycéens d'hier et pas encore étudiants, mi-adultes mi-enfants, ni civils ni militaires, semblables en tout à ce jeune homme de dix-sept ans, Nikolka Tourbine...

— Tout cela est très joli, bien sûr, et sur tout cela règne l'hetman. Mais ma parole, je ne sais toujours pas, et je ne saurai probablement jamais ce que représente cet étonnant souverain, dont le titre appartient plutôt au XVIIe siècle qu'au XXe.

— Qui est-il donc, Alexis Vassilievitch ?

— Il est chevalier-garde, général, propriétaire foncier des plus riches, et il s'appelle Paul Petrovitch...

Par une étrange ironie du sort et de l'histoire, son élection, qui eut lieu en avril de cette inoubliable année, se déroula dans un cirque. Ce qui ne manquera pas de fournir aux futurs historiens une copieuse matière à plaisanterie. Quant aux citoyens, et particulièrement ceux qui ne pouvaient quitter la Ville et qui avaient essuyé les premières explosions de la guerre intestine, non seulement ils n'avaient pas envie de plaisanter, mais ils étaient même incapables de réfléchir à quoi que ce fût. L'élection a été enlevée avec une rapidité plus que surprenante — tant mieux. L'hetman est au pouvoir — parfait. Pourvu seulement qu'il n'y ait pas pénurie de beurre et de viande au marché, pas de coups de feu dans les rues, et — Dieu le veuille ! — pas de bolcheviks, et que le petit peuple ne se mette pas à piller. Eh bien, on vit tout cela se réaliser plus ou moins sous l'hetman, et même, en fin de compte, à un degré assez considérable. A tout le moins, les immigrants de Moscou et de Pétersbourg, ainsi que la majorité des citoyens de la Ville, tout en se moquant de cette étrange Ukraine « hetmaniste », qu'ils appelaient, à l'instar du capitaine Thalberg, une mascarade, un royaume d'opérette, chantaient sincèrement les louanges de l'hetman, et... « Dieu fasse que cela dure toujours ».

Mais voilà. Cela pouvait-il durer toujours, personne n'était en mesure de le dire, y compris l'hetman lui-même. Eh oui.

Le fait est que la Ville était la Ville, avec sa police, son ministère, même ses forces armées, et divers journaux, mais ce qui se passait autour, dans cette vraie Ukraine dont la superficie dépasse celle de la France et qui compte des dizaines de millions d'habitants, cela, personne ne le savait. On ne savait pas, on ne savait rien, non seulement sur les régions éloignées, mais même — c'est grotesque à dire — sur les villages distants de cinquante verstes. On ne savait rien, mais on haïssait de toute son âme. Et quand parvenaient de vagues nouvelles de ces endroits mystérieux qu'on appelle des villages, quand on apprenait que les Allemands volaient les moujiks et les châtiaient impitoyablement en les exterminant à la mitrailleuse, non seulement aucune voix indignée ne se faisait entendre pour prendre la défense des moujiks ukrainiens, mais plus d'une fois, sous les abat-jour de soie des salons, on montrait les dents comme des loups et on grognait :

— Bien fait pour eux ! Bien fait. Ils méritaient même pire ! Moi, je n'irais pas par quatre chemins ! Ah, ils se la rappelleront la révolution ! Les Allemands vont leur apprendre. Ils ne voulaient pas de nous, ils verront avec les étrangers !

— Quelle inconséquence. Dieu, quelle inconséquence...

— Comment, Alexis Vassilievitch !... Mais ce sont de véritables crapules. Des bêtes sauvages, absolument. Mais c'est bon. Les Allemands vont leur montrer.

Les Allemands !

Les Allemands !

Partout :

Les Allemands !

Les Allemands !

Soit : ici, les Allemands, et là-bas, de l'autre côté du lointain cordon, vers les forêts bleues, les bolcheviks. Rien d'autre que ces deux forces.

V

Mais voici qu'une troisième force, inattendue et insoupçonnée, fit son apparition sur l'immense échiquier. Ainsi, le joueur médiocre et malhabile, après s'être abrité derrière une chaîne de pions des attaques de son terrible adversaire (et les pions de l'échiquier n'offrent-ils pas une grande ressemblance avec les soldats allemands ?), groupe toutes ses figures — ses officiers — auprès du roi. Mais la perfide reine de l'adversaire trouve soudain un passage, et, par un mouvement tournant, fait irruption sur les arrières de l'ennemi, détruit les pions et les cavaliers et donne de redoutables échecs. A la suite de la reine s'élance, léger et rapide, le fou-officier, puis les cavaliers, par d'habiles zigzags, arrivent à leur tour, et le pauvre joueur sans talent périt — son roi de bois est mat.

Tout cela arriva rapidement, mais non soudainement, et fut précédé de certains signes.

C'était un jour de mai. La Ville s'éveillait, resplendissante comme une perle sertie de turquoise, le soleil montait, répandant sa lumière sur le royaume de l'hetman, les citoyens s'agitaient déjà, comme des fourmis, pour vaquer à leurs petites affaires, des commis ensommeillés ouvraient les stores grinçants des magasins, quand un bruit terrible et sinistre roula par les rues de la Ville. Il était d'un timbre inconnu — ni canonnade ni tonnerre —, mais d'une telle puissance que nombre de lucarnes s'ouvrirent toutes seules et que toutes les vitres tremblèrent. Le bruit se répéta, passa une seconde fois sur la Ville haute, roula par vagues jusqu'à la Ville basse — le Podol —, traversa le beau Dniepr bleu, et se perdit au loin, vers Moscou. Tous les citoyens se retrouvèrent sur pied, et les rues furent en proie à la confusion. Celle-ci fut tout de suite à son comble quand on vit accourir du Petchersk — les beaux quartiers de la

Ville haute — des gens en loques et ensanglantés qui hurlaient et gémissaient. Le bruit retentit une troisième fois, avec une force telle que les vitres des maisons du Petchersk dégringolèrent avec fracas, tandis que le sol tremblait.

On vit là des femmes qui fuyaient en chemise de nuit, en poussant des cris affreux. On sut bientôt d'où venait le bruit. Il venait du mont Chauve, qui domine le Dniepr à proximité de la Ville, où étaient entreposées d'immenses réserves de poudre et d'obus. Les dépôts du mont Chauve avaient explosé[1].

Pendant cinq jours, la Ville vécut dans l'angoisse, s'attendant à voir les gaz toxiques descendre du mont Chauve et se répandre dans les rues. Mais les explosions cessèrent, les gaz ne vinrent pas, les gens ensanglantés disparurent, et la Ville reprit partout son aspect paisible et tranquille, à l'exception d'un petit coin du Petchersk où quelques maisons s'étaient effondrées. Il va sans dire que le commandement allemand ordonna une enquête serrée, et il va sans dire que la Ville ne sut rien quant aux causes de l'explosion. Diverses opinions furent émises.

— L'explosion a été causée par des espions français.

— Non, l'explosion a été causée par des espions bolcheviques.

Tout cela se termina très simplement : l'affaire fut oubliée.

Le second signe survint en été, dans une Ville bruyante, grondante, regorgeant de verdure poussiéreuse, où les lieutenants allemands buvaient des océans de soda. Ce second signe fut littéralement monstrueux.

En plein jour, rue Nicolas, précisément là où stationnaient les voitures de luxe, un homme fut assassiné, qui n'était rien moins que le commandant en chef de l'armée allemande en Ukraine, le feld-maréchal Eichhorn, intouchable et hautain général, vraiment terrible par sa puissance, adjoint direct de l'empereur Guillaume lui-même ! Son assassin était, cela va de soi, un ouvrier, et cet ouvrier était, cela va de soi, socialiste[2].

1. Le mont Chauve, nom d'une colline au sud de Kiev où était censé se tenir le sabbat des sorcières (cf. *Une nuit sur le mont Chauve* de Moussorgski). Le 24 mai 1918 un incendie d'origine inconnue se déclara dans un dépôt de munitions situé au pied du mont, provoquant des explosions meurtrières.

2. Le feld-maréchal Eichhorn fut assassiné le 30 juillet 1918 par le socialiste révolutionnaire de gauche Boris Donskoï.

Vingt-quatre heures après la mort du général, les Allemands pendirent non seulement l'assassin, mais aussi le cocher qui l'avait amené sur les lieux. Certes, l'illustre général n'en fut nullement ressuscité, mais cela inspira aux gens sensés des réflexions tout à fait remarquables sur ce qui se passait.

Ainsi, le soir même, respirant avec peine l'air étouffant devant sa fenêtre ouverte, sa chemise de tussor déboutonnée, Vassilissa, assis devant un verre de thé au citron, chuchotait mystérieusement à l'oreille d'Alexis Vassilievitch Tourbine :

— Au vu de tous ces événements, je ne peux pas m'empêcher d'en conclure que notre vie, aujourd'hui, est extrêmement précaire. Il me semble que sous les pieds des Allemands, quelque chose (Vassilissa remua en l'air ses petits doigts boudinés) est en train de chanceler. Voyez vous-même... Eichhorn... et où, hein ? (Vassilissa roula des yeux effrayés.)

Tourbine avait écouté sombrement. Un tic lui tirailla sombrement la joue, et il sortit.

Un troisième signe avant-coureur survint dès le lendemain matin, et cette fois, il s'abattit sur Vassilissa lui-même. Très tôt, au petit lever du jour, alors qu'un joli soleil tout neuf envoyait par inadvertance un joyeux rayon dans l'obscur souterrain qui conduisait de la petite cour à l'appartement de Vassilissa, celui-ci, qui allait mettre le nez dehors, aperçut le présage en plein dans le rayon de soleil. Un présage dans l'éclat incomparable de ses trente ans, rehaussé par le scintillement d'un collier autour d'un cou qui eût fait envie à l'impératrice Catherine, un présage doté de jambes nues faites au tour et de seins palpitants et élastiques. Les dents de l'apparition luisaient, et ses cils ombraient ses joues de lilas.

— *C'est cinquante, aujourd'hui,* dit le présage d'une voix de sirène en montrant un bidon de lait.

— Yavdokha[1], comment ? s'écria Vassilissa d'une voix plaintive. Tu n'as donc pas la crainte de Dieu ? Avant-hier quarante, hier quarante-cinq, aujourd'hui cinquante ? Voyons, ce n'est pas possible.

— *Je n'y peux rien,* répondit la sirène. *Tout augmente. Et au marché, on dit que ce sera bientôt cent.*

Et ses dents jetèrent un nouvel éclat. Du même coup, Vassilissa oublia les cinquante et les cent et tout le reste, tandis

1. Yavdokha est le diminutif populaire d'Evdokia (Eudoxie).

qu'un froid indécent et délicieux courait sur son ventre. Ce même froid délicieux qui courait sur le ventre de Vassilissa chaque fois que la belle apparition se présentait à lui dans un rayon de soleil. (Vassilissa se levait plus tôt que son épouse.) Il oublia tout, et eut la vision, on ne sait pourquoi, d'une clairière dans une forêt, imprégnée d'une odeur de pins. Hé, hé...

— Écoute, Yavdokha, dit Vassilissa en se léchant les lèvres et en jetant un coup d'œil derrière lui (pour voir si sa femme ne venait pas), vous avez pris de bien mauvaises habitudes, avec cette révolution. Mais attention, les Allemands vont vous apprendre un peu... « Est-ce que je lui tapote l'épaule ou non ? » se demandait en même temps Vassilissa inquiet, mais il ne put se décider.

Un large ruban de lait d'un blanc d'albâtre coula en moussant dans la cruche.

— *Savoir si c'est eux qui vont nous apprendre ou nous qui allons leur désapprendre*, répondit soudain le présage.

Puis, de plus en plus éblouissante, comme un rayon de lumière dans la lumière, l'apparition, balançant sa palanche et faisant tinter son bidon, monta vers la cour ensoleillée. « Et ces jjambes — Haaah ! » gémit le cœur de Vassilissa.

A ce moment retentit la voix de son épouse, à qui Vassilissa se heurta en se retournant :

— Avec qui parlais-tu ? demanda-t-elle en levant vivement les yeux vers la cour.

— Avec Yavdokha, répondit Vassilissa d'un ton indifférent. Figure-toi que le lait est à cinquante, aujourd'hui.

— Qquoi ? s'exclama Wanda Mikhlaïlovna. C'est scandaleux ! Quel toupet ! Ces moujiks sont décidément enragés... Yavdokha ! Yavdokha ! cria-t-elle en fourrant sa tête dans l'ouverture de la lucarne. Yavdokha !

Mais l'apparition s'était évanouie et ne revint pas.

Vassilissa examina la taille déformée de sa femme, ses cheveux jaunes, ses coudes osseux et ses jambes maigres, et la vie lui parut si nauséeuse qu'il faillit cracher aux pieds de son épouse. Il se retint à temps et, avec un soupir, il rentra dans la pénombre fraîche de son appartement, sans comprendre très bien ce qui l'oppressait ainsi. Il n'aurait pu dire si c'était Wanda — elle lui apparut tout à coup avec ses clavicules jaunâtres pointées en avant comme des brancards —, ou quelque chose d'incongru dans les paroles de la douce vision de tout à l'heure.

— *Leur désapprendre ?* Hein ? Que dites-vous de ça ? grommela-t-il pour lui-même. Quelle plaie que ces marchés ! Non mais, que voulez-vous répondre à ça ? S'ils n'ont même plus peur des Allemands, à présent... c'est la fin de tout. *Leur désapprendre.* Hé ? Mais ces dents qu'elle a... une merveille.

Tout à coup, on ne sait pourquoi, Yavdokha lui apparut dans l'ombre, aussi nue qu'une sorcière au sabbat[1].

— Quelle audace... *Leur désapprendre ?* Mais ces seins...

Cette vision était tellement affolante que Vassilissa se sentit mal, et courut se passer de l'eau froide sur la figure.

Et ainsi, comme toujours, insensiblement, furtivement vint l'automne. A l'or transparent d'août succéda la brume lumineuse de septembre, et c'est en septembre que se produisit non plus un signe avant-coureur, mais l'événement lui-même — événement à première vue tout à fait insignifiant.

Par une belle soirée de ce mois de septembre, donc, un papier, signé par les autorités compétentes de l'administration de l'hetman, arriva à la prison de la ville, portant l'ordre de faire sortir de la cellule n° 666[2] le délinquant qui se trouvait enfermé dans ladite cellule. Rien de plus.

Rien de plus ! Et c'est ce papier — c'est lui, incontestablement ! — qui fut la cause de tant de malheurs et de catastrophes, de tant de combats, d'effusions de sang, d'incendies et de pogroms, de désespoir et de terreur... Aïe, aïe, aïe.

Le prisonnier ainsi libéré portait un nom tout à fait banal et sans importance : Semion Vassilievitch Petlioura[3]. Lui-même

1. Cf. note 1, p. 80. Le personnage de Yavdokha est une plaisante réplique des accortes sorcières gogoliennes. « Chez nous à Kiev, toutes les vendeuses du marché sont des sorcières », déclare un des personnages de *Vii*, récit fantastique du recueil *Mirgorod*. Dans *Le Maître et Marguerite*, c'est dans le ciel de Moscou que l'héroïne s'envolera, nue sur un balai.

2. 666 est le chiffre de la Bête dans l'*Apocalypse* (XIII, 18). Dans *Guerre et Paix* (III, 1, XIX), Pierre Bezoukhov se livre à de savants calculs pour vérifier si ce chiffre correspond au nom de Napoléon, assimilé à l'Antéchrist, et à son propre nom, signe qu'il est appelé à le tuer.

3. Né en 1879 à Poltava, Simon Petlioura, exclu du séminaire pour agitation nationaliste, séjourna à Tiflis, Lvov, puis Saint-Pétersbourg et Moscou. Il fut instituteur, comptable, agent d'assurances, journaliste et l'un des fondateurs du parti social-démocrate ukrainien (1905). Affecté à l'Union des zemstvos au début de la Première Guerre mondiale, il fut ministre de la guerre de la Rada en 1917. Arrêté en juillet 1918, il fut relâché début novembre (et non en septembre). Après la guerre civile, il émigra à Paris où il fut assassiné en 1926 par un militant juif. Le narrateur ironise sur le pré-

donnait son prénom plus ou moins à la française : Simon, et ainsi firent les journaux de la Ville de décembre 1918 à février 1919. Le passé de Simon était plongé dans la plus épaisse obscurité. Il aurait été, disait-on, comptable.

— Non. Aide-comptable.

— Non. Étudiant.

Il y avait, au coin du Krechtchatik et de la rue Nicolas, un vaste et élégant magasin de tabacs et d'articles pour fumeurs. Son enseigne oblongue représentait avec beaucoup de pittoresque un Turc, couleur de café, coiffé d'un fez, qui fumait le narguilé. Les pieds de ce Turc étaient chaussés de babouches jaunes à pointes relevées.

C'est ainsi qu'il se trouva des gens pour affirmer, sous la foi du serment, qu'ils avaient vu dans ce magasin, tout récemment encore, Simon siégeant avec élégance derrière un comptoir et vendant les articles pour fumeurs fabriqués par Salomon Cohen. Mais aussitôt intervenait un deuxième groupe, qui disait :

— C'est absolument faux. Il était délégué de l'Union des villes.

— Non pas de l'Union des villes, mais de l'Union des zemstvos[1]. C'est le type même du hussard de zemstvo.

Un quatrième groupe (les immigrants) fermait les yeux pour mieux se rappeler et marmonnait :

— Un instant... permettez...

Et de raconter qu'ils l'avaient vu un soir, il y a quelque dix ans de ça... non, pardon, onze ans... se promener à Moscou, rue Bronnaïa[2], portant sous le bras une guitare enveloppée dans un calicot noir. Ils ajoutaient même qu'il se rendait à une soirée chez des compatriotes, d'où le calicot et la guitare — une excellente et très intéressante soirée, avec de joyeuses étudiantes ukrainiennes au teint fleuri, avec de l'eau-de-vie de

nom « français » Simon, qui est la variante ukrainienne du prénom russe Sémione.

1. L'Union panrusse des villes et l'Union panrusse des zemstvos (assemblées locales) se constituèrent en 1914 pour aider les pouvoirs publics à faire face aux besoins de la guerre. Elles fusionnèrent en 1915 pour donner le Zemgor. On appelait par dérision « hussards de zemstvos » ceux qui y étaient affectés au lieu d'être envoyés au front.

2. La rue Bronnaïa longe le jardin des Étangs du Patriarche, où se passe le début du *Maître et Marguerite*.

prune rapportée directement de la généreuse Ukraine, avec des chansons, avec le merveilleux Gritz[1]...

Hoï, ne va pas...

Puis on commençait à s'embrouiller dans la description des détails extérieurs, à mélanger les dates, à confondre les lieux...

— Vous dites qu'il était sans barbe ?

— Non, il me semble... attendez... oui, il portait la barbe.

— Mais permettez... il était originaire de Moscou ?

— Mais non, il était étudiant... il était...

— Pas du tout. Ivan Ivanovitch le connaît. Il était instituteur à Tarachtcha[2]...

Pff... le diable n'y reconnaîtrait pas ses petits... Et au fond il n'est peut-être jamais passé rue Bronnaïa. Moscou est une grande ville, et la rue Bronnaïa est froide, obscure, noyée dans le brouillard... une guitare... un Turc au soleil... narguilé... une guitare, drinn-drann... ce brouillard, on n'y voit plus... ah, comme tout est sombre et terrible.

... Marchez, chantez...

Ils marchent, passant à côté d'ombres ensanglantées, visions fugitives, nattes de jeunes filles défaites, prisons, fusillades, et le gel, et la croix nocturne de Saint-Vladimir.

Marchez, chantez, junkers.
De l'école de la garde...
Trompettes, timbales,
Résonnez cymbales.

Les tambours grondent, les sifflements d'acier vrillent les oreilles, des hommes sont battus à mort à coups de baguette de fusil, des cavaliers en bonnet à flamme noire[3] galopent, galopent sur des chevaux fougueux.

1. Gritz, diminutif ukrainien de Grigori (Grégoire), est le héros d'une célèbre chanson populaire.

2. Tarachtcha, petite ville à une centaine de kilomètres au sud de Kiev.

3. Les troupes du directoire portaient des bonnets cosaques en peau de mouton à flamme noire ou de couleur, ornés de galons tressés et parfois de glands, d'où le leitmotiv des « queues », qui connote une altérité quasi animale.

Le rêve fatidique gronde en rampant vers le lit d'Alexis Tourbine. Tourbine dort, pâle, les cheveux collés au front par la chaleur. Près de lui brûle une lampe rose. Toute la maison dort. Dans la bibliothèque le ronflement de la Carpe, dans la chambre de Nikolka les sifflements de Chervinski... Nuit trouble... nuit... Sur le plancher, près du lit d'Alexis, traîne, inachevé, un Dostoïevski, et les *Possédés* profèrent en ricanant des mots désespérés... Hélène dort calmement.

— Eh bien moi, je vais vous dire une chose : il n'existe pas. Il n'a jamais existé ! Ce Simon n'a jamais existé sur terre. Ni le Turc ni la guitare sous un lampadaire de fer forgé rue Bronnaïa, ni l'Union des zemstvos... ni le diable sait quoi. C'est un mythe, engendré en Ukraine par les brumes sinistres de cette terrible année mil neuf cent dix-huit.

... Ce qui existe, c'est la haine, une haine féroce. Ce qui existe, c'est quatre cent mille Allemands, et autour d'eux, le quadruple de quarante fois quatre cent mille moujiks aux cœurs brûlants d'une haine inassouvie. Oh, ce qui a pu s'amasser, s'accumuler dans ces cœurs ! Les coups de cravache des lieutenants sur les visages, les paquets de shrapnells sur les villages insoumis, les dos tailladés par les baguettes de fusil des mercenaires de l'hetman, et les chiffons de papier signés des lieutenants et des majors allemands : « Bon pour 25 marks à ce cochon de Russe, en paiement de l'achat d'un porc. »

Et les rires débonnaires et méprisants pour ceux qui se présentaient à l'état-major allemand, en ville, avec de tels papiers.

Et les réquisitions de chevaux, et le blé volé, et, sous l'hetman, le retour des propriétaires fonciers au visage gras, le frisson de haine au mot « officier ».

Voilà ce qui existait.

Il fallait ajouter à cela les bruits qui couraient, selon lesquels le seigneur hetman avait l'intention de procéder à une réforme agraire.

> — Hélas, hélas ! C'est seulement en novembre 1918, alors que le canon commençait à gronder aux abords de la Ville, que les gens sensés, Vassilissa entre autres, s'avisèrent que les moujiks haïssaient justement le seigneur hetman comme un chien enragé — et ces moujiks avaient leur petite idée, ils ne voulaient pas de cette saloperie de réforme des seigneurs, ce qu'ils voulaient,

c'était de toute éternité la vraie réforme paysanne dont ils rêvaient :

— Toute la terre aux paysans.

— Cent déciatines chacun.

— Et plus jamais de gros propriétaires fonciers.

— Et pour chaque lot de cent déciatines, un papier timbré, signé, garantissant la possession perpétuelle et héréditaire, de grand-père en père, de père en fils, de fils en petit-fils, et ainsi de suite.

— Et que jamais plus les canailles de la Ville ne viennent prendre le blé. Le blé appartient aux moujiks, nous n'en donnerons à personne, et ce que nous ne mangerons pas nous-mêmes, nous l'enfouirons dans la terre.

— Et la Ville devra nous fournir du pétrole.

— Mais voyez-vous, jamais notre hetman bien-aimé n'aurait pu réaliser une pareille réforme. Ni lui, ni personne, ni le diable, d'ailleurs.

Il y avait aussi des bruits funestes, selon lesquels seuls les bolcheviks pourraient venir à bout des malheurs causés par l'hetman et les Allemands, mais les bolcheviks avaient aussi leur cortège de malheurs :

— Les Juifs et les commissaires.

— Maudites têtes chaudes, ces moujiks ukrainiens ! Plus rien ne pourra nous sauver !

Il y avait des dizaines de milliers d'hommes qui revenaient de la guerre et qui savaient se servir d'une arme à feu...

— Et ce sont les officiers eux-mêmes, sous les ordres des chefs, qui le leur ont appris !

Des centaines de milliers de fusils non rendus, enfouis dans la terre, cachés dans les granges et les celliers, malgré les jugements sommaires des conseils de guerre allemands, les flagellations à la baguette de fusil et les tirs de shrapnells ; et des millions de cartouches, enfouies elles aussi dans la terre, et un canon de soixante-quinze pour cinq villages, une mitrailleuse pour deux, et dans chaque bourgade des dépôts de munitions et des magasins d'habillement avec capotes et bonnets fourrés.

Et dans ces mêmes bourgades, des instituteurs, des infirmiers, des paysans propriétaires, des séminaristes ukrainiens devenus enseignes par les caprices du sort, de robustes fils d'apiculteurs, des capitaines en second aux noms ukrainiens... et tous parlaient ukrainien, et tous aimaient l'Ukraine, une Ukraine féerique, idéale, sans seigneurs polonais, sans officiers moskals[1], et des milliers d'anciens prisonniers ukrainiens rentrés de Galicie.

Et pour faire bon poids, des dizaines de milliers de moujiks ? Ho-ho-ho !...

Voilà ce qui existait. Quant au détenu... à la guitare...

Des bruits menaçants, effrayants,
Viennent à nos oreilles...

Drinn... drann... Hé, hé, Nikolka.

Le Turc, le hussard de zemstvo, Simon. Mais non, il n'existe pas. Il n'a jamais existé. Sottise, légende, mirage. Ce n'est qu'un mot, autour duquel se sont cristallisés la rage inassouvie, la soif de vengeance des moujiks et les aspirations de ces fidèles enfants de la chaude et lumineuse Ukraine... qui haïssent Moscou sous toutes ses formes, qu'elle soit bolchevique, tsariste, ou tout ce qu'on voudra[2].

Et c'est en vain, c'est en vain que le sage Vassilissa, se prenant la tête dans les mains, s'écriait en ce fameux mois de novembre : « *Quos vult perdere, dementat !* » — et maudissait l'hetman d'avoir libéré Petlioura de l'infecte prison de la Ville.

— Sottises que tout ça. Si ce n'est lui, ce sera un autre. Ou bien un troisième.

Ainsi donc, les présages étaient passés, et les événements commençaient... Le second ne fut pas futile, comme l'élargissement d'on ne sait quel personnage mythique — oh, non ! — il fut si grandiose, au contraire, que l'humanité en parlera sans doute encore pendant cent ans... Dans le lointain Occident européen, les coqs gaulois en pantalons rouges criblèrent de coups de bec les gros Allemands bardés de fer jusqu'à les laisser à demi morts. Ce fut un spectacle terrifiant : avec des cris rauques et grasseyants, les coqs en bonnets phrygiens s'abattaient sur les Teutons cuirassés et leur arrachaient des lambeaux de chair avec les morceaux de cuirasse. Les

1. Terme péjoratif désignant en Ukraine les Moscovites et les Russes en général.

2. Phrase censurée en URSS avant 1989.

Allemands se battaient farouchement, enfonçaient leurs larges baïonnettes dans les poitrines emplumées, mordaient et griffaient, mais ils n'y purent tenir, et l'on vit les Allemands — les Allemands ! — demander grâce[1].

L'événement suivant fut étroitement lié au précédent, il en fut même le résultat, comme l'effet résulte de la cause. Stupéfait et bouleversé, le monde entier apprit que l'homme dont le nom et les moustaches en tire-bouchon de six pouces étaient universellement connus, cet homme qui, sûrement, était entièrement fait de métal, sans la moindre trace de bois, cet homme venait d'être renversé. Renversé, jeté à bas : il n'était plus empereur. Un vent de noire terreur passa alors sur les habitants de la Ville : ils virent de leurs propres yeux les lieutenants allemands déteindre et le tissu laineux de leurs uniformes gris-bleu se transformer en une grosse toile usée, éminemment suspecte. Et cela se passa ici même, aux yeux de tous, en l'espace de quelques heures. En l'espace de quelques heures les yeux des lieutenants se décolorèrent, derrière les monocles des lieutenants la flamme de vie s'éteignit, et on ne vit plus à travers les larges disques de verre que le regard miteux et creux de la misère.

Alors, une décharge électrique traversa la cervelle des plus intelligents parmi ceux qui, chargés de solides valises jaunes et accompagnés de femmes replètes, se faufilaient à travers le camp bolchevik hérissé de pointes pour atteindre la Ville. Ils comprirent que leur sort était lié à celui des vaincus, et leur cœur s'emplit de terreur.

— Les Allemands sont vaincus, disait la vermine.

— Nous sommes vaincus, disait la vermine intelligente.

Telle fut également la conclusion des citadins.

Oh, seul celui qui a déjà été vaincu sait ce que signifie ce mot ! Il ressemble à une soirée à la maison, quand il y a une panne de lumière. Il ressemble à une chambre dont le papier est mangé par une moisissure verte, pleine d'une vie morbide. Il ressemble à du beurre rance, à un petit monstre rachitique, à des injures obscènes lancées par des voix de femmes dans l'obscurité. En un mot, il ressemble à la mort.

1. La contre-offensive déclenchée par Foch, le 18 juillet 1918, contraignit les Allemands à se replier progressivement et à demander finalement un armistice, signé le 11 novembre à Rethondes.

Terminé. Les Allemands abandonnent l'Ukraine. Cela signifie... cela signifie, pour les uns, s'enfuir, et pour les autres, accueillir dans la Ville des hôtes nouveaux, étrangers, mal venus. Et sans doute, certains devront-ils mourir. Ceux qui s'enfuiront ne mourront pas. Alors, qui mourra ?

— Mourir n'est pas un jeu, dit soudain en grasseyant le colonel Naï-Tours, surgi on ne sait d'où devant Alexis Tourbine endormi.

Il était vêtu d'un étrange uniforme — casque resplendissant et cotte de mailles — et s'appuyait sur une de ces longues et larges épées qu'on ne trouve plus dans aucune armée depuis l'époque des croisades. Une nuée radieuse aux couleurs paradisiaques flottait derrière lui.

— Vous êtes au paradis, colonel ? demanda Tourbine en éprouvant un frisson d'une douceur inconnue à l'homme dans la vie réelle.

— Au paradis, répondit Naï-Tours d'une voix pure et absolument limpide, comme un ruisseau dans une forêt.

— Comme c'est étrange, comme c'est étrange, dit Tourbine. Je croyais que le paradis était, en somme..., un rêve de l'humanité. Et quel étrange uniforme. Puis-je vous demander, colonel, si au paradis, vous êtes toujours officier ?

— A présent, il est à la brigade des porte-croix, monsieur le docteur, répondit le maréchal des logis Jiline, notoirement fauché par le feu ennemi avec l'escadron des hussards de Belgrade en 1916, lors de l'offensive sur Vilna.

Le maréchal des logis se dressait, tel un gigantesque preux, et sa cotte de mailles répandait de la lumière. Son visage fruste, dont le docteur Tourbine se souvenait parfaitement, pour avoir pansé de ses propres mains la blessure mortelle de Jiline, était maintenant méconnaissable, et ses yeux étaient parfaitement semblables à ceux de Naï-Tours — purs, insondables, illuminés de l'intérieur.

Plus que tout au monde, Alexis Tourbine aimait, de toute son âme mélancolique, les yeux des femmes. Ah, quel jouet Dieu avait façonné — les yeux des femmes !... Mais qu'était-ce, à côté des yeux du maréchal des logis !

— Mais comment ? demanda avec curiosité et avec une joie inconsciente le docteur Tourbine. Comment est-ce possible ? Au paradis, vous avez des bottes et des éperons ? Avez-vous des chevaux, enfin, des équipages, des lances ?

— Je vous en donne ma parole, monsieur le docteur (modula le maréchal des logis d'une basse profonde de violoncelle, en plantant dans les yeux de Tourbine un regard bleu de ciel qui réchauffait le cœur), nous sommes arrivés directement au paradis, tout l'escadron en selle. Y compris l'accordéon. C'est vrai que nous n'étions guère à l'aise... Là-bas, comme vous le savez, c'est d'une propreté d'église...

— Vraiment ? s'étonna Tourbine.

— Donc, on arrive, et on trouve l'apôtre Pierre. Un civil, un petit vieux, sérieux, mais bien aimable. Bien sûr, je fais mon rapport : deuxième escadron de hussards de Belgrade, bien arrivés au paradis, où faut-il aller ? Bref, un rapport comme il faut, ça oui, mais en moi-même, je me dis (le maréchal des logis toussota discrètement dans son poing), je me dis, il va nous dire, l'apôtre Pierre, d'aller nous faire foutre... Parce que vous pensez bien, nous voir arriver comme ça, à cheval et... (il se gratta la nuque d'un air gêné) bref, avec des bonnes femmes — entre nous, hein ! qu'on avait levées en route, quoi. Et, tout en causant à l'apôtre, je fais un clin d'œil aux gars de mon peloton, manière de leur dire d'envoyer balader les bonnes femmes provisoirement, on verra après. Qu'elles aillent se planquer derrière un nuage, quoi, en attendant que la situation s'éclaircisse. Mais l'apôtre Pierre, ça a beau être un civil, c'est quelqu'un, vous savez. Il a l'œil perçant, et il a tout de suite vu les bonnes femmes dans les chariots. C'est vrai qu'avec leurs fichus clairs, elles sont visibles à une verste. Purée, je me dis. Nous voilà bien, tous...

« Hé, hé, il dit en hochant la tête, vous avez donc des bonnes femmes avec vous ?

« — Exact, je dis, mais vous savez, je dis, faut pas vous en faire, on va les virer gentiment et vite fait, monsieur l'apôtre.

« — Pas question qu'il dit comme ça. C'est qu'ici, il va falloir renoncer à la manière forte ! »

Hein ? Qu'est-ce que vous en dites ? Bonne pâte, le

vieux. Vous savez ce que c'est, hein, monsieur le docteur, un escadron en campagne sans femmes, ça va pas.

Et le maréchal des logis cligna de l'œil d'un air malin.

— C'est vrai, approuva Alexis Vassilievitch à contrecœur, en baissant les yeux.

Un visage mat, aux yeux très noirs, avec des grains de beauté sur la joue droite, lui apparut, vaguement éclairé, dans les ténèbres du rêve. Il geignit confusément, et le maréchal des logis poursuivit :

— Bon, là-dessus, c'est lui qui dit : « Je vais faire mon rapport. » Il s'en va, puis un moment après il revient, et il nous dit : « Ça va, on va vous installer. » Ce qu'on était heureux, ça peut pas s'exprimer ! Mais là, il y a eu une petite anicroche. « Attendez, nous dit l'apôtre Pierre, il faut que vous attendiez un peu. » Mais on n'a guère attendu plus d'une minute. Je regarde, et je vois arriver au trot (le maréchal des logis montra du doigt le silencieux et fier Naï-Tours, qui disparut du rêve sans laisser de traces, pour s'enfoncer dans des ténèbres inconnues) monsieur le chef d'escadron sur son voleur de Touchino[1], puis, un moment après, un petit junker à pied, que je ne connaissais pas (ce disant, le maréchal des logis regarda Tourbine et baissa aussitôt les yeux, comme s'il voulait cacher au docteur un secret, non pas affligeant, mais heureux au contraire, glorieux, puis il se reprit et continua) : Pierre leur jette un coup d'œil et dit : « Maintenant, il dit, ça va, on peut y aller ! » — et voilà la porte grande ouverte, et « Allez, il dit, à droite par trois. »

... Dounka, Dounka, ma Dounka !
Ma poupée en chocolat...

éclata soudain, comme en rêve, un chœur de voix métalliques, accompagné par un accordéon.

— Attention ! crièrent sur des tons divers les chefs de peloton.

Hé Dounia, Dounia, Dounia, Dounia !
Aime-moi, ma Dounia...

1 Cf note 1, p. 51.

et le chœur s'éteignit au loin.

— Avec les bonnes femmes ? Et vous avez tous pu vous caser ? s'étonna Tourbine.

Le maréchal des logis eut un rire tout guilleret et leva joyeusement les bras.

— Ah Dieu ! Monsieur le docteur ! De la place, mais il y avait de la place en veux-tu en voilà ! Et quelle propreté... A première vue, on pouvait encore loger là cinq corps de cavalerie avec les escadrons de réserve — qu'est-ce que je dis, cinq, dix ! A côté de nous, il y avait un de ces palais, mes aïeux ! d'une hauteur à ne pas voir les plafonds. Moi je demande : « Mais dites-moi, je demande, c'est pour qui donc, tout ça ? » Parce que je trouvais ça pas banal, toutes ces étoiles rouges et ces nuages rouges comme nos culottes d'uniformes... « Ça, dit l'apôtre Pierre, c'est pour les bolcheviks, ceux de Perekop. »

— Perekop ? Quel Perekop ? demanda Tourbine en soumettant à de vains efforts sa pauvre intelligence terrestre.

— Mais, votre haute noblesse, ils savent tout à l'avance, là-bas. En mil neuf cent vingt, quand les bolcheviks ont pris Perekop, il y en a eu des tas et des tas de couchés par terre. C'est pourquoi on leur a donc préparé un endroit pour les recevoir[1].

— Les bolcheviks ? dit Tourbine, profondément troublé. Vous devez confondre, Jiline, ce n'est pas possible. Ils n'iront jamais jusqu'à Perekop.

— Monsieur le docteur, c'est ce que je pensais aussi, moi aussi ça m'a étonné, j'ai demandé à monsieur Dieu...

— Dieu ? Oh, oh, Jiline !

— Croyez-moi, monsieur le docteur, je dis la vérité, ça ne me servirait à rien de mentir. Je lui ai parlé personnellement plus d'une fois.

— Et comment est-il ?

Les yeux de Jiline lancèrent des flammes, et les traits de son visage s'affinèrent orgueilleusement.

1. En novembre 1920, c'est-à-dire plus de deux ans après les événements décrits dans *La Garde blanche*, l'armée Rouge, forçant l'isthme de Perekop, devait occuper la Crimée, dernier bastion des Blancs.

— Comment vous dire ? Je ne peux pas vous expliquer. Un visage resplendissant, quelque chose de... d'inimaginable. Rien qu'à le regarder... on en a froid dans le dos. Et en même temps, vous avez l'impression qu'il vous ressemble tout à fait. D'abord on se demande ce que ça veut dire, ça vous fiche une frousse terrible. Puis après, ça passe, on se rassure. Un visage changeant, quoi. Et alors c'est, comment dire, une telle joie, une telle joie... Une lumière d'azur qui vous traverse... Hum... non, pas d'azur (Jiline réfléchit)... enfin, je ne sais pas. Une lumière qui éclaire à un millier de verstes et qui passe à travers nous... Bref, je lui demande : « Seigneur, je lui dis, je ne comprends pas, tes popes disent que les bolcheviks iront en enfer, et qu'est-ce que c'est ça ? Ils ne croient pas en toi, et regarde dans quelles casernes tu vas les dorloter.

« — Ah ? qu'il dit. Ils ne croient pas en moi ?

« — Dieu m'en est témoin ! » je dis — et du même coup, je suis tout effrayé. Imaginez, dire ça à Dieu lui-même ! Mais je le regarde, et je le vois qui sourit. Puis je me dis : "quel imbécile je suis, à lui raconter tout ça, alors qu'il le sait mieux que moi." Malgré tout, je suis curieux de savoir ce qu'il va répondre. Et il me dit :

« — Ils ne croient pas en moi ? il dit. Bon, et alors, que veux-tu que j'y fasse ? A vrai dire, ça ne me fait ni chaud ni froid. Et à toi non plus, il me dit. Et à eux, pas davantage. Parce que moi, votre croyance, je n'ai rien à y gagner, ni à y perdre. L'un croit, l'autre ne croit pas, mais vous vous conduisez tous exactement de la même façon : en ce moment, vous vous prenez à la gorge. Quant aux casernes, Jiline, il faut que tu comprennes que pour moi, Jiline, vous êtes tous semblables — tous morts au champ de bataille. Il faut que tu comprennes ça, Jiline, et ce n'est pas tout le monde qui peut le comprendre. D'ailleurs, il me dit, Jiline, il ne faut pas te tracasser avec toutes ces questions. Prends tes aises, et amuse-toi. »

« C'est rondement mené, ça, hein, monsieur le docteur ? "Mais les popes", je dis... D'un geste, il me coupe la parole : "Les popes, Jiline, il me dit, tu ferais mieux de ne pas m'en parler. Je ne sais vraiment par quel bout m'y prendre, avec eux. Parce que des imbéciles comme vos popes, on n'en trouve nulle part au monde. Je te le dis en secret, Jiline, ce ne sont pas des popes, c'est la honte de l'humanité."

« — Seigneur, je dis, tu n'as qu'à te débarrasser d'eux une fois pour toutes ! A quoi bon entretenir ces parasites ?

« Mais ils me font pitié, Jiline, il me dit, voilà le hic. »

Le halo de lumière qui resplendissait autour de Jiline prit une teinte azurée, et une joie inexplicable emplit le cœur du dormeur. Tendant les bras vers le rayonnant maréchal des logis, il gémit dans son rêve :

— Jiline, Jiline, ne pourrait-on trouver une petite place de médecin, pour moi, dans votre brigade ?

Jiline fit un salut amical de la main, et hocha la tête affectueusement, mais fermement. Puis il commença à reculer, et peu à peu, il disparut de la vue d'Alexis Vassilievitch. Celui-ci s'éveilla, et à la place de Jiline, il vit le carré de la fenêtre que l'aube pâlissait faiblement. Le docteur se passa la main sur le visage, et l'en retira mouillée de larmes. Longtemps, dans le crépuscule de l'aube, il soupira, puis il se rendormit, et son sommeil s'écoula alors calmement, sans rêve...

Oui, sans tarder, la mort continua son œuvre. Elle passa sur les routes automnales de l'Ukraine, puis sur les chemins d'hiver balayés par une neige aride. Elle entra dans les bois, où elle frappa à coups de mitrailleuses. Elle-même était invisible, mais elle était précédée par quelque chose que chacun pouvait voir : la rude colère des moujiks. Colère qui, par le froid et les bourrasques de neige, courait en savates de tille, renversait sa tête nue aux cheveux mêlés de foin, et hurlait. Dans ses mains, elle tenait cet énorme gourdin sans lequel rien ne peut commencer en Russie[1]. Des coqs rouges[2] voletèrent çà et là. Puis on vit paraître, dans la pourpre du soleil couchant, un cabaretier juif pendu par le sexe. Et Varsovie, la belle capitale polonaise, eut une vision : Henryk Sienkiewicz[3], debout

1. Allusion aux considérations de Tolstoï sur « le gourdin de la guerre populaire » dans *Guerre et Paix* (IV, 3, I). Le gourdin comme symbole de l'énergie potentielle du peuple russe est également le thème d'une chanson révolutionnaire (*Doubinouchka*), chantée par Chaliapine en 1905.

2. L'expression populaire « lâcher le coq rouge » signifie mettre le feu au château.

3. Henryk Sienkiewicz (1846-1916), écrivain polonais, prix Nobel de littérature en 1905, auteur de nombreux romans historiques, dont le célèbre

sur un nuage, un sourire venimeux aux lèvres. Alors, la diablerie s'en donna littéralement à cœur joie, se gonflant et bondissant comme des bulles. Sous les vertes coupoles des églises tremblantes d'angoisse, les popes sonnaient les cloches à la volée, tandis qu'à côté, dans les écoles aux vitres brisées par les balles, on entonnait des chants révolutionnaires. Et l'on vit s'avancer sur les routes une apparition — un saint homme nommé Degtiarenko, plein de gnaule odorante et de sinistres et véhémentes paroles dont l'ensemble, dans sa bouche ignare, n'en offrait pas moins une extrême ressemblance avec la déclaration des droits de l'homme et du citoyen. Puis Degtiarenko le prophète se retrouva allongé par terre, hurlant sous les coups de baguette de fusil que lui administraient des hommes avec des nœuds rouges sur la poitrine. Il y avait là une contradiction qui aurait rendu fou l'esprit le plus subtil : s'ils portaient des nœuds rouges, l'usage des baguettes de fusil aurait dû être absolument impensable et s'ils recouraient aux baguettes, jamais ils n'auraient dû porter de nœuds rouges...

Non, quelle époque, quel pays ! A en mourir suffoqué. Qu'il aille au diable ! C'est un mythe. Petlioura est un mythe. Il n'y a jamais eu de Petlioura. C'est un mythe, tout aussi remarquable, dans son genre, que le mythe de Napoléon — lui non plus n'a jamais existé —, mais beaucoup moins beau[1]. Non, ce qui s'est passé, c'est autre chose. Cette fameuse colère des moujiks, il fallait la canaliser, lui donner un exutoire, car les choses en ce bas monde sont ainsi faites qu'elle a beau courir deçà delà, elle se retrouve toujours, comme par enchantement, au même carrefour.

C'est très simple. Pourvu qu'il y ait du charivari, il se trouvera toujours des hommes.

Soudain parut, sorti on ne sait d'où, le colonel Toropietz. Il se révéla qu'il avait combattu dans l'armée autrichienne, ni plus ni moins...

— Pas possible !

— Je vous assure. Puis ce fut le tour de l'écrivain Vinnit-

Quo Vadis et *Par le fer et le feu*, consacré à l'insurrection des Cosaques d'Ukraine contre la Pologne sous la direction de Bogdan Khmelnitski (cf. note 1, p. 275).

1. Allusion aux considérations de Tolstoï dans *Guerre et Paix* (III, 2, XXVIII) sur le rôle illusoire de Napoléon, simple instrument d'un ensemble complexe de forces historiques.

chenko, illustre à un double titre[1]. Par ses romans, d'abord. Ensuite par le fait que, dès le début de l'année dix-huit, à peine fut-il soulevé, par une vague ensorcelée, à la surface de l'océan ukrainien en folie, que les revues satiriques de Saint-Pétersbourg lui décernèrent, sans perdre une seconde, le qualificatif de traître.

— Mérité, en somme...

— Ça, ma foi, je n'en sais rien. Et puis, il y eut ce mystérieux détenu, libéré de la prison de la ville...

En septembre encore, personne n'aurait imaginé ce qu'allaient mettre sur pied ces trois hommes, doués du talent d'apparaître précisément au moment voulu, et qui plus est dans un lieu aussi insignifiant que Biélaïa Tserkov. En octobre, on pouvait déjà nettement le deviner, et de la première gare de voyageurs, éclairés par des centaines de lumières, les trains commencèrent à partir, par la voie encore largement ouverte de la Pologne nouvellement née, vers l'Allemagne. Les télégrammes coururent sur les fils. Bijoux, yeux effarés, cheveux lustrés, argent, tout fuyait. On se ruait aussi vers le sud, vers Odessa, vers la mer. En novembre — hélas ! — on savait tout, et plus aucun doute n'était possible. Un nom :

— Petlioura !

— Petlioura !

— Petlioura ! jaillissait des murs, des feuillets gris des communiqués télégraphiques. Le matin, il glissait des pages des journaux et tombait dans le café, et la divine boisson tropicale se changeait instantanément dans la bouche en une nauséabonde eau de vaisselle. Il courait sur les langues et cliquetait sur les appareils de morse, sous les doigts des télégraphistes. En ville, des événements étranges naquirent de ce nom mystérieux, que les Allemands prononçaient à leur façon :

— Pétourra.

Des soldats allemands, qui avaient pris la mauvaise habitude d'aller flâner seuls, le soir, aux confins de la ville, disparurent. Ils disparaissaient la nuit, et on les retrouvait le matin, assassinés. On vit alors circuler des patrouilles allemandes,

1. Volodymyr Vinnitchenko (1880-1951), écrivain et homme politique ukrainien, vice-président de la Rada en 1917 et président du directoire (cf. note 1, p. 23).

bassinet sur la tête. Leurs lanternes trouaient la nuit — gare aux suspects ! Mais nulle lanterne ne pouvait dissiper cette noire confusion qui troublait les têtes.

Guillaume. Guillaume. Trois Allemands tués hier. Mon Dieu, vous ne savez pas ? Les Allemands s'en vont ! Les ouvriers ont arrêté Trotski à Moscou ! Des salopards ont fait stopper un train près de Borodianko et l'ont pillé de fond en comble. Petlioura a envoyé une ambassade à Paris. Guillaume, encore. Des Cinghalais noirs à Odessa. Un nom inconnu et mystérieux : le consul Henno[1]. Odessa. Odessa. Le général Denikine. Guillaume encore. Les Allemands s'en vont, les Français arrivent.

— C'est les bolcheviks qui arrivent, petit père !

— Que la langue vous pèle, petit père !

Les Allemands ont un appareil avec une aiguille : ils le posent par terre, et l'aiguille indique l'endroit où des armes sont enterrées. C'est une trouvaille. Petlioura a envoyé des ambassadeurs aux bolcheviks. Comme trouvaille, c'est encore mieux. Petlioura. Petlioura. Petlioura. Pétourra.

Personne, absolument personne ne savait ce que ledit Pétourra avait réellement l'intention de faire en Ukraine, mais tout le monde, absolument tout le monde, savait déjà que cet individu énigmatique et sans visage (encore que, de temps à autre, les journaux publiassent, au hasard des clichés tombés entre les mains de la rédaction, une photo de prélat catholique, à chaque fois différente, mais toujours intitulée « Simon Petlioura ») voulait la conquérir, l'Ukraine, et pour la conquérir, s'apprêtait à prendre la Ville.

VI

La boutique *Au chic parisien* de Mme Anjou était située en plein centre de la ville, rue du Théâtre, derrière l'Opéra, dans un grand immeuble à nombreux étages, et plus précisément au rez-de-chaussée de celui-ci. De la rue, on accédait par trois marches à la porte vitrée de la boutique, flanquée de deux

1. Cf. note 1, p. 22. Le vice-consul Henno était attendu à Kiev fin 1918, mais cette visite n'eut pas lieu.

fenêtres à rideaux de tulle poussiéreux. Nul ne savait ce qu'était devenue Mme Anjou, ni pourquoi le local de sa boutique se trouvait maintenant utilisé à des fins tout autres que commerciales. Sur la fenêtre de gauche était peint un chapeau de dame à fleurs, avec l'inscription *Au chic parisien* en lettres d'or. Mais derrière la vitrine de droite, on voyait une grande affiche de carton jaune ornée de deux canons de Sébastopol croisés, comme sur les pattes d'épaules des artilleurs, au-dessus desquels était inscrite cette maxime : « Tu peux ne pas être un héros, mais tu dois être volontaire[1]. »

Sous les canons, une autre inscription précisait : « On inscrit les volontaires à la division de mortiers, qui porte le nom de son chef. »

Devant la boutique était garée une motocyclette à side-car, noircie par la fumée et plus ou moins déglinguée. La porte à ressorts claquait à tout moment, et chaque fois qu'elle s'ouvrait, elle faisait tinter une merveilleuse sonnette — dling-dling ! — qui rappelait l'époque heureuse et encore proche de Mme Anjou.

Après leur nuit de saoulerie, Tourbine, Mychlaïevski et la Carpe se levèrent presque en même temps, avec — à leur propre étonnement — les idées tout à fait claires, mais à vrai dire assez tard, près de midi. Nikolka et Chervinski, comme ils le constatèrent, étaient déjà sortis. De grand matin, Nikolka avait confectionné un mystérieux petit paquet, poussé quelques grognements — hé, hé — et était parti rejoindre son détachement de milice. Quant à Chervinski, il était sorti depuis peu, pour prendre son service à l'état-major.

Dans la chambre d'Aniouta, derrière la cuisine, où se trouvait une installation de douche, Mychlaïevski, nu jusqu'à la ceinture, fit couler sur sa tête, son cou et son dos, inondant tout autour de lui dans un rayon de deux archines, un jet d'eau glacée qui lui arracha des cris mêlés d'horreur et d'enthousiasme :

— Ouf ! A la bonne heure ! Ça fait du bien !

Ensuite il se frictionna avec une serviette-éponge, s'habilla, se frotta les cheveux de brillantine, se peigna et dit à Tourbine :

1. Paraphrase des vers du poète populiste Nikolaï Nekrassov (1821-1877) : « Tu peux ne pas être poète/Mais tu dois être citoyen. »

— Aliocha, heu... sois un ami, prête-moi tes éperons. Je ne veux pas repasser chez moi, et je ne peux pas non plus me présenter sans éperons.

— Prends-les dans mon cabinet, dans le tiroir de droite du bureau.

Mychlaïevski entra dans le cabinet, y farfouilla bruyamment pendant quelques instants, puis reparut. Aniouta-aux-yeux-noirs, rentrée le matin de chez sa tante où elle était en vacances, passait un plumeau de coq sur les fauteuils. Mychlaïevski toussota, loucha discrètement vers la porte, puis, abandonnant la ligne droite pour une trajectoire plus sinueuse, fit un détour et dit doucement :

— Bonjour, Anioutotchka...

— Je le dirai à Hélène Vassilievna, murmura aussitôt Aniouta sans réfléchir, et elle ferma les yeux comme un condamné qui sent déjà l'épée du bourreau au-dessus de sa tête.

— Petite sotte...

A ce moment, Tourbine parut inopinément à la porte, l'air caustique.

— C'est le plumeau qui t'intéresse, Vitia ? Très joli, hein ? Bon. Maintenant, tu as peut-être mieux à faire, non ? Quant à toi, Aniouta, je te préviens : au cas où il te dirait qu'il veut t'épouser, n'en crois rien, il ne t'épousera pas.

— Ben quoi, sacrebleu, on ne peut plus dire bonjour aux gens, alors ?

Cramoisi devant cette offense imméritée, Mychlaïevski bomba le torse et quitta le salon en faisant sonner lourdement ses éperons. Dans la salle à manger, il s'approcha de l'altière et rousse Hélène, non sans rouler des yeux inquiets.

— Bonjour, pure Lena, je te salue bien bas. Hm... (La gorge de Mychlaïevski, au lieu de produire l'habituel ténor métallique, émit une voix de baryton sourde et enrouée.) Lena, pure Lena, s'exclama-t-il d'un ton pénétré, ne te fâche pas. Je t'aime, et il faut que tu m'aimes. Je sais, hier je me suis conduit comme un cochon, mais n'y fais pas attention. Est-il possible, Lena, que tu me considères comme un vaurien ?

Sur ces mots, il prit Hélène dans ses bras et lui déposa un baiser sur les deux joues. Dans le salon, le plumeau de coq tomba sur le plancher avec un léger bruit. Il arrivait toujours des choses bizarres à Aniouta, dès que le lieutenant

Mychlaïevski mettait les pieds dans l'appartement des Tourbine. Les objets domestiques s'échappaient de ses mains : les couteaux dégringolaient en cascade si elle était dans la cuisine, ou bien, à l'office, les soucoupes quittaient la desserte et se répandaient sur le sol. Aniouta elle-même devenait distraite, se précipitait sans raison dans l'entrée où elle se battait avec les caoutchoucs, qu'elle frottait avec un chiffon jusqu'à ce qu'enfin apparaissent les courts éperons sonores, montés à ras des talons, le menton oblique, les épaules carrées et la culotte de cheval bleu. Alors Aniouta fermait les yeux et, rasant les murs, se tirait comme elle pouvait de cette impasse perfide. Pour le moment, dans le salon, le plumeau à ses pieds, elle demeurait songeuse et regardait au loin, à travers les rideaux à ramages, les yeux perdus dans le gris du ciel nuageux.

— Vitia, Vitia, dit Hélène en hochant sa tête semblable à une couronne de théâtre bien astiquée — à te voir, tu as l'air d'un garçon solide. Alors pourquoi cette faiblesse, hier? Tiens, assieds-toi, bois du thé, ça te fera peut-être du bien.

— Et toi, Lenotchka, ma parole tu as une allure formidable, aujourd'hui. C'est fou ce que cette robe d'intérieur te va bien, je te jure, dit Mychlaïevski d'une voix obséquieuse en jetant de rapides coups d'œil dans les profondeurs vitrées du buffet. Regarde cette robe, la Carpe. Absolument verte. Vrai, ce qu'elle est belle.

— Hélène Vassilievna est très belle, répondit la Carpe avec sérieux et sincérité.

— C'est du bleu électrique, expliqua Hélène. Mais toi, Vitia, parle franchement ; qu'est-ce que tu as ?

— Vois-tu, pure Lena, après l'histoire d'hier, je risque d'attraper la migraine, et avec la migraine, impossible de se battre...

— Bon, sers-toi. Dans le buffet.

— Voilà... Juste un petit verre... Ça vaut mieux que le pyramidon et autres cachets.

Avec une grimace douloureuse, Mychlaïevski avala coup sur coup deux verres de vodka, qu'il fit passer avec un cornichon ramolli qui restait de la veille. Cela fait, il déclara qu'il se sentait, en quelque sorte, renaître et exprima le désir de boire du thé au citron.

— Lenotchka, dit Tourbine, d'une voix un peu rauque, ne t'inquiète pas et attends-moi. Je sors, je m'inscris comme volontaire et je rentre aussitôt. Et ne t'en fais pas pour les opérations militaires : tout ce que nous ferons, ce sera de rester tranquillement en ville, à tenir en respect notre cher président d'Ukraine — ce salaud.

— On ne va pas vous envoyer ailleurs ?

La Carpe fit de la main un geste rassurant.

— Ne vous inquiétez pas, Hélène Vassilievna. Il faut d'abord vous dire qu'en aucun cas la division ne sera prête avant quinze jours. Il n'y a pas encore de chevaux, ni d'obus. Et quand elle sera prête, il ne fait aucun doute que nous resterons en ville. Toute l'armée qui est en train de se former servira de garnison à la ville, c'est sûr. Plus tard, peut-être, s'il faut marcher sur Moscou...

— Oh ça, ce n'est pas pour maintenant... hm...

— Il faudra d'abord faire la jonction avec Denikine...

— Mais, messieurs, vous n'avez pas besoin de me rassurer. Je ne crains rien, je vous assure. Au contraire, je vous approuve.

Effectivement, Hélène avait parlé d'un ton alerte, et ses yeux reflétaient déjà le souci d'organiser pratiquement la vie quotidienne. « A chaque jour suffit sa peine. »

— Aniouta, ma mignonne, cria-t-elle, va prendre les habits de Victor Victorovitch, sous la véranda. Brosse-les bien, et lave-les immédiatement.

C'était le petit la Carpe, avec ses yeux bleus et son humeur égale, qui avait sur Hélène l'influence la plus apaisante — le tranquille la Carpe en tunique roussâtre, qui fumait en plissant les yeux.

Ils se dirent adieu dans l'entrée.

— Eh bien, que Dieu vous protège, dit Hélène d'un ton grave en bénissant d'un signe de croix Tourbine, puis la Carpe et Mychlaïevski. Celui-ci l'embrassa et la Carpe, étroitement sanglé à la ceinture dans sa large capote, lui baisa délicatement les mains, en rougissant.

— Mon colonel, dit la Carpe, en claquant discrètement des talons et en portant la main à sa visière, puis-je vous parler ?

Le colonel était assis dans un fauteuil crapaud bas sur pattes, de couleur verdâtre, devant une petite table à écrire, le tout juché sur une espèce d'estrade, à droite en entrant dans la boutique. Derrière son dos s'élevait un amoncellement bleuâtre de cartons à chapeaux, marqués « Madame Anjou, modiste », qui assombrissait quelque peu le jour dispensé par les rideaux de tulle poussiéreux de la fenêtre. Le colonel tenait une plume à la main — et n'était pas colonel, mais simplement lieutenant-colonel, avec de larges pattes d'épaules dorées à deux bandes et trois étoiles, plus deux petits canons d'or croisés. Il était un peu plus âgé que Tourbine : trente ans, trente-deux au plus. Son visage bien nourri et rasé de près s'ornait de fines moustaches noires taillées à l'américaine. Ses yeux, étonnamment vifs et intelligents, avaient un regard manifestement las, mais attentif.

Autour du colonel régnait un chaos universel. A deux pas de lui, du feu pétillait dans un petit poêle noir, dont les tuyaux noirs et noueux, qui s'étiraient jusqu'à la cloison et la traversaient pour aller se perdre dans l'arrière-boutique, laissaient tomber de temps à autre des gouttes épaisses et noirâtres. Le plancher, qui montrait çà et là, sur l'estrade aussi bien que dans le reste du magasin, des sortes de concavités, était parsemé de papiers déchirés et de lambeaux de tissu rouges et verts. En haut, juste au-dessus de la tête du colonel, une machine à écrire caquetait comme un oiseau inquiet. En levant la tête, Tourbine l'aperçut, derrière une balustrade qui courait juste sous le plafond de la boutique et laissait voir des jambes et un derrière en culotte de cheval, mais sans tête, parce que le buste était coupé par le plafond. Une seconde machine crépitait dans la partie gauche du magasin, dans une mystérieuse fosse qui ne laissait voir qu'une tête chenue, sans bras ni jambes, et une paire d'épaulettes d'engagé volontaire, aux couleurs criardes.

Des visages, des épaulettes à canons d'or paraissaient et disparaissaient autour du colonel. Une caisse jaune munie de téléphones à cornets et de fils enchevêtrés encombrait son bureau, à côté d'un tas de boîtes de carton et de grenades à main à manche de bois, semblables à des boîtes de conserve, et de quelques bandes de mitrailleuse enroulées. Le coude gauche du colonel s'appuyait sur une machine à coudre à pédale et une mitrailleuse pointait son museau près de sa jambe droite. Dans la semi-obscurité de l'arrière-boutique, derrière un rideau accroché à une tringle étincelante, une voix s'égosillait, sans doute dans un téléphone : Oui... oui... Je suis en ligne. Je suis en ligne : oui, oui. Oui, je suis en ligne. Dling-dling ! tinta la sonnette... Pi-ouitt ! chanta un oisillon dans la fosse, d'où sortit une jeune voix de basse :

— Ici la division... j'écoute... oui, oui.

— Je vous écoute, dit le colonel à la Carpe.

— Permettez-moi, mon colonel, de vous présenter le lieutenant Victor Mychlaïevski et le docteur Tourbine. Le lieutenant Mychlaïevski se trouve actuellement, en qualité de simple soldat, au deuxième détachement de milice à pied, et désirerait être muté, selon sa spécialité, dans la division placée sous vos ordres. Le docteur Tourbine voudrait y être nommé en qualité de médecin de division.

Ce discours prononcé, la Carpe ôta sa main de sa visière, tandis que Mychlaïevski saluait à son tour. « Zut... il faudra que je me mette dès que possible en uniforme », pensa Tourbine, agacé et gêné de se sentir l'air d'un niais avec sa tête nue et son manteau noir à col d'astrakan. Le regard du colonel glissa rapidement sur le docteur, et s'arrêta sur la capote, puis sur le visage de Mychlaïevski.

— Bon, dit-il. Voilà qui est bien. Et où avez-vous servi, lieutenant ?

— A la division N d'artillerie lourde, mon colonel, répondit Mychlaïevski, indiquant ainsi ses états de service pendant la guerre contre l'Allemagne.

— D'artillerie lourde ? Voilà qui est très bien. Quelle idée d'aller foutre les officiers d'artillerie dans l'infanterie ! Tient pas debout.

— Non, mon colonel (dit Mychlaïevski en toussotant pour s'éclaircir la voix), c'est moi qui ai demandé à y aller, parce qu'il fallait intervenir très vite dans le secteur de Post-Volynski. Mais maintenant que la milice est pratiquement au complet...

— Je vous approuve au plus haut point... très bien (dit le colonel qui, effectivement, regarda Mychlaïevski dans les yeux d'un air au plus haut point approbateur). Heureux de faire votre connaissance... Bon, alors... Ah oui, docteur ? Vous voudriez venir chez nous ? Hum...

Tourbine inclina la tête en silence, pour ne pas répondre « A vos ordres » dans ce manteau à col d'astrakan.

— Hum..., répéta le colonel en regardant par la fenêtre. Vous savez, bien sûr, c'est une bonne idée. D'autant plus que, dans les jours qui viennent, il se peut que... N'est-ce pas... (Il s'interrompit soudain, cligna légèrement des yeux et reprit d'une voix plus basse :) Seulement... comment donc dirai-je... voyez-vous, docteur, il y a un problème... Les théories sociales, et... hm... vous êtes socialiste ? N'est-ce pas ? Comme tous les intellectuels ? (Les yeux du colonel se détournèrent, et son visage, ses lèvres et sa voix sucrée exprimèrent le plus vif désir que le docteur Tourbine fût précisément socialiste, et rien d'autre.) La division étudiante, c'est ainsi que s'appelle notre division (le colonel eut un sourire cordial, les yeux toujours baissés). Bien sûr, c'est un peu sentimental, mais vous savez, moi-même je viens de l'université.

« Bon Dieu, pensa Tourbine extrêmement étonné et désappointé, qu'est-ce qui lui a pris, à la Carpe ? » A ce moment, il sentit le contact de la Carpe derrière son épaule droite, et sans le voir, se rendit compte que celui-ci voulait à toute force lui faire comprendre quelque chose, mais quoi — impossible de le savoir.

— Malheureusement, lâcha soudain Tourbine, la joue tiraillée par un tic, je ne suis pas socialiste, mais... monarchiste. Je dois même dire que le mot même de « socialiste » m'est insupportable. Et de tous les socialistes, celui que je hais le plus est Alexandre Fiodorovitch Kerenski[1].

Tourbine perçut, derrière son épaule droite, un bruit indistinct, qui venait de sortir de la bouche de la Carpe. « Dommage de quitter la Carpe et Vitia, pensa Tourbine, mais au diable cette division socialiste ! »

Les yeux du colonel revinrent tout d'un coup en face de leurs trous, et on y vit même briller une furtive étincelle. Il remua la main, comme pour fermer, avec courtoisie bien sûr, la bouche de Tourbine, et dit :

— C'est dommage. Hm... tout à fait dommage... Les conquêtes de la révolution, et ainsi de suite... J'ai des ordres d'en haut : éviter absolument le recrutement des éléments monarchistes, du fait que la population... Bref, voyez-vous, la discrétion est de rigueur. De plus, l'hetman, avec qui nous sommes directement et étroitement liés, comme vous le savez... dommage... dommage...

1. Alexandre Kerenski (1881-1970), avocat et homme politique socialiste russe. Il fut vice-président du Soviet de Petrograd en mars 1917, ministre de la Justice, puis de la Guerre et enfin chef du gouvernement provisoire d'août à novembre 1917, avant d'être renversé par les bolcheviks.

En prononçant ces mots, non seulement la voix du colonel n'exprimait pas le moindre regret, mais au contraire, elle avait un ton joyeux, et ses coups d'œil étaient en complète contradiction avec ce qu'il disait.

« Ah, ah, ah ? pensa Tourbine de façon significative. Je suis un imbécile... et ce colonel n'est pas bête. Un carriériste, probablement, à en juger par sa figure, mais ça n'y fait rien. »

— Vraiment, je ne sais que faire... voyez-vous, dans la situation actuelle (le colonel appuya sur le mot « actuelle »), dans la situation actuelle, disais-je donc, notre tâche immédiate est de défendre la Ville et l'hetman contre les bandes de Petlioura, et éventuellement, contre les bolcheviks. Ensuite, on verra... Puis-je vous demander, docteur, où vous avez servi jusqu'à présent ?

— En 1915, après mon externat, dans une clinique de vénérologie, puis comme officier de santé au régiment de hussards de Belgrade, et ensuite, comme interne dans un hôpital de corps d'armée. Actuellement, je suis démobilisé, et je pratique la médecine à titre privé.

— Lieutenant ! cria le colonel, allez me chercher le capitaine de service !

Une tête qui dépassait de la fosse, à gauche, disparut, puis un jeune officier au poil noir, d'allure vive et tenace, parut devant le colonel. Il était coiffé d'un bonnet d'astrakan rond, à fond cramoisi et à galons croisés, et sa longue capote grise à la Mychlaïevski, était sanglée dans un ceinturon qui supportait un revolver. Ses épaulettes d'or fripées annonçaient son grade : capitaine d'état-major.

— Capitaine Studzinski, lui dit le colonel, ayez l'obligeance d'informer l'état-major général de la mutation immédiate dans mon corps du lieutenant... heu...

— Mychlaïevski, dit Mychlaïevski en rectifiant la position.

— ... Mychlaïevski, en qualité de spécialiste, du deuxième détachement de milice. Informez-le également que le docteur... heu ?

— Tourbine...

— Tourbine m'est absolument indispensable comme médecin divisionnaire, et que je demande à ce qu'il soit nommé dès que possible.

— A vos ordres, mon colonel, dit l'officier en saluant, et en écorchant la prononciation russe. « Un Polonais », pensa Tourbine.

— Inutile, lieutenant, de retourner à la milice, dit le colonel à Mychlaïevski. Puis à l'officier : le lieutenant prendra le commandement de la deuxième section.

— A vos ordres, mon colonel.

— A vos ordres, mon colonel.

— Quant à vous, docteur, vous êtes de service à partir de maintenant. Je vous invite à vous présenter d'ici une heure place du lycée Alexandre.

— A vos ordres, mon colonel.

— Qu'on donne immédiatement un uniforme au docteur.

— A vos ordres.

— A vos ordres ! J'écoute ! cria une voix de basse dans la fosse.

— Vous m'entendez ? Non. Je dis : non... Non, je vous dis ! cria une autre voix derrière la cloison.

Dling !... Pi-ou, pi-ou... chanta le petit oiseau dans la fosse.

— Vous m'entendez ?...

— *Les Nouvelles libres ! Les Nouvelles !* Demandez le nouveau quotidien *Les Nouvelles libres !* (criait un petit vendeur de journaux, enveloppé jusqu'aux yeux dans un châle de paysanne). Démoralisation chez Petlioura ! Des troupes noires débarquent à Odessa ! Demandez *Les Nouvelles libres* !

Disposant d'une heure, Tourbine eut le temps de passer à la maison. Dans son petit cabinet de travail contigu au salon, ses épaulettes d'argent sortirent de l'obscurité d'un tiroir du bureau. Avec ses rideaux blancs masquant la porte-fenêtre qui donnait sur le balcon, sa table chargée de livres, d'un encrier et d'un nécessaire à écrire, ses étagères où s'alignaient des fioles de médicaments et des instruments médicaux, sa couchette tendue d'un drap blanc immaculé, la pièce était austère et étroite, mais confortable.

— Lenotchka, si, pour une raison quelconque, je rentre tard et si quelqu'un me demande, tu n'as qu'à dire que je ne reçois pas aujourd'hui. Et comme je n'ai pas de clients habitués... Dépêche-toi, mon petit.

Hélène releva le col de la vareuse et se dépêcha d'y coudre les épaulettes. Elle en cousit deux autres, vertes rayées de noir, sur la capote.

Quelques minutes plus tard, Tourbine franchissait la porte d'entrée. Il regarda la plaque blanche qui portait son nom :

DOCTEUR A.V. TOURBINE
Syphilis-Maladies vénériennes
606-914
Consultations de 16 heures à 18 heures

et y colla ce papier : « de 18 heures à 19 heures », puis remonta d'un pas rapide la rue Saint-Alexis.

— *Les Nouvelles libres!*

Tourbine s'arrêta, acheta un journal au gamin, et l'ouvrit en se remettant en marche.

Journal démocratique sans parti.
Paraît tous les jours.
13 décembre 1918.
Les problèmes du commerce extérieur, en particulier avec l'Allemagne, nous contraignent à...

— Permettez ! Mais où donc ?... Nom d'un chien, j'ai les mains gelées !

Selon notre correspondant particulier, des pourparlers sont en cours à Odessa pour le débarquement de deux divisions de soldats coloniaux noirs. Le consul Henno n'admettra pas que Petlioura...

— Ah, le sale gamin !

Des déserteurs qui se sont présentés hier à notre état-major de Post-Volynski nous informent que la démoralisation gagne de plus en plus les bandes de Petlioura. Avant-hier, dans le secteur de Korosten, un régiment de cavalerie a ouvert le feu sur le régiment des tirailleurs de la Sietch[1]. Dans les bandes de Petlioura, on observe un grand désir de paix. Il est évident maintenant que l'aventure de Petlioura et est parti dans une direction inconnue avec son régiment et quatre pièces d'artillerie. Bolbotoun semble décidé à se rallier au parti de l'Het-

1. Le régiment des tirailleurs *(streltsy)* de la Sietch, ainsi nommé en souvenir de l'organisation militaire des Cosaques zaporogues (cf. note 1, p. 69), était formé de prisonniers de guerre ukrainiens de Galicie, c'est-à-dire d'ex-sujets autrichiens. Dès la mi-novembre 1918, ce régiment était passé de l'armée de l'hetman à celle du directoire, dont il avait constitué le noyau.

man. Les paysans haïssent Petlioura à cause des réquisitions. La mobilisation qu'il a décrétée à la campagne n'a eu aucun succès. Les paysans s'y soustraient massivement en se cachant dans les forêts.

— Admettons que... Ah, maudit froid... Pardon.

— Hé, mon petit monsieur, pourquoi bousculer les gens ? C'est à la maison qu'on lit le journal...

— Pardon...

Nous avons toujours affirmé que l'aventure de Petlioura...

— Crapule ! Tu n'es qu'une crapule...

Si vous avez de l'honneur,
si vous n'êtes pas un toutou,
Le régiment des volontaires a besoin de vous.

— Ivan Ivanovitch, vous n'avez pas l'air dans votre assiette aujourd'hui ? Qu'y a-t-il ?

— C'est ma femme. Elle petliourâlait, et voilà que depuis ce matin, elle bolbotounise...

A cette fine plaisanterie, Tourbine changea de visage, froissa rageusement le journal et le jeta sur le trottoir. Il prêta l'oreille.

Ba-oun ! chantaient les canons. Rrouf ! grondèrent les entrailles de la terre, aux confins de la ville.

— Bon Dieu, qu'est-ce que c'est ?

Tourbine se retourna vivement, ramassa la boule de papier, la défroissa, et se remit à lire attentivement la première page :

Dans le secteur d'Irpenia, nos éclaireurs se sont heurtés à des groupes disparates de petliouristes.
Vers Serebriansk, le secteur est calme.
A l'Auberge rouge, situation inchangée.
En direction de Boiarka, un régiment de Serdiouki de l'hetman, par une attaque hardie, a dispersé une bande de 1 500 hommes, et fait 2 prisonniers.

Bou... bou... bou-ou, bourdonnaient les lointains gris, quelque part au sud-ouest. Soudain, Tourbine ouvrit la bouche et pâlit. Machinalement, il fourra le journal dans sa poche. Venue du boulevard, une foule noire et dense s'écoulait lentement par la rue Vladimir. Des hommes en manteaux noirs, nombreux, marchaient sur la chaussée, tandis que les femmes mettaient des taches claires sur les trottoirs. Un cavalier en uniforme de la garde nationale précédait la foule, comme un guide. Son cheval de haute taille, les oreilles dressées et l'œil inquiet, allait de côté. Quant au cavalier lui-même, son visage épais montrait un complet désarroi. De temps en temps, il criait quelque chose, en agitant son fouet pour la forme, mais personne ne lui prêtait attention. Des premiers rangs de la foule émergeaient des chasubles d'or et des barbes de prêtres et on voyait même se balancer une bannière d'Église. Des enfants accouraient de toutes parts.

— *Les Nouvelles!* cria le petit vendeur de journaux en se précipitant vers cette foule.

Cuisiniers et marmitons en bonnets blancs à fond plat surgirent de l'enfer des cuisines du restaurant Métropole. La foule se répandait sur la neige comme de l'encre sur du papier.

De longues boîtes jaunes oscillaient au-dessus des têtes. Quand la première arriva à la hauteur de Tourbine, celui-ci put lire sur le côté, grossièrement tracée au charbon, cette inscription : « Sous-lieutenant Youtsevitch ». Sur la suivante : « Sous-lieutenant Ivanov ». Sur la troisième : « Sous-lieutenant Orlov ».

Soudain, une sorte de glapissement jaillit de la foule. Une femme à cheveux blancs, dont le chapeau avait glissé sur la nuque, s'élança en trébuchant du trottoir vers le cortège, en laissant tomber les paquets qu'elle portait.

— Mais qu'est-ce que c'est? Vania? modula sa voix perçante. Quelqu'un pâlit et s'éloigna. Une vieille se mit à crier et à sangloter, puis une autre.

— Seigneur Jésus! jura une voix étouffée derrière Tourbine, qui sentit qu'on le poussait dans le dos et qu'on lui soufflait dans le cou.

— Seigneur... les temps sont venus. Alors quoi, on égorge les gens?... Mais qu'est-ce que cela signifie... Mieux vaut n'importe quoi plutôt que de voir ça.

— Quoi? Quoi? Quoi? Quoi? Qu'est-ce qui se passe? Qui enterre-t-on?

— Vania! hurla la voix dans la foule.

— Des officiers, qui ont été égorgés à Popelioukha, marmonna rapidement quelqu'un, haletant du désir d'être le premier à raconter l'événement. Ils avaient pris position à Popelioukha, toute une compagnie, pour passer la nuit. Et pendant la nuit, ils ont été entourés par des paysans et des hommes de Petlioura, qui les ont tous égorgés. Tous jusqu'au dernier. Et ils leur ont crevé les yeux, taillé des épaulettes dans la peau. Littéralement défigurés.

— Ah c'est ça ? Ah, ah, ah !...

« Sous-lieutenant Korovine »... « Sous-lieutenant Herdt »... Les cercueils jaunes passaient, ondulant au-dessus des têtes.

— Vous parlez d'une triste fin...

— La guerre civile...

— Mais comment ?...

— C'est bien fait pour eux, siffla une voix aigre dans le dos de Tourbine. Un brouillard vert se forma devant ses yeux, et les visages, les chapeaux passèrent comme des lueurs fugitives. Tourbine passa son bras entre deux têtes, et sa main, comme une tenaille, saisit la voix par la manche de son manteau noir. L'individu changea de visage et offrit l'image même de l'épouvante.

— Qu'est-ce que vous avez dit ? interrogea Tourbine d'une voix rauque, mais presque aussitôt, il relâcha son étreinte.

— De grâce, monsieur l'officier, répondit la voix, grelottante de peur. Je ne dis rien. Rien du tout. Je me tais. Que me voulez-vous ?

La voix s'étranglait, le nez en bec de cane devenait jaune, et Tourbine se dit aussitôt qu'il faisait erreur, qu'il n'avait pas attrapé celui qu'il fallait. Le nez en bec de cane, aux narines poilues comme de l'astrakan, émergeait d'une physionomie dont tous les traits respiraient un conformisme exceptionnel. Certes une figure pareille, dont les yeux ronds tourneboulaient de peur, n'avait rien pu dire.

Tourbine lâcha la manche et, plein d'une fureur froide, il se mit à parcourir du regard les chapeaux, les nuques et les cols qui moutonnaient autour de lui. Sa main gauche était prête à saisir quelque chose, tandis que la droite, dans sa poche, serrait la crosse de son browning. Le chant funèbre des prêtres se déroula devant lui, et tout à côté, la voix d'une vieille femme se déchira en lamentations. Vraiment, il ne pouvait attraper personne, comme si la voix sifflante et aigre avait disparu sous terre. Le dernier cercueil passa « Sous-lieutenant Morskoï », puis un traîneau.

— *Les Nouvelles!* cria soudain, juste sous les oreilles de Tourbine une voix perçante.

Tourbine arracha de sa poche le paquet de feuilles froissées et, ne se connaissant plus, il l'écrasa deux fois sur la figure du gamin, en grinçant :

— Tiens, des nouvelles ! En voilà, des nouvelles ! petit salaud !

Là-dessus, son accès de fureur tomba. Le gamin lâcha ses journaux, glissa et tomba assis sur un tas de neige. Instantanément, son visage se crispa en une fausse expression de douleur et il se mit hypocritement à pleurnicher, tandis que ses yeux s'emplissaient d'une haine féroce qui, elle, n'avait rien d'hypocrite.

— Qui que c'est... ben quoi... qui que j'ai fait ? nasilla-t-il, en s'efforçant de pleurer et en se roulant dans la neige. Un visage étonné s'approcha soudain de Tourbine, mais eut peur de parler et s'éloigna. Honteux de cette sottise absurde, Tourbine rentra la tête dans les épaules et, tournant brusquement le dos, il s'enfuit, frôlant un bec de gaz, contournant le mur rond du gigantesque édifice blanc du musée, longeant des trous béants où s'entassaient des éboulements de briques recouvertes d'une pellicule de neige, et gagna l'immense place qu'il connaissait bien — le square du lycée Alexandre.

Et une dernière fois, il entendit crier, quelque part dans la rue :

— *Les Nouvelles !* Le grand quotidien démocratique !

Un vaste édifice à trois étages et cent quatre-vingts fenêtres, entourait la place sur trois côtés : le lycée, cher au cœur de Tourbine. Il y avait passé huit années de sa vie. Pendant huit années, aux premiers beaux jours du printemps, il avait couru et joué sur cette place. Et l'hiver, dans l'atmosphère confinée et poussiéreuse des classes, il regardait par la fenêtre la place couverte d'une épaisse couche de neige. Pendant huit ans, la grande maison de brique avait formé et instruit Tourbine et ses cadets, la Carpe et Mychlaïevski.

Et un jour, huit ans plus tôt exactement, Tourbine avait vu pour la dernière fois la cour d'honneur du lycée. Sans qu'il sût pourquoi, une légère angoisse lui pinça le cœur. Il lui sembla soudain qu'un nuage noir obscurcissait le ciel, qu'une sorte de tourbillon accourait qui allait balayer toute sa vie, comme un typhon emporterait les installations d'un port. Oh ces huit années d'études ! Que de moments grotesques ou tristes, que de causes de désespoir aussi pour une âme d'enfant, mais que d'instants de bonheur ! Un jour gris, un jour gris, un jour gris, *ut consecutivum*, Caïus Julius Caesar, un zéro en cosmographie, et depuis ce zéro, une haine définitive pour l'astronomie. Mais aussi le printemps avec les éclats de rire et les cavalcades dans les classes, les lycéennes en tablier vert sur le boulevard, les marronniers et mai, et surtout à l'horizon, tel un phare inextinguible, l'université — c'est-à-dire la vie libre — comprenez-vous ce que cela veut dire — l'université ? Les couchers de soleil sur le Dniepr, la liberté, l'argent, la puissance, la gloire.

Et voilà, tout cela appartenait désormais au passé. Le regard toujours énigmatique des professeurs, les inquiétants vases communicants où l'eau coule éternellement alors qu'il lui est impossible de couler, et ces raisonnements compliqués, destinés à montrer en quoi Lenski différait d'Oneguine[1], ou la turpitude de Socrate, et la date de fondation de l'ordre des Jésuites, et le débarquement de Pompée, et celui d'Untel, et des débarquements à n'en plus finir depuis deux mille ans...

Et ce ne fut pas tout. Après les huit ans de lycée, les vases communicants abandonnés, ce furent les cadavres de l'amphithéâtre d'anatomie, les salles blanches, le silence vitré des salles d'opération, puis trois années de chevauchées cahotantes, les blessures d'autrui, les humiliations, les souffrances... ô maudit vase communicant de la guerre... Et le voilà qui débarquait ici, sur cette place, dans ce square. Et il traversait cette place, et les nerfs à vif, serrant son browning dans sa poche, pour aller le diable sait où et pour quoi faire. Probablement, pour défendre encore cette vie, ce même avenir au nom duquel il avait pâli sur les vases communicants et sur ces maudits piétons dont l'un part d'une ville A, et l'autre, à sa rencontre, d'une ville B.

Les fenêtres noires reflétaient une paix totale et profondément mélancolique. Dès le premier regard, on reconnaissait la paix de la mort. C'était une chose étrange, en plein centre de la ville, au milieu de l'agitation, du bouillonnement et du désordre, ce grand vaisseau à quatre ponts, muet et sans vie, lui qui naguère encore avait mené en haute mer des dizaines

1. Oneguine et Lenski, héros du célèbre roman en vers de Pouchkine, *Eugène Oneguine*.

de milliers de vies. Plus personne, semblait-il, n'en assurait la garde, il n'y avait pas un bruit, pas un mouvement aux fenêtres, ni au pied des murs couverts de cette peinture jaune mise à la mode par Nicolas[1]. La neige vierge s'étendait comme un manteau sur les toits, coiffait la cime des marronniers, enfouissait la place sous une couche uniforme, où seules de légères lignes de pas qui couraient en tous sens indiquaient que des gens venaient de passer.

Le plus étrange, c'est que non seulement personne ne savait, mais personne n'avait la curiosité de se demander où donc tout cela était passé. Qui étudiait maintenant dans ce vaisseau ? Et si personne n'y étudiait, à quoi pouvait-il servir ? Où étaient les gardiens ? Pourquoi, au pied de la grille, ces horribles mortiers pointaient-ils leur mufle stupide sous les marronniers, devant le jardinet intérieur qui précédait l'entrée principale ? Et que faisait là, dans le lycée, ce magasin d'habillement ! A qui ? Pour qui ? Pour quoi faire ?

Personne ne le savait, comme personne ne savait ce qu'était devenue Mme Anjou, ni pourquoi, dans sa boutique, on voyait traîner des obus parmi les cartons à chapeaux vides...

— Ho... hisse ! cria une voix. Les mortiers s'ébranlèrent et commencèrent à rouler lourdement. Deux cents hommes s'agitaient, couraient, s'accroupissaient, se relevaient d'un bond autour des grosses roues bardées de fer. On distinguait confusément des pelisses courtes, des capotes grises et des bonnets en peau de mouton, des casquettes militaires kaki et des casquettes bleues d'étudiants.

Quand Tourbine traversa l'immense place, quatre mortiers étaient alignés, la gueule tournée vers lui. L'exercice rapide prit fin aussitôt, et le groupe bigarré des nouvelles recrues s'aligna sur deux rangs.

— Mon capitaine ! Section-ons... à vos ordres ! proféra la voix de Mychlaïevski.

Studzinski vint se planter devant les rangs, puis recula de quelques pas et lança :

— Épaule... gauche ! En avant... marche !

1. Sous le règne de Nicolas Ier (1825-1855), de nombreux édifices furent repeints en jaune, couleur officielle, appelée en Autriche « jaune Marie-Thérèse ».

La troupe bruissa, ondula et, piétinant la neige en désordre, se mit en marche.

De nombreux visages, typiquement étudiants et bien connus de Tourbine, passèrent devant lui. La Carpe parut, en tête de la troisième section. Sans savoir encore pour aller où ni pourquoi, Tourbine se plaça à sa hauteur et fit crisser la neige sous ses pas...

La Carpe se détacha de la troupe et, l'air soucieux, reprit sa marche à côté des soldats en scandant :

— Gauche. Gauche. Une, deux...

Comme un serpent, la troupe s'enfila dans la gueule béante et noire de l'entrée des sous-sols, qui avala section après section.

L'intérieur du lycée paraissait encore plus lugubre et mort que l'extérieur. L'écho des pas militaires éveilla brutalement le silence des pierres et les ténèbres incertaines de l'immeuble abandonné. Des bruits étranges s'élevèrent sous les voûtes, comme si des démons étaient sortis de leur sommeil. Les pas pesants provoquaient des frôlements furtifs accompagnés de petits cris aigus : c'étaient des rats effrayés qui s'enfuyaient et allaient se cacher dans des recoins obscurs. La troupe parcourut ainsi une suite sans fin de sombres souterrains pavés de dalles de brique, pour déboucher dans une vaste salle dont les étroits soupiraux grillagés filtraient, à travers des toiles d'araignées mortes, un jour parcimonieux.

Un fracas infernal de marteaux brisa le silence : on ouvrait des caisses cerclées de fer pleines de cartouches. On en sortit d'interminables bandes, ainsi que des boîtes rondes, semblables à des tartes, pour les mitrailleuses Lewis. On déballa également les mitrailleuses grises et noires qui ressemblaient à de gros moustiques cruels. Les boulons cliquetaient, les pinces faisaient sauter les bandes métalliques, dans un coin une scie criait. Des junkers défaisaient des ballots de bonnets de fourrure aplatis, de capotes aux plis rigides, de ceinturons raides, de musettes et de gourdes enveloppées de drap.

— Allons pressons ! lança la voix de Studzinski.

Cinq ou six officiers aux épaulettes d'or ternies se mirent à courir en tous sens, comme des araignées d'eau. Mychlaïevski modulait des ordres d'une voix de ténor revigorée.

— Docteur ! cria Studzinski d'un coin obscur. Veuillez rassembler l'équipe des infirmiers et lui donner vos instructions !

Deux étudiants se présentèrent aussitôt devant Tourbine. L'un d'eux, court sur pattes et l'air émotif, portait un brassard à croix rouge sur la manche de sa capote d'étudiant. L'autre était en capote grise, et son bonnet de fourrure lui tombait sur les yeux, de sorte qu'à chaque instant il le relevait du bout des doigts.

— Là-bas, il y a des caisses de médicaments, dit Tourbine. Vous y prendrez les musettes et vous me donnerez une trousse complète. Ensuite, occupez-vous de fournir à chaque artilleur deux paquets individuels, en leur expliquant rapidement comment les ouvrir en cas de besoin.

La tête de Mychlaïevski s'éleva au-dessus de la troupe grouillante et grise. Perché sur une caisse, il brandit un fusil, fit claquer la culasse, introduisit bruyamment un chargeur dans le magasin, visa une fenêtre, manœuvra la culasse, visa, manœuvra de nouveau la culasse, et ainsi de suite, faisant pleuvoir sur les junkers qui l'entouraient les cartouches éjectées. Aussitôt, le sous-sol s'emplit d'un cliquetis d'atelier de mécanique : les junkers chargeaient et déchargeaient les fusils.

— Ceux qui ne savent pas, faites attention ! vociféra Mychlaïevski. Et montrez aux étudiants !

A ce moment, par-dessus les têtes, ceinturons, musettes et gourdes passèrent de main en main.

Et ce fut le miracle. Ces gens de tous poils et de toutes couleurs ne formèrent plus qu'une masse compacte et uniforme, hérissée du réseau oscillant et instable des baïonnettes.

— Messieurs les officiers, à moi ! ordonna la voix de Studzinski.

Dans l'obscurité du souterrain, parmi les tintements doux des éperons, Studzinski demanda d'une voix étouffée :

— Vos impressions ?

Les éperons cliquetèrent. Mychlaïevski, portant avec aisance et désinvolture les doigts à sa visière, s'approcha du capitaine d'état-major et dit :

— Dans ma section, quinze hommes n'ont aucune idée de ce qu'est un fusil. C'est plutôt embêtant.

Studzinski prit un air inspiré et leva les yeux vers un soupirail par où s'infiltrait une dernière lueur mourante de jour gris. Il dit :

— Et le moral ?

De nouveau, Mychlaïevski prit la parole :

— Hm... hm... Le coup des cercueils n'a rien arrangé. Les étudiants sont troublés. L'effet a été déplorable. Ils ont tout vu à travers les grilles.

Studzinski lui lança un regard appuyé de ses yeux noirs.

— Faites en sorte de relever le moral.

Il y eut un nouveau cliquetis d'éperons, et les officiers se dispersèrent.

— Junker Pavlovski ! tonna Mychlaïevski à travers tout le garde-mites, comme Rhadamès dans *Aïda*[1].

— Pavlovski ! ski !... ski ! reprirent en écho les voix des junkers répercutées par les murailles de pierre.

— Pr'sent !

— École Alexis ?

— Exact, mon lieutenant !

— Eh bien, poussez-nous une bonne chanson énergique. A la mort de Petlioura, et que son âme aille pourrir...

La voix du junker s'éleva, haute et pure, sous les voûtes de pierre :

Je suis né artilleur...

Une autre voix de ténor répondit, on ne sait où dans le fouillis des baïonnettes :

La brigade fut ma famille

La masse des étudiants tressaillit, reprit l'air d'oreille, et soudain, ce fut l'explosion spontanée d'un chœur de voix mâles qui emplit tout le souterrain.

Baptisé au feu de la mitraille
Langé dans le drap du soldat
Au feu-eu-eu...

Le chant résonnait dans les oreilles, dans les têtes, dans les caisses de cartouches, aux soupiraux obscurcis, et quelques verres poussiéreux, oubliés dans l'embrasure des fenêtres, tressautèrent et se mirent à tinter...

1. Rhadamès (ténor), valeureux capitaine de la garde égyptienne, est le héros principal de l'*Aïda* de Verdi.

Bercé aux cahots des attelages
Et par le grincement des freins...

Studzinski tira de la masse des capotes, des baïonnettes et des fusils deux aspirants au teint rose et leur chuchota rapidement un ordre :

— Dans le vestibule... la housse, enlevez-moi ça... vite...

Les deux jeunes gens disparurent.

Marchez, chantez, junkers
De l'école de la garde !
Sonnez trompettes et timbales,
Résonnez tambours et cymbales !

Le grand bâtiment désert du lycée était maintenant ébranlé par les affreux mugissements de la chanson de marche, et les rats, hébétés d'épouvante, s'étaient terrés dans les trous les plus obscurs.

La Carpe coupa le mugissement général d'une voix stridente :

— Une ! deux !

Mychlaïevski se racla la gorge et cria :

— Plus gai, bon Dieu !... Alors, les anciens de l'école Alexis, c'est pas un enterrement !...

La chenille grise n'avait plus rien d'informe, c'était maintenant

Modistes et cuisinières !
Femmes de chambre et lavandières !
Toutes regardent les junkers qui partent pour la guerre !

une puissante colonne qui s'avançait dans le couloir, hérissée de baïonnettes pointues, et les planchers pliaient et craquaient sous ses pas. Par l'interminable couloir, la chenille montait vers le premier étage, droit sur le gigantesque vestibule surmonté d'une coupole vitrée par où le jour entrait à flots. Alors, un profond ahurissement saisit les premiers rangs.

Sur une cavale pur-sang, couverte d'un caparaçon aux armes impériales et fougueusement cabrée, le sourire rayonnant, coiffé d'un bicorne aux bords relevés et surmonté d'un panache blanc, glabre et reluisant, Alexandre caracolait devant les artilleurs. Leur adressant sourire sur sourire avec un charme plein de perfidie, Alexandre brandissait son sabre, dont la pointe montrait aux junkers les champs de Borodino. Les champs de Borodino couverts de boulets de canon, aux lointains hérissés de nuages de baïonnettes.

> ... et il y avait...
> Les furieuses mêlées !
> Et l'on raconte...

entonna Pavlovski.

> Et l'on raconte de terribles combats !

grondèrent les basses.

> Toute la Russie se souviendra
> De la journée de Borodino[1] !

L'étincelant Alexandre s'envolait vers le ciel, et la housse qui l'avait recouvert toute l'année gisait en tas aux pieds de son cheval.

— Alors quoi, vous voyez pas l'empereur Alexandre le Bienheureux ? Au pas, bon Dieu, au pas ! Une, deux, gauche ! Gauche ! hurla Mychlaïevski, et la longue chenille monta, envahissant l'escalier du pas pesant de l'infanterie d'Alexandre. La division passa devant le vainqueur de Napoléon, tourna à droite dans l'immense salle des actes, où elle interrompit sa chanson et s'arrêta en rangs serrés, sous une forêt ondulante de baïonnettes. Une pénombre blanchâtre régnait dans cette salle, sous le regard mort des grands portraits des derniers tsars qui mettaient sur les vastes trumeaux les taches blêmes et éternelles de leurs visages.

Studzinski s'écarta de quelques pas et jeta un coup d'œil à sa montre-bracelet. A ce moment, un junker accourut et lui murmura quelques mots.

1. Cf. note 3, p. 23. La bataille de Borodino (26 août/7 septembre 1812), longuement décrite dans *Guerre et Paix* (III, 1, XIX-XXXIX), opposa l'armée française commandée par Napoléon et l'armée russe commandée par Koutouzov. Ce fut la plus importante et la plus sanglante de la guerre de 1812. Les Russes y perdirent la moitié de leurs effectifs et durent ensuite livrer Moscou, mais ils se replièrent en bon ordre et leur acharnement au combat cassa le moral de l'armée française.

— ... le commandant de la division..., entendirent les hommes les plus rapprochés.

Studzinski fit un signe aux officiers. Aussitôt, ceux-ci passèrent rapidement entre les rangs, qu'ils égalisèrent, tandis que Studzinski sortait dans le couloir pour accueillir son chef.

Faisant sonner ses éperons, le colonel Malychev montait l'escalier. Vers la salle des actes et, tout en gravissant la dernière volée de marches, il se retournait pour jeter des regards obliques à Alexandre. Un sabre courbe de type caucasien, à dragonne rouge cerise, lui battait la cuisse gauche. Il était coiffé d'une casquette de velours noir et vêtu d'une longue capote fendue dans le dos. Son visage était soucieux. Studzinski se porta vivement à sa rencontre, s'arrêta et salua.

Malychev lui demanda :

— Ils sont équipés ?

— Oui, mon colonel. Tous les ordres ont été exécutés.

— Bon. Alors ?

— Ils iront se battre. Mais ils manquent totalement d'expérience. Sur cent vingt-cinq junkers, il y a quatre-vingts étudiants qui ne savent pas tenir un fusil.

Une ombre voila le visage de Malychev. Il garda le silence.

— Encore heureux que nous ayons de bons officiers, continua Studzinski. Notamment le nouveau, là-bas, Mychlaïevski. On arrivera à se débrouiller.

— Bon. Eh bien, voilà : après ma revue, et à l'exception des officiers et d'une garde de soixante hommes, que vous choisirez parmi les meilleurs junkers, les plus expérimentés, pour garder les armes, le magasin et le bâtiment, vous renverrez la division dans ses foyers, avec ordre d'être ici demain matin à sept heures, rassemblement général.

Saisi d'une stupéfaction sans bornes, Studzinski examina le colonel d'un regard fort peu poli. Sa bouche s'ouvrit.

— Enfin mon colonel (d'émotion, Studzinski accentuait les syllabes de travers), si vous permettez... C'est impossible. Le seul moyen de garder à la division un peu de combativité, c'est de faire coucher tout le monde ici cette nuit.

Le colonel révéla sur-le-champ un nouveau trait caractéristique de sa personne : une merveilleuse aptitude à se mettre en colère. Ses joues et sa nuque devinrent cramoisies, et ses yeux flamboyèrent.

— Capitaine, dit-il d'une voix désagréable, j'ordonnerai à

l'intendance de vous payer désormais non plus comme officier supérieur, mais comme lecteur donnant des conférences aux chefs de division, et ça me déplaira beaucoup, car je croyais avoir en vous, justement, un officier supérieur expérimenté, et non un professeur civil. Bon, eh bien : je n'ai *pas* besoin de conférences ! Et je vous invite à m'épargner vos conseils ! Votre rôle est d'écouter, et d'enregistrer. Et après avoir enregistré, d'exécuter !

Sur ce, tous deux se regardèrent dans le blanc des yeux.

Studzinski avait le cou et les joues rouges comme les braises. Ses lèvres tremblèrent. Il se racla la gorge et dit :

— A vos ordres, mon colonel.

— Bien. Voici mes ordres. Que chacun rentre chez soi, avec ordre de se coucher et de dormir. Pas d'armes. Et demain, tout le monde ici à sept heures. De plus : les hommes iront chez eux par petits groupes, et non par sections, et sans épaulettes. Pas question de se faire admirer par les badauds.

Une lueur de compréhension passa dans les yeux de Studzinski, éteignant la flamme d'indignation qui s'y était allumée.

— A vos ordres, mon colonel.

Le colonel changea alors du tout au tout.

— Alexandre Bronislavovitch, dit-il, il y a longtemps que je vous connais comme un officier plein d'expérience et d'allant. Mais vous aussi, vous me connaissez ? Alors, vous n'êtes plus en colère ? La colère, à l'heure actuelle, n'est pas de mise. Je vous ai parlé durement — oubliez-le. Du reste, vous-même...

Studzinski rougit violemment.

— Vous avez raison, mon colonel. C'est ma faute.

— Bien, parfait. Nous ne perdrons pas de temps, pour ne pas les laisser tiédir. Bref, tout sera mis en route dès demain. Demain, on y verra plus clair. Maintenant, il faut que je vous prévienne tout de suite : pour l'artillerie, c'est zéro. On n'aura pas de chevaux, et pas d'obus. Donc, demain matin, tir au fusil, tir au fusil, tir au fusil. Arrangez-vous pour que demain midi, toute la division tire comme un régiment de tireurs d'élite. Et à tous les junkers expérimentés, des grenades. Vu ?

Un nuage noir obscurcissait le front de Studzinski. Il écoutait, tendu.

— Mon colonel, puis-je vous poser une question ?

— Je sais ce que vous allez me demander. C'est inutile. Et

je vais vous répondre tout de suite : oui, on est dans le pétrin. On a déjà vu pire, mais rarement. Et maintenant, vu ?

— Vu, mon colonel !

— Bon. Eh bien... (Malychev baissa la voix, presqu'à chuchoter) les nuits ne sont pas sûres, et vous pensez bien que je n'ai pas envie de rester cette nuit dans ces oubliettes, ni d'y enterrer deux cents petits gars dont cent vingt ne savent même pas tirer !

Studzinski se taisait.

— Eh bien, voilà. Pour le reste, on verra demain soir. Tout ira bien. Allons voir cette division.

Ils entrèrent dans la salle.

— A vos ran-an-angs, fixe ! cria Studzinski.

— Bonjour artilleurs !

Derrière le dos de Malychev, Studzinski, comme un metteur en scène inquiet, agita la main, et le mur gris et ondoyant vociféra à faire trembler les vitres :

— Vive... respects... spects... colonel... nel...

Malychev parcourut les rangs d'un œil satisfait, ôta la main de sa visière, et dit :

— Superbe... Artilleurs ! Je ne vais pas vous inonder de paroles. Du reste, parler n'est pas mon fort. Je ne passe pas ma vie à faire des discours dans les meetings. Aussi, je serai bref. Nous devons écraser Petlioura, cet enfant de salaud, et soyez tranquilles, nous l'écraserons. Certains d'entre vous sortent des écoles Vladimir, Constantin, Alexis, dont les drapeaux n'ont jamais connu la tache du déshonneur. Beaucoup d'autres sont d'anciens élèves de cet illustre lycée. Ses vieux murs vous regardent. J'espère qu'ils n'auront pas à rougir de vous. Artilleurs de la division de mortiers ! A l'heure où notre grande et belle Ville est assiégée par un bandit, défendons-la victorieusement ! Nous lui mettrons son nez dans son pipi, à ce petit président, et que le diable l'emporte par le fond de sa culotte !

— Aaah... aaah... fit la troupe, abasourdie par la vivacité d'expression du colonel.

— Artilleurs, à l'ouvrage !

De nouveau, tel un metteur en scène dans la coulisse, Studzinski fit des gestes angoissés, et de nouveau, ce fut un fracas de tonnerre qui souleva les couches de poussière vénérable.

— Aa... oo... Ordrrres...

Dix minutes plus tard, la salle des actes, comme les champs de Borodino, était hérissée de fusils en faisceaux. Aux extrémités de la plaine poudreuse du parquet, où les baïonnettes se dressaient comme de hautes herbes, deux silhouettes se détachaient : les sentinelles. Quelque part en bas, on percevait le piétinement confus des artilleurs frais émoulus qui, selon les ordres du colonel, se hâtaient de retourner chez eux. Dans les couloirs, il y eut des martèlements de pas et des cris d'officiers : c'était Studzinski qui postait lui-même les sentinelles. Puis soudain, inattendue, une sonnerie de clairon s'envola dans le lycée, mais fêlée et traînante, comme dépourvue de souffle guerrier, sonnant faux et trahissant la peur. C'était un junker qui soufflait dans l'instrument, les joues gonflées, en haut de l'escalier qui descendait au vestibule. Le cuivre du clairon était terni, et ses rubans de Saint-Georges, délavés et râpés, pendaient lamentablement. Mychlaïevski, planté sur ses jambes écartées, essayait de montrer au joueur de clairon comment s'y prendre.

— Ça ne passe pas... Voilà, c'est ça. Soufflez, allez-y. Il a besoin d'être réchauffé depuis le temps qu'il n'a plus servi. Bon, sonnez l'alarme, maintenant.

« Ta-ra-ta-ta-ta », lança le clairon, semant une terreur mortelle parmi les rats.

Le crépuscule envahissait rapidement la grande salle à double rangée de fenêtres. Devant les faisceaux, il ne restait plus que Malychev et Tourbine. Malychev regarda le docteur d'un air renfrogné, mais se composa aussitôt un visage aimable et souriant.

— Eh bien, docteur, où en êtes-vous ? La section sanitaire est prête ?

— Tout est prêt, mon colonel.

— Vous pouvez rentrer chez vous, docteur. Et renvoyez aussi vos infirmiers. Qu'ils se présentent demain matin à sept heures, avec tous les autres... Quant à vous... (Malychev réfléchit, les sourcils froncés.) Revenez donc demain après-midi, à deux heures. Jusque-là, vous êtes libre. (Malychev réfléchit encore.) Et puis tenez : vous n'êtes pas obligé de mettre vos épaulettes en ce moment. (Malychev hésita.) Voyez-vous, attirer l'attention sur nous ne cadrerait pas avec nos projets actuels. Bref, soyez là, s'il vous plaît, demain à deux heures.

— A vos ordres, mon colonel.

Tourbine demeura là, à se dandiner d'un pied sur l'autre. Malychev sortit son porte-cigarettes et le lui présenta. En réponse, Tourbine craqua une allumette. Les bouts des cigarettes rougeoyèrent, comme des étoiles lointaines, révélant soudain qu'il faisait presque nuit. Malychev jeta un regard inquiet vers le haut, où l'on distinguait vaguement les globes des lampes, puis il sortit dans le couloir.

— Lieutenant Mychlaïevski, appela-t-il. Venez ici. Voilà : je vous charge de veiller à ce que tout le bâtiment soit éclairé à l'électricité. Faites allumer partout, dans les plus brefs délais. Et veuillez faire en sorte qu'à tout moment vous puissiez non seulement allumer, mais aussi tout éteindre d'un coup. Vous avez l'entière responsabilité de l'éclairage.

Mychlaïevski salua et fit brusquement demi-tour. Le joueur de clairon lâcha un canard et se tut. Faisant claquer ses éperons — top-top-top —, Mychlaïevski dégringola l'escalier à une telle vitesse qu'on eût dit qu'il descendait à skis. Une minute plus tard on l'entendit, quelque part en bas, donner bruyamment du poing contre on ne sait quoi, en vociférant des ordres. En réponse, dans l'entrée d'honneur qui donnait sur le spacieux vestibule, la lumière jaillit, faisant reluire faiblement le portrait d'Alexandre. De contentement Malychev ouvrit la bouche, puis, s'adressant à Tourbine :

— Sapristi... Ça, c'est un officier. Vous avez vu ?

A ce moment, en bas, parut une silhouette menue, qui se mit à gravir lentement l'escalier. Quand elle tourna au premier palier, Malychev et Tourbine, penchés sur la rampe, l'examinèrent attentivement. La silhouette flageolait sur ses vieilles jambes, en branlant sa tête chenue. Elle portait une large veste croisée à boutons d'argent et à parements verts, et tenait dans ses mains tremblantes une énorme clef. Mychlaïevski montait derrière, en criant de temps à autre :

— Allons, vieux, plus vite ! Qu'est-ce que tu as à te traîner, comme un pou sur une corde ?

— Votre... Votre..., marmottait le petit vieux en traînant les pieds.

Sur le palier, la Carpe émergea soudain de l'obscurité, suivi aussitôt d'un officier de haute taille, puis de deux junkers, et enfin d'une mitrailleuse au museau pointu. Terrorisé, le petit vieux fit un écart, puis il se pencha, se pencha, et finit par saluer jusqu'à terre la mitrailleuse.

— Votre... Votre Haute Noblesse..., bégaya-t-il.

Arrivé en haut, le vieillard, tâtonnant dans l'ombre de sa main tremblotante, ouvrit une porte de placard haute et étroite. Au fond de l'ouverture on aperçut vaguement une tache blanche. Le vieux fourra la main dans le placard. Il y eut un léger claquement, et aussitôt, la lumière inonda le haut du vestibule, l'entrée de la salle des actes et le couloir.

Les ténèbres s'enfuirent et se réfugièrent tout au bout du corridor. Mychlaïevski s'empara aussitôt de la clef et, plongeant à son tour la main dans le placard, il se mit à jouer avec les boutons noirs qui claquaient tour à tour. La lumière, éblouissante au point de sembler rose, tantôt jaillissait, tantôt s'éteignait. Les globes de la salle des actes s'allumèrent, puis s'éteignirent. Soudain, aux extrémités du couloir, deux globes s'embrasèrent, et les dernières volutes de ténèbres s'évanouirent.

— Alors ? Hé ! cria Mychlaïevski.

— C'est éteint, répondirent des voix en bas, au fond du vestibule.

— Ça y est ! C'est allumé ! reprit-on.

Ayant joué son content, Mychlaïevski alluma définitivement la salle, le couloir et le réflecteur au-dessus d'Alexandre, ferma la porte à clef et mit celle-ci dans sa poche.

— Allez file, bonhomme, va dormir, dit-il au vieux d'un ton rassurant. Tout va bien.

Clignant de ses yeux de taupe, le petit vieux regarda Mychlaïevski d'un air coupable :

— Mais la clef ? La clef... Votre Haute Noblesse... Dites ? Vous allez la garder ?

— Je vais la garder. Exactement.

Tremblant encore un peu, le vieux s'éloigna lentement.

— Junker !

Un gros junker au teint fleuri se figea près du placard, en laissant retomber bruyamment la crosse de son fusil.

— Libre accès au placard pour le commandant de division, le commandant en second et moi-même. Personne d'autre. En cas de nécessité et sur l'ordre exprès de l'un de nous trois, vous fracturerez la porte, mais en faisant bien attention de ne pas abîmer le tableau de commande.

— A vos ordres, mon lieutenant.

Mychlaïevski vint se placer à côté de Tourbine et chuchota :

— Maxime... tu as vu ?

— Eh oui... Mon Dieu... j'ai vu, chuchota Tourbine.

Le colonel commandant la division se tenait debout à l'entrée de la salle des actes, et mille lumières irisaient la poignée d'argent ciselé de son sabre. Il fit signe à Mychlaïevski d'approcher et dit :

— Eh bien, voilà : je suis content de vous avoir dans ma division, lieutenant. Vous êtes un gaillard.

— Heureux de faire ce que je peux, mon colonel.

— Faites-nous aussi installer un chauffage dans cette salle, pour que les hommes de garde, une fois relevés, puissent venir se réchauffer. Pour le reste, je m'en occuperai moi-même. Vous serez nourris et je me procurerai de la vodka, pas en grande quantité, mais suffisamment pour que ça tienne chaud.

Mychlaïevski adressa au colonel un sourire des plus affables, puis toussota d'un air grave :

— Hm... hm...

Tourbine n'écoutait plus. Penché sur la balustrade, il ne pouvait détacher ses yeux de la silhouette à tête blanche qui descendait lentement, jusqu'à ce qu'elle eût disparu. Une vaine nostalgie s'empara de lui. Tandis qu'il était là, appuyé à cette balustrade glacée, des souvenirs lui revinrent avec une netteté parfaite.

> ... Une foule de lycéens de tous âges, pleins d'enthousiasme, se pressait dans ce même couloir. Le chef appariteur Maxime, à l'époque vigoureux et trapu, entraînait en avant, avec énergie, deux petites silhouettes noires, ouvrant la voie à un étonnant cortège.
>
> — Mais si, mais si, mais si, grommelait-il, M. l'Inspecteur sera très heureux d'admirer la tenue de MM. Tourbine et Mychlaïevski à l'occasion de la visite dont nous honore M. le Curateur.
>
> Ça va être pour lui un plaisir. Vraiment un très grand plaisir !
>
> Il faut croire que les derniers mots de Maxime étaient pleins d'une cruelle ironie. Seule, en effet, une personne aux goûts totalement dépravés aurait pu éprouver du plaisir à la vue de MM. Tourbine et Mychlaïevski, surtout au moment où M. le Curateur honorait l'établissement de sa visite.
>
> M. Mychlaïevski, que maintenait solidement la poigne

gauche de Maxime, avait la lèvre supérieure fendue, et sa manche gauche ne tenait plus qu'à un fil. M. Tourbine, lui, traîné par la main droite de Maxime, n'avait plus de ceinture, et tous ses boutons, non seulement de sa chemise, mais aussi de sa braguette, avaient sauté, de sorte que le linge de corps de M. Tourbine et la partie intime de son individu s'offraient aux regards de la façon la plus inconvenante.

— Cher Maxime, gentil Maxime, laissez-nous partir!... imploraient Tourbine et Mychlaïevski, dont les visages ensanglantés adressaient tour à tour à Maxime des regards mourants.

— Hourra, Max le Vénérable! Il n'est permis à personne de défigurer impunément des élèves de neuvième!

Ah Dieu, Dieu! Il y avait du soleil à cette époque, et du vacarme et des rires! Et Maxime n'était pas ce qu'il est maintenant : un vieillard à tête blanche, triste et famélique. Maxime avait des cheveux noirs en brosse, à peine touchés de gris, Maxime avait des tenailles d'acier en fait de mains, et au cou, une médaille de la taille d'une roue de voiture... Ah, ces roues! Vous partiez toujours d'une ville B, et vous faisiez *n* tours, et vous voilà maintenant immobiles, dans ce désert de pierre et de brique. Mon Dieu quel froid. Il faut maintenant défendre... Défendre quoi? Le désert? Le bruit sourd des pas?... Est-ce toi, toi Alexandre, avec tes régiments de Borodino, qui vas sauver cette maison morte? Ressuscite-les alors, fais-les sortir de cette toile? Eux peuvent battre Petlioura.

Les jambes de Tourbine descendirent d'elles-mêmes l'escalier. « Maxime! » voulait-il crier, mais il ralentit, puis s'arrêta tout à fait. Il imaginait Maxime, en bas, dans la loge des gardiens. Vraisemblablement, il grelottait près du poêle, il avait tout oublié et il allait se mettre à pleurer. Or la tristesse serrait déjà Tourbine à la gorge. Ah, foutaises que tout ça! Assez de sentiment! Nous avons passé notre vie à faire du sentiment. Assez!

Pourtant, quand Tourbine eut renvoyé ses infirmiers, il entra dans une classe sombre et déserte. Aux murs, les tableaux mettaient des taches charbonneuses. Les pupitres et les bancs étaient bien alignés. Une impulsion irrésistible le poussa à s'asseoir à une table, à soulever le pupitre. Il s'y sentit à l'étroit, mal à l'aise, gêné. Et comme le tableau noir paraissait proche... « Mais oui, j'en suis sûr, c'était bien cette classe, ou la classe voisine, je revois la Ville telle que je la voyais par la fenêtre. Voici l'énorme masse sans vie de l'université, la ligne droite du boulevard, piquée de lumières blanches, les maisons rangées comme des cubes, les trous des ténèbres, les murs, l'immensité du ciel... »

Aux fenêtres, on dirait l'opéra *La Nuit de Noël* : neige, lueurs fugitives, lumières scintillantes... « Je voudrais bien savoir pourquoi on tire à Sviatochino. » Lointains et inoffensifs, comme enveloppés d'ouate, les canons tiraient, bou-oum... bou-oum...

— Assez !

Tourbine laissa retomber le pupitre, gagna le couloir, passa devant les gardes et, par le vestibule, sortit dans la rue. Devant l'entrée principale, il y avait une mitrailleuse. Les passants étaient rares, et il tombait une neige épaisse.

Le colonel passa une nuit affairée. Il fit de nombreux aller et retour entre le lycée et la boutique de Mme Anjou, qui était à deux pas. Vers minuit, la machine tournait rond et à plein régime. Au lycée, les globes à incandescence, grésillant doucement, répandaient à profusion une lumière rosée. La salle s'était sensiblement réchauffée : toute la soirée et toute la nuit, dans les renfoncements où étaient installés les bibliothèques, les vieux poêles ronflèrent comme des forges.

Sous le commandement de Mychlaïevski, les junkers avaient utilisé les *Annales de la patrie* et la *Bibliothèque de lecture* de l'année 1863[1] pour allumer les poêles blancs, puis toute la nuit, sans interruption, ils les avaient alimentés, à grands coups de hache, de débris de vieux pupitres. Studzinski et Mychlaïevski, après avoir pris chacun deux grands verres d'alcool (le colonel avait tenu sa promesse et avait apporté de la vodka en quantité suffisante pour se réchauffer — en l'occurrence une dizaine de pintes), dormirent tour à tour toutes les deux heures, mêlés aux junkers, enveloppés dans

1. *La Bibliothèque de lecture*, revue conservatrice fondée en 1834 par l'écrivain Senkovski, était très appréciée des lecteurs de province. *Les Annales de la patrie*, concurrente de la précédente, fondée en 1839, fut dirigée à partir de 1867 par les écrivains progressistes Nekrassov et Saltykov-Chtchedrine.

leur capote, près des poêles qui faisaient jouer sur leur visage les ombres et les reflets pourpres. Tour à tour ils se relevaient et parcouraient le lycée pour inspecter les postes de garde. La Carpe et un groupe de junkers-mitrailleurs veillèrent aux issues qui donnaient sur les jardins. Enfin quatre junkers, vêtus de peaux de mouton et se relevant d'heure en heure, montèrent la garde près des mortiers.

Chez Mme Anjou, un poêle chauffé à blanc par un feu d'enfer haletait et ronflait de tous ses tuyaux. Un junker, en sentinelle à la porte, ne quittait pas des yeux la motocyclette appuyée contre le mur, et cinq autres, sur leurs capotes étendues, dormaient à poings fermés dans la boutique. Vers une heure du matin, le colonel s'installa définitivement chez Mme Anjou, bâilla, mais ne se coucha pas, parlant à tout moment avec on ne sait qui au téléphone. A deux heures, une moto arriva en miaulant, et un soldat en capote grise en descendit.

— Laissez passer. C'est pour moi.

L'homme donna au colonel un paquet volumineux enveloppé de drap et solidement ficelé. Le colonel le rangea lui-même dans un petit réduit contigu à la boutique, qu'il ferma à l'aide d'un cadenas. L'homme gris remonta sur sa moto et disparut. Le colonel gagna alors la galerie, étendit sa capote sur le plancher, plaça à l'endroit de sa tête un tas de chiffons, s'allongea, donna l'ordre au junker de garde de l'éveiller à six heures et demie précises, et s'endormit.

VII

Les ténèbres d'encre d'une nuit profonde noyaient les terrasses du plus beau site du monde : la colline Saint-Vladimir. Les sentiers et les allées de brique écrasée disparaissaient mollement sous un tapis sans fin de neige immaculée.

En hiver, pas une âme dans la Ville, pas un pied ne venait troubler la solitude de la haute et vaste colline. Qui aurait l'idée d'y aller la nuit, à pareille époque ? Bien trop effrayant, tout simplement ! Même un homme intrépide n'irait pas. Pour quoi y faire, d'ailleurs ? Il n'y a qu'un endroit éclairé : depuis un siècle, debout sur un gigantesque piédestal, un saint Vladimir de bronze noir brandit dans sa main une croix de vingt pieds de haut. Et chaque soir, dès que les ombres du crépuscule envahissent les ravins, les pentes et les terrasses, la croix s'allume et brille toute la nuit. Et on la voit très loin, au-delà de quarante verstes, là-bas dans les obscurs lointains, vers Moscou. Mais aujourd'hui elle brille peu, elle décline, sa pâle lumière électrique effleure le socle vert foncé, presque noir, et dispute aux ténèbres la balustrade et une portion du grillage qui borde la terrasse moyenne. Rien de plus. Et plus loin, ah ! plus loin... C'est le noir complet. Les arbres sont dans le noir, coiffés de neige, étranges comme des lustres de mousseline, et la neige entassée leur monte jusqu'à la gorge. Effrayant.

On comprend, dès lors, que nul ne vienne traîner ses guêtres par ici. Même le plus téméraire. Surtout qu'il n'y a vraiment rien à y faire. En ville, c'est tout autre chose. C'est une nuit grave, une nuit inquiète, une nuit de guerre. Les lumières brillent comme des escarboucles. Les Allemands dorment, maïs seulement d'un œil. Dans la plus obscure ruelle, on voit soudain jaillir un cône de lumière bleue.

— *Halt!*

Crriss... crriss... des pions casqués marchent au milieu de la rue. Des oreillettes noires encadrent leur visage... Crriss... Ils ont des fusils, non pas en bandoulière, mais à la main. Avec les Allemands ce n'est pas le moment de plaisanter... Malgré tout, les Allemands, c'est du sérieux. Ils ressemblent à des bousiers.

— *Papirr!*

— *Halt!*

Un cône de lumière bleue, Héééé!...

Mais voici venir une lourde automobile noire, luisante. Quatre lanternes à l'avant. Ce n'est pas une voiture ordinaire, car derrière elle, au trot enlevé, s'avancent huit cavaliers. Mais les Allemands, cela ne les trouble pas. Et ils crient à la voiture :

— *Halt!*

— Qui ? Où ? Pourquoi ?

— Commandant en chef, général de cavalerie Bieloroukov.

Là, évidemment, c'est une autre affaire. Pardon. Par les vitres du coupé, au fond de la banquette, on distingue un pâle visage moustachu. Les épaules de la capote de général luisent faiblement. Main au casque, les Allemands saluent. Certes, en leur for intérieur, ça ne leur fait ni chaud ni froid, que ce soit le commandant en chef Bieloroukov, ou Petlioura, ou le roi des Zoulous, dans ce pays de teigneux. Mais néanmoins... Qui vit chez les Zoulous doit hurler avec les Zoulous. Et, la main au casque, ils saluent. Courtoisie internationale, comme on dit.

Une nuit grave, une nuit de guerre. Les vitrines de Mme Anjou sont éclairées, et on y voit des chapeaux de dames, des corsets, des culottes, et les canons de Sébastopol. Le junker de garde va et vient, réglé comme une pendule ; il est gelé, et sa baïonnette dessine dans la neige le monogramme impérial. Et là-bas, au lycée Alexandre, les globes sont illuminés comme pour un bal. Mychlaïevski, qui s'est réconforté à coups de vodka en quantité suffisante, arpente les couloirs, jette un coup d'œil à Alexandre le Bienheureux, inspecte le placard aux interrupteurs. Au lycée, on est plutôt content et fier. Il y a tout de même huit mitrailleuses pour les sentinelles, et les junkers — s'il vous plaît — ne sont pas de simples étudiants !... Ils vont se battre, vous savez. Les yeux de Mychlaïevski sont rouges comme ceux d'un lapin. Cela en fait des nuits, aussi : peu de sommeil, pas mal d'inquiétude, et beaucoup de vodka. Les inquiétudes, en ville, on peut pour l'instant en venir aisément à bout. Si tu es innocent, ça va, tu peux passer. Bien sûr, on t'arrêtera cinq fois. Mais si tu as tes papiers sur toi, c'est bon, va. On s'étonnera seulement de te voir traîner dans la rue à cette heure-là, mais bon, passe...

Mais qui aurait l'idée d'aller sur la colline ? Complètement absurde. Surtout avec le vent qui souffle là-haut... qui court dans les allées désertes, entre les remparts de neige... on dirait des voix démoniaques qui gémissent. Si l'on voyait errer quelqu'un sur la colline, ce ne pourrait être qu'un de ces réprouvés sans rémission, un de ces hommes qui, sous tous les régimes du monde, se sentent parmi les hommes comme des loups dans un chenil. Un authentique *misérable*[1], comme chez Hugo. Un de ceux qui ne peuvent plus se montrer en ville, ou s'ils s'y montrent, alors c'est à leurs risques et périls. Qu'un de ceux-là réussisse à se faufiler entre les patrouilles, tant mieux pour lui, mais s'il ne réussit pas, qu'il ne s'en prenne qu'à lui-même. Pourtant, si un tel homme devait aller sur la colline, il faudrait le plaindre sincèrement, par humanité.

1. *Misérable* : en français écrit en cyrillique.

C'est une chose, en effet, qu'on ne souhaiterait même pas à un chien. Le vent, là-haut, est polaire. Restez-y seulement cinq minutes, et vous n'aurez plus qu'un désir : rentrer chez vous immédiatement, ou mourir. Mais...

— *Encore cinq heures comme ça ? Hé... hé... mais on va geler !...*

D'abord, impossible de gagner la Ville haute par le panorama et le château d'eau, parce que par là, voyez-vous, rue Michel, dans l'hôtellerie du monastère, il y a l'état-major du prince Bieloroukov. Et toutes les deux minutes, c'est des voitures avec escorte, et des automitrailleuses, et...

— *Et tous ces officiers, ah, qu'ils crèvent la gueule ouverte !*

Patrouilles, patrouilles, patrouilles.

Pas question non plus de descendre par les terrasses vers le Podol, parce que la rue Alexandre, qui serpente au pied de la Colline et qui y conduit, primo c'est une vraie chaîne de lampadaires, et secundo c'est plein d'Allemands, maudits salopards ! Patrouille sur patrouille ! Alors, attendre jusqu'au matin ? Mais au matin, on sera complètement gelés ! Un vent polaire — hou-ou-ou !... — court par les allées, et on croit entendre, derrière les grillages, dans les tas de neige, gémir des voix humaines.

— *On va geler, Kirpatyi !*

— *Tiens bon, Niemoliaka, tiens bon ! Au matin, les patrouilles iront se coucher. On se faufilera jusqu'à la rue de la Côte, et on se réchauffera chez Sytchikha.*

Le long du grillage, il y a un mouvement dans les ténèbres, et il semble que trois ombres plus noires, blotties contre le parapet, tendent le cou et regardent en bas, la rue Alexandre qui serpente, aussi nettement visible qu'en plein jour. Elle paraît silencieuse et déserte. Mais soudain, on voit filer deux cônes de lumière bleue..., des voitures passent à toute vitesse, ou bien des casques noirs apparaissent, découpant une ombre courte sur la neige... Plus nettement qu'en plein jour...

Une des trois ombres se détache, et d'une voix de loup, rauque et sifflante :

— Hé... Niemoliaka... On s'y risque ! Allons-y. On passera peut-être...

Il ne fait pas bon sur la colline.

Mais au palais non plus figurez-vous, il ne fait pas bon. Une étrange agitation y règne, ce qui, la nuit, n'est pas du tout de mise. Trottant d'un petit pas de souris, un vieux laquais à favoris traversa une salle au parquet luisant où étaient disposés des fauteuils dorés d'un goût pompier. Quelque part au loin, une sonnette électrique intermittente retentit, et on entendit cliqueter des éperons. Dans une chambre à coucher, des miroirs à cadre terni surmontés d'une couronne reflétaient une scène étrange et incongrue. Un homme maigre et grisonnant, au visage de renard glabre et parcheminé orné d'une moustache taillé en pointe, vêtu d'une riche tcherkesse[1] à cartouchières d'argent, s'agitait devant une glace. Autour de lui s'affairaient trois officiers allemands et deux russes. L'un de ces derniers était en tcherkesse, comme le personnage central, et l'autre en tunique et culotte de peau qui révélaient son ancienne appartenance au corps des chevaliers-gardes, malgré ses épaulettes triangulaires d'officier de l'hetman. Ils aidaient l'homme au visage de renard à changer de tenue. La tcherkesse fut enlevée et mise de côté, ainsi que les larges pantalons bouffants et les bottes vernies. L'homme fut alors revêtu d'un uniforme de major allemand, et son aspect ne fut ni meilleur ni pire que celui de centaines d'autres majors allemands. Puis la porte s'ouvrit, la tenture poussiéreuse qui la masquait fut soulevée, et on vit entrer un homme, lui aussi en uniforme de médecin militaire de l'armée allemande. Il apportait toute une brassée de paquets, qu'il ouvrit. Puis, de ses mains habiles, il banda si étroitement la tête du major allemand nouveau-né qu'on ne vit plus que son œil droit au regard rusé et sa bouche mince qui laissait entrevoir des dents d'or et de platine.

Cette inconvenante agitation nocturne se prolongea encore quelque temps dans le palais. A quelques officiers qui fainéantaient dans la salle aux fauteuils pompiers et dans un salon voisin, le médecin allemand raconta en allemand que le major von Schratt, en déchargeant un revolver, s'était blessé au cou par mégarde et qu'il fallait le transporter de toute urgence à l'hôpital allemand. Quelque part un téléphone sonnait et ailleurs — pi... ou — un autre oiseau chantait. Un peu plus tard, à une entrée latérale du palais, arrivait silencieusement une voiture allemande à croix rouge, qui franchit le porche

1. Long habit ajusté, d'origine caucasienne, orné à la poitrine de cartouchières.

gothique sculpté. La tête enveloppée de gaze, étroitement empaqueté dans une capote, le mystérieux major von Schratt fut descendu sur une civière, on ouvrit le hayon du véhicule spécial, et on l'y enfourna. La voiture franchit de nouveau le porche, prit son virage en gémissant et s'en alla[1].

Dans le palais, le remue-ménage fébrile dura jusqu'à l'aube, les lumières brûlèrent toute la nuit dans les galeries de portraits et les salons dorés, le téléphone sonna sans arrêt, tandis que les visages des laquais prenaient un air impertinent, avec des lueurs de gaieté dans les yeux...

Dans une petite pièce étroite, au rez-de-chaussée du palais, se trouvait un appareil téléphonique. Un homme en uniforme de colonel d'artillerie entra dans cette pièce, aux murs blanchis à la chaux, insolite dans ce palais, en referma soigneusement la porte, et seulement alors décrocha l'appareil. Il pria l'insomniaque demoiselle du standard de lui donner le 212. Quand il eut la communication, il dit « merci », fronça les sourcils d'un air soucieux et sévère et demanda, sur un ton assourdi et confidentiel :

— L'état-major de la division des mortiers ?

Hélas, hélas ! Le colonel Malychev ne put dormir jusqu'à six heures et demie, comme il l'avait escompté. A quatre heures du matin, dans la boutique de Mme Anjou, l'oiseau-téléphone se mit à chanter avec une remarquable énergie, et force fut au junker de service de réveiller le colonel. Le colonel fut sur pied avec une étonnante célérité, l'esprit clair et les idées nettes comme en plein jour, et il ne fit aucun grief au junker d'avoir interrompu son sommeil. La motocyclette l'emporta un peu après quatre heures, et quand, vers cinq heures, il revint chez Mme Anjou, il avait les sourcils froncés, avec le même air soucieux et sévère que le colonel qui, du palais, avait appelé la division des mortiers.

A sept heures, dans le champ de Borodino éclairé par les globes rosâtres, rabougrie par le froid du petit matin et bourdonnante de conversations, piétinait la longue chenille qui, quelques heures plus tôt, avait gravi l'escalier vers le portrait

1. L'hetman Skoropadski quitta Kiev déguisé en officier allemand et passa le reste de sa vie en Allemagne.

d'Alexandre. Le capitaine d'état-major Studzinski se tenait à quelque distance, avec un groupe d'officiers, et ne disait rien. Chose étrange, on retrouvait dans ses yeux cette lueur oblique d'inquiétude qui, depuis quatre heures du matin, marquait le regard du colonel Malychev. Mais quiconque eût pu voir en même temps le colonel et les capitaines d'état-major au cours de cette fameuse nuit, aurait pu dire tout de suite et sans hésiter où était la différence : dans les yeux de Studzinski, c'était l'inquiétude de sombres pressentiments, tandis que dans ceux de Malychev, il s'agissait d'une angoisse bien définie, celle qu'on éprouve quand tout est clair et évident, et qu'on est dans le pétrin. Du parement de la manche de Studzinski dépassait un papier : la longue liste des effectifs de la division. Studzinski venait de faire l'appel, et il avait constaté que vingt hommes manquaient. Aussi la liste portait-elle les traces des gestes brusques du capitaine d'état-major : elle était toute froissée.

Des spirales de fumée bleue montaient dans la salle refroidie. Le groupe des officiers fumait.

A sept heures précises, le colonel Malychev apparut devant la troupe, et comme la veille, il fut accueilli par un murmure de bienvenue. Comme la veille, il portait son sabre à poignée d'argent, mais pour des raisons inconnues, mille lumières n'irisaient plus la poignée d'argent ciselé de son sabre. Un revolver dans son étui pendait à sa hanche droite, et ledit étui, sans doute par suite d'une distraction inhabituelle chez le colonel, était débouclé.

Le colonel, sa main gauche gantée sur la poignée de son sabre et sa main droite dégantée reposant doucement sur l'étui du revolver, s'adressa à la division en ces termes :

— J'ordonne à messieurs les officiers et à tous les artilleurs de la division des mortiers d'écouter très attentivement ce que j'ai à dire ! Au cours de la nuit dernière, dans notre situation, dans la situation de l'armée, et je dirai même dans la situation générale de l'État ukrainien, des changements brusques et inattendus se sont produits. C'est pourquoi je vous déclare que la division est dissoute ! J'ordonne à chacun de vous d'ôter tout insigne distinctif, de prendre au magasin d'habillement tout ce dont il peut avoir besoin et tout ce qu'il peut emporter, de rentrer dans ses foyers, de s'y cacher, de ne se faire remarquer en aucune façon, et d'y attendre que je fasse de nouveau appel à vous !

Il se tut, ce qui parut souligner encore le silence absolu qui régnait dans la salle. Même les globes lumineux avaient cessé de grésiller. Tous les regards des artilleurs et du groupe des officiers convergeaient sur un seul point : les moustaches soigneusement taillées du colonel.

Il reprit la parole :

— Cet appel, je le ferai immédiatement, dès qu'interviendra un changement quelconque dans la situation actuelle. Mais je dois vous dire qu'il n'y a pas grand-chose à espérer de ce côté... J'ignore moi-même, pour l'instant, comment les choses évolueront, mais je pense que le mieux que puissent espérer ceux d'entre vous... heu... (le colonel cria soudain le mot suivant) les meilleurs ! d'entre vous, c'est d'être envoyés sur le front du Don. Bref : j'ordonne à toute la division, à l'exception de messieurs les officiers et des junkers qui ont monté la garde ici cette nuit, de rentrer immédiatement dans ses foyers !

— Hein ? Hein ? Ha, ho, heu !... un bruissement de paroles confuses parcourut la foule, et de nombreuses baïonnettes retombèrent. On vit des visages complètement déconcertés, et même, ici et là dans les rangs, quelques regards réjouis...

Le capitaine d'état-major Studzinski se détacha du groupe des officiers. D'une pâleur bleuâtre, l'œil torve, il fit quelques pas vers le colonel Malychev, puis lança un regard aux autres officiers. Mychlaïevski ne le regardait pas, les yeux toujours fixés sur les moustaches du colonel Malychev, mais sa physionomie révélait qu'il était sur le point, selon son habitude, de débiter un chapelet d'épouvantables jurons. La Carpe, d'un geste ridicule et absurde, mit les mains sur les hanches et cligna des yeux. Un peu à l'écart, dans le petit groupe des jeunes aspirants, un mot jaillit soudain, déplacé et subversif :

— Aux arrêts !

— Quoi ? Comment ? lança une voix de basse dans les rangs des junkers.

— Aux arrêts !

— Trahison !

Studzinski, de façon inattendue, leva les yeux d'un air inspiré vers le globe qui brillait au-dessus de sa tête, puis les ramena brusquement sur l'étui à revolver et cria :

— Première section ici !

Le premier rang se rompit à son extrémité et, dans un étrange désordre, des silhouettes grises en émergèrent.

— Mon colonel ! dit Studzinski d'une voix sifflante. Je vous arrête !

— Arrêtez-le ! hurla soudain un aspirant d'une voix hystérique, et il marcha sur le colonel.

— Un instant, messieurs ! cria la Carpe, qui comprenait lentement, mais durablement.

Mychlaïevski sortit vivement du groupe des officiers, saisit par la manche de sa capote le trop expansif aspirant et le tira en arrière.

— Lâchez-moi, mon lieutenant ! cria l'aspirant dont la bouche frémit de rage.

— Du calme ! s'écria alors le colonel d'une voix remarquablement assurée.

Certes, ses lèvres tremblaient tout autant que celles de l'aspirant, certes, des taches rouges marquaient son visage, mais son regard avait plus de fermeté que ceux de tous les officiers réunis. Tout le monde s'arrêta.

— Du calme ! répéta le colonel. Je vous ordonne de rester à vos places et de m'écouter !

Le silence se fit, mais les yeux de Mychlaïevski prirent une expression d'extrême méfiance. On eût dit qu'une idée nouvelle lui trottait dans la tête et qu'il attendait maintenant du colonel des choses importantes, et plus intéressantes encore que ce qu'il avait dit jusqu'à présent.

— Ah oui, dit le colonel dont la joue trembla, ah oui... J'aurais fait du joli, d'emmener au combat cette troupe, telle que Dieu me l'a confiée ! Vraiment, j'aurais fait du joli ! Mais ce qu'on peut pardonner à un étudiant volontaire, à un junker frais émoulu, ou même, à la rigueur, à un jeune aspirant, on ne peut en aucun cas vous le pardonner à vous, capitaine d'état-major.

Ce disant, le colonel plongea dans les yeux de Studzinski un regard d'une extrême dureté, où s'allumèrent en même temps les étincelles d'une véritable exaspération. Le silence se fit de nouveau.

— Bon, eh bien voilà, reprit le colonel. Jamais de ma vie je n'ai parlé à des meetings, mais à ce que je vois, il faut que je m'y mette. Eh bien soit. Alors voilà : bien sûr, votre tentative d'arrêter votre commandant révèle en vous des qualités d'ardents patriotes, mais elle montre aussi que vous êtes heu... des officiers, comment dire ? inexpérimentés ! Bref : je n'ai pas de temps à perdre, et je vous l'assure (le colonel souligna ses paroles d'un ton lourd de sens funeste), vous non plus ! Une seule question : qui voulez-vous défendre ?

Silence.

— Je vous demande : qui voulez-vous défendre ? répéta le colonel, menaçant.

Mychlaïevski, donnant les signes manifestes d'un considérable et très vif intérêt, s'avança hors du groupe, salua et dit :

— Nous avons le devoir de défendre l'hetman, mon colonel.

— L'hetman, hein ? demanda le colonel. Parfait. Division, garde à vous ! rugit-il soudain, au point que toute la division sursauta. Écoutez ! Ce matin vers quatre heures, nous abandonnant tous, ignominieusement, à notre sort, l'hetman s'est enfui ! Il s'est enfui, comme la dernière des canailles et le dernier des capons ! Et ce matin encore, une heure après l'hetman, s'est enfui aussi, et là où l'hetman s'est enfui, c'est-à-dire dans un train allemand, le commandant en chef de notre armée, le général de cavalerie Bieloroukov. Pas plus tard que dans quelques heures, nous serons les témoins d'une catastrophe, dans laquelle des gens comme vous, entraînés dans cette aventure et trahis, seront massacrés comme des chiens. Écoutez : Petlioura est aux abords de la Ville avec une armée de plus de cent mille hommes, et demain... qu'est-ce que je dis, demain ? aujourd'hui ! (d'un geste du bras, le colonel montra la fenêtre, où bleuissait déjà le suaire qui couvrait la ville) nos unités battues et désemparées d'officiers et de junkers infortunés, abandonnés par les crapules des états-majors et par ces deux canailles qui méritent la corde, auront à affronter les forces de Petlioura, bien armées et vingt fois supérieures en nombre... Écoutez-moi, mes enfants ! s'écria soudain le colonel d'une voix brisée et bien que son âge ne le situât pas du tout parmi les pères, mais plutôt parmi les frères aînés de tous ceux qui se tenaient debout sous les baïonnettes dressées, écoutez-moi ! Je suis officier de carrière, j'ai fait toute la guerre contre les Allemands, comme peut en témoigner le capitaine d'état-major Studzinski, et je prends tout sous ma responsabilité !... tout ! je vous en préviens ! Rentrez chez vous !

— Oui... oui... i... oh, ah..., répondirent toutes les voix, et les baïonnettes s'agitèrent. Là-dessus, au deuxième rang, un junker se mit à pleurer convulsivement et sans retenue.

Le capitaine Studzinski, d'un geste étrange pour un officier, et complètement inattendu pour toute la division, et sans doute aussi pour lui-même, pressa ses deux poings gantés contre ses yeux, ce qui fit tomber de sa manche la liste des effectifs, et se mit aussi à pleurer.

Alors, par contagion, de nombreux junkers éclatèrent en sanglots, les rangs se défirent, et la voix de Rhadamès-Mychlaïevski, couvrant ce tintamarre discordant, cria au joueur de clairon :

— Junker Pavlovski ! Sonnez la retraite !

— Mon colonel, me permettez-vous de faire incendier le lycée ? demanda Mychlaïevski en posant des yeux brillants sur le colonel.

— Non, je ne vous le permets pas, répondit Malychev calmement et poliment.

— Mon colonel, dit Mychlaïevski avec sincérité, mais alors Petlioura va s'emparer des équipements, des armes, et surtout de... et Mychlaïevski montra Alexandre dont on apercevait la tête, par la porte, au-dessus de l'escalier.

— Il s'en emparera, confirma poliment le colonel.

— Mais, mon colonel ?...

Malychev se tourna complètement vers Mychlaïevski, le regarda attentivement et dit :

— Lieutenant, dans trois heures d'ici, des centaines de vies vont tomber entre les mains de Petlioura, et la seule chose que je regrette, à quoi j'attache plus de prix qu'à ma vie et même à la vôtre, c'est de ne pouvoir empêcher qu'elles soient massacrées. Alors je vous prie de ne plus venir me parler de canons, de fusils ou de portraits.

— Mon colonel, intervint Studzinski en s'arrêtant devant Malychev, en mon nom et au nom des officiers que j'ai entraînés dans cette stupide incartade, je vous prie d'accepter nos excuses.

— Je les accepte, répondit courtoisement le colonel.

Quand le brouillard au-dessus de la Ville commença à se dissiper, les mortiers au mufle camard gisaient sans culasses au bord de la place Alexandre, les fusils et les mitrailleuses, dévissés et démolis, étaient jetés dans les recoins du grenier. Dans la neige, dans les fossés, dans les souterrains, les cartouches étaient abandonnées en vrac, et les globes ne répandaient plus de lumière rose dans les couloirs. Sous les ordres de Mychlaïevski, les junkers avaient détruit à coups de baïonnette le tableau de commande électrique.

Les fenêtres étaient maintenant bleues. Et dans le petit matin bleu, devant la porte, il ne restait que deux hommes, les derniers sortis, Mychlaïevski et la Carpe.

— Le colonel a-t-il prévenu Alexis ? demanda Mychlaïevski d'un air soucieux.

— Bien sûr, il a dû le prévenir. Tu vois bien toi-même qu'Alexis n'est pas venu ? répondit la Carpe.

— On ira chez les Tourbine, aujourd'hui ?

— Eh non, dans la journée on ne peut pas. Il va falloir planquer... un certain nombre de choses. Allons chez nous.

Les fenêtres étaient bleues, mais au-dehors le jour blanchissait, le brouillard se levait et commençait à se dissiper.

DEUXIÈME PARTIE

VIII

Oui, on voyait le brouillard. Il se levait sur le gel aux mille aiguilles, sur les pattes velues des grands arbres, sur la neige sombre des nuits sans lune qui déjà blanchissait à l'approche de l'aube, sur les coupoles bleues semées d'étoiles d'or des églises au loin, et, brillant jusqu'au jour qui montait de la rive moscovite du Dniepr, à une hauteur vertigineuse au-dessus de la Ville, la croix de Saint-Vladimir.

Au matin, elle s'éteignit. Et les lumières de la terre s'éteignirent. Mais le jour apportait peu de clarté et promettait de rester gris, avec cet écran impénétrable de nuages qui s'étendait à faible hauteur sur l'Ukraine.

Dans le village de Popelioukha, à quinze verstes de la Ville, le colonel Kozyr-Liechko s'éveilla précisément avec l'aube, à l'heure où un petit jour aigre entrait par les deux fenêtres étroites et myopes de la chaumière. Le réveil de Kozyr coïncida avec ce mot :

— Dispositif.

Il crut d'abord avoir vu ce mot dans la chaleur douillette de ses rêves, et même avoir voulu l'écarter de la main, parce que c'était un mot froid. Mais le mot était bien là, entré avec le visage rouge, couvert de boutons repoussants, de l'ordonnance du colonel, et une enveloppe froissée. D'une sacoche à fenêtre de mica, Kozyr tira une carte qu'il étala au jour, y trouva le village de Borkhouny, puis le hameau de Biely-Gaï, suivit de l'ongle les routes bordées, comme de chiures de mouches, de petits points noirs qui représentaient les arbres, et arriva ainsi à une énorme tache noire — la Ville. La chaumière empestait le tabac de troupe de l'homme aux boutons rouges — qui estimait sans doute qu'on pouvait fumer en présence du colonel et que cela ne pouvait affecter en rien la marche de la guerre — et le caporal ordinaire que fumait pour sa part Kozyr.

Kozyr devait engager le combat sans délai. Il accueillit cette perspective avec entrain, bâilla largement, et démêla sa buffleterie dont il passa les baudriers par-dessus ses épaules. Cette nuit, il avait dormi en capote, sans même enlever ses éperons. La paysanne entra, avec son pot de lait. Jamais Kozyr n'avait bu de lait, et il n'allait pas commencer maintenant. Puis des gamins, sortis on ne sait d'où, se faufilèrent dans la chaumière. Le plus petit posa son derrière nu sur le banc où il se mit aussitôt à glisser furtivement, pour atteindre le mauser du colonel. Mais il fut devancé par Kozyr, qui prit le pistolet et le rangea dans son étui, qu'il boucla.

Jusqu'en 1914, Kozyr avait été instituteur de village. En 1914, il partit pour la guerre dans un régiment de dragons, et en 1917 il était nommé officier. Et l'aube du 14 décembre 1918, sous l'étroite fenêtre de la chaumière, trouva Kozyr colonel de l'armée de Petlioura, et personne au monde (et Kozyr moins que quiconque) n'aurait pu dire comment cela s'était produit. Or, cela s'était produit parce que la guerre s'était révélée pour lui, Kozyr, une véritable vocation, alors que l'enseignement n'avait été qu'une longue et grossière erreur. C'est bien, d'ailleurs, ce qui arrive le plus souvent dans notre existence. Pendant vingt ans de suite, un homme accomplit une tâche quelconque — par exemple, enseigner le droit romain —, et la vingt-et-unième année, il s'aperçoit soudain qu'il n'a que faire du droit romain, qu'il n'y a même jamais rien compris et qu'il n'aime pas ça, et qu'en réalité, il est un fin jardinier et brûle d'amour pour les fleurs. Cela vient, probablement, de l'imperfection de notre organisation sociale, qui fait que bien souvent, c'est seulement vers la fin de leur vie que les gens trouvent leur véritable place. Kozyr la trouva, lui, à quarante-cinq ans. Jusque-là, il n'avait été qu'un mauvais instituteur, brutal et ennuyeux.

— *Dites donc à ces moutards de sortir d'ici, et à cheval*, dit Kozyr en rajustant sur son ventre son ceinturon qui grinçait.

Des fumées montaient des chaumières blanches de Popelioukha, que quittait le régiment du colonel Kozyr, composé de quatre cents cavaliers. La fumée du tabac de troupe flottait au-dessus des rangs, et le grand étalon bai de Kozyr dansait nerveusement sous lui. A une demi-verste en arrière du régiment, les traîneaux des bagages faisaient crisser la neige. Le régiment brimbalait en selle, et dès qu'on fut sorti de Popelioukha, une bannière bicolore, bleu et jaune, se déploya en tête de la colonne.

Kozyr ne pouvait souffrir le thé. Ce qu'il préférait par-dessus tout, le matin, c'était un coup de vodka. Il aimait le tord-boyaux. Il en avait été privé pendant quatre ans, mais sous l'hetman la vodka était revenue dans toute l'Ukraine. Coulant de la gourde grise, la vodka alluma dans les veines de Kozyr des flammes joyeuses. La vodka passa aussi dans les rangs des cavaliers, coulant des bidons pris au dépôt de Bïelaïa-Tserkov. Aussitôt, un air d'accordéon éclata en tête de la colonne et une voix de fausset entonna :

A l'orée d'un petit bois.
D'un petit bois verdoyant...

Au cinquième rang, les basses reprirent à pleine gorge.

Une fille labourait
Avec un petit bœuf tout noir
Elle allait... labourant
Mais elle n'avait pas de voix
Alors elle loua un petit gars
Pour lui jouer du violon

— Fi-iou... Ah ! Ah, tarr, tarr !... s'égosilla et siffla, comme un joyeux rossignol, le cavalier porte-bannière. Les lances frémirent, les bonnets noirs à galon et à glands noirs s'agitèrent. La neige crissait sous mille sabots ferrés. Un tambour se mit de la partie.

— *C'est ça ! De la gaieté, les gars !* cria Kozyr, et les trilles du rossignol s'envolèrent sur les champs enneigés de l'Ukraine.

On traversa Biely-Gaï, tandis que le brouillard s'effilochait et que les chemins se noircissaient de monde, grouillaient et bruissaient. Après Gaï, au croisement des routes, les cavaliers laissèrent passer une troupe de quinze cents fantassins. Les premiers rangs de ceux-ci portaient tous le même cafetan court bleu sombre de solide drap allemand. Ils avaient le visage fin et le corps svelte, et ils savaient porter le fusil. C'étaient des Galiciens. Ceux des derniers rangs, eux, étaient vêtus de longues souquenilles qui leur tombaient aux talons et ressemblaient à des robes de chambre d'hôpital, serrées à la taille par des lanières de peau brute. Sur leurs têtes oscillaient des casques allemands, posés par-dessus leurs bonnets en peau de mouton. Leurs grosses bottes ferrées foulaient la neige.

Les chemins blancs qui menaient à la Ville étaient maintenant noirs de monde.

— *Vivat!* crièrent les fantassins en passant devant la bannière jaune et bleu.

— *Vivat!* mugit la forêt de lances de Biely-Gaï.

Aux vivats répondit, en arrière et sur le flanc gauche, le grondement des canons. Le colonel Toropietz, qui commandait le corps de troupes chargé d'investir la Ville, avait envoyé, pendant la nuit, deux batteries au bois de Kiev. Et dès l'aube, les canons disposés en large demi-cercle dans l'océan de neige avaient commencé à tirer. Le fracas des obus de six pouces réveilla par vagues les grands pins destinés aux chantiers navals. Par deux fois, le souffle d'un obus ébranla le gros village de Puchtcha-Voditsa et, le long de quatre allées forestières, fit voler en éclats les vitres des maisons enfouies sous la neige. Plusieurs pins furent réduits en copeaux dans un grand jaillissement blanc. Ensuite tout se tut à Puchtcha-Voditsa. Le bois retomba dans sa somnolence, et seuls quelques écureuils apeurés bruissèrent furtivement dans la neige, parmi les troncs centenaires. Les deux batteries quittèrent alors les abords de Puchtcha-Voditsa pour se diriger sur le flanc droit. Elles traversèrent de vastes labours, puis les bois d'Ourotchichtché, et, par un chemin creux, parvinrent à une bifurcation où elles se déployèrent, cette fois en vue de la Ville. Très tôt dans la matinée, à Podgorodnia, à Savskaïa, à Kourenievka, dans tous les faubourgs de la Ville, éclatèrent, haut dans le ciel, les premiers shrapnells.

Ce fut alors, sous les nuages bas chargés de neige, un crépitement continu, comme si quelqu'un eût joué avec un hochet géant. Dès le matin, les habitants étaient descendus dans les caves et dans le jour naissant, on pouvait voir des colonnes de junkers transis se replier vers le centre de la Ville. Du reste, les canons se turent bientôt, pour faire place au joyeux vacarme de la fusillade, quelque part dans la banlieue nord. Puis la fusillade se tut à son tour.

Le train du colonel Toropietz était garé sur une voie d'évitement, en pleine forêt, à cinq verstes environ du village mort de

Sviatochino, enseveli sous un linceul de neige. Toute la nuit l'électricité brûla dans les six wagons, toute la nuit le téléphone sonna dans la gare d'évitement et les téléphones de campagne piaulèrent dans le wagon-salon crasseux du colonel Toropietz. Quand le jour neigeux fut définitivement levé sur la contrée, les canons se mirent à gronder, le long de la ligne de chemin de fer, vers Post-Volynski, les oiseaux pépièrent dans les boîtes jaunes et le sec et nerveux Toropietz dit à son aide de camp Khoudiakovski :

— *Sviatochino est pris. Ayez l'obligeance, monsieur l'aide de camp, de donner le signal du départ.*

Le train de Toropietz passa lentement, comme entre deux murailles, entre les grands arbres de la forêt, et s'arrêta près du croisement de la ligne de chemin de fer et de la large route qui filait comme une flèche vers la Ville. Là, dans son wagon-salon n° 4 173, Toropietz entreprit d'exécuter le plan qu'il avait élaboré au cours de deux nuits blanches, dans ce même salon nauséabond.

La Ville s'éveilla dans le brouillard, investie de tous côtés. Au nord par le bois de Kiev et les labours, à l'ouest par Sviatochino pris, au sud-ouest par le funeste Post-Volynski, au sud par les bosquets, les cimetières, les herbages et le champ de tir que ceinturait la ligne de chemin de fer, de partout, par les routes et les sentiers, ou simplement à travers la plaine enneigée, irrésistiblement, la cavalerie affluait, dans un cliquetis d'éperons, les lourds canons avançaient en grinçant, l'infanterie de Petlioura s'enfonçait dans la neige, épuisée par un mois de marche forcée.

Dans le wagon-salon, sur le tapis râpé et boueux, les boîtes jaunes piaulaient à chaque instant comme des poussins, et les deux téléphonistes, Franko et Harass, qui n'avaient pas dormi de la nuit, menaçaient de sombrer dans l'idiotie.

— Ti-iou... pi-iou... *j'écoute!* Pi-iou... ti-iou...

Le plan de Toropietz était astucieux, comme était astucieux le nerveux colonel Toropietz, au visage glabre et aux épais sourcils noirs. C'est exprès qu'il avait envoyé deux batteries au bois de Kiev, exprès qu'il avait écrasé sous le tonnerre de l'artillerie la ligne de tramway dans Puchtcha-Voditsa bouleversé. C'est exprès qu'ensuite, il avait fait traîner les mitrailleuses à travers les labours, pour les rapprocher du flanc gauche. Toropietz voulait induire en erreur les défenseurs de la

Ville, leur faire croire que lui, Toropietz, allait prendre la Ville par son flanc gauche à lui, Toropietz (c'est-à-dire par le nord), par les faubourgs de Kourenievki, cela afin d'attirer la garnison de ce côté, tandis qu'il attaquerait la Ville de front, directement par la route Sviatochino-Brest-Litovsk, et aussi par l'extrême flanc droit, au sud, par le village de Demievki.

C'est pour exécuter ce plan de Toropietz que des unités de l'armée de Petlioura faisaient mouvement du flanc gauche au flanc droit, et que marchaient, au son de l'harmonica et des sifflements, chefs en tête, les hommes à bonnets noirs du régiment de Kozyr-Liechko.

— *Vivat!* mugissait Biely-Gaï. *Vivat!*

Laissant Biely-Gaï derrière eux, ils atteignirent la ligne de chemin de fer qu'ils franchirent sur un pont de bois, et arrivèrent en vue de la Ville. Elle sortait à peine de la tiédeur du sommeil, et un mélange de brouillard et de fumée flottait au-dessus des maisons. Dressé sur ses étriers, Kozyr regardait à la jumelle l'entassement des toits des hautes maisons et les coupoles de la cathédrale Sainte-Sophie.

Sur la droite de Kozyr, on se battait déjà. A deux verstes environ, le grondement cuivré des canons se mêlait au jacassement des mitrailleuses. Les fantassins de Petlioura, déployés en tirailleurs, couraient sur Post-Volynski, tandis que, déployés en tirailleurs eux aussi, les fantassins de la Garde blanche, clairsemée et disparate, fuyaient Post-Volynski, complètement abasourdis par le feu roulant qui s'était abattu sur eux...

La Ville. Un ciel bas et épais. Un coin de rue dans un faubourg. Devant les petites maisons basses, des capotes clairsemées.

— Aux dernières nouvelles, on dit qu'un accord aurait été conclu avec Petlioura, pour laisser partir toutes les troupes russes sur le front du Don, chez Denikine[1]...

— Pas possible !

Canonnade... Canonnade... baoum... boum boum boum...

Aboiement d'une mitrailleuse.

Perplexité et désespoir dans la voix du junker :

— Pardon, mais alors, il faut cesser toute résistance ?...

Angoisse dans la voix de l'autre :

1. Cf. note 1, p. 43.

— Ah, va savoir !

Dès le matin on ne pouvait plus trouver le colonel Chtchetkine à l'état-major, pour la simple raison que ledit état-major n'existait plus. Dans la nuit du 14 décembre, l'état-major de Chtchetkine s'était replié sur la gare de voyageurs, et il avait passé le reste de la nuit à l'hôtel La Rose de Stamboul, à proximité immédiate du télégraphe. De temps à autre, l'oiseau-téléphone appelait Chtchetkine, mais au matin il se tut. En même temps, les deux aides de camp du colonel Chtchetkine disparaissaient sans laisser de trace. Une heure plus tard, Chtchetkine lui-même, après avoir fouillé, on ne sait trop pourquoi, dans ses papiers et déchiré en menus morceaux certains d'entre eux, quittait à son tour la Rose souillée de crachats ; il n'était plus en capote grise à épaulettes, mais en manteau civil poilu et chapeau mou. D'où venaient ces vêtements — nul ne le sait.

Ayant pris un fiacre à quelque distance de la Rose, le civil Chtchetkine se fit conduire à Lipki. Arrivé là, il sonna à une porte, pénétra dans un appartement douillettement meublé, embrassa l'opulente blonde aux cheveux d'or qui lui avait ouvert, et qui le conduisit dans une chambre secrète. Là, le colonel Chtchetkine, tout contre le visage de la blonde dont les yeux s'arrondissaient de peur, chuchota :

— Tout est fini ! Ah, je suis fourbu...

Sur quoi il se retira dans l'alcôve où il s'endormit, après avoir bu un café noir préparé par les soins de la fille aux cheveux d'or.

Rien de tout cela n'était connu des junkers de la première brigade de milice. Dommage, s'ils avaient su, l'inspiration leur serait peut-être venue, et au lieu de tourner comme des âmes en peine sous le ciel constellé de shrapnells de Post-Volynski, ils se seraient peut-être rendus au douillet appartement de Lipki, auraient arraché à son sommeil le colonel Chtchetkine et, l'emmenant dehors, l'auraient pendu à un lampadaire, juste en face de l'appartement de la jeune personne aux cheveux dorés.

Ils auraient ainsi accompli une bonne action, qu'ils n'accomplirent pas, parce qu'ils ne savaient rien et ne comprenaient rien.

D'ailleurs personne en Ville n'y comprenait rien et n'était pas prêt d'y comprendre quoi que ce fût de sitôt. Et le fait est :

la Ville, c'était les Allemands, toujours de fer quoiqu'un peu mangés par la rouille, la maigre figure aux moustaches en pointe de maître Renard l'hetman (très peu de gens, ce matin-là, étaient au courant de la blessure au cou du mystérieux major von Schratt), c'était Son Excellence le prince Bieloroukov, c'était le général Kartouzov, qui avait formé les brigades de milice pour défendre la mère de toutes les villes russes, c'était les téléphones d'états-majors qui sonnaient et chantaient contre vents et marées (personne encore ne savait que dès le matin, les états-majors avaient commencé à prendre la fuite), la Ville, c'était une foule de capotes à épaulettes. En Ville, le nom de Petlioura déchaînait la fureur, et une fois de plus, dans *Les Nouvelles* du matin, les journalistes polissons de Pétersbourg écrivaient sur lui des plaisanteries égrillardes, la Ville était pleine de cadets, alors que dans le lotissement de Karavaïev on entendait déjà siffler comme des rossignols des cavaliers à bonnets noirs et que de hardis haïdamaks[1] passaient au trot enlevé du flanc gauche au flanc droit. Et s'ils sifflent à cinq verstes d'ici, on se demande ce qu'espère l'hetman ? Et ils sifflent, à lui rompre la tête !... Ce sont peut-être les Allemands qui vont le défendre ? Mais alors pourquoi, à la gare de Fastov, sourient-ils, placides comme des bornes sous leurs moustaches taillées à l'allemande, quand devant eux, convoi après convoi, vont vers la Ville les unités de Petlioura ? Peut-être y a-t-il un accord avec Petlioura, aux termes duquel on le laisse entrer tranquillement dans la Ville ? Mais alors, pourquoi diable les canons des officiers blancs tirent-ils sur Petlioura ?

Non, personne ne comprenait ce qui se passait en Ville, ce jour du 14 décembre.

Les téléphones des états-majors sonnaient, à vrai dire de plus en plus rarement, rarement, rarement...

Rarement !

Rarement !

Drrrring !...

— Ti-iou...

— Qu'est-ce que vous faites ?

— Ti-iou...

— Envoyez des cartouches au colonel...

1. Combattants portant le nom qui désignait, au XVIIIe siècle, les paysans ukrainiens insurgés contre leurs seigneurs polonais.

— Stepanov...

— Ivanov.

— Antonov !

— Stratonov !...

— Sur le Don... c'est sur le Don qu'il faudrait aller, mes petits gars... On n'en sortira jamais.

— Ti-iou...

— Ah, que tous ces salauds d'états-majors aillent se faire foutre !

— Sur le Don !...

De plus en plus rarement, et vers midi, tout à fait exceptionnellement.

Autour de la Ville, tantôt ici, tantôt là, éclatait un effroyable vacarme, qui s'éteignait aussitôt... Mais vers midi encore, malgré le bruit, la Ville vivait, semblait-il, comme à l'ordinaire. Les boutiques étaient ouvertes et l'animation coutumière y régnait. Les trottoirs étaient pleins de passants, des portes claquaient, les tramways roulaient en ferraillant.

Et soudain, vers midi, sur la colline de Petchersk, éclata la joyeuse musique d'une mitrailleuse. Les pentes du Petchersk répercutèrent son bruit saccadé jusqu'au centre de la Ville. Hé mais dites donc, c'est tout près !... Que se passe-t-il ? Les passants s'arrêtèrent et se mirent à humer l'air. Et par endroits, les trottoirs commencèrent rapidement à se vider.

— Que se passe-t-il ? Qui est-ce ?

— Arrrrrrrrrrrrrr-pa-pa-pa-pa-pa ! Pa ! Pa ! Pa ! Pa ! Rrrrrrrrrrrrrrr !

— Qui est-ce ?

— *Comment qui ? Vous ne savez donc pas mon bon monsieur ?* C'est le colonel Bolbotoun.

Mais oui, il était en rébellion contre Petlioura !

Le colonel Bolbotoun, fatigué à la longue de son rôle d'exécutant de la tortueuse pensée stratégique de Toropietz, résolut d'accélérer quelque peu les événements[1]. Les cavaliers de Bolbotoun gelaient tout au sud, derrière le cimetière, à deux pas du

1. Ce personnage au nom comique (« boltoun » signifie en russe un bavard) est inspiré par le colonel Bolbotchan, qui commandait le deuxième régiment de Zaporogues dans l'armée de l'hetman, passa au directoire en novembre 1918, puis se retourna contre Petlioura et fut fusillé en 1919.

tranquille et large Dniepr pris par la glace et couvert de neige. Et Bolbotoun lui-même était gelé. Alors Bolbotoun fit lever l'étendard, et son régiment de cavalerie en rangs par trois, se mit en route pour atteindre la ligne de chemin de fer qui ceinturait étroitement la banlieue de la Ville. Le colonel Bolbotoun ne rencontra personne. Les six mitrailleuses de Bolbotoun aboyèrent, emplissant de leur vacarme la localité de Nijniaïa Telitchka. En un instant, Bolbotoun coupa la ligne et arrêta un train de voyageurs qui venait de franchir le pont et apportait en Ville une cargaison fraîche de Moscovites et de Petersbourgeois, accompagnés de femmes grassouillettes et de chiens hirsutes. Tout le train était comme fou, mais Bolbotoun avait autre chose à faire pour le moment que de s'occuper de caniches. Des convois de fourgons vides passèrent de la gare de marchandises à la gare de voyageurs, des locomotives manœuvrèrent avec des sifflements fébriles et les balles de Bolbotoun firent pleuvoir une grêle inattendue sur les toits des petites maisons de la rue de la Sainte-Trinité. Bolbotoun entra dans la Ville, avança, avança par les rues, et parvint sans encombre jusqu'à l'École militaire, envoyant dans toutes les rues avoisinantes des éclaireurs à cheval. Et c'est là, tout près des colonnes écaillées de l'École, que Bolbotoun tomba sur un bec. Il fut accueilli par une mitrailleuse et le tir clairsemé d'une section inconnue. Dans le peloton de tête du premier escadron de Bolbotoun, le cosaque Boutsenko fut tué, cinq hommes furent blessés et deux chevaux eurent les pattes cassées. Bolbotoun recula quelque peu. Il crut, on ne sait pourquoi, avoir affaire à forte partie. En fait, la salve qui avait accueilli le colonel en bonnet bleu venait de trente junkers et de quatre officiers, avec une mitrailleuse.

Au commandement, les hommcs de Bolbotoun mirent pied à terrc, coururent se retrancher et commencèrent à échanger des coups de feu avec les junkers. Le Petchersk se remplit de vacarme que les murs renvoyèrent en écho, et le quartier de la rue du Million se mit à bouillonner comme une marmite.

Les actes de Bolbotoun eurent des répercussions immédiates en Ville : rue Élisabeth, rue des Vignes et rue Levachov, les rideaux de fer s'abaissèrent avec fracas. Les gais magasins devinrent muets et aveugles. Les trottoirs furent désertés d'un coup et devinrent désagréablement sonores. Prestement, les concierges fermèrent les portes.

Au centre de la Ville, les actes de Bolbotoun eurent pour

répercussion de faire taire les oiseaux dans les téléphones des états-majors.

Une batterie appelle avec insistance l'état-major de la division. Pas de réponse. Qu'est-ce que ça veut dire, sacrebleu? Une brigade de milice appelle l'état-major du chef de corps. Une voix répond, mais pour marmonner on ne sait quelles sottises.

— Vos officiers ont leurs épaulettes?

— Hein, quoi?

— Ti-iou...

— Ti-iou...

— Envoyez immédiatement un détachement au Petchersk!

— Hein, quoi?

— Ti-iou...

Furtivement, un nom courait les rues : Bolbotoun, Bolbotoun, Bolbotoun...

D'où les gens savaient-ils qu'il s'agissait de Bolbotoun, et de personne d'autre? On l'ignore, mais ils le savaient. En voici peut-être la raison : depuis midi, parmi les piétons et les badauds du genre qu'on rencontre habituellement dans les villes, apparurent des hommes en manteau à col d'astrakan, qui semblaient fureter partout. Ils avaient des moustaches tombantes, en forme d'asticots, comme sur l'œuvre de Lebid-Iourtchik[1] et accompagnaient de longs regards insistants les junkers, les cadets, les officiers à épaulettes d'or. Et ils chuchotaient :

— Bolbotoun est dans la place.

Ils chuchotaient cela sans aucune amertume. Au contraire, on lisait dans leurs yeux un évident « Vivat! »

— Vivat- va-va-va-va-va-va-va-va-va-va-vat... répondaient les pentes du Petchersk.

Et la rumeur enfla, de plus en plus folle :

— Bolbotoun n'est autre que le grand-duc Mikhaïl Alexandrovitch.

— Pas du tout : Bolbotoun, c'est le grand-duc Nicolas Nicolaïevitch[2].

1. Phrase censurée en URSS avant 1989.

2. Le grand-duc Mikhaïl Alexandrovitch, frère de Nicolas II qui avait abdiqué en sa faveur, fut assassiné en juillet 1918. Le grand-duc Nicolas Nicolaïevitch, oncle du tsar, commandant en chef des armées russes en 1914-1915, réussit à échapper aux bolcheviks et mourut en émigration en 1929.

— Bolbotoun, c'est simplement Bolbotoun.

— Il y aura un pogrom antijuif.

— Pas du tout : ils ont des rubans rouges.

— Vous feriez mieux de rentrer chez vous en vitesse.

— Bolbotoun est contre Petlioura.

— Pas du tout : il est pour les bolcheviks.

— Absolument pas : il est pour le tsar, mais sans les officiers.

— L'hetman s'est enfui ?

— C'est pas vrai ? C'est pas vrai ? C'est pas vrai ? C'est pas vrai ? C'est pas vrai ?

— Ti-iou. Ti-iou. Ti-iou.

Les éclaireurs de Bolbotoun conduits par le chef cosaque Galanba suivaient la rue du Million, et dans la rue du Million il n'y avait pas une âme. Or, voici qu'une porte s'ouvrit et qu'on vit sortir précipitamment, droit vers les cinq haïdamaks à longue queue tressée qui chevauchaient en tête, un homme qui n'était autre que le fameux entrepreneur Jacob Grigorievitch Feldman. Hé quoi, Jacob Grigorievitch, êtes-vous devenu idiot, que vous éprouviez le besoin de sortir en un pareil moment ? A la vérité, l'aspect de Jacob Grigorievitch pouvait laisser croire qu'il était effectivement devenu idiot. Son bonnet de loutre était posé complètement sur sa nuque, son manteau était largement ouvert, et ses yeux hagards.

Mais Jacob Grigorievitch avait des excuses. Au moment précis où le quartier se mettait à bouillonner près de l'École militaire, un gémissement partit de la jolie chambre à coucher de la femme de Jacob Grigorievitch. Il se répéta, puis s'éteignit.

— Aïe, fit Jacob Grigorievitch en réponse aux gémissements. Il venait de regarder par la fenêtre, et s'était tout de suite convaincu que les choses se présentaient fort mal. Le vacarme emplissait les rues désertes.

Le gémissement reprit, s'enfla, et comme un couteau, perça le cœur de Jacob Grigorievitch. Une vieille femme toute voûtée, la maman de Jacob Grigorievitch, sortit de la chambre et cria :

— Iacha ! Tu sais, il est temps !

Le tourbillon de pensées de Jacob Grigorievitch se concentra sur un seul but : au coin de la rue du Million, en face d'un terrain vague, il y avait une petite maison où était fixée une plaque rouillée à lettres dorées :

E. T. CHADOURSKAÏA
Sage-femme

Les coups de feu étaient tirés de la place du Petchersk vers la rampe de Kiev et la rue du Million, quoique transversale, paraissait passablement dangereuse.

Il faut arriver à se faufiler, il le faut... Le bonnet sur la nuque et la peur dans les yeux, Jacob Grigorievitch rasait les murs...

— *Halte ! Où vas-tu ?*

Galanba se pencha sur sa selle. Le visage de Feldman devint gris, et son regard s'affola. Les tresses en galon vert des haïdamaks dansaient devant ses yeux.

— *Messieurs. Je ne suis qu'un paisible habitant. Mon épouse va accoucher. Il faut que j'aille chercher la sage-femme.*

— *La sage-femme ? Alors qu'est-ce que t'as à te coller contre les murs ? Hein ? T'es un youpin ?*

— *Messieurs, je...*

Le knout fila comme un serpent et cingla le col de loutre et le cou. Douleur infernale. Feldman glapit. Son visage vira du gris au blanc, et entre les queues tressées des cosaques, il eut la vision de la figure de sa femme.

— *Tes papiers !*

Feldman sortit son portefeuille, l'ouvrit, prit parmi les papiers la première feuille qui se présentait, et soudain frémit. Il venait de se rappeler... ah mon Dieu, mon Dieu ! Qu'avait-il fait là ? Quel papier avez-vous donné, Jacob Grigorievitch ? Eh oui, mais est-ce qu'on pense à ces bêtises, quand on sort en courant et que dans sa chambre, votre femme est prise des premières douleurs ? Malheur à Feldman ! Galanda s'empara aussitôt du document. Ce n'était qu'une mince feuille de papier, avec un cachet, mais dans cette feuille, il y avait la mort de Feldman.

Le porteur de la présente, Jacob Grigorievitch Feldman est autorisé à sortir de la ville et à y entrer librement, pour s'occuper des fournitures aux unités blindées de la garnison, ainsi qu'à circuler en ville après minuit.

Le chef de l'Intendance
Général-major Illarionov
Le lieutenant Lieschinski
Aide de camp.

Feldman fournissait le général Kartouzov en lard, graisses de toutes sortes et vaseline pour les armes.

Mon Dieu, faites un miracle !

— *Monsieur le capitaine, je me suis trompé de papier!... Permettez...*

— *Mais non, c'est très bien*, dit Galanba avec un sourire diabolique. *T'en fais pas, on sait lire...*

Mon Dieu ! Faites un miracle ! Onze mille roubles... Prenez tout. Mais laissez-moi vivre ! Vivre ! Chma Israël !

Prière rejetée.

Heureusement encore, Feldman eut une mort relativement douce. Le chef Galanba était pressé. Aussi se contenta-t-il de fendre le crâne de Feldman d'un coup de sabre.

IX

Le colonel Bolbotoun, ayant perdu sept cosaques tués, neuf blessés et sept chevaux, franchit une demi-verste, de la place du Petchersk à la rue Reznikov, et s'arrêta de nouveau. Là, la section de junkers, qui battait en retraite, reçut un renfort, et dans ce renfort, il y avait une automitrailleuse. Semblable à une grosse tortue grise et pataude, surmontée de tourelles, elle rampa dans la rue de Moscou, et par trois fois, elle lâcha en direction du Petchersk une rafale à queue de comète (des balles de trois pouces), dont le chuintement faisait un bruit de feuilles mortes. Bolbotoun mit instantanément pied à terre, les palefreniers emmenèrent les chevaux dans une ruelle, et le régiment de Bolbotoun, qui avait quelque peu reflué vers la place du Petchersk, s'embusqua en tirailleurs. Un duel sans conviction commença. La tortue grise bloquait la rue de Moscou et aboyait de temps à autre. Les rafales clairsemées des junkers lui répondaient, au débouché de la rue Souvorov. Il y avait là, couchés dans la neige, la section qui avait décroché du Petchersk sous le feu de Bolbotoun, et son renfort, qui avait été obtenu de la façon suivante :

— Drrrrrrrrrring !...

— La première brigade ?

— Oui, j'écoute.

— Envoyez immédiatement deux compagnies d'officiers au Petchersk.

— A vos ordres. Drrrrr... Ti... ti... ti... ti...

Et la section vit arriver au Petchersk quatorze officiers, trois junkers, un étudiant, un cadet et un acteur du théâtre de variétés.

Hélas. Une section, évidemment, c'est insuffisant. Même avec le renfort d'une automitrailleuse. Des automitrailleuses, il aurait dû y en avoir quatre. On peut être certain que si elles étaient venues, le colonel Bolbotoun aurait été obligé de s'éloigner du Petchersk. Mais elles n'étaient pas venues.

Elles n'étaient pas venues parce que, dans la division blindée de l'hetman, qui comprenait quatre excellentes automitrailleuses, le chef de la deuxième voiture se trouvait être ce fameux sous-lieutenant qui, en mai 1917, avait reçu personnellement des mains d'Alexandre Fiodorovitch Kerenski la croix de Saint-Georges — j'ai nommé Mikhaïl Semionovitch Chpolianski.

Mikhaïl Semionovitch, avec ses cheveux noirs, son menton rasé, ses favoris duveteux, ressemblait extraordinairement à Eugène Oneguine. Dès son arrivée de Saint-Pétersbourg, Mikhaïl Semionovitch fut connu de toute la ville. Mikhaïl Semionovitch s'illustra au club du Pal (peintres, artistes, littérateurs) comme un remarquable lecteur de ses propres vers intitulés *Les Gouttes de Saturne*, comme organisateur de poètes hors pair et président de l'Ordre des poètes de la Ville, dénommé le « Triolet magnétique ». De plus, Mikhaïl Semionovitch n'avait pas son pareil comme orateur, de plus, il savait conduire tout véhicule, aussi bien militaire que civil, de plus, il entretenait la danseuse Moussia Ford, ballerine à l'Opéra, ainsi qu'une autre dame dont, en parfait gentleman, il n'avait révélé le nom à personne, et il avait énormément d'argent, et il en prêtait avec munificence aux membres du « Triolet magnétique » ;

il buvait du vin blanc,

il jouait au baccara,

il avait acheté un tableau intitulé *Baigneuse vénitienne*,

la nuit il habitait sur le Krechtchatik,

le matin il était au café Bilboquet,

le jour dans son confortable appartement de l'hôtel Continental, le meilleur de la Ville,

le soir au Pal,

et à l'aube il travaillait à un ouvrage savant sur « L'intuition chez Gogol »[1].

1. Le personnage de Chpolianski a certains points communs avec l'écrivain et théoricien de la littérature Victor Chklovski (1893-1984), qui

La Ville de l'hetman périt trois heures plus tôt qu'elle n'aurait dû, et la cause en fut Mikhaïl Semionovitch, qui dans la soirée du 2 décembre 1918, au Pal, fit à Stepanov, Scheier, Slonykh et Tcheriomchine (la tête du Triolet magnétique) cette déclaration :

— Ce sont tous des crapules. L'hetman comme Petlioura. Mais Petlioura, par-dessus le marché, est un pogromiste. L'essentiel, du reste, n'est pas là. Je m'ennuie, parce qu'il y a longtemps que je n'ai pas lancé de bombe.

A l'issue de ce dîner au Pal, que paya Mikhaïl Semionovitch, Mikhaïl Semionovitch, vêtu d'une coûteuse pelisse à col de castor et coiffé d'un huit-reflets, fut raccompagné par tout le Triolet magnétique, plus un cinquième personnage — une espèce d'ivrogne en manteau de poil de chèvre. Sur ce dernier, Chpolianski savait quelques petites choses : premièrement, qu'il était syphilitique, deuxièmement qu'il écrivait des poèmes impies — Mikhaïl Semionovitch, qui avait d'importantes relations littéraires, en avait fait glisser quelques-uns dans un recueil de Moscou —, et troisièmement qu'il s'appelait Roussakov et était fils de bibliothécaire.

Sous un lampadaire électrique du Krechtchatik, l'homme à la syphilis pleurait dans son poil de chèvre. Puis, fourrant son nez dans le castor de Chpolianski, il dit :

— Chpolianski, tu es le plus fort de tous dans cette ville, qui est pourrie comme je suis pourri. Tu es un type tellement bien qu'on peut même te pardonner ton effrayante ressemblance avec Oneguine. Écoute Chpolianski... C'est indécent de ressembler à Oneguine. D'une certaine manière, tu es trop sain... Il n'y a pas en toi cette noble vermoulure qui aurait pu faire de toi un homme réellement éminent de notre époque... Moi, tiens, je suis pourri, et j'en suis fier... Tu es trop sain, mais tu es fort comme une vrille, alors vrille-toi là-bas !... Visse-toi dans les airs !... Tiens, comme ça...

Et le syphilitique montra comment il fallait faire. Embrassant le lampadaire, il s'enroula effectivement en vrille autour de lui, et parut curieusement s'allonger et s'amincir, comme une couleuvre. Des prostituées qui passaient, jolies comme des poupées sous leurs chapeaux verts, rouges, noirs et blancs, jetèrent gaiement à la vrille :

raconte dans son *Voyage sentimental* (1923) comment en décembre 1918 à Kiev il mit du sucre dans les réservoirs des voitures blindées allemandes.

— T'as une sacrée cuitc, hein, enfant de salope ?

Très loin, on entendait le canon, et sous les flocons de neige qui voltigeaient à la lumière du lampadaire, Mikhaïl Semionovitch ressemblait réellement à Eugène Oneguine.

— Va te coucher, dit-il à la couleuvre syphilitique, en détournant légèrement la tête pour que l'autre n'aille pas lui tousser dans la figure. Allez, va.

Du bout des doigts, il repoussait la poitrine du manteau de chèvre. Les gants noirs de peau glacée touchaient le costume de cheviotte usée. Les yeux de l'ivrogne étaient totalement vitreux. Ils se séparèrent. Mikhaïl Semionovitch appela un fiacre, lui cria « Rue Malo-Provalnaïa ! » et s'en fut, tandis que l'homme en poil de chèvre prenait à pied, en titubant, la direction du Podol, où il habitait.

Cette même nuit, au Podol, dans l'appartement du bibliothécaire, le propriétaire du manteau de poil de chèvre se tenait debout devant une glace, nu jusqu'à la ceinture, une bougie allumée à la main. La peur tressautait dans ses yeux, comme des flammes d'enfer, ses mains tremblaient, et, la bouche balbutiante comme celle d'un enfant, le syphilitique parlait :

— Mon Dieu, mon Dieu, mon Dieu... Horreur, horreur, horreur... Ah cette soirée ! Je n'ai pas de chance. Enfin quoi, Scheier était avec moi, et il est en bonne santé, lui, il n'a rien attrapé, parce que c'est un type qui a toujours de la chance. Et si j'allais là-bas et que je tue cette Liolka ? Mais à quoi bon ? Qui m'expliquera à quoi ça m'avancerait ? O Seigneur, Seigneur... J'ai vingt-quatre ans, et j'aurais pu, j'aurais pu... Dans quinze ans, peut-être même moins, je serai à moitié aveugle, j'aurai les jambes tordues, puis je sombrerai dans l'idiotie, et ensuite... ah, je suis pourri, je ne suis qu'un cadavre déliquescent.

Le torse maigre se reflétait dans le trumeau poussiéreux, la bougie brûlait dans la main haut levée, et sur la poitrine on voyait une fine éruption de boutons. Les larmes coulaient, irrépressibles, sur les joues du malade, et tout son corps tremblait et frissonnait.

— Je dois me tuer. Mais je n'en ai pas la force, à quoi bon essayer de te mentir, mon Dieu ? Et toi, mon reflet, à quoi bon essayer de te mentir ?

Du tiroir d'un petit secrétaire de dame, il sortit une mince plaquette, imprimée sur un exécrable papier gris. Sur la couverture était écrit en rouge :

FANTOMISTES
FUTURISTES

Poèmes de

M. Chpolianski
B. Friedman
V. Charkevitch
I. Roussakov

Moscou, 1918.

Le malheureux malade ouvrit le livre à la page treize, où il reconnut son poème :

Ivan Roussakov

LA TANIÈRE DE DIEU

Dressée dans les cieux
Une tanière enfumée.
Bête se léchant la patte
Notre majestueux papa
Ours velu
Dieu.
Dans sa tanière
Dans son trou
Tuons Dieu.
Le bruit vermeil
De la mort divine
Exauce ma prière obscène[1].

— Aaaah ! gémit douloureusement le malade en grinçant des dents. Aaah..., répéta-t-il torturé par un implacable tourment.

Le visage décomposé, il cracha soudain sur la page et jeta le livre à terre, puis il tomba à genoux. Se signant à petits gestes tremblants, il se pencha, et touchant de son front glacé le parquet poussiéreux, il se mit à prier, tournant de temps à autre les yeux vers la fenêtre noire et désolée :

1. Le jeu des allitérations (le titre russe est « Bogovo logovo »), le blasphème provocateur, la métaphore animale font de ce texte une parodie des poèmes de Maïakovski.

— Seigneur, par grâce, pardonne-moi d'avoir écrit ces mots infâmes. Mais pourquoi es-tu si cruel ? Pourquoi ? Je sais que c'était pour me punir. Mais comme ta punition est terrible ! Regarde, je t'en prie, regarde ma peau. Je te jure sur tout ce qu'il y a de sacré, sur tout ce qu'il y a de bon dans le monde, sur la mémoire de ma défunte mère, je te jure que je suis assez puni. Je crois en toi ! Je crois en toi de toute mon âme, de tout mon corps, de chaque fibre de mon cerveau. Je crois, et si je m'adresse à toi, c'est parce que personne, personne au monde ne peut m'aider. Je n'ai d'espoir en personne qu'en toi. Pardonne-moi, et fais que les médicaments me guérissent ! Pardonne-moi d'avoir décrété que tu n'existais pas : si tu n'existais pas, je ne serais maintenant qu'un misérable chien galeux sans espoir.. Mais je suis un être humain, et ma seule force, c'est que tu existes, et qu'à chaque minute de ma vie, je peux me tourner vers toi pour te supplier de m'aider. Et je crois que tu entendras ma prière, que tu me pardonneras, et que tu me guériras. Seigneur, guéris-moi, oublie cette cochonnerie que j'ai écrite dans un accès de folie, sous l'empire de l'alcool et de la cocaïne. Ne me laisse pas pourrir, et je te jure que je redeviendrai un homme. Redonne-moi des forces, délivre-moi de la cocaïne, délivre-moi de ma faiblesse morale, et délivre-moi de Mikhaïl Semionovitch Chpolianski !...

La bougie acheva de se consumer, et le froid envahit peu à peu la chambre. Au matin, la peau du malade était couverte de petites pustules, mais son âme s'était sensiblement allégée.

Quant à Mikhaïl Semionovitch Chpolianski, il passa le reste de la nuit rue Malo-Provalnaïa, dans une grande chambre à plafond bas, où dans l'ombre, sur un vieux portrait, luisaient vaguement des épaulettes des années quarante, ternies par le temps. Mikhaïl Semionovitch, sans veston, en chemise de batiste blanche par-dessus laquelle il arborait un magnifique gilet noir à large échancrure, était assis dans une étroite causeuse, près d'une femme au visage mat et pâle, à qui il disait :

— Oui, Julia, cette fois c'est décidé, je m'engage chez ce salaud d'hetman, dans la division blindée.

La femme, chaudement enveloppée dans un châle gris duveteux, mais encore toute froissée et défaite par les baisers que lui avait prodigués, une demi-heure plus tôt, l'ardent Oneguine, lui répondit :

— Le grand malheur, avec toi, c'est que je n'ai jamais rien compris, et que je ne comprendrai jamais rien à tes plans.

Sur une table basse placée devant la causeuse, Mikhaïl Semionovitch prit un petit verre au pied élancé, but une gorgée de l'odorant cognac qu'il contenait, et dit :

— C'est aussi bien.

Deux jours après cette conversation, Mikhaïl Semionovitch était complètement transformé. Au lieu du huit-reflets, il avait sur la tête une casquette plate comme une crêpe, avec une cocarde d'officier, et au lieu de vêtements civils, il portait une courte pelisse qui lui descendait aux genoux et dont les épaulettes kaki étaient fripées. Il avait des gants évasés, comme Marcel dans *Les Huguenots*[1], et des guêtres aux pieds. En outre, il était maculé de cambouis des pieds à la tête — figure comprise —, et aussi, on ne sait pourquoi, de suie. Un jour, le 9 décembre précisément, deux automitrailleuses participèrent aux combats sous la ville, et il faut le dire, avec un succès extraordinaire. Elles parcoururent vingt verstes sur la grand-route, et dès les premières rafales de leurs balles de trois pouces, elles mirent en fuite les partisans de Petlioura. L'aspirant Strachkevitch, un enthousiaste au teint vermeil qui commandait la voiture n° 4, jura à Mikhaïl Semionovitch que si les quatre automitrailleuses de la division agissaient ensemble, elles seraient capables de défendre victorieusement la Ville. Cette conversation eut lieu le 9 décembre au soir. Le 11, dans un groupe composé de Chtchour, Kopylov, et autres (des pointeurs, deux chauffeurs et le mécanicien), Chpolianski, de permanence à la division, tint au crépuscule les propos suivants :

— Vous savez, les amis, au fond, c'est bien là la grande question : avons-nous raison de défendre cet hetman ? Entre ses mains, nous ne sommes pas autre chose qu'un jouet coûteux et dangereux, à l'aide duquel il maintient en place la plus noire réaction. Qui sait si, au fond, le choc entre Petlioura et l'hetman n'est pas une nécessité historique ? De ce choc naîtrait alors une troisième force historique, qui serait probablement la seule juste.

1. *Les Huguenots*, opéra de Meyerbeer sur des paroles d'Eugène Scribe (1836), qui était au répertoire de l'opéra de Kiev avant la guerre. L'action se passe à Paris pendant les guerres de religion. Boulgakov évoque avec un attendrissement ironique dans son *Bloc-notes moscovite* (1923) la reprise à Moscou de *Huguenots* « en tous points semblables à ceux de 1893, de 1903 et de 1913 ». Marcel est l'austère domestique du héros protestant.

Les auditeurs avaient pour Mikhaïl Semionovitch une admiration éperdue, la même que les membres du Pal et pour la même raison : son exceptionnelle éloquence.

— Et ça serait quoi, cette force ? demanda Kopylov en s'échinant sur un pied-de-biche.

Chtchour, un petit blond râblé et plein d'astuce, tourna les yeux vers le nord-est et lança un clin d'œil rieur à ses compagnons. Le groupe bavarda encore quelques instants, puis se sépara. Le soir du 12 décembre, une deuxième conversation réunit le même petit comité avec Mikhaïl Semionovitch, derrière les garages. Le sujet de cette conversation est demeuré inconnu, mais ce que l'on sait parfaitement, en revanche, c'est que la veille du 14 décembre, alors que Chtchour était de permanence aux garages avec Kopylov et Petroukhine au nez camus, Mikhaïl Semionovitch vint les trouver, portant sous son bras un gros paquet enveloppé de papier d'emballage. La sentinelle Chtchour le laissa entrer dans le garage, où une misérable loupiote brûlait d'une lumière rougeâtre. Kopylov, un peu familièrement, cligna de l'œil en direction du paquet et demanda :

— Sucre ?

— Mm-mm, acquiesça Mikhaïl Semionovitch.

Dans le garage, une torche électrique se promena longtemps autour des automitrailleuses, comme un gros œil, tandis que Mikhaïl Semionovitch et le mécanicien s'affairaient à les préparer pour le départ du lendemain.

La cause de ce travail : un papier lu chez le commandant de la division blindée, le capitaine Plechko, « le 14 décembre à huit heures du matin, les quatre automitrailleuses prendront position sur le Petchersk ».

Les efforts conjugués de Mikhaïl Semionovitch et du mécanicien pour préparer au combat les automitrailleuses eurent des résultats tout à fait étranges. Les trois voitures — la quatrième était au combat sous le commandement de Strachkevitch — les trois voitures donc, qui la veille fonctionnaient parfaitement, furent dans l'incapacité, en ce matin du 14 décembre, d'avancer d'un pouce, comme si elles étaient frappées de paralysie. Que leur était-il arrivé ? Tout le monde avouait n'y rien comprendre. Une espèce de gadoue s'était mise dans les gicleurs, et on avait beau souffler dedans avec la pompe à pneus, rien n'y faisait. Dans le petit jour grisâtre, à la lumière des lanternes, une pénible agitation régnait autour des trois voitures. Le capitaine Plechko était pâle, regardait autour de lui comme un loup, et réclamait le mécanicien. C'est là que commencèrent les catastrophes. Le mécanicien avait disparu. Et il s'avéra qu'à la division, au mépris de toutes les règles, son adresse était complètement inconnue. Le bruit courut qu'il avait soudainement attrapé le typhus exanthématique. Cela se passait à huit heures, et à huit heures trente minutes, un deuxième coup du sort frappait le capitaine Plechko. Le sous-lieutenant Chpolianski, parti à quatre heures du matin vers le Petchersk, après avoir mis les voitures en état, sur une moto conduite par Chtchour, n'était pas revenu. Chtchour rentra seul, et raconta une navrante histoire. Comme la moto arrivait à la Vierkhniaïa-Telitchka, Chtchour essaya vainement de dissuader Chpolianski de se livrer à des actions irréfléchies. Ledit Chpolianski, connu dans toute la division pour son exceptionnelle bravoure, prit une carabine et une grenade à main, et partit seul dans la nuit, en reconnaissance le long du chemin de fer. Chtchour entendit une fusillade. Chtchour était absolument certain qu'une patrouille d'avant-garde de l'ennemi avait ouvert le feu sur Chpolianski, et que bien sûr, dans ce combat inégal, Chpolianski avait été tué. Chtchour attendit le sous-lieutenant deux heures, bien qu'il eût reçu l'ordre de n'attendre qu'une heure et de rentrer aussitôt à la division, afin de n'exposer inutilement au danger ni lui-même ni la moto n° 8175 qui appartenait à l'Armée.

Après le récit de Chtchour, le capitaine Plechko devint encore plus pâle. Des états-majors de l'hetman et du général Kartouzov, les oiseaux chantaient dans le téléphone et exigeaient la sortie des voitures. A neuf heures, l'enthousiaste Strachkevitch au teint vermeil revint de son poste de combat avec la voiture n° 4, et une partie de son incarnat vint colorer un peu les joues du commandant de la division. L'enthousiaste conduisit aussitôt son véhicule au Petchersk où, comme nous l'avons déjà dit, il bloqua la rue de Moscou.

Mais à partir de dix heures du matin, la pâleur du capitaine Plechko devint permanente. Deux pointeurs avaient disparu sans laisser de traces, puis deux chauffeurs et un mitrailleur. Toutes les tentatives entreprises pour faire démarrer les voitures restèrent sans résultat. Chtchour, parti en moto pour une mission que lui avait confiée le capitaine Plechko, ne revint pas. Il va de soi que la moto ne revint pas non plus, parce qu'elle était incapable de revenir toute seule. Les oiseaux-téléphones se faisaient menaçants. Et plus le jour avançait, plus les prodiges se multipliaient à la division blindée. Les artilleurs Douvan et Maltsev disparurent, ainsi qu'une paire de mitrailleurs. Les trois automitrailleuses avaient pris un aspect délaissé et énigmatique, et tout autour traînaient des boulons, des clés, et des seaux.

Alors, à midi, le capitaine Plechko, commandant de la division, disparut aussi.

X

Trois jours durant, d'étranges déplacements, de bizarres pérégrinations, tantôt dus au hasard des combats, tantôt à l'apparition d'officiers d'ordonnance et au piaulement des boîtes jaunes, promenèrent l'unité du colonel Naï-Tours, par les amas et les fondrières de neige, entre l'Auberge rouge, Serebrianki au sud, et Post-Volynski au sud-ouest. Mais la soirée du 14 décembre ramena cette unité en ville, dans les bâtiments abandonnés d'une caserne dont les vitres à demi brisées donnaient sur une ruelle.

L'unité du colonel Naï-Tours était une curieuse unité. Tous ceux qui pouvaient la voir étaient étonnés de ses bottes de feutre. Au début de ces trois journées, elle comptait cent-cinquante junkers et trois sous-lieutenants.

Dans les premiers jours du mois de décembre, le général-major Blokhine, commandant la première brigade de milice, reçut dans son bureau un homme de taille moyenne, aux cheveux noirs, rasé avec soin et au regard lugubre, en uniforme de cavalerie avec des épaulettes de colonel de hussards, qui se présenta sous le nom de colonel Naï-Tours, ancien commandant du deuxième escadron de l'ex-régiment de hussards de Belgrade. Le regard lugubre de Naï-Tours avait ceci de particulier que quiconque rencontrait le claudicant colonel, dans sa mauvaise capote de soldat ornée d'un ruban de Saint-Georges défraîchi, était obligé d'écouter avec une extrême attention tout ce que disait Naï-Tours. Après une brève conversation avec Naï, le général-major Blokhine le chargea de former un deuxième détachement de milice, à condition que celui-ci soit sur pied pour le 13 décembre. A l'étonnement général, la formation du détachement fut achevée pour le 10 décembre, et le même jour, le colonel Naï-Tours, singulièrement avare de paroles comme à l'ordinaire, déclara brièvement au général Blokhine — que les coups de téléphone des états-majors assaillaient de tous côtés — que lui, Naï-Tours, était prêt à entrer dès maintenant en action avec ses junkers, à la condition expresse qu'on fournisse à son détachement, c'est-à-dire cent cinquante hommes, des bonnets en peau de mouton et des bottes de feutre, faute de quoi Naï-Tours considérait comme absolument impossible de faire la guerre. Le général Blokhine, qui avait écouté attentivement le grasseyant et laconique colonel, lui signa volontiers un ordre pour le service des fournitures mais le prévint qu'avec ce papier, il n'obtiendrait probablement rien avant une semaine, parce que dans ces services et ces états-majors, régnaient une incroyable gabegie, une incurie et un scandale permanents. Naï-Tours prit le papier, la pointe gauche de sa moustache agitée par un tic et, sans tourner la tête ni à gauche ni à droite (il ne pouvait tourner la tête par suite d'une blessure qui lui avait laissé une raideur dans le cou, et quand il avait besoin de regarder sur le côté, tout son buste pivotait), il quitta le bureau du général Blokhine. Au local de son unité, rue de Lvov, Naï-Tours prit dix junkers (avec — chose curieuse — leur fusil) et deux carrioles, et se rendit, accompagné du tout, au service des fournitures.

Le service des fournitures était installé dans un très joli hôtel particulier, avenue Koudriavski. Dans un petit cabinet confortable, orné d'une carte de Russie et d'un portrait d'Alexandra Fiodorovna qui datait du temps de la Croix-Rouge[1], le colonel fut accueilli par un étrange petit personnage rougeaud, habillé d'un veston d'intérieur gris d'où sortait un col de chemise d'une blancheur impeccable, ce qui le faisait ressembler de façon étonnante à Milioutine, le ministre d'Alexandre II[2]. C'était le général-lieutenant Makouchine.

Le général détacha le téléphone de son oreille et, d'une petite voix d'enfant chantante comme un pipeau, il demanda à Naï-Tours :

— Qu'y a-t-il pour votre service, colonel ?

— Nous partons en campagne tout de suite, répondit laconi-

1. Au début de la Première Guerre mondiale, l'impératrice Alexandra Fiodorovna, épouse de Nicolas II, avait ouvert à Tsarskoïe Selo un hôpital militaire où elle soignait elle-même les blessés avec ses filles.

2. Milioutine fut ministre de la Guerre de 1861 à 1881.

quement Naï de sa voix grasseyante[1]. Je vous prie de me fournir immédiatement des bottes de feutre et des bonnets de peau de mouton pour deux cents hommes.

— Hum, dit le général en clappant des lèvres et en réduisant à néant, d'un froissement des doigts, la demande de Naï, voyez-vous, colonel, aujourd'hui, nous ne pouvons rien délivrer. Aujourd'hui, nous faisons l'inventaire des besoins des unités combattantes. Envoyez-moi quelqu'un d'ici trois ou quatre jours. Mais de toute façon, il m'est impossible de vous en délivrer une telle quantité.

Il plaça le papier de Naï-Tours bien en vue, sous un presse-papier qui représentait une femme nue.

— Des bottes de feutre, dit Naï d'une voix monotone, et il regarda en louchant le bout de ses pieds.

— Comment? dit le général sans comprendre, et il fixa le colonel d'un œil étonné.

— Donnez-moi des bottes de feutre tout de suite.

— Comment? Mais? Qu'est-ce que c'est? fit le général dont les yeux s'écarquillèrent.

Naï se tourna vers la porte, l'ouvrit, et cria dans le couloir calfeutré :

— Section, ici!

Le général devint d'une pâleur grisâtre. Son regard erra du visage de Naï au téléphone, puis à l'icône de la Vierge dans le coin, puis de nouveau au visage de Naï.

Un piétinement se fit entendre dans le couloir, et les bérets à bande rouge des junkers de l'école Alexis, accompagnés de l'éclat noir des baïonnettes, parurent à la porte. Le général fit mine de se lever de son fauteuil rembourré.

— C'est la première fois que j'entends une chose pareille... C'est une rébellion...

— Faites-moi un bon de réquisition, Votre Excellence, dit Naï. Nous sommes pressés. Nous partons dans une heure. Il paraît que l'ennemi est aux portes de la Ville.

— Mais enfin?... Qu'est-ce que c'est?...

— Allons vite, dit Naï, toujours de la même voix funèbre.

Le général, la tête enfoncée dans les épaules, les yeux écar-

1. Rendu dans l'original par la substitution du g au r, le grasseyement de Naï-Tours évoque, pour un lecteur russe, l'intrépide Denissov de *Guerre et Paix*.

quillés, reprit le papier sous la femme nue et, d'une plume sautillante qui faisait grincer le papier, il griffonna dans le coin : « Bon à livrer. »

Naï prit le papier, le fourra dans le revers de sa manche et dit aux junkers, dont les pieds mouillés tachaient le tapis :

— Chargez les bottes. Vite fait.

Les junkers sortirent bruyamment, mais Naï demeura. Le général, la figure empourprée, lui dit :

— Je téléphone immédiatement à l'état-major général. L'affaire ne va pas en rester là, et vous passerez en Conseil de Guerre. Non mais... Qu'est-ce que...

— Essayez, répondit Naï en avalant sa salive. Essayez donc. Essayez, par curiosité. (Il saisit la crosse qui dépassait de son étui à revolver.)

Le général, le visage marbré, resta muet de saisissement.

— Téléphone donc, vieux crétin, dit Naï d'un ton soudain cordial, et moi je te téléphone une balle de mon colt dans le crâne, tu t'en iras les pieds devant.

Le général retomba dans son fauteuil. Les plis de son cou étaient écarlates, mais son visage restait gris. Naï fit demi-tour et sortit.

Le général demeura quelques minutes immobile dans le fauteuil de cuir, puis il se signa face à l'icône, saisit le téléphone, le porta à son oreille, entendit une voix assourdie et intime qui disait « le standard »... et vit soudain devant lui les yeux lugubres du hussard. Il raccrocha et regarda par la fenêtre. Il vit les junkers s'affairer dans la cour à sortir par la porte noire du hangar de gros paquets gris de bottes de feutre. Le mufle de simple soldat du garde-magasin complètement abasourdi, se détachait sur le fond noir. Il avait le papier à la main. Naï était à côté de la carriole qu'il contemplait, les jambes écartées. D'une main molle, le général prit sur son bureau le journal du jour, le déplia, et sur la première page, commença à lire :

Sur la rivière Irpenia, les accrochages avec les patrouilles ennemies, qui tentaient de s'infiltrer en direction de Sviatochino...

mais rejeta le journal et dit à haute voix :

— Maudits soient le jour et l'heure où j'ai été m'embarquer là-dedans...

La porte s'ouvrit et livra passage à un capitaine qui ressemblait à un putois sans queue. C'était l'adjoint du chef du service des fournitures. Il eut un regard expressif pour les plis rouges au-dessus du col du général, et dit :

— Mon général, permettez de rendre compte...

— Écoutez, Vladimir Fïodorovitch, coupa le général en suffoquant, les yeux hagards et larmoyants, je... je ne me sens pas bien... un accès de... hum... je vais rentrer chez moi, alors soyez gentil de continuer sans moi à...

— A vos ordres, répondit le putois en le regardant avec curiosité. Mais qu'est-ce que je dois faire? La quatrième milice et la cavalerie de montagne demandent des bottes de feutre. Et vous avez donné l'ordre d'en délivrer deux cents paires?

— Oui. Oui! cria le général d'une voix perçante. Oui, c'est moi qui ai donné l'ordre! Oui! Moi! J'ai donné l'ordre! C'est une exception! Ils partent tout de suite! Oui. En campagne. Oui!

Des lueurs d'intense curiosité dansaient dans les yeux du putois.

— Mais je n'avais que quatre cents paires en tout...

— Et alors? Que voulez-vous que j'y fasse? Hein? glapit le général. Que j'en ponde, ou quoi? Que je ponde des bottes de feutre? Hein? Que je ponde? Et si on vous en demande encore — allez-y — donnez — donnez tout!

Cinq minutes plus tard, un fiacre emportait le général Makouchine chez lui.

Dans la nuit du 13 au 14, la caserne morte de la ruelle de Brest-Litovsk s'anima. Dans une immense salle d'une saleté repoussante, une lampe électrique brillait au mur entre les deux fenêtres (les junkers s'étaient débrouillés pour brancher des fils à un lampadaire au-dehors et les amener dans la caserne). Cent cinquante fusils étaient rangés en faisceaux, et les junkers dormaient côte à côte sur des lits de planches crasseux. Naï-Tours était assis à une table de bois bancale, encombrée de croûtons de pain, de gamelles contenant des restes de bouillon froid, de musettes et de chargeurs étalés sur un plan de la Ville. Une petite lampe de cuisine jetait un cône de lumière sur les dessins de la carte, où le Dniepr ressemblait à un arbuste aux ramifications maigres et bleues.

Vers deux heures du matin, le sommeil eut raison de Naï. Il renifla, et à plusieurs reprises, se pencha sur le plan comme s'il voulait y examiner quelque détail. Enfin, il appela à mi-voix :

— Junker?

— Présent, mon colonel, répondit une voix à la porte, et un junker, frottant ses bottes de feutre sur le plancher, s'approcha de la petite lampe.

— Je vais me coucher, dit Naï. Vous me réveillerez dans trois heures. S'il y a un message téléphoné, réveillez le sous-lieutenant Jarov. Selon son contenu, il me réveillera ou non.

Il n'y eut aucun message téléphoné.. Au demeurant, cette nuit-là, l'état-major laissa le détachement Naï parfaitement tranquille. Le détachement partit à l'aube, avec trois mitrailleuses et trois carrioles, et s'étira sur la route. Les petites maisons éparses aux confins de la ville semblaient désertées. Mais quand le détachement déboucha sur la large avenue de l'École polytechnique, il y trouva du mouvement. Dans le crépuscule du petit jour passaient en grondant des fourgons entre lesquels cheminaient des bonnets de peau de mouton. Tout cela se repliait vers la Ville, et considéra au passage l'unité de Naï avec une certaine crainte. Le jour se levait lentement, et sur les jardins des villas qui dominaient la grande route piétinée et défoncée, le brouillard montait et se dissipait.

Depuis l'aube jusqu'à trois heures de l'après-midi, Naï demeura sur l'avenue de l'École polytechnique, car un junker de son groupe de liaison lui avait apporté, à bord d'une quatrième carriole, un papier de l'état-major où cet ordre était griffonné au crayon :

« Garder la route de Polytechnique, et si l'ennemi se montre, accepter le combat. »

Cet ennemi, Naï-Tours l'aperçut pour la première fois vers trois heures, quand au loin, vers la gauche, dans un champ de manœuvre enneigé, apparut un grand nombre de cavaliers. C'était le colonel Kozyr-Lechko qui, selon le dispositif du colonel Toropietz, cherchait à gagner la route pour pénétrer, par là, directement au cœur de la Ville. A proprement parler, n'ayant rencontré aucune résistance jusqu'au moment où il arriva sur l'avenue de Polytechnique, Kozyr-Lechko n'attaquait pas la Ville, mais marchait vers elle, franchement et en vainqueur, sachant très bien que derrière son régiment venaient encore la troupe de cavaliers haïdamaks du colonel Sosnenko, deux régiments de la division bleue, un régiment de

Cosaques zaporogues et six batteries. Au moment où les premiers cavaliers, comme des petits points noirs, apparurent au bout du champ de manœuvre, des shrapnells, semblables à un vol de cigognes, éclatèrent dans le ciel épais chargé de neige. Les points noirs formèrent peu à peu une bande continue qui occupa toute la largeur de la route, puis s'étendit, grossit, parut plus noire encore, tout en roulant vers Naï-Tours. Un cliquetis de culasses courut le long des lignes de junkers, Naï tira de sa poche un sifflet, lança un sifflement strident et cria :

— Droit sur la cavalerie !... par rafales... feu !

Une étincelle parcourut les lignes grises de junkers, qui envoyèrent une première salve au régiment de Kozyr. Puis, à trois reprises, ce fut comme si une pièce de toile se déchirait depuis le ciel jusqu'aux murs de l'École polytechnique, à trois reprises, avec un craquement de foudre, le bataillon de Naï-Tours fit feu. Les bandes noires de cavaliers se rompirent, se dispersèrent, et disparurent de la chaussée.

A ce moment, il arriva quelque chose à Naï. A proprement parler, personne dans son détachement ne l'avait jamais vu effrayé, mais là, les junkers eurent l'impression que Naï, ou bien avait vu quelque chose de particulièrement dangereux dans le ciel, ou bien qu'il avait entendu quelque chose au loin... bref, Naï donna l'ordre de se replier sur la Ville. Une section resta sur place, et d'un feu roulant prit l'avenue en enfilade pour couvrir la retraite des autres. Puis elle se replia à son tour. Les junkers coururent pendant deux verstes se plaquant de temps en temps au sol et réveillant de l'écho de leur course la vénérable voie, jusqu'à ce qu'ils atteignissent le croisement de l'avenue et de cette même rue de Brest-Litovsk où ils avaient passé la nuit. Le carrefour semblait mort, il n'y avait pas une âme dans les parages.

Arrivé là, Naï prit trois junkers à part et leur ordonna :

— Courez jusqu'à la rue Polevaïa et la rue Borchtchagov, voir où sont nos unités et ce qu'elles font. Si vous rencontrez des fourgons, des carrioles ou n'importe quel moyen de transport en train de se replier en désordre, prenez-les. En cas de résistance, menacez de tirer, et s'il le faut, tirez...

Les junkers partirent en courant et disparurent dans la première rue à gauche. Par-devant, cependant, des balles parties on ne sait d'où commencèrent à tomber sur le détachement. Elles claquaient sur les toits, de plus en plus nombreuses, et soudain, un junker tomba le visage dans la neige, qu'il rougit de son sang. Puis un autre, avec un gémissement étouffé, glissa à bas de sa mitrailleuse. Les lignes prirent leurs distances et répondirent par le crépitement d'un tir ininterrompu sur les petits groupes ennemis qui sortaient de terre comme par magie. On releva les junkers blessés et on déroula des bandes de gaze. Les mâchoires contractées, Naï pivotait du torse de plus en plus souvent, s'efforçant de voir au loin sur ses flancs, et on pouvait lire clairement sur son visage qu'il attendait avec impatience les junkers qu'il avait envoyés en reconnaissance. Enfin ceux-ci arrivèrent, hors d'haleine comme des chiens de chasse fourbus, la respiration sifflante. Naï dressa l'oreille et sa figure s'assombrit. Le premier junker accourut vers lui, rectifia la position et dit, haletant :

— Mon colonel, il n'y a pas trace de nos unités, nulle part. (Il reprit son souffle.) Sur nos arrières, on tire à la mitrailleuse, et de la cavalerie ennemie vient de descendre l'avenue Chouliavka, comme pour entrer en ville.

A la seconde même, Naï poussa un sifflement assourdissant, qui couvrit les derniers mots du junker.

Aussitôt, trois carrioles s'élancèrent au galop dans la rue de Brest-Litovsk et prirent, cahotant et sautant dans les fondrières, la rue Fonarnaïa. Elles emportaient les deux junkers blessés, quinze autres junkers indemnes et armés, et les trois mitrailleuses. Elles ne pouvaient rien porter de plus. Naï se tourna alors vers sa troupe, et d'une voix retentissante, il donna aux junkers un ordre étrange, tel qu'ils n'en avaient jamais entendu de pareil...

Rue de Lvov, dans le bâtiment d'une ancienne caserne aux murs écaillés et fortement chauffée, la troisième section de la première brigade de milice à pied, composée de vingt-huit junkers, languissait d'ennui. Le plus intéressant, dans cette langueur, était que le chef de cette troupe de languissants n'était autre que Nikolka Tourbine lui-même. Le capitaine d'état-major Biezroukov, qui commandait cette section, et ses adjoints, deux sous-lieutenants, étaient partis le matin à l'état-major, et n'étaient pas revenus. Nikolka, qui en tant que sergent était le seul gradé, traînait ses pieds à travers la caserne, revenant de temps à autre près du téléphone qu'il contemplait.

Les choses en restèrent là jusqu'à trois heures de l'après-midi. Les visages des junkers, à la fin, étaient empreints d'une sombre mélancolie. Hé oui...

A trois heures, le téléphone de campagne piaula.

— La troisième section de milice ?

— Oui.

— Passez-moi le chef de section.

— Qui est à l'appareil ?

— L'état-major...

— Le capitaine n'est pas rentré.

— Qui parle ?

— Sous-officier Tourbine.

— Vous êtes le seul gradé ?

— Exact.

— Ordre de vous mettre en route immédiatement selon l'itinéraire.

Nikolka rassembla ses vingt-huit hommes et sortit avec eux dans la rue.

Jusque vers deux heures de l'après-midi, Alexis Tourbine dormit d'un sommeil de plomb. Il s'éveilla brusquement, comme sous l'effet d'un jet d'eau, regarda sa montre posée sur une chaise, vit qu'il était deux heures moins dix, et se mit à se démener en tous sens dans la chambre. Alexis Vassilïevitch enfila ses bottes de feutre, fourra dans ses poches précipitamment, oubliant tantôt une chose tantôt l'autre, ses allumettes, son porte-cigarettes, un mouchoir, son browning et deux chargeurs, ferma étroitement sa capote, puis se rappela quelque chose, mais hésita — ce qu'il allait faire lui sembla honteux et lâche, mais il le fit tout de même — et il prit dans un tiroir son passeport de médecin civil. Il le tourna un instant dans ses mains, se décida finalement à l'emporter, mais à ce moment Hélène l'appela, et il l'oublia sur la table.

— Écoute, Hélène, dit Tourbine en bouclant nerveusement son ceinturon. (Son cœur était oppressé par un pressentiment désagréable, et il souffrit à la pensée qu'Hélène resterait seule avec Aniouta dans le grand appartement vide.) Il n'y a rien à faire. Je ne peux pas ne pas y aller. Mais tu sais, il est fort probable qu'il ne m'arrivera rien. La division n'ira guère plus loin que la banlieue, et moi je resterai quelque part dans un endroit sans danger. Et peut-être que Dieu protégera aussi Nikolka. Ce matin, j'ai entendu dire que la situation était assez sérieuse, mais qui sait ? nous parviendrons peut-être à repousser Petlioura. Enfin, au revoir, au revoir.

Une fois seule, Hélène erra du piano déserté, où se trouvait toujours, oublié là, Valentin le bariolé, à la porte du cabinet d'Alexis. Le parquet grinçait sous ses pas. Son visage avait une expression malheureuse.

Au coin de sa rue tortueuse et de la rue Vladimir, Tourbine fit signe à un cocher. Celui-ci accepta de le conduire, mais, en reniflant d'un air lugubre, il demanda une somme énorme, et il était visible qu'il n'en démordrait pas. Grinçant des dents, Tourbine prit place dans le traîneau, qui partit en direction du musée. Le froid était intense.

L'âme d'Alexis Vassilievitch était remplie d'inquiétude. Emporté par le traîneau, il prêtait l'oreille à de lointaines rafales de mitrailleuse qui venaient de quelque part du côté de l'École polytechnique et semblaient dirigées vers la gare. Tourbine réfléchit un instant à ce que cela pouvait signifier (à midi il dormait, et ignorait par conséquent l'incursion de Bolbotoun), puis il tourna la tête et se mit à examiner les trottoirs. Il y régnait une grande animation, quoique inquiète et désordonnée.

— Ar... arrête ! lança une voix avinée.

— Qu'est-ce que c'est ? demanda Tourbine d'une voix irritée.

Le cocher tira si fort sur les rênes qu'il faillit basculer sur les genoux de Tourbine. Une figure totalement rouge vacillait près du brancard, et s'agrippait aux rênes pour essayer de monter dans le traîneau. Sur sa pelisse de peau tannée, des épaulettes fripées de sous-lieutenant jetaient de vagues reflets. A une archine de distance, Tourbine reçut en plein nez une forte odeur d'eau-de-vie et d'oignon. Les mains du sous-lieutenant agitaient un fusil.

— Ff... ff... fais demi-tour, dit l'ivrogne au visage rouge. Dé... débarque ton pppassager... Le mot « passager » lui sembla soudain très drôle, et il pouffa de rire.

— Qu'est-ce que c'est ? répéta Tourbine avec irritation. Vous ne voyez pas qui je suis ? Je vais au point de ralliement et je vous prie de laisser ce traîneau. Fouette, cocher !

— Nooon, ne fouette pas ! dit le visage rouge d'un ton menaçant, et c'est seulement alors que ses yeux clignotants remarquèrent les épaulettes de Tourbine. Ah, docteur... on part ensemble... attendez, je monte...

— Nous ne suivons pas la même route. Fouette, cocher !

— Pp... permettez... .

— Allons, fouette.

Le cocher, la tête rentrée dans les épaules, voulut obéir, mais il se ravisa. Se retournant, il jeta un regard apeuré et haineux sur la figure rouge, mais celui-ci abandonna de lui-même, car il venait d'apercevoir un traîneau libre. Le cocher de ce dernier voulut fuir, mais n'en eut pas le temps. Des deux mains, l'ivrogne leva son fusil et le menaça. Le cocher demeura figé sur place, et l'ivrogne, trébuchant et hoquetant, se traîna vers lui.

— Si j'avais su, même pour cinq cents roubles je vous aurais pas emmené, grogna avec rancune le cocher de Tourbine, en cinglant la croupe de sa haridelle. Il aurait pu me tirer dans le dos, hein, et après ?

Tourbine, maussade, garda le silence.

« Quel salaud... c'est des types comme ça qui nous déshonorent », songea-t-il avec colère.

Devant l'Opéra, une foule remuante encombrait le carrefour. En plein milieu de la ligne de tramway était installée une mitrailleuse, gardée par un petit cadet transi de froid, en capote et bonnet noirs, et par un junker habillé de gris. Les passants, comme des mouches, s'agglutinaient par groupes sur le trottoir et regardaient la mitrailleuse avec curiosité. Au coin, devant une pharmacie d'où il voyait déjà le musée, Tourbine fit arrêter le traîneau.

— Faut payer un supplément, Votre Haute Noblesse, dit le cocher sur un ton venimeux et insistant. Si j'avais su... Voyez vous-même ce qui se passe !

— Pas question.

— Quel besoin de mêler des gamins à tout ça..., fit une voix de femme.

A ce moment, Tourbine s'aperçut qu'une foule d'hommes armés, dense et agitée, entourait le musée. Entre les pans des capotes, on voyait luire par instants des mitrailleuses posées sur le trottoir. A l'instant même, sur le Petchersk, une mitrailleuse tambourina.

Bra... bra... bra... bra... bra... bra... bra... bra...

« On dirait qu'il se passe déjà Dieu sait quoi », pensa Tourbine perplexe, et accélérant le pas, il traversa le carrefour pour gagner le musée.

« Est-ce que je serais en retard ?... Quel scandale... Ils vont croire que je me suis enfui... »

Une foule houleuse et impatiente de sous-lieutenants, de junkers, de cadets et de rares soldats se pressait devant la gigantesque entrée principale du musée et la porte latérale brisée qui donnait sur le terre-plein du lycée Alexandre. Les immenses vitres de l'entrée tremblaient à chaque instant, les portes gémissaient, et dans le bâtiment rond et blanc dont le fronton s'ornait de cette proclamation en lettres d'or : « Instruire et éclairer le peuple russe », on voyait entrer en courant des junkers armés aux tenues fripées, l'air anxieux.

— Mon Dieu ! s'écria involontairement Tourbine. Ils sont déjà partis !

De loin, les mortiers regardaient Tourbine en silence, solitaires et abandonnés là où ils se trouvaient la veille.

« Je ne comprends pas... Qu'est-ce que ça veut dire ? »

Sans savoir pourquoi, Tourbine traversa le terre-plein en courant, vers les mortiers. A mesure qu'il s'approchait, ceux-ci grossissaient et prenaient un air menaçant. Tourbine parvint au premier et soudain se figea : le mortier n'avait plus de culasse. Rapidement, Tourbine traversa la place en sens inverse et revint dans la rue. La foule s'était encore grossie, de nombreuses voix criaient toutes en même temps, on levait et on agitait des baïonnettes.

— Il faut atteindre Kartouzov ! Voilà ! lança une voix sonore d'un ton angoissé.

Un sous-lieutenant passa devant Tourbine, portant sur son dos une selle jaune dont les étriers se balançaient.

— Il faut rendre ça à la légion polonaise.

— Mais où est-elle ?

— Ça, le diable le sait !

— Tous au musée ! Tous au musée !

— Sur le Don !

Le sous-lieutenant s'arrêta soudain et jeta sa selle sur le trottoir.

— Ah ! et puis merde ! J'en ai plus rien à foutre ! hurla-t-il furieux. Saloperies d'états-majors !...

Et il partit à grands pas, menaçant du poing on ne sait qui.

« Catastrophe... Maintenant, je comprends... Et le plus terrible, c'est qu'ils sont sûrement partis à pied. Oui, oui, oui... C'est sûrement ça. Petlioura est arrivé tout d'un coup, ils n'avaient pas de chevaux, et ils sont partis avec les fusils, en laissant les mortiers... Mon Dieu... Il faut courir chez Anjou... Là-bas, peut-être, je saurai quelque chose... Sûrement, même. Il reste bien quelqu'un, là-bas ? »

Tourbine s'arracha à ce maelström et, sans plus prêter attention à personne, il reprit en courant le chemin de l'Opéra. Un vent glacial balayait l'allée asphaltée qui entourait le théâtre, au mur duquel battait un pan d'affiche à demi déchirée, sous les fenêtres noires. *Carmen. Carmen.*

Mme Anjou. Dans la vitrine, plus de canons, plus d'épaulettes dorées. Des reflets de flammes vacillantes dansent sur les vitres. Le feu ? La porte tinta sous la poussée de Tourbine, mais résista. Anxieux, Tourbine frappa. Il attendit, puis frappa de nouveau. Une silhouette grise parut derrière la porte vitrée, l'ouvrit, et Tourbine entra dans le magasin. Stupéfait, il dévisagea ce personnage inconnu. Celui-ci portait une capote noire d'étudiant, et sur la tête un bonnet civil mangé aux mites, aux oreilles relevées. Visage étrangement familier, mais comme altéré, défiguré. Le poêle ronflait avec ardeur, dévorant on ne sait quelles feuilles de papier. De papiers, le parquet en était entièrement jonché. Le personnage, sans fournir la moindre explication à Tourbine, retourna vivement au poêle près duquel il s'accroupit. Des reflets pourpres jouèrent sur sa figure.

« Malychev ? Mais oui (Tourbine le reconnaissait maintenant), c'est le colonel Malychev. »

Le colonel n'avait plus de moustache. Une surface lisse, bleutée, la remplaçait.

Malychev ouvrit les bras, ramassa par terre un monceau de papiers, qu'il fourra dans le poêle.

« Ah ! bon... C'est donc cela... »

— Alors ? Tout est fini ? demanda sourdement Tourbine.

— Fini, répondit laconiquement le colonel.

Il se releva prestement, courut à la table, la parcourut attentivement du regard, tira et referma les tiroirs à plusieurs reprises, se baissa, ramassa une dernière brassée de papiers sur le plancher et les mit dans le poêle. Seulement alors, il se tourna vers Alexis Vassilievitch et ajouta, avec une tranquillité ironique : — On a guerroyé — et basta !

Il fouilla dans sa poche intérieure, en tira vivement son portefeuille, examina les documents qu'il contenait, en prit deux qu'il déchira en quatre et jeta en feu. Pendant ce temps, Tourbine l'observait. Malychev ne ressemblait plus du tout à un colonel. Tourbine avait devant lui un étudiant assez trapu, ou un acteur amateur, aux lèvres rouges et gonflées.

— Docteur ? Êtes-vous fou ? (Malychev montrait avec une vive inquiétude les épaules de Tourbine.) Enlevez ça tout de suite. Qu'est-ce que vous faites ? D'où sortez-vous ? Vous ne savez donc rien ?

— Je suis arrivé en retard, mon colonel... commença Tourbine.

Malychev sourit gaiement. Et tout aussitôt, le sourire s'envola de son visage et, d'un air préoccupé et coupable, il hocha la tête et dit :

— Nom d'un chien, mais c'est moi qui vous ai joué ce tour ! Je vous ai ordonné de venir à deux heures... Et jusque-là, bien sûr, vous n'êtes pas sorti de chez vous ? Bon, tant pis. Inutile de revenir là-dessus. En un mot : enlevez tout de suite vos épaulettes, sauvez-vous, et cachez-vous.

— Mais que se passe-t-il ? Pour l'amour du ciel, dites-moi ce qui se passe ?

— Ce qui se passe ? répéta Malychev avec une gaieté ironique. Il se passe que Petlioura est en ville. Sur le Petchersk, sinon déjà sur le Krechtchatik. La ville est prise. (Malychev eut un rictus, loucha légèrement, et reprit d'une voix inattendue, qui n'était plus celle d'un acteur amateur mais celle de l'ancien Malychev :) Les états-majors nous ont trahis. C'est dès ce matin qu'il fallait se sauver. Moi, heureusement, et grâce à de braves types, j'ai tout appris cette nuit, et j'ai eu le temps de disperser la division. Docteur, il est trop tard pour réfléchir, enlevez vos épaulettes !

— ... mais là-bas, au musée, au musée...

Malychev s'assombrit.

— Ça ne me concerne pas, répliqua-t-il méchamment. Ça ne me concerne pas ! Désormais plus rien ne me concerne. J'en viens, de là-bas, je les ai prévenus, je les ai suppliés de s'enfuir. Je ne peux rien faire de plus. Les miens, je les ai tous sauvés. Je les ai sauvés du massacre ! Je les ai sauvés de la honte ! (A ce moment sans doute, en lui, quelque chose s'enflamma et explosa, car Malychev ne se contint plus et cria d'une voix presque hystérique :) Oooh ! ces généraux ! Il serra les poings dans un geste de menace, le visage écarlate.

Dans la rue, quelque part sur les toits, une mitrailleuse aboya et on eût dit qu'elle secouait la haute maison voisine.

Malychev tressaillit et se calma aussitôt.

— Eh bien, docteur, c'est le moment de filer. Au revoir ! Et sauvez-vous. Pas dans la rue, mais par ici, par l'entrée de service, et ensuite par les cours. Là, le passage est encore libre. Et dépêchez-vous.

Malychev serra la main de Tourbine abasourdi et disparut dans le passage étroit et sombre ménagé derrière la cloison. Le silence revint aussitôt dans la boutique. Et dans la rue, la mitrailleuse se tut.

Solitude. Dans le poêle, le papier brûlait. Malgré les objurgations de Malychev, Tourbine pris d'une étrange apathie se dirigea lentement vers la porte. Il fit jouer le crochet, le renfonça dans son anneau, et revint vers le poêle. Malgré les objurgations, Tourbine agissait sans se presser, les jambes molles, avec des pensées molles et inachevées. Un feu précaire achevait de consumer le papier, la bouche du poêle, qui tout à l'heure flambait joyeusement, était maintenant calme et rougeâtre, et du même coup le magasin s'était assombri. Aux murs, les étagères se fondaient dans la grisaille. Tourbine les embrassa du regard et pensa mollement que chez Mme Anjou, cela sentait encore le parfum. Une odeur faible et fragile, mais encore perceptible.

Dans la tête de Tourbine, les pensées se mêlèrent en un petit tas informe, et pendant un certain temps, ce fut le cerveau complètement vide qu'il contempla le passage par où avait disparu le colonel sans moustache. Puis, dans le silence, la pelote se démêla peu à peu et le fil principal apparut, d'une éclatante évidence : Petlioura est ici. « Pétourra, Pétourra », répéta Tourbine à voix basse, et il ricana, ne sachant pas lui-même de quoi. Il s'approcha d'une glace qu'une couche de poussière recouvrait comme un taffetas...

Le papier acheva de brûler, et sur le plancher, une dernière langue rouge, après s'être animée un peu, s'éteignit. L'ombre s'épaissit.

— Petlioura ! C'est tellement saugrenu... Au fond, ce pays est complètement fichu (grommela Tourbine dans la boutique obscure, puis il se reprit :) Mais qu'est-ce que je fais là à rêvasser ? Je peux être surpris d'un moment à l'autre !

Alors il s'affaira, comme Malychev tout à l'heure, et commença par arracher ses épaulettes. Les fils craquèrent, et il lui resta dans les mains les deux bandes d'argent terni de sa vareuse et les deux vertes de sa capote. Tourbine les regarda, les fit tourner entre ses doigts, voulut les mettre dans sa poche en souvenir, mais il se rendit compte que c'était dangereux et décida de les brûler. Il y avait largement de quoi alimenter le feu, bien que Malychev eût brûlé tous les documents. Tourbine ramassa par terre un tas de chiffons de soie, les enfourna dans le poêle et y mit le feu. De nouveau, les démons se mirent à danser sur les murs et le parquet, et le local de Mme Anjou reprit vie pour un moment. Dans les flammes, les épaulettes d'argent se tordirent, se gonflèrent de bulles, brunirent, puis se recroquevillèrent...

Une question de la plus haute importance se fit jour alors dans l'esprit de Tourbine : que faire avec la porte ? La laisser fermer au crochet, ou non ? Et si tout à coup un volontaire, qui se serait attardé comme lui, arrivait, et ne trouvait nulle part où se cacher ? Tourbine ouvrit le crochet. Puis une autre pensée le traversa : le passeport ? Il fouilla dans une poche, puis dans une autre — rien. Ah ! ça y est ! Il l'avait oublié. Scandale. Et s'il tombait nez à nez avec eux ? Capote grise. Qui êtes-vous ? demanderont-ils. Docteur... mais voilà, prouve-le ! Maudite distraction !

« Dépêche-toi », lui murmura une voix intérieure.

Tourbine mit fin à ses réflexions et s'élança dans le fond de la boutique, à la suite de Malychev. Il ouvrit une petite porte, suivit un corridor obscur, et gagna la cour par l'entrée de service.

XI

Obéissant à la voix du téléphone, le sous-officier Nicolas Tourbine fit sortir ses vingt-huit junkers et traversa la Ville, ainsi que le prescrivait son itinéraire. Cet itinéraire amena Nicolas Tourbine et ses junkers à un carrefour complètement mort. On n'y rencontrait pas trace de vie, mais par contre, le bruit y était infernal. Tout autour, vers le ciel, sur les toits et sur les murs, les mitrailleuses tonnaient.

L'ennemi devait certainement être là, car c'était le dernier point indiqué par la voix du téléphone. Mais, pour l'instant, aucun ennemi ne se montrait et Nikolka se trouva quelque peu embarrassé : que faire ? Ses junkers, un peu pâles mais braves comme leur chef, se déployèrent en ligne et se couchèrent dans la rue enneigée, et le mitrailleur Ivachine s'accroupit près de son arme, au bord du trottoir. Sur le qui-vive, les junkers regardaient aussi loin qu'ils le pouvaient, la tête dressée, dans l'attente de ce qui allait bien pouvoir se passer...

Quant à leur chef, il était rempli de pensées si importantes et graves qu'il en avait le visage pâle et les traits tirés. Ce qui le frappait tout d'abord, c'était l'absence totale, à ce carrefour, de ce qu'avait promis la voix. Ici même, Nikolka devait trouver un détachement de la troisième brigade de milice et l'« appuyer ». Mais aucun détachement n'était là. Il n'y en avait même pas trace.

En second lieu, Nikolka était très affecté par le fait que le tir rageur et saccadé des mitrailleuses s'entendait par instants non seulement en avant, mais aussi à gauche, et même, semblait-il, un peu en arrière. Et troisièmement, il craignait d'avoir la frousse, et s'interrogeait à tout moment : « Tu n'as pas peur ? — Non, je n'ai pas peur », répondait fièrement une voix dans son for intérieur, et la fierté d'être brave rendait Nikolka encore plus pâle. Sa fierté prit alors un tour particulier, et il caressa l'idée que si lui, Nikolka, était tué, il serait enterré avec de la musique. Ce serait très simple : un cercueil ouvert capitonné de blanc passe lentement dans la rue, et dans le cercueil gît le corps du sous-officier Tourbine tué au combat, avec un noble visage de cire. Dommage qu'on ne donne plus de croix, car il aurait évidemment une croix sur la poitrine, avec le ruban de Saint-Georges. Toutes les femmes sont sur le pas de leur porte. « Qui enterrez-vous, bonnes gens ? — Le sous-officier Tourbine. — Ah ! quel dommage, un si beau garçon... » Et musique. C'est une joie, voyez-vous, de mourir au combat. A condition, toutefois, de ne pas souffrir. L'idée de la musique et du ruban embellit quelque peu l'attente d'un ennemi incertain, qui visiblement, n'obéissant pas à la voix du téléphone, n'avait pas l'intention de se montrer.

— Nous attendrons ici, dit Nikolka aux junkers en s'efforçant de donner à sa voix un ton d'assurance, mais celle-ci manqua de fermeté, parce que les choses n'étaient vraiment pas tout à fait comme elles auraient dû être, et tournaient un peu à l'absurde. Où était le détachement ? Où était l'ennemi ? Bizarre, comment se faisait-il qu'on entende tirer à l'arrière ?

La petite troupe et son chef attendaient donc. Et soudain,

dans une rue transversale qui allait du carrefour à l'avenue de Brest-Litovsk, des coups de feu claquèrent, puis des silhouettes grises s'élancèrent dans la rue en une course effrénée. Elles arrivaient droit sur les junkers de Nikolka, brandissant leurs fusils en tous sens.

« Je suis pris à revers ? » Cette pensée éclata comme un coup de tonnerre dans la tête de Nikolka, et il s'agita, ne sachant quel ordre donner. Mais aussitôt, il distingua les taches dorées sur les épaules de plusieurs coureurs, et il comprit qu'il n'avait pas affaire à l'ennemi.

Grands, lourds, échauffés par la course, les junkers de l'école Constantin, coiffés de bonnets de peau de mouton, s'arrêtèrent tout à coup, mirent un genou à terre, et pâles, mais le regard étincelant, tirèrent deux salves dans la rue qu'ils venaient de parcourir. Puis ils se relevèrent, et jetant leur fusil, ils s'élancèrent en travers du carrefour, devant le détachement de Nikolka. Tout en courant, ils arrachaient épaulettes, baudriers et ceinturons, qu'ils jetaient dans la neige labourée. Un junker corpulent et de haute taille, arrivé à la hauteur de Nikolka, tourna la tête vers celui-ci et ses hommes, et haletant, il cria d'une voix retentissante :

— Fichez le camp, suivez-nous ! Sauve qui peut !

Ahuris, les junkers de Nikolka commencèrent à se lever. Pendant une seconde, Nikolka perdit complètement la tête, mais il se ressaisit aussitôt et, songeant en un éclair : « Voilà le moment d'être un héros », il cria de sa voix perçante :

— Personne ne bouge ! C'est un ordre !

« Qu'est-ce qu'ils font, ceux-là ? » pensait-il en même temps, exaspéré.

Les junkers de Constantin — ils étaient une vingtaine en tout — quittèrent le carrefour sans armes et se dispersèrent dans la rue Fonarnaïa. Un groupe se jeta dans la première porte cochère venue. On entendit les battants de fer se refermer avec un bruit de tonnerre, puis le piétinement des bottes sous le porche sonore. Un deuxième groupe s'engouffra sous la porte suivante. Il ne resta que cinq hommes dans la rue. Ils accélérèrent leur course, descendirent la rue Fonarnaïa et disparurent au loin.

Enfin, un dernier homme arriva en courant au carrefour. Il portait des épaulettes d'or terni. Nikolka, le regard tendu, reconnut instantanément le chef du deuxième détachement de la première brigade, le colonel Naï-Tours.

— Mon colonel ! lui cria Nikolka à la fois effaré et content de le voir, vos junkers se sauvent en débandade.

Il se passa alors quelque chose de stupéfiant. Naï-Tours arriva au carrefour dans une capote aux deux pans relevés, comme chez les fantassins français. Sa casquette froissée était rejetée complètement sur sa nuque, et maintenue sous le menton par une jugulaire. Il tenait un colt dans la main droite, dont l'étui ouvert lui battait la hanche. Pas rasé depuis longtemps, son visage poilu était menaçant, ses yeux louchaient vers son nez, et de près, on voyait nettement les zigzags des hussards sur ses épaules. Naï-Tours bondit sur Nikolka, à le renverser, leva sa main gauche libre, et lui arracha ses deux épaulettes, la gauche puis la droite. Les fils solides craquèrent, mais l'épaulette droite emporta un morceau de la capote. Nikolka était si stupéfait qu'il remarqua seulement que Naï-Tours avait des mains d'une force exceptionnelle. Il tomba assis sur quelque chose d'instable, qui d'ailleurs se retira vivement en poussant un cri, car c'était le mitrailleur Ivachine. Puis des visages contractés et grimaçants dansèrent devant ses yeux, et tout s'en alla au diable. Si Nikolka ne devint pas fou sur l'heure, c'est que le temps lui manqua, tant les actes du colonel Naï-Tours furent rapides et énergiques. Se tournant vers la section désemparée, il rugit un ordre de sa voix grasseyante qui paraissait à cet instant étrange, inhumaine. Nikolka pensa superstitieusement que cette voix devait s'entendre à dix verstes de là, et peut-être même dans toute la Ville.

— Junkers ! Voici mes ordres. Arrachez vos épaulettes, vos cocardes, vos baudriers, jetez vos armes ! Prenez la rue Fonarnaïa, passez par les cours, et gagnez le Podol ! Au Podol ! Déchirez vos papiers, dispersez-vous, cachez-vous, dites à tous ceux que vous rencontrerez d'en faire autan-an-ant !

Puis, brandissant son colt, il mugit comme une trompette de cavalerie :

— Par la rue Fonarnaïa ! Seulement par la rue Fonarnaïa ! Sauvez-vous dans les maisons ! Le combat est fini. Au pas de course en avant — marche !

Pendant quelques secondes, la section ne put rassembler ses esprits. Puis les junkers devinrent blêmes. Sous les yeux de Nikolka, Ivachine arracha ses épaulettes, ses baudriers volèrent dans la neige, et son fusil alla rebondir avec un bruit sec sur la glace du caniveau. Trente secondes plus tard, le carrefour était jonché de cartouchières et de ceinturons, parmi lesquels gisait la casquette froissée d'on ne sait qui. Et par la rue Fonarnaïa, les junkers s'enfuirent et disparurent dans les cours qui menaient jusqu'à la rue Raziezjaïa vers le Podol.

Naï-Tours remit brutalement son colt dans son étui, courut s'accroupir derrière la mitrailleuse, au bord du trottoir, la braqua dans la direction d'où il venait, et de la main gauche, vérifia la bande. Sans bouger, il tourna les yeux vers Nikolka et tonna, furieux :

— Tu es sourd ? Fous-moi le camp !

Une étrange ivresse monta des entrailles de Nikolka et l'envahit comme une extase, et il sentit sa langue se dessécher.

— Je ne veux pas, mon colonel, répondit-il d'une voix râpeuse. Et il s'accroupit, saisit la bande des deux mains, et l'engagea dans la mitrailleuse.

Au loin, là d'où était accouru le reste du détachement de Naï-Tours, plusieurs cavaliers apparurent soudainement. On voyait vaguement les chevaux danser sous eux, comme s'ils jouaient, et les lames grises des sabres luisaient par instants dans leurs mains. Les bras de Naï-Tours se contractèrent, et la mitrailleuse gronda — rra-pa-pa-pa —, s'interrompit, tonna de nouveau, puis lâcha une longue rafale. A droite et à gauche, les toits des maisons furent aussitôt en effervescence. Quelques silhouettes à cheval vinrent se joindre aux premières, mais l'une d'elles fit un brusque écart et s'abattit contre une fenêtre, un autre cheval se cabra, paraissant s'allonger démesurément, jusqu'à hauteur du premier étage, et plusieurs disparurent. Puis, en un instant, il n'y eut plus qu'un seul cavalier, comme s'ils avaient été engloutis par la terre.

Naï écarta les bras, menaça le ciel du poing, les yeux lumineux et clairs, et s'écria :

— Des enfants ! Des enfants !... Charognards d'états-majors !...

Il se tourna vers Nikolka et lui lança d'une voix sonore et harmonieuse comme une trompette de cavalerie :

— Fous le camp, petit crétin ! Je te dis, fous le camp !

D'un coup d'œil en arrière, il s'assura que les junkers étaient tous partis, puis regardant à nouveau devant lui, il scruta le lointain en direction de la rue parallèle à l'avenue de Brest-Litovsk, et s'exclama avec une rage douloureuse :

— Ah crénom !

Nikolka suivit son regard et s'aperçut qu'au loin, dans la rue des Cadets, près du boulevard enneigé aux arbres souffreteux, des lignes sombres apparaissaient et se couchaient à terre. Alors, juste au-dessus de la tête de Naï-Tours et de Nikolka, au coin de la rue Fonarnaïa, l'enseigne de

BERTHA JACOVLIEVNA
Prinz-Metall
Chirurgien-dentiste

claqua, et, de l'autre côté de la porte cochère, des vitres volèrent en éclats. Nikolka vit des fragments de crépi sauter et rebondir. Il jeta un regard interrogateur au colonel Naï-Tours, comme pour demander ce que signifiaient ces lignes sombres au loin, et ces morceaux de crépi. Mais le colonel eut une réaction bizarre. Il sauta sur un pied, agita les bras comme s'il valsait, et ses dents se découvrirent dans un sourire mondain tout à fait incongru. L'instant d'après, le colonel Naï-Tours était étendu aux pieds de Nikolka. Un nuage noir obscurcit le cerveau de Nikolka. Il s'accroupit, et à son propre étonnement, il eut un sanglot sec, sans larmes. Il prit le colonel sous les bras et le tira à lui, essayant de le soulever. Il vit alors du sang couler par la manche gauche du colonel, dont les yeux étaient tournés vers le ciel.

— Mon colonel, mon colonel...

— Sergent, prononça Naï-Tours. Aussitôt, du sang coula de sa bouche sur son menton, et sa voix s'affaiblit à chaque mot.

— Cessez de jouer les héros, Bon Dieu, je meurs... Malo Provalnaïa...

Il ne donna aucune autre explication. Sa mâchoire inférieure s'agita, trois fois, comme s'il étouffait, puis resta immobile, et le colonel devint lourd comme un gros sac de farine.

— « C'est comme ça qu'on meurt ? — pensa Nikolka. — C'est pas possible. Il y a un instant encore, il vivait. Mais alors, ce n'est pas effrayant de mourir au combat. Et moi, ils ne m'attaquent pas... »

L'enseigne

Chir...
...tiste

fut de nouveau secouée, et l'on entendit à nouveau un fracas d'éclats de verre. « Il est peut-être seulement évanoui ? » pensa absurdement Nikolka, dans son trouble, et il reprit le colonel à bras-le-corps. Mais il lui fut impossible de le soulever. « Tu n'as pas peur ? » se demanda Nikolka, et il sentit qu'il avait une peur folle. « Pourquoi ? Pourquoi ? » se demanda-t-il encore, et il comprit en même temps que sa peur lui venait du chagrin et de la solitude, et que si le colonel Naï-Tours avait été en ce moment debout près de lui, il n'aurait pas eu peur du tout... Mais le colonel Naï-Tours était absolument immobile, ne donnait plus aucun ordre, ne prêtait aucune attention au fait qu'une flaque rouge s'élargissait près de sa manche, ni au fait qu'aux saillies des murs, le crépi se brisait et s'effritait, comme pris de folie. Et Nikolka avait peur, parce qu'il était complètement seul. Plus aucun cavalier n'arrivait par le travers, mais évidemment, ils étaient tous devant Nikolka, et lui, il était le dernier, complètement seul... C'est cette solitude qui chassa Nikolka du carrefour. Il rampa sur le ventre, en s'aidant de sa main gauche et de son coude droit, parce que sa main droite serrait le colt de Naï-Tours. Sa peur fut à son comble à deux pas du coin de la rue. Ils vont te tomber dessus, tu n'auras pas le temps de te relever que les hommes de Petlioura seront sur toi, et ils t'égorgeront à coups de sabre. Affreux, d'être égorgé quand on est par terre... Je tirerai, s'il y a encore des balles dans le colt... Il ne reste qu'un pas et demi... encore un effort, encore un peu... une... ça y était. Nikolka avait tourné le coin de la rue Fonarnaïa.

« Bizarre, terriblement bizarre que personne ne me soit tombé dessus. Un miracle, positivement. C'est ça, pensa Nikolka tandis qu'il se relevait, c'est un miracle de Dieu. Moi, maintenant, j'ai vu un miracle. Notre-Dame de Paris. Victor Hugo. Que fait Hélène, en ce moment ? Et Alexis ? S'il faut enlever ses épaulettes c'est qu'il s'est produit une catastrophe. »

Nikolka se redressa, tout maculé de neige, fourra le colt dans la poche de sa capote et prit la rue au pas de course. Avisant une porte béante sur sa droite, il s'engouffra sous la voûte sonore, déboucha dans une mauvaise cour sombre, bordée à droite de remises de briques rouges et à gauche de réserves de bois, comprit que le passage était au milieu, et, glissant sur le sol gelé, s'y précipita, et alla donner contre un homme en touloupe. Nettement et indiscutablement. Une barbe rousse, et des petits yeux remplis de haine. Un Néron au nez camus, en bonnet de peau de mouton. Comme pour jouer à un jeu amusant, l'homme encercla Nikolka de son bras gauche, et de la main droite, lui saisit le bras gauche et le lui tordit dans le dos. Nikolka en tomba instantanément dans un ahurissement complet. « Mon Dieu ! Il me tient. Et quelle haine !... C'est un petliouriste... »

— Ah ! salopard ! s'écria d'une voix sifflante l'homme à la barbe rousse, où t'allais, hein ? Et soudain il glapit :

— J'en tiens un ! Je tiens un junker. T'as quitté les épaulettes, tu croyais, salaud, qu'on te reconnaîtrait pas ? Mais je te tiens !

La fureur envahit Nikolka de la tête aux pieds. Il se laissa tomber d'un coup, si brusquement que la martingale de sa capote fut arrachée, se retourna, et avec une force surnaturelle, échappa aux mains du rouquin. Pendant une seconde il ne le vit plus, parce qu'il lui tournait le dos, mais il se retourna aussitôt vers lui. L'homme à la barbe rousse n'avait aucune arme, ce n'était même pas un militaire : c'était le concierge. La rage qui couvrait d'un voile rouge les yeux de Nikolka s'envola, et fit place à une parfaite maîtrise de soi. Un air glacé entra dans sa bouche brûlante, car il montrait les dents comme un jeune loup. Il plongea la main dans sa poche et la ressortit armée du colt, en pensant : « Si j'ai des balles, je tue cette crapule. » Il ne reconnut pas sa voix, tant elle lui parut effrayante :

— Je vais te tuer, crapule ! siffla Nikolka tandis que ses doigts tâtaient l'ingénieux instrument, et aussitôt, il s'aperçut qu'il avait oublié comment on s'en servait. Le concierge roux, voyant que Nikolka était armé, devint jaune de terreur et de désolation, tomba à genoux, se transformant miraculeusement de Néron en crapaud, et hurla :

— Ha ! Votre Noblesse ! Votre...

Malgré cela, Nikolka aurait tiré sans hésiter, si le colt avait bien voulu fonctionner. « Ah ! malheur ! Il est déchargé », pensa Nikolka dans un tourbillon. Le concierge, la figure cachée derrière son bras, releva ses genoux et commença à reculer à croupetons, en poussant des cris d'orfraie qui mettaient Nikolka au supplice. Ne sachant que faire pour fermer cet énorme gouffre qui s'ouvrait dans la barbe cuivrée, et désolé de l'inutilité de son revolver, Nikolka sauta comme un coq de combat sur le concierge et, risquant de décharger son arme sur lui-même, lui porta un violent coup de crosse sur les dents. Sa colère s'envola aussitôt. Le concierge bondit sur ses pieds, et s'enfuit en se dirigeant vers le porche qu'avait emprunté Nikolka. Fou de terreur, il courut sans proférer un son, glissant sur la glace et trébuchant, et quand il tourna la tête une fois, Nikolka vit que la moitié de sa barbe était devenue rouge. Puis il disparut. Alors Nikolka partit dans l'autre sens, longea les remises, vers la porte qui conduisait à la rue Raziezjaïa, devant laquelle il s'arrêta, tout espoir perdu. « Fini. Trop tard. Je suis pris. Mon Dieu, et ce pistolet qui ne tire pas ! » En vain, il secoua l'énorme barre de fer et le cadenas. Il n'y avait rien à faire. Le concierge roux, dès la première irruption des junkers de Naï-Tours, avait fermé la porte du passage, qui formait maintenant devant Nikolka un obstacle insurmontable — une muraille de fer lisse et close du haut en bas. Nikolka se retourna, jeta un regard vers le ciel bas et épais, et aperçut contre le mur un escalier léger et noir, l'escalier d'incendie, qui s'élevait jusqu'au toit de la maison de trois étages. « Est-ce que je monte ? » pensa-t-il, en se rappelant tout à fait hors de propos une image bariolée : Nat Pinkerton[1], en veston jaune et le visage dissimulé par un masque rouge, escaladant le même escalier d'incendie. « Hé, Nat Pinkerton, l'Amérique... bon, je monte, mais après ? Je serais perché sur le toit comme un idiot, et pendant ce temps-là, le concierge appellera à la rescousse les hommes de Petlioura. Ce Néron me vendra... Je lui ai cassé les dents... Il ne me le pardonnera pas ! »

Précisément. Sous le porche de la rue Fonarnaïa, Nikolka entendit les appels furieux du concierge : « Par ici ! Par ici ! » et un piétinement de bottes. Nikolka comprit : la cavalerie de Petlioura avait pénétré de flanc dans la ville, et maintenant, il y en avait dans la rue Fonarnaïa. Naï-Tours avait raison... impossible désormais de retourner rue Fonarnaïa.

Tout en réfléchissant ainsi, il se retrouva sans savoir comment sur un tas de bois, près des remises, contre le mur de la cour voisine. Les bûches couvertes de givre roulèrent sous ses pieds, il vacilla, tomba, fit un accroc à son pantalon, atteignit le mur, regarda par-dessus et vit une cour exactement semblable à celle où il se trouvait. Tellement semblable qu'il s'attendit à voir surgir un Néron en touloupe, à barbe rousse. Mais personne ne surgit. Nikolka sentit comme un déchirement dans le ventre et les reins, et se retrouva assis par terre. Au même ins-

1. Nat Pinkerton, héros de romans policiers américains très populaires en Russie.

tant, son colt lui sauta dans les mains et partit avec un bruit assourdissant. Nikolka fut d'abord très étonné, puis comprit : « Le cran de sûreté était mis, et sans le vouloir je l'ai tourné. Elle est bien bonne. »

Zut. Là aussi, la porte est fermée. Cadenassée. Donc, il faut à nouveau escalader le mur. Mais hélas, cette fois il n'y a pas de bois. Nikolka remit le cran de sûreté et glissa le pistolet dans sa poche. Il grimpa sur un petit tas de briques cassées, puis, comme une mouche, il escalada le mur vertical, accrochant la pointe de ses pieds à des trous où, en temps normal, on n'aurait pas fait tenir une pièce d'un kopeck. Il s'agrippa, se cassa les ongles, s'ensanglanta les doigts, mais parvint à se hisser sur le mur. Allongé sur le ventre il perçut, venant de la première cour, des coups de sifflets stridents et la voix de Néron. Il regarda dans la troisième cour et vit à une fenêtre noire du premier étage, une femme au visage déformé par la peur, qui le contemplait, et qui disparut aussitôt. L'endroit qu'il avait choisi pour franchir le deuxième mur était assez judicieux : il tomba dans un tas de neige, mais il sentit tout de même quelque chose se tordre dans son cou et claquer dans son crâne. La tête bourdonnante et des flammes dans les yeux, Nikolka courut vers la porte...

O joie ! Elle était fermée aussi, mais aucune importance ! C'était une grille, à arabesques en fer forgé. Nikolka y grimpa, agile comme un pompier, franchit le faîte et redescendit. Il était dans la rue Raziezjaïa. Il constata qu'elle était complètement déserte : pas une âme. « Il faut que je reprenne souffle. Quinze secondes, pas plus. Sinon mon cœur va se rompre », pensa Nikolka en avalant une gorgée d'air qui lui brûla la poitrine. « Ah ! oui... les papiers... » Il tira de sa poche de chemise un paquet de papiers d'identité graisseux, qu'il déchira. Les morceaux s'envolèrent, comme des flocons de neige. Il entendit, venant du carrefour où il avait laissé Naï-Tours, le crépitement d'une mitrailleuse, et des coups de fusil. Et voilà. La Ville était prise. On s'y battait. Catastrophe. Toujours haletant, Nikolka épousseta des deux mains la neige qui le couvrait. Jeter le colt ? Le colt de Naï-Tours ? Jamais. Je réussirai peut-être à passer. Après tout, ils ne peuvent pas être partout à la fois ?

Soufflant avec peine, les jambes rompues et sensiblement affaiblies, Nikolka courut le long de la rue déserte et parvint sans encombre à un carrefour d'où partaient deux rues : la rue

Loubotchitskaïa qui descendait au Podol, et la rue Lovskaïa qui serpentait vers le centre de la Ville. Là, près d'une borne, il vit une flaque de sang et du crottin de cheval, deux fusils abandonnés et une casquette bleue d'étudiant. Nikolka jeta son bonnet de mouton et mit la casquette. Trop petite pour lui, elle lui donna l'air d'un civil canaille et crâneur, une sorte de voyou chassé du lycée. Du coin où il était, Nikolka regarda prudemment dans la rue Lovskaïa. Au loin, il vit des cavaliers qui caracolaient, avec des taches bleues à leur bonnet. Autour d'eux, il y avait un remue-ménage indistinct et une pétarade de coups de fusil. Il prit la rue Loubotchitskaïa. Et là, pour la première fois, il rencontra un être vivant. Sur le trottoir d'en face, une dame courait, un chapeau à aile noire posé de travers sur la tête. A son bras se balançait un cabas gris, d'où émergeait la tête effarée d'un coq qui braillait par toute la rue : « Pétourra, Pétourra ! » La dame portait sous le bras un sac de papier troué, d'où s'échappaient des carottes qui tombaient sur le trottoir. Criant et pleurant, la dame s'appuya contre un mur. Un petit bourgeois passa en coup de vent, se signa à tour de bras et cria :

— Seigneur Jésus ! Volodia, Volodia ! Petlioura arrive !

Au bout de la rue Loubotchitskaïa, les allées et venues étaient déjà nombreuses, des gens couraient, se jetaient sous les porches. Un homme en manteau noir, affolé de peur, s'élança contre une grille, passa sa canne entre les barreaux, et la cassa avec un bruit sec.

Cependant, le temps passait rapidement, et déjà le crépuscule tombait. Aussi lorsque Nikolka quitta la rue Loubotchitskaïa pour descendre la rue Volskaïa, un lampadaire s'alluma soudain au coin et se mit à grésiller. Le rideau de fer d'une boutique s'abaissa en grondant et dissimula des boîtes bariolées portant l'inscription « savon en poudre ». En tournant le coin de la rue, un traîneau alla se planter dans un monceau de neige, et le cocher fouetta sauvagement sa haridelle. Nikolka passa rapidement devant un immeuble à trois entrées, où les portes battaient à tout moment. Un homme en col de loutre dépassa Nikolka et cria :

— Piotr ! Piotr ! Es-tu fou ? Ferme la porte !

Dans une entrée, une porte claqua, et on entendit une voix de femme, sonore, lancer dans l'escalier obscur :

— C'est Petlioura ! Petlioura arrive !

Plus Nikolka descendait vers le Podol salvateur indiqué par

Naï-Tours, plus les rues s'emplissaient de monde qui courait et s'agitait en tous sens, mais la peur semblait moins grande, et tout le monde n'allait pas dans le même sens que Nikolka.

De l'entrée d'un immeuble de pierre grise, sortit solennellement un jeune cadet en capote grise, avec des épaulettes blanches qui portaient un « V » d'or[1]. Le petit cadet avait un nez en bouton de bottine. Ses yeux scrutaient les alentours avec vivacité, et un grand fusil était passé en bandoulière dans son dos. Les passants regardaient avec effroi ce cadet armé et s'en éloignaient précipitamment. Planté sur le trottoir, le cadet écouta, d'un air averti et capable, la fusillade dans la Ville haute, mit le nez au vent, et voulut se diriger on ne sait où. Nikolka lui barra brutalement la route, et traversant le trottoir, le poussa de la poitrine en lui chuchotant :

— Jetez votre fusil et cachez-vous immédiatement.

Effrayé, le petit cadet sursauta, recula, mais se ressaisit et prit son fusil d'un air menaçant. Nikolka, usant d'un procédé éprouvé, ne cessa de le pousser et finit par l'acculer dans une entrée, entre deux portes, où il lui déclara d'un ton persuasif :

— Cachez-vous, je vous dis. Je suis junker. C'est la catastrophe. Petlioura a pris la Ville.

— Comment ça, il a pris la Ville ? demanda le cadet en ouvrant la bouche, ce qui montra qu'il lui manquait une dent du côté gauche.

— Comme ça (répondit Nikolka, et il ajouta en tendant le bras vers la Ville haute :) Vous entendez ? La cavalerie de Petlioura est dans les rues. J'ai bien failli y rester. Rentrez chez vous en vitesse, cachez votre fusil et prévenez tout le monde.

Le cadet demeura tout transi, et Nikolka l'abandonna dans l'entrée, parce qu'il n'avait pas le temps de discuter avec un type qui ne comprenait rien à rien.

Au Podol, les gens montraient beaucoup moins d'inquiétude, mais il régnait tout de même une assez forte agitation. Les passants accéléraient le pas, levaient souvent la tête pour écouter, et très souvent on voyait des cuisinières surgir sur le pas des portes, hâtivement enveloppées de châles gris. Dans la ville haute, le roulement des mitrailleuses était maintenant continu. Mais en cette heure crépusculaire du 14 décembre, on n'entendait plus nulle part, ni de près ni de loin, tirer le canon.

1. V. pour *Varta*, nom ukrainien de la police sous l'hetman.

Nikolka avait un long chemin à faire. Tandis qu'il traversait le Podol, le crépuscule enveloppa complètement les rues gelées, et une neige molle et duveteuse, voltigeant dans les taches de lumière des lampadaires, atténua l'inquiétude et l'agitation. A travers le réseau clairsemé des flocons, on voyait osciller des lumières, et les boutiques et les magasins brillaient gaiement, quoique pas tous : certains avaient déjà aveuglé leur vitrine. La neige tombait, de plus en plus épaisse. Lorsque Nikolka arriva au bas de la pente abrupte de sa rue, la rue Saint-Alexis, qu'il commença à gravir, il aperçut, devant l'entrée du n° 7, deux galopins en veste de tricot gris et casqués, qui venaient de dévaler la pente à bord d'une luge. L'un deux, petit et rond comme une balle, tout couvert de neige, était assis et riait. L'autre, plus âgé, maigre et sérieux, dénouait la ficelle emmêlée. Près de la porte se tenait un gars en pelisse, qui se curait le nez. Le bruit de la fusillade s'était rapproché ; on tirait d'en haut de plusieurs endroits à la fois.

— Vassia, Vassia ! T'as vu comme j'me suis cogné le derrière sur la borne ? cria le petit gros.

« Ils font des glissades comme si de rien n'était », pensa Nikolka avec étonnement, et il demanda au gars en pelisse d'une voix affable :

— Dites-moi, s'il vous plaît, pourquoi est-ce que ça tire, là-haut ?

Le gars ôta son doigt de son nez, et nasilla :

— C'est les nôtres qui cassent la gueule aux officiers.

Nikolka le regarda par en dessous, et tâta machinalement la crosse du colt, dans sa poche. Le plus âgé des deux gamins répondit d'un air fâché :

— Les officiers, ils ont que ce qu'ils méritent. Dans toute la ville, ils sont huit cents, et ils n'ont fait que des conneries. Mais Petlioura est venu, et il a un million de soldats.

Il se retourna et se mit à traîner la luge.

Le rideau de couleur crème s'ouvrit d'un coup, entre la véranda et la petite salle à manger. La pendule... tonk-tank...

— Alexis est rentré ? demanda Nikolka à Hélène.

— Non, répondit-elle, et elle se mit à pleurer.

Ténèbres. Ténèbres dans tout l'appartement. Dans la cuisine seulement, une lampe est allumée... Aniouta est assise et pleure, les coudes sur la table. A cause d'Alexis Vassilievitch, bien sûr... Du bois flambe dans le poêle de la chambre d'Hélène. A travers le mica, de chaudes taches de lumière dansent sur le parquet. Hélène, qui pleure aussi à cause d'Alexis, est assise sur un petit tabouret, la joue appuyée sur son poing, et Nikolka est à ses pieds, dans une tache de lumière rouge, les jambes écartées en ciseaux.

Bolbotoun... le colonel. On disait aujourd'hui, chez les Chtcheglov, qu'il n'était autre que le grand-duc Mikhaïl Alexandrovitch. Ici, dans le clair-obscur du poêle, c'est le désespoir. A quoi bon pleurer sur Alexis ? Pleurer, évidemment, ne sert à rien. Il a été tué, sûrement. C'est clair. Ils ne font pas de prisonniers. Du moment qu'il n'est pas venu, c'est qu'il est tombé entre leurs mains avec la division, et ils l'ont tué. Le terrible, c'est que Petlioura, à ce qu'on dit, a une armée de huit cent mille hommes triés sur le volet. On nous a trahis, on nous a envoyés à la mort...

Mais d'où vient cette effroyable armée ? Elle s'est formée dans le brouillard gelé du crépuscule bleu... Ah, quel terrible pays que l'Ukraine[1] ! Brouillard... Brouillard...

Hélène se leva et tendit le bras.

— Je maudis les Allemands. Qu'ils soient maudits. Mais si Dieu ne les punit pas, c'est qu'il n'est pas juste. Est-ce possible qu'ils n'aient pas à répondre de ce qu'ils ont fait ? Ils en répondront. Ils souffriront comme nous avons souffert, oui, comme nous.

Elle répéta « comme nous » avec insistance, comme une incantation. Une lueur pourpre jouait sur ses joues et sur son cou, et ses yeux vides étaient assombris par une haine noire. Nikolka restait assis, les jambes écartées, et ces cris l'accablaient de désespoir et de chagrin.

— Il est peut-être encore vivant ? demanda-t-il timidement. Vois-tu, il est tout de même médecin... Même s'il a été pris, il n'a peut-être pas été tué, mais fait prisonnier.

— Ils mangeront des chats, ils s'entre-tueront, comme nous, dit Hélène d'une voix sonore en menaçant le feu d'un geste plein de haine.

« Hé, hé... Bolbotoun ne peut pas être grand-duc. Une armée de huit cent mille hommes, c'est impossible, et un million

1. Phrase censurée en URSS avant 1989.

encore plus... Quel brouillard, du reste. C'est vraiment une terrible époque. Et Thalberg, apparemment, n'est pas bête, il est parti à temps. Le feu danse sur le parquet. Il y a pourtant eu des époques paisibles et des pays merveilleux. Par exemple, Paris, avec Louis et son chapeau à figurines de plomb, et Clopin Trouillefou[1], qui se chauffait à un feu comme celui-ci. Même lui, misérable, était heureux. Jamais, nulle part, je n'ai vu une aussi répugnante crapule que ce concierge roux. Bien sûr, tout le monde nous hait, mais lui c'est un vrai chacal ! »

Et soudain, par les fenêtres, parvint le bruit d'une canonnade. Nikolka sursauta, très agité.

— Tu entends ? Tu entends ? C'est peut-être les Allemands ? Les Alliés sont peut-être venus à notre aide ? Qui est-ce ? Les petliouristes ne peuvent pas bombarder la Ville, puisqu'ils l'ont déjà prise.

Hélène joignit les mains sur sa poitrine et dit :

— Écoute, Nikolka, de toute façon je ne te laisserai pas partir. A aucun prix. Je te supplie de ne pas t'en aller, nulle part. Ne sois pas fou.

— J'irai seulement jusqu'au parvis Saint-André, pour écouter et voir. De là on voit tout le Podol.

— Bien, va. Si tu peux me laisser seule en un pareil moment, va.

Nikolka s'assombrit.

— Bon, j'irai seulement dans la cour pour écouter.

— Alors je vais avec toi.

— Lenotchka, et si Alexis revient, on ne l'entendra pas sonner à la grande porte ?

— C'est vrai. Et ce sera ta faute.

— Bon écoute, Lenotchka. Je te donne ma parole d'honneur que je ne ferai pas un pas en dehors de la cour.

— Parole d'honneur ?

— Parole d'honneur.

— Tu ne passeras pas le portillon ? Tu ne monteras pas en haut de la côte ? Tu resteras dans la cour ?

1. Louis et son chapeau à figurines de plomb : Louis XI, décrit dans *Notre-Dame de Paris* de Victor Hugo. Clopin Trouillefou est le chef des gueux dans ce même roman.

— Parole d'honneur.

— Alors vas-y.

Le 14 décembre 1918, une neige épaisse ensevelit la Ville. Et ces canons inattendus, étranges, commencèrent à tirer à neuf heures du soir. Mais ils ne tirèrent qu'un quart d'heure.

La neige fondait dans le cou de Nikolka, et il luttait contre la tentation de monter au sommet neigeux de la colline. De là il aurait pu voir non seulement le Podol, mais une partie de la ville haute, le séminaire, les rangées de centaines de lumières dans les grands immeubles, les coteaux avec leurs petites maisons aux fenêtres faiblement éclairées. Mais aucun homme n'avait le droit de trahir sa parole d'honneur, sinon on ne pourrait plus vivre sur la terre. Ainsi pensait Nikolka. A chaque coup sourd qui tonnait dans le lointain, il murmurait : « Mon Dieu, faites que... »

Mais les canons se turent.

« C'étaient les canons des nôtres », pensa tristement Nikolka. En revenant du portillon, il jeta un coup d'œil par la fenêtre des Chtcheglov. Le rideau blanc était entrebâillé, et on voyait Maria Petrovna en train de laver Petia. Petia était assis tout nu dans une grande bassine et pleurait sans bruit, parce que le savon lui entrait dans les yeux. Maria Petrovna pressait une éponge sur la tête de Petia. Du linge pendait à une ficelle, et on y voyait la grande ombre de Maria Petrovna se déplacer et se pencher. Nikolka eut l'impression qu'il faisait bon et chaud chez les Chtcheglov, alors que lui avait froid dans sa capote ouverte.

Dans la neige profonde, à huit verstes de la banlieue de la ville, au nord, dans un poste de garde abandonné par les sentinelles et à moitié enfoui sous la neige, était assis un capitaine d'état-major. Sur la petite table, devant lui, il y avait un croûton de pain, un téléphone de campagne et une petite lampe à pétrole dont le verre pansu était noirci. Un maigre feu achevait de brûler dans le poêle. Le capitaine était petit, avec un long nez pointu et une capote à large col. De la main gauche, il émiettait la croûte de pain, et de la main droite il pressait les boutons du téléphone. Mais celui-ci était complètement mort et ne répondait rien.

Dans un rayon de cinq verstes autour du capitaine il n'y avait rien ni personne que les ténèbres, où la tempête de neige faisait rage.

Une heure encore passa, et le capitaine laissa le téléphone tranquille. Vers neuf heures il renifla et dit à haute voix, on ne sait pourquoi :

— C'est à devenir fou. Au fond, j'aurais dû me tuer.

Comme en réponse, le téléphone sonna.

— C'est la sixième batterie ? demanda une voix lointaine.

— Oui, oui, répondit le capitaine avec une joie exubérante.

La voix lointaine semblait à la fois impatiente et joyeuse :

— Ouvrez le feu immédiatement... (Le lointain correspondant coassait sur la ligne.) Par rafales... (La voix s'interrompit.) J'ai l'impression que...

La voix s'interrompit de nouveau.

— Oui, oui, j'écoute, s'écria le capitaine en grinçant des dents avec désespoir. (Il y eut un long silence.) Je ne peux pas ouvrir le feu (dit le capitaine dans l'appareil, tout en sentant très bien qu'il parlait dans le vide, mais ne pouvant s'en empêcher), tous mes canonniers et les trois sous-lieutenants se sont enfuis. Je suis seul à la batterie. Transmettez à Post.

Le capitaine resta là encore une heure, puis sortit. La tempête de neige était déchaînée. Les quatre canons, sombres et sinistres, se couvraient déjà de neige qui formait une crête sur la bouche et sur l'affût. Dans les tourbillons et les hurlements glacés de la tempête, le capitaine titubait et trébuchait comme un aveugle. Il s'affaira longtemps, à tâtons, pour enlever la culasse du premier canon. Il pensa la jeter dans le puits derrière la baraque, mais il réfléchit et rentra au poste de garde. Il sortit encore trois fois, puis cacha les quatre culasses sous une trappe du plancher, dans un trou à moitié plein de pommes de terre. Ensuite, il sortit dans l'obscurité après avoir soufflé la lampe. Il marcha pendant deux heures, s'enlisant dans la neige sombre et invisible, et parvint à la route qui conduisait à la Ville. Sur la route luisaient faiblement de rares lampadaires. Sous l'un de ces lampadaires, des cavaliers aux queues tressées retombant sur la nuque tuèrent le capitaine à coups de sabre, et lui prirent ses bottes et sa montre.

A six verstes du poste de garde, dans une autre cabane, la même voix se fit entendre.

— Ouvrez le feu... immédiatement. J'ai l'impression que l'ennemi est en train de passer entre vous et nous pour atteindre la Ville.

— Allô ? Vous m'entendez ? répondit-on de la cabane.

— Demandez à Post...

La voix s'interrompit.

Puis, sans écouter, la voix se remit à coasser dans le téléphone :

— Par rafales... sur la cavalerie...

Et la voix se tut.

Trois officiers et trois junkers en touloupe sortirent de la cabane, des lanternes à la main. Un quatrième officier et deux junkers se tenaient près des canons, avec une lanterne que la tempête essayait d'éteindre. Cinq minutes plus tard, les canons tressautaient avec un bruit terrifiant dans les ténèbres. Leur grondement puissant s'entendit à quinze verstes à la ronde, jusqu'au n° 13 de la rue Saint-Alexis... Mon Dieu, faites que...

Un escadron de cavaliers, tourbillonnant dans la tempête, surgit derrière les lanternes et massacra tous les junkers et les quatre officiers. Le chef de batterie, qui était resté dans la cabane près du téléphone, se tira un coup de pistolet dans la bouche.

Ses dernières paroles avaient été :

— Saloperie d'état-major. Ah ! je comprends les bolcheviks.

Cette nuit-là, Nikolka, dans sa chambre, alluma la lampe du plafond et grava sur sa porte, à l'aide d'un canif, une grande croix sous laquelle il inscrivit :

Col. Tours. 14 déc. 1918. 16 heures.

Il avait omis « Naï », par souci de clandestinité au cas où les petliouristes viendraient perquisitionner.

Il ne voulait pas dormir, afin de ne pas manquer le coup de sonnette. Il frappa à la cloison et dit à Hélène :

— Dors, je vais attendre.

Mais aussitôt, Nikolka, tout habillé, s'endormit comme une souche sur son lit. Quant à Hélène, elle veilla jusqu'à l'aube, guettant sans cesse le tintement de la sonnette. Mais la sonnette demeura muette : Alexis, le frère aîné, avait disparu.

Un homme recru de fatigue a besoin de dormir. Il a beau être onze heures du matin, il dort, il dort toujours... Et il dort de façon originale, je vous l'assure ! Ses bottes le gênent, son ceinturon, remonté sur ses côtes, l'étouffe, son col l'étrangle, et un cauchemar a posé ses pattes sur sa poitrine.

La tête de Nikolka a glissé à la renverse, son visage est écarlate et sa gorge siffle... Siffle!... De la neige, mais quelle est cette toile d'araignée?... Mais bon Dieu, il est tout entouré de toile d'araignée! L'essentiel : se frayer d'abord un passage à travers cette toile, parce que, la maudite, elle grandit, elle grandit sans cesse, et s'approche de plus en plus de sa figure. Et rien à faire, elle devient si enchevêtrée qu'il n'y a plus moyen d'en sortir! Asphyxie. Derrière le réseau de la toile d'araignée s'étend une neige pure, autant qu'on en veut, une plaine immense. C'est à cette neige qu'il faut parvenir, et vite, parce qu'une voix quelque part a appelé : « Nikolka! » Mais voici qu'un oiseau hardi se fait prendre dans cette toile et se met à piauler... Tiki, tiki, tiki, tiki. Piou. Pi-iou! Tiki! Tiki. Pfff, au diable! On ne le voit pas, mais il est là tout près, à piauler, et puis voilà encore quelqu'un qui pleure sur son sort, et de nouveau la voix : « Nik! Nik! Nikolka[1]! »

— Hé! cria Nikolka en déchirant la toile d'araignée, et il se dressa, tout ébouriffé et fripé, sa plaque matricule sur le côté. Ses cheveux clairs étaient hérissés comme si on les lui avait longuement emmêlés.

— Qui? Qui? Qui? demanda avec effroi Nikolka, qui n'y comprenait rien.

— Qui. Qui, qui, qui, qui, qui, tik! tik!... Pi-ti! Piou! Piouk! répondit la toile d'araignée, et la voix triste dit, pleine de larmes intérieures :

— Oui, avec son amant!

Effrayé, Nikolka se colla contre le mur et regarda fixement l'apparition. Cette apparition avait une tunique marron, une culotte bouffante marron et des bottes à revers jaunes, comme un jockey. Ses yeux, troubles et chagrins, regardaient Nikolka du fond des profondes orbites d'une tête incroyablement grosse aux cheveux en brosse. Incontestablement l'apparition était jeune, mais la peau de son visage était grisâtre, décrépite, ses dents tordues et jaunes. L'apparition tenait dans ses mains une grande cage recouverte d'un foulard noir, et une lettre bleue décachetée...

« Je ne suis pas encore réveillé », pensa Nikolka, et il fit un geste de la main pour dissiper l'apparition, comme il l'avait fait de la toile d'araignée et heurta douloureusement des doigts les

1. Ce rêve rappelle celui du prince André blessé, au moment où Natacha s'introduit dans sa chambre (*Guerre et Paix*, III, 3, XXXII).

barreaux de la cage. Aussitôt, comme mis en fureur, l'oiseau siffla, cria, fit un vacarme effroyable.

— Nikolka ! appela de très loin la voix angoissée d'Hélène.

« Seigneur Jésus, pensa Nikolka. Non, je suis bien réveillé, mais en même temps je suis devenu fou, et je sais pourquoi — la fatigue de la guerre. Mon Dieu ! J'ai des visions... mais les doigts ? Mon Dieu ! Alexis n'est pas rentré... Ah ! oui... il n'est pas rentré... ils l'ont tué... oh, oh, oh ! »

— Avec son amant, dit l'apparition d'une voix tragique, et sur le divan même où je lui lisais des poèmes.

L'apparition se tourna vers la porte, sans doute vers un auditeur quelconque, puis revint vers Nikolka définitivement :

— Oui, sur le même divan... Ils y sont maintenant, et ils s'embrassent... après les soixante-quinze mille roubles de traites que j'ai signées sans hésiter, comme un gentleman. Car j'étais un gentleman et je le serai toujours. Qu'ils s'embrassent donc !

« Oh, hé, oh ! » pensa Nikolka. Ses yeux s'écarquillèrent et un froid lui passa dans le dos.

— Au fait, je m'excuse, dit l'apparition, qui sortait de plus en plus de la brume flottante du rêve pour se transformer en un authentique corps vivant, tout ça n'est sans doute pas très clair pour vous ? Mais tenez, voici la lettre, elle vous expliquera tout. Je ne cache ma honte à personne, comme un gentleman.

Sur ces mots, l'inconnu fourra dans les mains de Nikolka la lettre bleue. Complètement perdu, Nikolka la prit et se mit à lire en remuant les lèvres, la grande écriture dispersée et agitée qui la couvrait. Sans date, sur le délicat papier azuré, cette lettre disait :

Très chère Lenotchka,

Je connais votre bon cœur, et c'est comme à quelqu'un de la famille que je vous l'envoie. Je vous ai envoyé un télégramme d'ailleurs, mais il vous racontera tout de vive voix, le pauvre petit. Lariossik a reçu un coup terrible, et j'ai longtemps eu peur qu'il ne s'en remette pas. Milotchka Roubtsova, qu'il a épousée, comme vous le savez, l'année dernière, s'est avérée une vipère de la pire espèce ! Hébergez-le, je vous en prie, et réchauffez-le comme vous savez si bien le faire. Je pourvoirai ponctuellement à son entretien. Il ne peut plus voir Jitomir, et je le comprends parfaitement. Je ne vous en écris pas plus. Je suis trop émue, et le train sanitaire va arriver. Il vous racontera tout lui-même. Je vous embrasse bien, bien fort, vous et Serioja !

Là-dessous s'étalait une signature illisible.

— J'ai apporté un oiseau avec moi, dit l'inconnu en soupirant. L'oiseau est le meilleur ami de l'homme. Beaucoup de gens, il est vrai, considèrent qu'il n'a pas sa place dans une maison, mais il y a une chose que je peux dire, c'est que jamais un oiseau n'a fait de mal à personne.

Cette dernière phrase plut beaucoup à Nikolka. Renonçant à comprendre quoi que ce soit, il se gratta timidement le sourcil avec l'incompréhensible lettre et mit un pied à bas du lit, en songeant : « C'est incorrect... faut-il lui demander son nom ?... Curieux événement... »

— C'est un serin ? demanda-t-il.

— Oui, et quel serin ! répondit orgueilleusement l'inconnu. A proprement parler, ce n'est même pas un serin, mais un véritable canari. Un mâle. A Jitomir, j'en ai quinze comme celui-là. Je les ai transportés chez maman, c'est elle qui les nourrira. Ce misérable leur aurait sans doute tordu le cou. Il déteste les oiseaux. Vous permettez que je le pose sur votre bureau, en attendant ?

— Je vous en prie, répondit Nikolka. Vous êtes de Jitomir ?

— Mais oui, répondit l'inconnu, et voyez la coïncidence : je suis arrivé en compagnie de votre frère.

— Quel frère ?

— Comment, quel frère ? Votre frère est arrivé avec moi, répondit l'inconnu, étonné.

— Quel frère ? s'écria plaintivement Nikolka. Quel frère ? De Jitomir ?

— Votre frère aîné...

La voix d'Hélène retentit, haute et claire, dans la salle à manger : « Nikolka ! Nikolka ! Illarion Larionytch ! réveillez-le ! Mais réveillez-le donc ! »

— Triki, piout, triki ! s'exclama l'oiseau d'une voix traînante.

Nikolka lâcha la lettre bleue, partit comme un boulet, traversa la librairie et arriva dans la salle à manger où il resta figé, les bras écartés.

Alexis Tourbine, dans un manteau étranger noir à la doublure arrachée et un pantalon noir qui ne lui appartenait pas, était étendu immobile sur un divan, sous la pendule. Son visage était d'une pâleur bleutée, et ses dents serrées. Hélène s'agitait autour de lui, sa robe de chambre ouverte, et l'on voyait ses bas noirs et la dentelle de son linge. Tantôt elle saisissait un bouton sur la poitrine de Tourbine, tantôt elle lui prenait la main, tout en appelant : « Nikolka ! Nikolka ! »

Trois minutes plus tard, sa casquette d'étudiant sur la nuque et sa capote grise ouverte, Nikolka remontait en courant, le souffle court, la rue Saint-Alexis, et grommelait : « Et s'il n'était pas là ? Mon Dieu, en voilà une histoire, avec ce type à bottes jaunes ! Mais je ne peux pas aller chercher Kouritski, c'est évident... Le chat et la baleine, "kit" et "kot"... »

L'oiseau poussa des cris assourdissants dans sa tête : « Kiti, kot, kiti, kot ! »

Une heure après, dans la salle à manger, une cuvette pleine d'eau rougie était posée sur le plancher où gisaient des lambeaux de gaze ensanglantée, et des débris de vaisselle blanche que l'inconnu avait fait tomber du buffet en voulant y prendre un verre. En allant et en venant, tout le monde marchait sur ces débris. Tourbine, pâle mais plus bleu, était toujours allongé, la tête renversée sur un oreiller. Il reprit connaissance et voulut dire quelque chose, mais un docteur à pince-nez d'or, barbiche en pointe et manches retroussées, se pencha vers lui et, tout en essuyant avec de la gaze ses mains tachées de sang, lui dit :

— Ne parlez pas, cher confrère...

Aniouta, blanche comme la craie et les yeux démesurément agrandis, et Hélène, ses cheveux roux ébouriffés, avaient soulevé Tourbine et lui enlevaient sa chemise mouillée et ensanglantée, dont la manche était déchirée.

— Déchirez-la plus haut, pour ce qu'elle vaut maintenant, dit le docteur à barbiche.

Elles coupèrent avec des ciseaux la chemise de Tourbine et la lui retirèrent par morceaux, dénudant son corps maigre et jaune, et son bras gauche étroitement bandé jusqu'à l'épaule. Les extrémités des attelles dépassaient à chaque bout du bandage. Nikolka était à genoux, défaisant prudemment les boutons pour enlever le pantalon de Tourbine.

— Déshabillez-le complètement, et tout de suite au lit, dit d'une voix basse le docteur à barbiche. Aniouta apporta une cruche, lui versa de l'eau sur les mains, et la mousse de savon tomba en flocons dans la cuvette. L'inconnu se tenait à l'écart, sans participer au remue-ménage, et tantôt il regardait avec amertume les assiettes cassées, tantôt rougissant, il regardait Hélène dont la robe de chambre était complètement ouverte. Les yeux de l'inconnu étaient humides de larmes.

Tout le monde porta Tourbine dans sa chambre, et cette fois l'inconnu prit part à l'action : il glissa ses bras sous les genoux de Tourbine et lui porta les jambes.

Dans le salon, Hélène tendit de l'argent au médecin. Celui-ci refusa d'un geste...

— Mais non, voyons, dit-il, pas pour un confrère ! Il y a une question plus importante. A vrai dire, il faudrait l'emmener à l'hôpital...

— Impossible, intervint la voix affaiblie de Tourbine. Pas à l'hôp...

— Silence, cher confrère, répondit le docteur. Nous nous débrouillerons très bien sans votre aide. Oui, bien sûr, je comprends... Dieu sait ce qui se passe en Ville en ce moment... — Il tourna la tête vers la fenêtre. — Hum... il a peut-être raison : impossible... Alors, bon, gardez-le ici... je repasserai ce soir.

— Il est en danger, docteur ? demanda Hélène inquiète.

Le médecin contempla le parquet, comme si le diagnostic était inscrit sur ses lames d'un jaune brillant, se racla le gosier et, tortillant sa barbiche, répondit :

— L'os est intact... Hum... les gros vaisseaux ne sont pas atteints... les nerfs non plus... Mais il y aura suppuration. Des lambeaux de lainage de la capote ont pénétré dans la blessure... Température... (Ayant émis ces bribes de pensées peu compréhensibles, le docteur éleva la voix et dit d'un ton ferme :) Repos complet... S'il souffre, de la morphine, je lui ferai moi-même une piqûre ce soir. Qu'il mange, du liquide... vous lui donnerez du bouillon... Et qu'il parle le moins possible...

— Docteur, docteur, je vous en prie instamment... il a demandé de ne rien dire à personne...

Le docteur jeta à Hélène un regard sombre et profond et grommela :

— Oui, je comprends... Comment cela est-il arrivé ?

Hélène poussa simplement un soupir contenu et écarta les bras.

— Bon, bon, grommela le docteur, et il passa dans l'entrée en marchant de côté, comme un ours.

TROISIÈME PARTIE

XII

Dans la petite chambre des Tourbine, les doubles rideaux sombres avaient été tirés devant les deux fenêtres qui donnaient sur la véranda. La pièce était plongée dans la pénombre, d'où émergeait la chevelure brillante d'Hélène, tandis que sur le lit se dessinait une tache blanchâtre : le visage et le cou de Tourbine. De la prise de courant, un fil serpentait jusqu'à la chaise où une petite lampe à abat-jour rose, en s'allumant, transforma le jour en nuit. Tourbine fit signe à Hélène de fermer la porte.

— Il faut prévenir tout de suite Aniouta de se taire...

— Je sais, je sais... Ne parle pas trop, Aliocha.

— Je sais aussi... Je parlerai tout bas... Dis, je vais peut-être perdre mon bras ?

— Voyons, Aliocha... Allons, reste couché et tais-toi... Le manteau de cette dame, on le garde ici, pour l'instant ?

— Oui, oui. Et que Nikolka ne s'avise pas de le porter. Sinon, dans la rue... Tu comprends ? En général, pour l'amour du ciel, ne le laisse aller nulle part.

— Que Dieu protège cette femme, dit doucement et sincèrement Hélène. Et on prétend qu'il n'y a pas de braves gens sur terre...

Une faible rougeur colora les pommettes du blessé et son regard se perdit dans la blancheur du plafond bas. Puis il le ramena sur Hélène, et les paupières plissées, demanda :

— Au fait, excuse-moi, mais qui est-ce, cette espèce de têtard ?

Hélène se pencha dans la lumière rose et haussa les épaules.

— Eh bien, tu comprends, juste avant que tu arrives, deux

minutes, pas plus, le voilà qui débarque. C'est le neveu de Serioja, de Jitomir. Tu sais bien : Sourjanski... Larion... Enfin, le fameux Lariossik.

— Et alors ?

— Alors ? Il est arrivé avec une lettre. Il y a eu je ne sais quel drame, chez eux. Il commençait à peine à raconter quand la dame t'a amené.

— Et cet oiseau, Dieu sait ce que c'est...

— Ah l'oiseau !... Mais tu comprends, il a demandé à habiter chez nous. Alors je ne sais que faire.

— A habiter ?

— Eh bien, oui... Seulement je t'en prie, Aliocha, ne parle pas et ne remue pas... Oui, sa mère écrit, nous supplie, et tu sais que ce Lariossik est son idole... De ma vie, je n'ai vu un pareil nigaud. Chez nous, il a commencé par mettre la vaisselle en miettes. Le service bleu. Il n'en reste que deux assiettes... Oui, tu vois... Vraiment, je ne sais que faire...

Dans la pénombre rose, le chuchotement dura longtemps. Derrière les portes et les tentures, on entendait les voix lointaines et assourdies de Nikolka et de l'hôte inattendu. Hélène étendit les bras, priant Alexis de parler moins. On entendit dans la salle à manger un tintement de vaisselle : Aniouta, tout émue, balayait le service bleu. Enfin, les chuchotements se terminèrent par une décision. Étant donné qu'en Ville, il allait maintenant se passer le diable sait quoi, et que très probablement, on viendrait réquisitionner des chambres, étant donné qu'il n'y avait plus d'argent et qu'on en recevrait pour l'entretien de Lariossik, il fut décidé d'admettre Lariossik. A la condition expresse qu'il se conforme aux règles de vie des Tourbine. Pour l'oiseau, on le mettrait à l'essai. Si cet animal se montrait insupportable dans la maison, on exigerait son éloignement, mais on garderait son maître. Enfin pour le service, étant donné qu'Hélène, évidemment, ne prendrait pas sur elle d'en parler la première, que d'ailleurs ce serait mesquin et grossier, on résolut d'oublier. Lariossik serait installé dans la « librairie », où on apporterait un lit avec un matelas à ressorts et une petite table...

Hélène revint dans la salle à manger. Lariossik était debout, dans une attitude désolée, la tête penchée, regardant l'endroit du buffet où naguère s'empilaient douze assiettes. Ses yeux d'un bleu trouble exprimaient la plus profonde affliction.

Nikolka faisait face à Lariossik, la bouche ouverte, écoutant ses discours. Ses yeux, à lui, étaient pleins d'une intense curiosité.

— Il n'y a plus de cuir à Jitomir, disait Lariossik d'un air confus. Vous comprenez, plus du tout. De cette sorte de cuir que j'ai l'habitude de porter, il n'y en a plus. J'ai lancé un appel à tous les cordonniers, j'ai proposé de payer n'importe quel prix, mais il n'y en a plus. C'est pourquoi j'ai dû...

Apercevant Hélène, Lariossik pâlit, se dandina d'un pied sur l'autre, et, regardant on ne sait pourquoi les glands émeraude de la robe de chambre d'Hélène, il dit :

— Hélène Vassilievna, je vais aller tout de suite dans les magasins, je lancerai un appel et aujourd'hui même vous aurez votre service. Je ne sais que dire. Comment m'excuser devant vous ? Incontestablement, je mérite la mort pour ce service. Je suis un terrible malchanceux (reprit-il en s'adressant à Nikolka). Mais je vais dans les magasins, tout de suite, dit-il à Hélène.

— Je vous prie instamment de n'aller dans aucun magasin, d'autant plus qu'ils sont tous fermés, évidemment. Mais permettez, vraiment, vous ne savez pas ce qui se passe chez nous, en Ville ?

— Comment ne le saurais-je pas ! s'écria Lariossik. Moi qui suis venu par le train sanitaire, comme vous le savez d'après le télégramme.

— Quel télégramme ? demanda Hélène. Nous n'avons reçu aucun télégramme.

— Comment ? (Lariossik ouvrit une large bouche.) Vous ne l'avez pas reçu ? Ah ! ah ! Alors je vois (il se tourna vers Nikolka) pourquoi vous me regardiez d'un air si étonné... Mais permettez... Maman vous a envoyé un télégramme de soixante-trois mots.

— Soi... soi... soixante-trois mots ? s'écria Nikolka stupéfait. Quel dommage ! Mais le télégraphe marche si mal, maintenant. Ou plus exactement, il ne marche pas du tout.

— Comment faire, alors ? s'affligea Lariossik. Me permettez-vous de rester chez vous ? — Il regarda autour de lui d'un air désemparé, mais on voyait à son regard que la demeure des Tourbine lui plaisait beaucoup, et qu'il n'avait nulle envie d'aller ailleurs.

— Tout est arrangé, lui dit Hélène avec un signe de tête

bienveillant. Nous sommes d'accord. Restez et installez-vous. Voyez-vous, nous avons des malheurs...

Lariossik parut encore plus affligé. Une buée de larmes emplit ses yeux.

— Hélène Vassilievna ! s'écria-t-il avec sentiment. Disposez de moi comme vous voudrez. Vous savez, je peux me passer de sommeil trois, même quatre nuits d'affilée.

— Merci, merci beaucoup.

— Et maintenant (Lariossik s'adressait à Nikolka), puis-je vous demander une paire de ciseaux ?

Nikolka, les cheveux hérissés par l'étonnement et l'intérêt, sortit vivement et revint avec les ciseaux. Lariossik prit un bouton de sa tunique, battit des paupières, puis, s'adressant encore à Nikolka :

— D'ailleurs, excusez-moi, allons pour une minute dans votre chambre...

Dans la chambre de Nikolka, Lariossik ôta sa tunique, découvrant une chemise d'une extraordinaire saleté, s'arma des ciseaux, découpa la doublure noire et luisante et en tira un épais paquet vert-jaune, bourré de billets de banque. Il apporta solennellement ce paquet dans la salle à manger, le posa devant Hélène sur la table et dit :

— Tenez, Hélène Vassilievna, permettez-moi de vous remettre tout de suite de l'argent pour mon entretien.

— Pourquoi cette hâte ? demanda Hélène en rougissant. Ça pouvait bien attendre un peu...

Lariossik protesta avec chaleur :

— Non, non, Hélène Vassilievna, prenez-le maintenant, s'il vous plaît. De grâce, dans un moment aussi pénible, l'argent est terriblement nécessaire, je le comprends très bien ! (Il défit le paquet, d'où tomba la photographie d'une femme. Lariossik la ramassa prestement, et la glissa dans sa poche avec un soupir.) Et puis, il vaut mieux que vous l'ayez. Qu'est-ce que j'en ferais ? Je n'ai que des cigarettes à acheter, et des graines pour mon canari...

Pour une minute, Hélène oublia la blessure d'Alexis, et une lueur de plaisir apparut dans ses yeux, tant les actes de Lariossik étaient réfléchis et opportuns.

« Il n'est peut-être pas si niais que je l'avais cru à première vue, pensa-t-elle. Il est très poli et scrupuleux, mais c'est vraiment un drôle de type. Mais, tout de même, ce service, quel dommage. »

« Sacré type », pensa Nikolka. L'étonnante apparition de Lariossik avait refoulé les pensées pénibles qui l'occupaient.

— Il y a là huit mille roubles, dit Lariossik en poussant sur la table le paquet qui ressemblait à une omelette aux fines herbes. Si cela ne suffit pas, nous ferons les comptes, et j'écrirai.

— Non, non, plus tard, c'est très bien, répondit Hélène. — Mais voici ce que vous allez faire : je vais dire à Aniouta de vous faire chauffer de l'eau, et vous allez prendre un bain. Mais dites-moi comment êtes-vous arrivé, comment avez-vous fait pour passer, je ne comprends pas ?

Hélène prit l'argent et le fourra avec un froissement dans la large poche de sa robe de chambre.

Au souvenir de son voyage, les yeux de Lariossik se remplirent d'effroi.

— Un cauchemar ! s'écria-t-il en joignant les mains comme les catholiques quand ils prient. Neuf jours... non, pardon, dix ?... attendez... dimanche, oui, lundi... onze jours, j'ai mis onze jours pour venir de Jitomir !...

— Onze jours ! s'exclama Nikolka. Tu vois ! dit-il à Hélène, on ne sait pourquoi, d'un ton de reproche.

— Oui, onze jours... Quand on est parti, le train était hetmaniste, et en route, il est devenu petliouriste... On arrive à la gare de... comment donc, ah ! oui, non, mon Dieu, j'ai oublié... ça ne fait rien... et là, figurez-vous qu'ils voulaient me fusiller. C'étaient de ces petliouristes, avec leur bonnet à queue...

— Bleues ? demanda Nikolka avec curiosité.

— Rouges... euh, oui, rouges... et ils me crient : descends ! Qu'on te fusille tout de suite ! Ils avaient décidé que j'étais un officier, caché dans le train sanitaire. Et j'avais seulement une recommandation... de maman pour le docteur Kouritski.

— Kouritski ? s'écria Nikolka d'un ton significatif. Ah ! ah ! Le chat et la baleine. Nous le connaissons.

— Kiti, kot, kiti, kot, répondit sourdement l'oiseau, derrière la porte.

— Oui, pour lui... c'est lui qui avait fait venir le train chez nous, à Jitomir... Mon Dieu ! Je commence aussitôt à faire mes prières, en me disant : tout est fini. Et savez-vous ? C'est l'oiseau qui m'a sauvé. Je leur dis : je ne suis pas un officier. Je suis un homme de science, un aviculteur, et je leur montre l'oiseau... Alors, il y en a un qui me donne un grand coup sur la nuque, et qui me dit avec insolence : « Fous le camp, aviculteur de mes deux. » Quel insolent ! Je l'aurais tué, comme un gentleman, mais vous comprenez bien...

— Hé !... appela sourdement Tourbine dans sa chambre.

Hélène se retourna vivement, et y courut sans écouter la suite.

D'après le calendrier, le 15 décembre, le soleil se couche à trois heures et demie de l'après-midi. C'est pourquoi le crépuscule commença d'envahir l'appartement des Tourbine dès trois heures. Mais à cette heure-là, sur le visage d'Hélène, les aiguilles indiquaient l'heure la plus basse et la plus accablée de la vie : la demie de six heures. Les deux aiguilles venaient de franchir les plis amers au coin de la bouche et descendaient vers le menton. Dans les yeux d'Hélène se mêlèrent la tristesse et la volonté de lutter contre le malheur.

Sur le visage de Nikolka s'inscrivait, épineuse et absurde, une heure moins vingt, du fait que la tête de Nikolka était en proie au chaos et à la confusion, provoqués par les mots graves et mystérieux « Malo-Provalnaïa », mots qu'avait prononcés hier, à un carrefour balayé par les balles, un mourant, mots qu'il était indispensable de tirer au clair pas plus tard que dans les prochains jours. Le chaos et les difficultés étaient dus aussi à cet énigmatique et intéressant Lariossik, tombé du ciel dans la vie des Tourbine, et au fait qu'était survenu un événement considérable et monstrueux : la prise de la Ville par Petlioura. Petlioura, vous vous rendez compte, et cette Ville ! Et ce qui allait se passer maintenant était pour une intelligence humaine fût-elle la plus évoluée, incompréhensible et inconcevable. Il s'était produit la veille, c'était parfaitement clair, une abominable catastrophe : les nôtres pris à l'improviste, les nôtres massacrés. Leur sang — c'était sûr — criait vengeance au ciel — et d'une. Les généraux criminels et les crapules des états-majors méritaient la mort — et de deux. Mais en même temps que l'horreur croissait une ardente curiosité : qu'allait-il, en effet, se passer ? Comment allaient vivre les sept cent mille habitants de cette Ville, sous le pouvoir d'un personnage mystérieux qui portait un nom aussi terrifiant et laid que « Petlioura » ? Qui était-il ? Pourquoi ? Ah ! du reste, tout cela était pour l'instant relégué au second plan par l'essentiel, le sanglant... Hé... Hé... une terrible chose, je vous l'assure. Certes, on ne savait rien de précis, mais il était vraisemblable qu'il fallait désormais compter Mychlaïevski et la Carpe parmi les morts.

Nikolka, sur la table graisseuse et glissante de la cuisine, cassait de la glace à l'aide d'un grand coutelas. Les glaçons, tantôt se fendaient avec un craquement, tantôt fuyaient sous le coutelas et couraient dans toute la cuisine. Les doigts de Nikolka devenaient gourds. Une vessie à couvercle argenté était posée près de lui.

— Malo... Provalnaïa... murmuraient ses lèvres, et dans son cerveau flottaient les images de Naï-Tours, du Néron à barbe rousse et de Mychlaïevski. Au moment précis où cette dernière image, en capote déboutonnée, pénétrait dans la pensée de Nikolka, le visage d'Aniouta, qui s'agitait dans des rêves troubles et chagrins auprès de la cuisinière allumée, indiqua avec une parfaite netteté cinq heures moins vingt-cinq, heure de tristesse et d'abattement. Ces yeux vairons sont-ils encore en vie ? Entendra-t-on encore ce pas nonchalant, le tintement métallique des éperons, dren... dren...

— Apporte la glace, dit Hélène en ouvrant la porte de la cuisine.

— Tout de suite, tout de suite, répondit hâtivement Nikolka, qui vissa le couvercle et sortit.

— Ma petite Aniouta, dit Hélène, écoute : tu ne diras à personne, tu m'entends, qu'Alexis Vassilievitch a été blessé. Si on savait, ce qu'à Dieu ne plaise, qu'il s'est battu contre eux, ça ferait un grand malheur.

— Hélène Vassilievna, je comprends bien. Voyons ! (Aniouta regarda Hélène avec des yeux agrandis par l'inquiétude.) Si vous aviez vu ce qui se passe en Ville, Sainte Mère de Dieu ! Ce matin, sur le cours Boritchev, j'en ai vu deux, allongés par terre, sans bottes... Et du sang, du sang !... Plein de gens autour qui regardaient... Quelqu'un a dit que c'était deux officiers, qu'ils avaient tué... Et ils étaient là couchés, la tête nue... Les jambes m'en ont manqué. Je me suis sauvée, c'est tout juste si je n'ai pas jeté mon cabas...

Un frisson secoua les épaules d'Aniouta, elle se rappela quelque chose, et du même coup, les poêles qu'elle tenait à la main glissèrent et tombèrent sur le sol.

— Doucement, doucement, pour l'amour du ciel, supplia Hélène les bras tendus en avant.

A trois heures de l'après-midi, sur le visage gris de Lariossik, les aiguilles indiquaient l'heure de force et d'enthousiasme : midi juste. Les deux aiguilles s'étaient rejointes et confondues, et se dressaient comme une épée affilée. La cause en était qu'après la catastrophe qui avait bouleversé l'âme sensible de Lariossik à Jitomir, après le terrible voyage de onze jours dans le train sanitaire et les sensations fortes qui l'avaient accompagné, Lariossik se trouvait extrêmement bien dans le logement des Tourbine. Qu'est-ce qui lui plaisait précisément, il n'était pas encore en mesure de l'expliquer, parce que ce n'était pas clair pour lui-même.

La belle Hélène paraissait exceptionnellement digne d'attentions et d'hommages. Et Nikolka était très plaisant, lui aussi. Désirant montrer cette dernière opinion, Lariossik en trouva l'occasion au moment où Nikolka cessa de s'affairer dans la chambre d'Alexis, et vint l'aider à déplier et à faire l'étroit lit-cage à ressorts, dans la « librairie ».

— Vous avez un visage très ouvert, qui attire la sympathie, dit courtoisement Lariossik, et il s'oublia si bien à contempler ce visage ouvert qu'en dépliant le lit-cage grinçant et compliqué, il ne fit pas attention et pinça la main de Nikolka entre deux montants. La douleur fut si forte que Nikolka poussa un hurlement, assourdi il est vrai, mais suffisamment sonore pour faire accourir Hélène, dans un froufrou d'étoffes. Des yeux de Nikolka, qui tendait toutes ses forces pour ne pas crier de nouveau, roulèrent spontanément deux grosses larmes. Hélène et Lariossik se cramponnèrent au lit mécanique et le tirèrent longuement en tous sens ; ils finirent par délivrer la main bleuie. Lariossik était lui-même à deux doigts de pleurer quand il vit sortir cette main froissée et rayée de marques rouges.

— Mon Dieu ! s'écria-t-il, altérant son visage déjà suffisamment chagrin. Mais qu'est-ce qui m'arrive donc ? Ah ! je n'ai vraiment pas de chance !... Vous avez très mal ? Oh ! pardonnez-moi, pour l'amour de Dieu !

Sans répondre, Nikolka se précipita dans la cuisine, et à sa demande, Aniouta lui fit couler sur la main de l'eau froide du robinet.

Quand le maléfique lit-cage breveté, avec un dernier claquement, eut achevé de se déployer et qu'il fut évident que la main de Nikolka n'avait subi aucune lésion grave, un nouvel accès de joie calme et délicieuse s'empara de Lariossik, à propos des livres. Car, outre son amour passionné pour les oiseaux, il avait une autre passion : les livres. Or ici, sur de nombreuses étagères ouvertes, se trouvait, en rangs serrés, un véritable trésor. Verts, rouges, estampés d'or, à couverture jaune ou cartonnés de noir, les livres entouraient Lariossik sur les quatre murs. Depuis longtemps déjà le lit était installé et la literie faite et une chaise avait été disposée à son chevet, avec une serviette de toilette sur le dossier et, sur le siège, divers objets indispensables à un homme — porte-savon, cigarettes, allumettes, montre, plus une mystérieuse photo de femme posée de biais —, que Lariossik visitait encore la bibliothèque, tantôt se promenant le long des murs couverts de livres, tantôt s'accroupissant pour explorer les rangées inférieures, tantôt examinant les reliures avec des yeux gloutons et ne sachant que choisir : *Les Papiers du Pickwick Club* ou *Le Courrier russe* de l'année 1871[1]. Ses aiguilles marquaient toujours midi.

Mais dans l'appartement, avec le crépuscule entrait de plus en plus le chagrin. Aussi, l'horloge de Lariossik ne sonna-t-elle pas les douze coups, et les aiguilles restèrent silencieusement à leur place, semblables à une épée étincelante enveloppée dans un drapeau de deuil.

La cause de ce deuil, la cause de cette dissonance des visages solidement attachés à la vieille et poussiéreuse intimité des Tourbine résidait dans une mince colonne de mercure. A trois heures, dans la chambre de Tourbine, elle marquait 39° 6. Hélène pâlit et voulut la secouer pour la faire tomber, mais Alexis tourna la tête, leva les yeux et dit faiblement, mais avec autorité : « Fais voir. » Sans répondre, Hélène lui donna le thermomètre à contrecœur. Tourbine y jeta un coup d'œil, et poussa un profond soupir. A cinq heures, il avait sur la tête une poche grise et froide dans laquelle fondaient de petits glaçons. Son visage avait rosi et ses yeux brillaient d'un éclat flatteur.

— Trente-neuf six... Très bien, disait-il en passant de temps à autre sa langue sur ses lèvres sèches et crevassées. Bien, bien... Tout est possible... En tout cas, fini pour la méde-

1. Dickens était un des écrivains préférés de Boulgakov, qui adapta en 1934 *Les Aventures de M. Pickwick* pour la scène du Théâtre d'art de Moscou. *Le Courrier russe*, revue conservatrice et nationaliste fondée par Katkov en 1861 : en 1871-1872, Dostoïevski y publia *Les Possédés*.

cine. Pour longtemps... Si toutefois je garde mon bras... et sinon...

— Aliocha, tais-toi, je t'en prie, dit Hélène en arrangeant la couverture sur ses épaules... Tourbine se tut et ferma les yeux. De sa blessure, juste au-dessus de l'aisselle gauche, une chaleur aride et mordante sourdait et s'étendait à tout son corps. Parfois, elle emplissait sa poitrine et embrumait son cerveau, mais ses jambes restaient désagréablement froides. Vers le soir, alors que toutes les lampes étaient allumées et que le déjeuner d'Hélène, Nikolka et Lariossik s'était depuis longtemps achevé dans le silence et l'inquiétude, la colonne de mercure, sortant magiquement de la petite boule argentée et dense, s'enfla, monta et atteignit 40° 2. Alors, brusquement, dans la chambre rose, la tristesse et l'angoisse se mirent à fondre et à se disperser. La tristesse, comme une boule grise, était venue s'installer sur la couverture du lit, mais maintenant, elle s'était transformée en filaments jaunes qui s'allongeaient et ondulaient comme des algues dans l'eau. La médecine et la peur de l'avenir furent oubliées, parce que ces algues recouvraient tout. La douleur lancinante qui avait établi son siège en haut de la poitrine, à gauche, était devenue presque immobile, comme hébétée. La chaleur fit place au froid. La bougie ardente qui brûlait la poitrine de Tourbine se transformait par moments en un petit couteau de glace qui lui fouillait le poumon. Alors, Tourbine secouait la tête, faisant tomber la vessie, et s'enfonçait plus profondément sous les couvertures. La douleur s'échappait en même temps du fourreau adoucissant des pansements et se mettait à tourmenter le blessé au point que, sans le vouloir, il se plaignait faiblement, mais durement. Quand le petit couteau disparaissait et faisait de nouveau place à la flamme dévorante de la bougie, la chaleur envahissait tout le corps, les draps et toute l'étroite caverne ménagée sous les couvertures, et le blessé demandait « à boire ». Les visages de Nikolka, d'Hélène ou de Lariossik apparaissaient tour à tour dans la brume, se penchaient et écoutaient. Leurs yeux à tous étaient devenus étrangement semblables — sombres et sévères. Les aiguilles de Nikolka s'étaient réunies et marquaient comme celles d'Hélène, exactement six heures et demie. A tout moment, Nikolka allait dans la salle à manger — ce soir-là, on ne sait pourquoi, la lumière était pâle et inquiète —, et regardait l'heure. Tronkh... tronkh... avertissait sévèrement l'horloge avec un grincement enroué, et ses aiguilles marquaient neuf heures, puis neuf heures un quart, puis neuf heures et demie...

— Hé-é, oui..., soupirait Nikolka et il se traînait, comme une mouche ensommeillée, de la salle à manger au salon, en passant par le couloir devant la chambre de Tourbine, et de là au cabinet d'Alexis, où il soulevait le rideau blanc de la fenêtre à balcon et regardait dans la rue... « Ce toubib a eu la frousse... il ne viendra pas... » pensa-t-il. Tortueuse et en pente raide, la rue était plus souvent déserte que ces derniers jours, mais pourtant moins effrayante. De temps à autre, des traîneaux passaient avec un léger crissement, mais ils étaient rares... Nikolka finit par se dire qu'il faudrait aller chercher ce médecin. Et il se demanda comment faire entendre raison à Hélène...

— S'il n'est pas là à dix heures et demie, répliqua-t-elle, j'irai moi-même, avec Larion Larionovitch. Toi, tu resteras à veiller près d'Aliocha... Tais-toi, s'il te plaît... Comprends donc qu'avec ton allure de junker... On donnera à Lariossik des habits civils d'Aliocha... Accompagné d'une dame, on ne le touchera pas...

Lariossik s'agita et se déclara aussitôt prêt à se sacrifier et à y aller seul, et il sortit pour se mettre en tenue.

Le couteau de glace disparut tout à fait, mais la chaleur se fit intense — le typhus tisonnait le feu —, et dans cette chaleur apparut à plusieurs reprises une figure humaine indistincte, absolument étrangère à la vie des Tourbine. Elle était vêtue de gris.

— Tu sais, il a sans doute fait la culbute ? En gris ? prononça soudain Tourbine, clairement et sévèrement, et il regarda Hélène avec attention. C'est désagréable... Au fond, d'ailleurs, c'est tous des oiseaux. Il aurait fallu les enfermer, les boucler au chaud dans le garde-mites, et là ils se seraient remis...

— Qu'as-tu, Aliocha ? demanda Hélène effrayée. (En se penchant, elle sentit sur son visage le souffle chaud qui montait du visage de Tourbine.) Des oiseaux ? Quels oiseaux ?

Lariossik, devenu large et bossu dans son manteau civil noir, cacha sous les jambes de son pantalon les revers jaunes de ses bottes. Lui aussi était effrayé, et son regard errait, plaintif. Sur la pointe des pieds, balançant les bras, il quitta la chambre, passa du couloir dans la salle à manger, traversa la « librairie », tourna et entra dans la chambre de Nikolka. Là, il frappa dans ses mains d'un air fâché, se précipita vers la cage posée sur le bureau et jeta dessus le foulard noir... Tout cela était du reste inutile, car l'oiseau dormait depuis longtemps dans son coin, pelotonné en boule de plumes, et se taisait, ignorant toute inquiétude. Lariossik ferma soigneusement la porte qui donnait sur la librairie et celle qui ouvrait sur la salle à manger.

— C'est désagréable... ah ! je n'aime pas ça, dit Tourbine avec agitation en regardant dans le coin. Je l'ai tué inutilement... Écoute... (Il libéra des couvertures son bras intact.) la meilleure façon... inviter et expliquer... pourquoi se démener comme un imbécile ?... Bien sûr, je prends la faute sur moi... Foutaise et idiotie...

— Oui, oui, dit gravement Nikolka, et Hélène baissa la tête. Tourbine s'agita, voulut se dresser sur son lit, mais une douleur aiguë le terrassa. Il gémit, puis dit avec rage :

— Enlevez-le, alors !

— Il faut peut-être l'emporter dans la cuisine ? chuchota Lariossik à Hélène d'un air préoccupé. Remarquez que je l'ai recouvert, il se taira.

Hélène fit un geste de la main : « Mais non, il ne s'agit pas de ça... » D'un pas décidé, Nikolka retourna dans la salle à manger. Il regarda le cadran, et ses cheveux se hérissèrent : il était près de dix heures. La porte de la cuisine s'ouvrit, et Aniouta parut, l'air alarmé.

— Alors, comment va Alexis Vassilievitch ? demanda-t-elle.

— Il délire, répondit Nikolka avec un profond soupir.

— Ah ! mon Dieu, murmura Aniouta. Mais pourquoi donc ne vient-il pas, ce docteur ?

Nikolka la regarda, puis revint dans la chambre. La bouche à l'oreille d'Hélène, il lui chuchota :

— Que tu le veuilles ou non, je vais le chercher. Et s'il n'est pas là, il faudra demander à un autre. Il est dix heures. Et dehors, tout est calme.

— Attendons jusqu'à la demie, dit Hélène en hochant la tête et en glissant les mains sous son châle. C'est gênant d'en appeler un autre. Celui-ci, je le connais, il viendra.

Vers onze heures, dans la petite chambre, vint s'installer —

massif, pesant et absurde — un mortier. Voilà autre chose ! Absolument impensable de vivre avec ça ! Il occupait toute la largeur de la pièce d'un mur à l'autre, et sa roue gauche s'appuyait contre le lit. Intenable : il va falloir se glisser entre les rayons de la lourde roue, puis se tortiller comme un ver pour traverser la roue droite, et ça avec tout le barda, et Dieu sait l'énorme barda dont j'ai le bras gauche chargé. Ça tire sur le bras, et les courroies coupent comme des cordes. Et impossible d'enlever ce mortier : tout l'appartement était transformé en entrepôt de mortiers, conformément aux instructions, et ce niais de colonel Malychev, et Hélène, devenue niaise elle aussi, qui le regardait à travers la roue, ne pouvaient rien faire pour faire enlever cet obusier, mais pouvaient tout au moins faire transporter le malade ailleurs, dans un endroit sans mortiers, et lui assurer des conditions d'existence supportables. En tout cas, grâce à ce maudit objet lourd et froid, l'appartement ressemblait maintenant à une auberge. Souvent, la clochette de l'entrée tintait — dling... — et on introduisait les visiteurs. Le colonel Malychev passa, aussi saugrenu qu'un Lapon avec son bonnet à oreilles et ses épaulettes d'or, chargé d'un monceau de papiers. Tourbine l'apostropha et Malychev disparut dans la bouche du mortier. Il fut remplacé par Nikolka, affairé, balourd et stupide dans son obstination. Nikolka lui donna à boire, non de cette eau fraîche qui coule en filet torsadé du robinet, mais une eau tiède, répugnante, qui sentait la casserole.

— Pfff... quelle saleté... assez, grommela Tourbine.

Nikolka s'inquiétait et levait les sourcils, mais il était obstiné et dépourvu de savoir-faire. Plusieurs fois, Hélène prit l'aspect du noir et superflu Lariossik, neveu de Serioja, puis redevint la rousse Hélène, et promena ses doigts quelque part autour du front, ce qui n'apporta qu'un maigre soulagement. Les mains d'Hélène, habituellement chaudes et habiles, se promenaient maintenant longuement et sottement, comme un râteau multipliant ces gestes inutiles et importuns qui empoisonnent la vie d'un homme paisible, dans ce maudit garde-mites. N'est-ce pas à cause d'Hélène qu'il y avait ce bâton, sur lequel était embroché le corps percé d'une balle de Tourbine ? Qui plus est — mais qu'est-ce qui lui prenait ? — la voilà qui s'asseyait sur l'extrémité de ce bâton, et celui-ci, sous son poids, se mettait lentement à tourner, à tourner jusqu'à la nausée... Essayez donc de vivre, quand un bâton s'enfonce dans votre corps ! Non, non, non, ils étaient insupportables ! et, le plus fort qu'il put — mais ce ne fut qu'un murmure —, Tourbine appela :

— Julia !

Julia, cependant, ne sortit pas de la chambre vieillotte avec son portrait à épaulettes d'or des années quarante, Julia ne répondit pas à l'appel du malade. Les silhouettes grises qui avaient commencé à déambuler, de pair avec les Tourbine eux-mêmes, dans la chambre et l'appartement, eussent à coup sûr fait mourir le pauvre malade, sans l'arrivée d'un gros personnage à lunettes d'or, persévérant et très habile, celui-là. En l'honneur de son entrée dans la chambre, on apporta une lumière de plus — la lumière tremblante d'une bougie de stéarine fichée dans un antique chandelier, lourd et noir. Tantôt la bougie clignotait sur la table, tantôt elle se promenait autour d'Alexis, et au-dessus d'elle on voyait courir sur le mur l'affreux Lariossik, semblable à une chauve-souris à qui l'on aurait rogné les ailes. Puis la bougie penchait, laissant couler la stéarine blanche. La petite chambre s'imprégna d'une lourde odeur d'iode, d'alcool et d'éther. La table se couvrit d'un chaos de boîtes brillantes dont les surfaces nickelées étincelaient et d'une montagne d'ouate théâtrale — la neige des sapins de Noël. Le gros homme aux lunettes d'or et aux mains chaudes fit à Tourbine une miraculeuse piqûre dans son bras intact, et quelques minutes plus tard, la conduite scandaleuse des silhouettes grises avait cessé. Le mortier fut traîné sous la véranda, mais à travers les vitres voilées par un rideau, son mufle noir n'avait plus rien de terrible. On pouvait respirer plus librement, parce que l'énorme roue était partie, et il n'était plus nécessaire de se glisser entre ses rayons. La bougie s'éteignit, la silhouette gauche et anguleuse, noire comme du charbon, de Larion — Lariossik Sourjanski de Jitomir — disparut du mur, et la figure de Nikolka devint plus intelligente et perdit cet air obstiné si agaçant — peut-être parce que, grâce à l'espoir suscité par l'art du gros homme, les aiguilles s'étaient séparées et ne pendaient plus désespérément et inexorablement sur le menton pointu. Elles étaient remontées de six heures et demie à cinq heures moins vingt. Quant à l'horloge de la salle à manger, bien qu'elle ne fût pas d'accord avec cette façon de mesurer le temps, bien qu'elle poussât toujours, avec persévérance, ses aiguilles en avant, elle ne faisait plus entendre cet enrouement et ces grognements séniles, mais battait comme avant, d'une voix pure et solide de baryton : tonk, tank ! Et la tour carillonnait dans la forteresse-jouet de Louis XIV : dong !... Il est minuit... attention... minuit... attention... La cloche avertissait, et dans l'ombre, des hallebardes tintaient avec un joli son argentin. Les sentinelles faisaient les cent pas et montaient bonne garde car les hommes, sans le savoir eux-mêmes, avaient conçu les tours, les tocsins et les armes dans un seul but : protéger la quiétude de l'homme et son foyer. C'est pour eux qu'il combat, et à proprement parler, il n'y a pas d'autre raison de combattre, quelle qu'elle soit.

C'est seulement dans ce foyer de quiétude que Julia, femme égoïste et dépravée mais séduisante, acceptait de se montrer. Elle se montra, la jambe gainée d'un bas noir, la pointe de son bottillon noir bordé de fourrure apparaissant furtivement sur les marches du léger escalier de briques ; au claquement rapide de ses talons et au froissement de sa robe répondit une gavotte égrenée par des clochettes, venue d'un jardin bleu ciel, au bord d'un lac, où Louis XIV se prélassait, enivré par sa propre gloire et par la présence d'un bouquet de femmes charmantes.

A minuit, Nikolka entreprit un travail important, et bien sûr, d'une incontestable opportunité. Tout d'abord, il alla chercher dans la cuisine une serpillière humide, et fit disparaître de la poitrine du Charpentier de Zaandam les inscriptions :

« Vive la Russie... »

« Vive la monarchie ! »

« A bas Petlioura ! »

Puis il s'attela, avec la chaleureuse participation de Lariossik, à une tâche plus importante encore. Du bureau de Tourbine, ils sortirent adroitement et sans bruit le browning d'Aliocha, deux chargeurs et une boîte de cartouches. Nikolka vérifia l'arme et constata que sur les sept balles qu'elle devait contenir, son frère aîné en avait tiré six.

— Bien, ça... murmura Nikolka.

Bien entendu, il ne pouvait être question que Lariossik fût un traître. Un homme intelligent, en général, ne peut pas être du côté de Petlioura, et à plus forte raison s'il s'agit d'un gentleman qui a signé pour soixante-quinze mille roubles de lettres de change et envoyé un télégramme de soixante-trois mots... Le colt de Naï-Tours et le browning d'Aliocha furent très soigneusement nettoyés au pétrole et graissés. Comme Nikolka, Lariossik retroussa ses manches et aida son compagnon à graisser les armes et à tout ranger dans une grande boîte en fer-blanc qui avait contenu des caramels. Tous deux se dépêchaient, car tout homme de bon sens qui a participé à une révolution sait parfaitement que sous tous les pouvoirs, les perquisitions ont lieu de deux heures trente minutes à six heures quinze minutes du matin en hiver, et de minuit à quatre heures du matin en été. Le travail fut cependant retardé, grâce à Lariossik qui, en prenant connaissance du mécanisme du pistolet colt à dix coups, mit le chargeur à l'envers dans la crosse, ce qui exigea, pour l'en retirer, pas mal d'efforts et une bonne quantité d'huile. De plus, il se produisit un autre contretemps, inattendu cette fois : la boîte, qui contenait les revolvers, les épaulettes de Nikolka et d'Alexis, un chevron et la photo du prince héritier Alexis[1], cette boîte tapissée à l'intérieur de papier paraffiné et tout entourée à l'extérieur de bandes de chatterton, ne passait pas par le vasistas.

Le plan était en effet le suivant : quitte à cacher, autant le faire astucieusement !... Tout le monde, heureusement, n'était pas aussi idiot que Vassilissa. Comment cacher la boîte, Nikolka y avait déjà pensé dans la journée. Le mur du 13 touchait presque le mur de la maison voisine, le 11 : la distance était à peine de soixante-quinze centimètres. Trois fenêtres seulement s'ouvraient dans le mur de la maison n° 13 : une dans la chambre d'angle, celle de Nikolka, et deux dans la librairie contiguë. Elles étaient d'ailleurs complètement inutiles : le jour n'y entrait jamais. En outre, il y avait plus bas une petite fenêtre à demi aveuglée par un grillage, qui donnait sur un cabinet de débarras de Vassilissa. Quant au mur n° 11, il n'avait aucune ouverture. Imaginez un étroit défilé, de soixante-quinze centimètres à peine de large, merveilleusement obscur et invisible de la rue, et inaccessible de la cour, sauf peut-être, à l'occasion, pour des gamins. C'est justement là qu'un jour le jeune Nikolka, en jouant aux brigands, s'était faufilé en grimpant sur des tas de vieilles briques, et il se rappelait parfaitement que dans le mur de sa maison était plantée

1. Le tsarévitch Alexis, fils unique du couple impérial, fut massacré avec ses parents et ses sœurs en juillet 1918.

toute une rangée de crampons qui montait jusqu'au toit. Il était vraisemblable qu'avant la construction du n° 11, ces crampons soutenaient un escalier d'incendie, qui avait été enlevé par la suite. Mais les crampons étaient restés. Dans la soirée, Nikolka passa son bras par le vasistas, et il n'eut pas besoin de tâtonner plus de deux secondes pour mettre la main sur un crampon. C'était donc clair et simple. Or, voilà que la boîte, entourée en croix d'un triple rang d'excellente ficelle et munie d'une boucle, refusait de passer par le vasistas.

— Bon, c'est clair, il faut ouvrir la fenêtre, dit Nikolka en descendant de l'appui.

Lariossik rendit hommage à l'intelligence et à la présence d'esprit de Nikolka, après quoi il entreprit de décoller la fenêtre[1]. Ce travail de forçat ne demanda pas moins d'une demi-heure, les montants gonflés et collés ne voulant pas s'ouvrir. Mais la première croisée finit tout de même par céder, puis la seconde, non sans qu'une longue fêlure sinueuse se produisît dans la vitre du côté de Lariossik.

— Éteignez la lumière ! ordonna Nikolka.

La lumière s'éteignit, et un froid terrible s'engouffra dans la pièce. Nikolka, s'enfonçant jusqu'à mi-corps dans l'espace givré et noir, accrocha la boucle de la ficelle à un crampon. Pendue à près d'un mètre cinquante de ficelle, la boîte était parfaitement placée. Impossible de la voir de la rue, à cause du mur réfractaire du n° 13, qui était de biais par rapport à la rue, et à cause de l'enseigne haut perchée de l'atelier de couture. On n'aurait pu la voir qu'en se faufilant dans le passage, mais personne n'y viendrait avant le printemps, parce que d'énormes tas de neige s'étaient amoncelés dans la cour et que l'accès de la rue était fermé par une solide palissade. Ce qui était parfait, surtout, c'est qu'on pouvait vérifier la présence de la boîte sans avoir besoin d'ouvrir la fenêtre : il suffisait de passer le bras par le vasistas et de toucher la ficelle, tendue comme une corde de contrebasse. Parfait.

La lumière se ralluma. Nikolka pétrit, sur l'appui de la fenêtre, le mastic qu'Aniouta avait conservé depuis l'automne et reboucha la fente de la croisée. Désormais, même si par miracle quelqu'un trouvait la boîte, la réponse était toute prête :

1. En Russie on calfeutre les fenêtres pour l'hiver, à l'exception des vasistas, qui permettent d'aérer.

— Pardon ? Quelle boîte ? Hein, des revolvers... le prince héritier ?... Jamais vu ça ! Pas la moindre idée ! Qui a accroché ça ? Mystère ! Quelqu'un qui serait venu par le toit, peut-être ? Nous ne sommes pas seuls dans le quartier. Nous sommes des gens paisibles, pas question de prince héritier...

— C'est vraiment parfait, Dieu m'en est témoin, dit Lariossik.

Parfait, et comment ! En dehors de l'appartement, tout en restant à portée de la main.

Il était trois heures du matin. Vraisemblablement, personne ne viendrait cette nuit. Les paupières lourdes de fatigue, Hélène passa sur la pointe des pieds dans la salle à manger. C'était à Nikolka de la remplacer. De trois à six. Puis de six à neuf, Lariossik.

Ils parlèrent à voix basse.

— Mettons-nous d'accord, murmura Hélène : c'est le typhus. Songez qu'aujourd'hui, Wanda est déjà montée pour se renseigner sur ce qu'avait Alexis Vassilievitch. Je lui ai dit que c'était peut-être le typhus... Elle ne m'a probablement pas crue, et ses yeux furetaient partout... Et elle a posé tout un tas de questions : comment ça allait chez nous, et où étaient les nôtres, et si personne n'avait été blessé. Donc, pas question de parler de blessure.

— Non, non, non. (Nikolka agita les bras.) Ce Vassilissa est le pire froussard qu'on ait jamais vu ! A l'occasion, il serait capable de dégoiser à n'importe qui qu'Alexis a été blessé, rien que pour protéger sa propre peau.

— Quel salaud, dit Lariossik. Quel lâche !

Tourbine gisait dans un brouillard complet. Depuis la piqûre, son visage paraissait tout à fait calme, et ses traits s'étaient affinés et accentués. Le poison tranquillisant circulait dans ses veines, et veillait. Les silhouettes grises avaient cessé de faire comme chez elles, et elles étaient parties s'occuper chacune de leurs petites affaires, en emportant définitivement le mortier. Et lorsque quelqu'un de totalement étranger à la maison se montrait, il se conduisait correctement, et essayait d'avoir de bons rapports avec les personnes et les choses, dont chacune avait toujours sa place attitrée chez les Tourbine. Le colonel Malychev vint une fois ; il s'assit dans un fauteuil, mais sourit comme si, à l'en croire, tout allait bien et tout irait pour le mieux, ne bougonna pas d'un air menaçant et funeste, et ne remplit pas la chambre de papiers. Certes, il brûla des documents, mais n'eut pas l'audace de toucher au diplôme de Tourbine ni à la photo de sa mère, et il fit un feu d'alcool tout à fait bleu et agréable, feu apaisant, parce qu'habituellement suivi de la piqûre. La sonnette de Mme Anjou tinta souvent.

— Dling... dit Tourbine, voulant faire entendre à qui se trouvait dans le fauteuil le tintement de cette sonnette, fauteuil occupé tantôt par Nikolka, tantôt par un inconnu aux yeux de Mongol (qui n'osa pas faire du tapage, à cause de la piqûre), tantôt par le triste Maxime, chenu et tremblotant.

— Dling... disait le blessé avec douceur, et son regard faisait naître des ombres flexibles un tableau mouvant, inquiétant et pénible, mais dont la fin étrange était cause d'une joie douloureuse.

Les heures passèrent. Lorsque, sur le cadran blanc de la salle à manger, l'aiguille courte et large arriva sur le cinq, l'assoupissement vint. Tourbine remuait de temps à autre, clignait des yeux et murmurait indistinctement :

— L'escalier, l'escalier, l'escalier... je n'y arriverai pas... je faiblis, je vais tomber... Ses pieds, à elle, vont vite... les bottines... la neige... je laisse des traces... les brutes... Dling... dling...

XIII

Tourbine entendit ce « dling » pour la dernière fois alors qu'il s'échappait par l'entrée de service du magasin de Mme Anjou, voluptueusement parfumée et disparue on ne sait où. La sonnette. Quelqu'un venait d'entrer dans la boutique. Peut-être un ami, quelqu'un qui, comme Tourbine, s'était attardé et égaré, mais peut-être aussi des étrangers, des poursuivants. En tout cas, pas question de retourner dans le magasin. Héroïsme tout à fait superflu.

Quelques marches glissantes conduisirent Tourbine dans la cour. Il se rendit compte alors, avec une parfaite netteté, que la fusillade pétaradait tout près de là, dans la large rue qui descendait vers le Kreschtchatik, et peut-être même aux abords immédiats du musée. Il comprit du même coup qu'il avait perdu trop de temps dans le magasin obscur à des réflexions chagrines, et que Malychev avait eu entièrement raison en lui conseillant de se dépêcher. L'inquiétude fit battre son cœur.

Tourbine s'orienta, et constata que le long et très haut immeuble jaune qui avait hébergé Mme Anjou faisait saillie dans une immense cour qui s'étendait jusqu'à un mur bas délimitant le domaine voisin, propriété de l'administration des chemins de fer. Tourbine, les yeux plissés, scruta la cour et, s'étant assuré qu'elle était déserte, la traversa, droit vers le mur. Il y trouva un portillon, qui, à son grand étonnement, n'était pas fermé. Il le franchit et se trouva dans la cour de l'administration. Les trous noirs et bêtes du bâtiment administratif avaient un regard désagréable, et il était visible que tout le bâtiment était désert. Le docteur emprunta une voûte sonore et asphaltée qui passait sous l'immeuble, et gagna la rue. En haut d'une tour de la maison d'en face, une vieille horloge indiquait exactement quatre heures de l'après-midi. Il commençait à faire sombre. La rue était entièrement vide. Poursuivi par un pressentiment, Tourbine l'explora d'un regard noir et s'y engagea, non dans le sens de la montée, mais vers le maigre square où se dressait, couverte de neige, la porte d'Or[1]. Il ne rencontra qu'un piéton en manteau noir, qui courut se cacher, l'air épouvanté.

Une rue déserte produit généralement une impression très pénible, mais il s'y ajoutait ici ce pressentiment qui lui tiraillait douloureusement le creux de l'estomac. Fronçant férocement les sourcils pour surmonter son indécision — il fallait pourtant bien y aller, il ne pouvait pas rentrer chez lui par la voie des airs —, Tourbine releva le col de sa capote et marcha.

Il comprit alors d'où venait en partie son angoisse : du soudain silence des canons. Pendant les deux dernières semaines, ils avaient grondé sans discontinuer tout autour, et maintenant le silence s'était établi dans le ciel. Dans la Ville, en revanche, et particulièrement là-bas, vers le Krechtchatik, les rafales de coups de feu se multipliaient. Tourbine aurait dû tourner tout de suite devant la Porte d'Or, et là, prenant les ruelles derrière Sainte-Sophie, arriver subrepticement jusque chez lui, rue Saint-Alexis. Si Tourbine avait agi ainsi, sa vie eût pris un tout

1. Les restes de la Porte d'Or, construite au XIe siècle à l'imitation de celle de Constantinople, témoignent de la grandeur passée de la Russie kiévienne.

autre cours. Mais voilà, Tourbine n'agit pas ainsi. On connaît cette force qui vous oblige parfois à vous pencher au bord d'un précipice... et qui vous attire vers la chute. C'est de cette façon que Tourbine fut attiré vers le musée. Il avait absolument besoin de voir, fût-ce de loin, ce qui s'y passait. Et, au lieu de faire demi-tour, il fit dix pas de trop et déboucha dans la rue Vladimir. Aussitôt, en son for intérieur, son inquiétude poussa un cri, et la voix de Malychev lui chuchota très distinctement : « Sauve-toi ! » Tourbine tourna la tête à droite et regarda au loin, vers le musée. Il eut le temps d'entrevoir un pan de la muraille blanche, les coupoles sévères, et quelques silhouettes noires qui couraient... et il n'eut pas l'occasion de voir autre chose.

Du Krechtchatik où flottait, lointaine, une brume gelée, montaient droit vers lui, par la rue Proreznaïa, des hommes gris en capotes de soldats, qui occupaient toute la largeur de la rue. Ils n'étaient pas loin — à trente pas au plus. Il était immédiatement visible qu'ils couraient depuis longtemps, et que cette course les avait épuisés. Sans que ses yeux y fussent pour rien, mais plutôt par un mouvement incontrôlé de son cœur, Tourbine sut tout de suite que c'étaient des partisans de Petlioura.

« Tu es pris », lui dit au creux de l'estomac la voix de Malychev.

Quelques secondes s'effacèrent alors de la vie de Tourbine, pendant lesquelles il ne sut jamais ce qui s'était passé. Il eut seulement la sensation qu'il se retrouvait dans la rue Vladimir, la tête rentrée dans les épaules, et que ses jambes l'éloignaient rapidement du coin fatal de la rue Proreznaïa, où se trouvait la confiserie *Marquise*.

« Allons, allons, allons, vas-y... vas-y... » rythmait le sang dans ses tempes.

Si au moins le silence durait encore un peu, derrière. Ou pouvoir se changer en lame de couteau, ou s'enfoncer dans un mur. Allons... Mais le silence fut rompu — par l'inéluctable.

— Halte ! cria une voix sifflante qui donna froid dans le dos à Tourbine.

« Ça y est », fit en se déchirant le nœud de son estomac.

— Halte ! répéta la voix, péremptoire.

Tourbine regarda derrière lui et marqua même un temps d'arrêt, traversé par l'idée folle de se faire passer pour un paisible citoyen. Vous voyez, je vaque à mes affaires... Laissez-moi tranquille... Son poursuivant était à quinze pas de lui. Il jeta son fusil en l'air et le rattrapa d'un geste vif. Au moment où le docteur se retourna, la surprise s'alluma dans les yeux de son poursuivant — des yeux bridés de Mongol, sembla-t-il à Tourbine. Un deuxième homme tourna le coin de la rue, et manœuvra sa culasse. Sur le visage du premier, la stupéfaction fit place à une joie incompréhensible, sinistre.

— *Holà!* cria-t-il. *Vise, Petro : un officier!*

En disant ces mots, il eut l'expression d'un chasseur qui verrait soudain devant lui, en plein milieu du chemin, un lièvre.

« Quoi ? Comment le sait-il ? » La question résonna comme un coup de marteau dans la tête de Tourbine.

Le fusil du deuxième homme se transforma en un petit trou noir, pas plus large qu'une pièce de dix kopecks. Puis Tourbine sentit que lui-même, changé en flèche, filait par la rue Vladimir, et que ses bottes de feutre n'allaient pas tarder à tomber en ruine. Par-derrière ou au-dessus de lui, des coups déchirèrent l'air en chuintant — tchiac !...

— *Halte!... Arrêtez-le!* (Un claquement.) *Arrêtez l'officier!* hululait et tonitruait toute la rue Vladimir. Deux coups joyeux retentirent encore, déchirant l'air.

Poursuivez un homme à coups de fusil, et il se transformera en un loup rusé. Dans des situations vraiment difficiles, l'intelligence, faible et inutile, fait place à un sagace instinct de bête sauvage. En pleine course, Tourbine se retourna comme un loup au coin de la rue Malo-Provalnaïa[1], vit le petit trou noir s'auréoler d'une flamme pâle et toute ronde, doubla le pas et fila dans la rue Malo-Provalnaïa, ce qui, pour la seconde fois en cinq minutes, changea brusquement le cours de sa vie.

Instinct : ils te poursuivent opiniâtrement, sans perdre un pouce de terrain, ils vont te rattraper, et quand ils t'auront rattrapé — c'est absolument inéluctable —, ils te tueront parce que tu courais, parce que tu n'as en poche aucun papier, mais

1. Le nom de cette rue étrange (Malo-Provalnaïa, littéralement « petite-rue de la Fosse ») est une transposition de celui de la rue Malo-Podvalnaïa (« petite-rue des Fossés ») qui forme bien un coude à cet endroit. Mais les jardins en terrasses décrits plus loin appartiennent à un espace plus fantastique que réel.

un revolver, et une capote grise ; ils te tueront parce qu'en courant on rate une fois, on rate deux fois, mais à la troisième on touche. A la troisième exactement. C'est un fait connu depuis toujours. Autrement dit, c'est fini ; encore une demi-minute, et les bottes seront hors d'usage. Tout cela était irréfutable, et du coup, la peur s'écoula le long du corps et des jambes, et disparut dans le sol. A sa place, comme un jet d'eau glacée, la fureur monta le long de ses jambes et sortit de sa bouche en nuage de vapeur brûlante. Comme un loup, Tourbine loucha pour regarder derrière lui. Deux silhouettes grises, puis une troisième, surgirent du coin de la rue Vladimir et se ruèrent à qui mieux mieux à sa poursuite. Tourbine ralentit et, montrant les dents, il tira trois fois sur eux, sans viser. Accélérant l'allure, il aperçut confusément devant lui, collée contre un mur près d'un tuyau de gouttière, une frêle ombre noire, et sentit au même moment qu'une pince de bois le mordait cruellement sous l'aisselle gauche, tandis que son corps continuait sa course d'une allure étrangement penchée, inégale, saccadée. Il se retourna encore une fois et, sans hâte, lâcha trois balles. Au dernier coup, il se retint brutalement : « La septième pour moi. Hélène la rousse, Nikolka. Terminé. Ils vont me torturer. Me tailler des épaulettes dans la peau. La septième pour moi. »

Alors qu'il s'évertuait en boitant, il eut une sensation bizarre : le revolver pesait dans sa main droite, mais il avait l'impression que c'était son bras gauche qui s'alourdissait. De toute façon, il devait s'arrêter. Il ne pouvait plus respirer, et puis tout cela ne menait à rien. Tourbine parvint à se jeter jusqu'à un coude de la rue la plus fantastique du monde et à disparaître derrière le tournant, ce qui lui apporta un bref soulagement. Mais il n'y avait plus d'espoir : une grille, mais hermétiquement fermée, une grande porte, fermée aussi, encore une, fermée... Il se rappela une plaisanterie stupide et proverbiale : « Encore un effort, grand-père, et tu seras au fond du trou ! »

Alors, miraculeusement il la vit, dans un mur moussu et noir qui enclosait, impénétrable, les ramures neigeuses d'un jardin. Le haut de son corps sortait de ce mur, et, comme dans un mélodrame, elle tendit les bras, ses yeux immenses brillants de frayeur, et cria :

— Officier ! Par ici ! Par ici...

Glissant sur ses bottes de feutre, Tourbine, dont la gorge déchirée haletait, pleine d'un air brûlant, courut lentement vers les bras sauveurs et derrière eux, pénétra par l'étroite ouverture d'un portillon dans le mur de rondins noirs. Tout changea d'un coup. Sous les mains de la femme, le portillon se fondit dans l'épaisseur obscure du mur, et un loquet claqua. Les yeux de la femme étaient tout près de ceux de Tourbine, et il y lut vaguement une sombre détermination et la volonté d'agir.

— Vite, venez par ici, suivez-moi, chuchota-t-elle en s'élançant sur un petit chemin dallé de briques. Lentement et péniblement, Tourbine la suivit. Il vit défiler sur sa gauche des murs de remises, puis la femme tourna brusquement. A sa droite apparut un jardin blanc, féerique, tout en terrasses. Par un deuxième portillon, la femme franchit une palissade basse, suivie de Tourbine à bout de souffle. Elle claqua la porte, et les yeux de Tourbine aperçurent une jambe gainée de noir, particulièrement bien tournée. Dans une envolée de la robe, les pieds de la femme escaladèrent avec légèreté un petit escalier de briques. L'ouïe aiguisée de Tourbine perçut dans la rue, déjà loin derrière, la course de ses poursuivants. Voilà... ils viennent de tourner au coin, et ils cherchent. « Si elle pouvait me sauver... me sauver... pensa Tourbine. Mais je n'y arriverai pas... mon cœur... » Soudain, il tomba sur le genou gauche, puis sur l'épaule gauche au pied de l'escalier. Autour de lui, tout commençait légèrement à tourner. La femme se pencha et le prit sous le bras droit :

— Encore... encore un petit peu ! cria-t-elle.

En tremblant, sa main gauche ouvrit un troisième portillon, elle tira Tourbine trébuchant et s'engagea dans une étroite allée. « Parlez d'un labyrinthe... comme fait exprès », pensa vaguement Tourbine, et il vit qu'il était dans un jardin blanc, mais déjà haut et loin de la fatale rue Malo-Provalnaïa. Il sentit que la femme le tirait, que son côté et son bras gauche étaient très chauds mais le reste de son corps glacé, et que son cœur gelé remuait à peine. « Elle pourrait me sauver, mais c'est la fin... la fin... les jambes faiblissent... » Il vit confusément les bosquets de lilas vierge sous la neige, et une porte, une lanterne vitrée au-dessus d'un antique perron couvert de neige. Il perçut encore le cliquetis d'une clé. La femme était toujours là, à sa droite, et Tourbine usa ses dernières forces à la suivre, comme attaché à elle, vers la lanterne. Après un deuxième bruit de clé, il entra dans un lieu obscur rempli d'une vieille odeur familière. Au-dessus de sa tête, une petite lueur très pâle s'alluma, et le plancher glissa sous ses pieds, vers la gauche... Inattendus, des lambeaux d'un vert vénéneux frangés de flammes passèrent devant ses yeux, et dans les ténèbres, il sentit son cœur un peu plus léger...

Dans la lumière pâle et inquiète danse une rangée de cabochons d'or terni. Un froid vif coule dans le sein de Tourbine, lui rendant un peu de souffle, mais sa manche gauche est remplie d'une chaleur inerte, moite et pernicieuse. « Je comprends, maintenant. Je suis blessé. » Il se rendit compte qu'il était allongé par terre, la tête douloureusement appuyée sur un objet dur et inconfortable. Un coffre, probablement, d'où les clous dorés qui dansaient devant ses yeux. Une sensation de froid lui coupa la respiration : c'était elle qui l'aspergeait d'eau.

— Pour l'amour du ciel, dit une faible voix de gorge audessus de lui, avalez, avalez. Vous respirez ? Que faire maintenant ?

Le verre heurta les dents de Tourbine, qui avala convulsivement une gorgée d'eau très froide. Il voyait maintenant de tout près les boucles de cheveux clairs et les yeux très noirs. Assise sur ses talons, la femme posa le verre sur le plancher et, le prenant doucement sous la nuque, elle aida Tourbine à se redresser.

« Mon cœur bat ? pensa Tourbine. On dirait que je reviens à moi... je n'ai peut-être pas perdu beaucoup de sang... il faut lutter. » Son cœur battait, mais fébrile, fréquent, comme un interminable fil parcouru de nœuds. Il dit faiblement :

— Non. Déchirez tout s'il le faut, mais posez-moi tout de suite un garrot...

Les yeux agrandis, elle essaya de comprendre, puis comprit et se précipita vers une armoire, d'où elle sortit une quantité de tissus.

Tourbine, en se mordant la lèvre, pensa : « Ah ! il n'y a pas de tache par terre, j'ai perdu peu de sang, heureusement », et en se contorsionnant, avec l'aide de la femme, il réussit à s'extraire de sa capote, et s'assit, essayant de ne pas prêter attention au vertige qui s'emparait de lui. Elle entreprit de lui ôter sa tunique.

— Des ciseaux, dit Tourbine.

Il lui était pénible de parler, à cause du manque d'air. Elle partit dans un envol de sa robe de soie noire, et se débarrassa en chemin de son chapeau et de son manteau de fourrure. Elle revint avec des ciseaux, s'accroupit et, tailladant péniblement le tissu gluant tout imprégné de sang, elle fendit la manche et libéra Tourbine. Pour la chemise, elle en vint rapidement à bout. La manche et le côté gauche étaient tout imbibés, et d'un rouge épais. Des gouttes tombèrent sur le plancher.

— Allez-y, déchirez...

La chemise tomba en lambeaux, et Tourbine, le visage blanc, le torse nu et jaune taché de sang, voulant vivre, refusant de tomber une seconde fois, les dents serrées, tâta de la main droite son épaule gauche et dit à travers les dents :

— Grâce à D... l'os est intact... Un bout de chiffon, ou une bande.

— J'ai des bandes, s'écria-t-elle faiblement, mais gaiement. (Elle disparut et revint avec un paquet qu'elle défit en murmurant :) Et personne, personne... je suis toute seule...

De nouveau, elle s'assit sur ses talons. Tourbine vit sa blessure. C'était un petit trou dans le haut du bras, près de l'articulation, à l'intérieur. Un mince filet de sang en coulait.

— Derrière aussi ? demanda Tourbine brièvement, économisant instinctivement son souffle.

— Oui, répondit-elle, un peu effrayée.

— Plus haut... là... vous me sauvez.

Une douleur qu'il n'avait pas encore éprouvée naquit en lui, et des anneaux verts, qui s'empilaient ou s'entrecroisaient, se mirent à danser dans l'entrée. Tourbine se mordit la lèvre inférieure.

Il l'aida de la main droite et des dents, et un nœud cuisant serra enfin son bras au-dessus de la blessure. Aussitôt, le sang cessa de couler...

Pour le déplacer, la femme le fit mettre à genoux, lui prit le bras droit qu'elle passa sur ses propres épaules, puis l'aida à se lever sur ses jambes faibles et tremblantes et le guida en le soutenant de tout son corps. Il se vit entouré d'ombres, dans une pièce basse et vieillotte. Elle l'installa sur quelque chose de doux et de poussiéreux et aussitôt, sous sa main, s'alluma une lampe à abat-jour cerise. Il regarda les broderies de velours, et au mur, dans un cadre, une redingote croisée à épaulettes jaune d'or. Les mains tendues vers Tourbine, respirant péniblement d'émotion et d'efforts, la femme dit :

— J'ai du cognac... Vous en voulez peut-être ? Un peu de cognac ?...

Il répondit :

— Oui, absolument...
et se laissa aller sur le coude droit.

Le cognac lui fit du bien, sans doute, car Tourbine n'eut plus l'impression qu'il allait mourir, et la douleur qui harcelait et rongeait son épaule lui parut supportable. A genoux, la femme acheva de bander le bras blessé, puis se glissa vers les pieds et ôta les bottes. Ensuite, elle apporta un oreiller et une longue robe de chambre japonaise ornée de fleurs insolites, qui exhalait un parfum ancien et doux.

— Couchez-vous, dit-elle.

Docilement, Tourbine s'allongea. Elle étendit sur lui la robe de chambre, remit par-dessus la couverture, puis, debout près du petit divan, elle le regarda dans les yeux.

Il dit :

— Vous... vous êtes une femme remarquable. (Puis après un silence :) Je vais rester allongé quelques instants, pour reprendre des forces, puis je me lèverai et je rentrerai chez moi... Supportez-moi encore un peu.

L'angoisse et le désespoir s'insinuèrent dans son cœur : « Et Hélène ? Mon Dieu, mon Dieu... Nikolka. La mort inutile de Nikolka. Car il est mort, c'est sûr... »

Elle lui indiqua silencieusement la fenêtre basse masquée par un rideau à pompons. Il entendit nettement, au loin, les coups de feu.

— Ils vous tueront tout de suite, soyez-en sûr, dit-elle.

— Alors... je crains de... de vous créer des ennuis... S'ils viennent... le revolver... le sang... là, dans la capote...

Il passa sa langue sur ses lèvres sèches. Le cognac et la perte de sang lui tournaient légèrement la tête. Le visage de la femme parut effrayé. Elle hésita.

— Non, dit-elle enfin d'un air résolu, s'ils vous avaient trouvé, ils seraient déjà ici. Mais c'est un tel labyrinthe que personne ne peut retrouver notre trace. Nous avons traversé trois jardins. Mais il faut enlever ça tout de suite...

Il perçut le froissement du tissu, le clapotis de l'eau, le bruit des portes d'armoire...

Elle revint en tenant le browning entre deux doigts, par la crosse, comme s'il était brûlant, et demanda :

— Il est chargé ?

Sortant son bras intact des couvertures, Tourbine palpa le cran de sûreté et répondit :

— Vous pouvez le tenir sans crainte, mais par la crosse.

Elle sortit de nouveau, puis revint et dit d'un air perplexe :

— Au cas où ils viendraient quand même... Il faut que vous enleviez votre culotte de cavalerie... Vous resterez couché et je dirai que c'est mon mari qui est malade...

Il pencha la tête avec une grimace et se mit à défaire les boutons. Elle s'approcha résolument, s'agenouilla, prit sous la couverture la culotte de cheval par les sous-pieds et l'emporta. Elle resta longtemps absente. C'est pendant ce temps qu'il aperçut l'arcade. En réalité, il y avait deux pièces. Les plafonds étaient si bas qu'un homme de haute taille dressé sur la pointe des pieds aurait pu les toucher de la main. Au-delà de l'arcade, il faisait très sombre, mais les choses luisaient doucement, le flanc d'un vieux piano, et, semblait-il, les feuilles d'une plante grasse. De ce côté-ci brillait toujours l'épaulette d'or dans son cadre.

Mon Dieu, que tout cela était ancien !... Cette épaulette d'or le fascinait. Il y avait la lumière paisible de la chandelle dans son bougeoir. Il y avait la paix, mais la paix était morte. Les années passées ne reviendraient pas. Derrière lui, Tourbine voyait encore deux petites fenêtres, et une sur le côté. Quelle est cette étrange maison ? Elle y vit seule. Qui est-elle donc ? Elle l'a sauvé... La paix est morte... Là-bas, des coups de feu...

Elle rentra chargée d'une brassée de bois mort, qu'elle déversa avec fracas dans le coin, près du poêle.

— Que faites-vous ? Pourquoi ? demanda-t-il dans une brusque colère.

— Il fallait que j'allume le feu de toute façon, répondit-elle et l'éclair d'un sourire passa dans ses yeux. J'allume toujours moi-même...

— Venez ici, demanda doucement Tourbine. Voilà, je ne vous ai pas remerciée pour tout... pour tout ce que vous avez fait... Et puis comment...

Il tendit la main, lui prit les doigts qu'elle lui abandonna docilement, et posa deux baisers sur sa main froide. Le visage de la femme s'adoucit, l'ombre de l'angoisse parut s'y effacer et ses yeux semblèrent alors à Tourbine d'une étonnante beauté.

— Sans vous, continua Tourbine, ils m'auraient probablement tué.

— Naturellement, répondit-elle, naturellement... Et vous, vous en avez tué un...

Tourbine leva la tête.

— J'en ai tué un ? demanda-t-il, sentant de nouveau la faiblesse et le vertige l'envahir.

— Mmmm. (Elle inclina la tête avec bienveillance et regarda Tourbine d'un air de curiosité effrayée.) Oh ! tout ça est terrible... c'est tout juste s'ils ne m'ont pas tiré dessus.

Elle frissonna.

— Alors, j'en ai tué un ?

— Mais oui... Ils vous poursuivaient, vous avez commencé à tirer et le premier s'est écroulé... Bon, vous l'avez peut-être seulement blessé... Vous êtes brave... Moi, j'ai cru m'évanouir... Vous vous arrêtiez pour tirer sur eux... puis vous recommenciez à courir... Vous êtes capitaine, sans doute ?

— Pourquoi avez-vous décidé que j'étais officier ? Pourquoi avez-vous crié « officier » ?

Ses yeux brillèrent.

— Je l'ai décidé en voyant la cocarde sur votre bonnet. Mais pourquoi cette bravade ?

— La cocarde ? Ah ! mon Dieu... C'est vrai que je... je... (Il se rappela le coup de sonnette, le miroir poussiéreux...) J'ai tout enlevé, et j'ai oublié la cocarde !... Je ne suis pas officier, reprit-il, je suis médecin militaire. Je m'appelle Alexis Vassilievitch Tourbine... Puis-je savoir qui vous êtes ?

— Julia Alexandrovna Reiss.

— Pourquoi êtes-vous seule ?

Elle répondit d'une voix un peu tendue et en détournant les yeux :

— Mon mari n'est pas là pour le moment. Il est parti. Et sa mère n'est pas là non plus. Je suis seule... (Après un silence, elle ajouta :) Il fait froid ici... Brrrr... J'allume tout de suite.

En même temps que le bois s'enflammait dans le poêle une douleur cruelle s'embrasait dans la tête de Tourbine. La blessure s'était tue, tout se concentrait dans la tête. Cela commença par la tempe gauche, gagna le sommet du crâne, puis la nuque. Une veine se contracta au-dessus du sourcil gauche et envoya dans toutes les directions des ondes d'insupportable douleur. Julia Reiss, à genoux près du poêle, tisonnait le feu. Souffrant, tantôt fermant, tantôt ouvrant les yeux, Tourbine voyait sa tête rejetée en arrière, qu'elle couvrait de sa main blanche pour la protéger de la chaleur, ses cheveux indéfinissables tantôt cendrés et traversés de flammes, tantôt brillants comme de l'or, ses sourcils charbonneux et ses yeux noirs. Ce profil irrégulier et ce nez busqué étaient-ils beaux? Difficile à dire. Difficile, aussi, de déchiffrer ce qu'il y avait dans ces yeux. De l'effroi, peut-être, de l'angoisse, et peut-être aussi... du vice... Oui, du vice.

Mais ainsi, agenouillée et enveloppée d'ondes de chaleur, elle était charmante, merveilleuse. Et sans elle...

Cette nuit-là, pendant de longues heures, alors que la chaleur depuis longtemps morte dans le poêle, ne cessait de croître dans le bras et la tête du blessé, quelqu'un lui enfonça dans le crâne un clou chauffé au rouge qui lui déchira le cerveau. « J'ai la fièvre, répétait sourdement Tourbine, et il se commandait à lui-même : Demain matin, il faut que je me lève et que je rentre à la maison... » Le clou lui détruisait le cerveau, et finalement, il tua en lui toute pensée relative à Hélène, à Nikolka, à la maison et à Petlioura. Tout lui devint indifférent. Pétourra... Pétourra... Il ne lui reste qu'un désir : que cesse cette douleur.

Au cœur de la nuit Julia Reiss, silencieuse dans ses pantoufles doublées de fourrure, vint s'asseoir près de lui, et de nouveau, entourant le cou de la femme de son bras valide, il marcha à travers les petites chambres. Auparavant, elle avait rassemblé son courage pour lui dire :

— Levez-vous, si vous pouvez. Ne faites aucune attention à moi. Je vais vous aider. Ensuite, vous pourrez vous coucher pour de bon... Enfin, si vous ne pouvez pas...

Il répondit :

— Si, je vais me lever... seulement, aidez-moi...

Elle le conduisit jusqu'à la petite porte de cette mystérieuse maison, puis elle le ramena au lit. En se recouchant, il claquait des dents et frissonnait, mais il sentit que la douleur de sa tête se laissait attendrir et se calmait, et il dit :

— Je n'oublierai jamais ce que vous avez fait pour moi, je vous le jure... Allez dormir...

— Taisez-vous, je vais vous caresser la tête, répondit-elle.

Peu à peu, la douleur obtuse et cruelle s'écoula de son crâne et de ses tempes dans les mains douces, puis, à travers le corps de la femme, dans le plancher recouvert d'un tapis épais et poussiéreux, où elle mourut. Elle fit place, dans tout le corps du malade, à une chaleur égale et douceâtre. Son bras s'engourdit et devint lourd comme de la fonte. Il ne le remua plus, ferma les yeux et s'abandonna à la fièvre. Combien de temps resta-t-il ainsi étendu, il n'aurait su le dire : cinq minutes peut-être, ou peut-être plusieurs heures. En tout cas, il lui semblait qu'il aurait pu rester couché dans cette chaleur pour toute l'éternité. Quand, avec précaution pour ne pas effrayer celle qui était assise près de lui, il ouvrit les yeux, il vit le même tableau : la petite lampe à abat-jour rouge qui brûlait faiblement et sans à-coup, et tout près de lui, le profil de la femme qui veillait. Avec une moue chagrine d'enfant, elle regardait la fenêtre. Nageant dans la fièvre, Tourbine remua, tenta de se rapprocher d'elle...

— Penchez-vous vers moi, dit-il.

Sa voix était devenue sèche, haute et faible. Julia se tourna vers lui, son regard un peu méfiant, un peu effrayé, plongé dans l'ombre. Tourbine lui passa son bras droit autour du cou, l'attira à lui et l'embrassa sur les lèvres. Le contact lui parut à la fois très doux et froid. La femme ne s'étonna pas du geste de Tourbine. Elle le dévisagea seulement avec une curiosité accrue. Puis elle dit :

— Ah ! vous êtes terriblement fiévreux. Qu'allons-nous faire ? Il faudrait appeler un docteur, mais comment ?

— Inutile, dit doucement Tourbine. Pas besoin de docteur. Demain je me lèverai, et je rentrerai chez moi.

— J'ai tellement peur, murmura-t-elle, que vous alliez plus mal. Et de ne plus pouvoir vous aider. Ça ne coule pas ?

Elle effleura le bras bandé.

— Non, n'ayez pas peur, il ne m'arrivera rien. Allez dormir.

— Non, répondit-elle en lui caressant le bras. Vous avez de la fièvre, répéta-t-elle.

Sans pouvoir s'en empêcher, il l'enlaça de nouveau et l'attira à lui. Elle ne résista pas. Il l'attira si bien qu'elle finit par se retrouver allongée à ses côtés. Il sentit alors, mêlée à sa propre chaleur morbide, la chaleur vivante et pure du corps de la jeune femme.

— Restez allongé et ne bougez pas, chuchota-t-elle, je vais vous caresser la tête.

Elle s'étendit près de lui, et il sentit le contact de ses genoux. Elle lui passa la main sur le front, de la tempe aux cheveux. Cela lui fit tant de bien qu'il ne pensa plus qu'à une chose : ne pas s'endormir.

Et il s'endormit. Il dormit longtemps, d'un sommeil égal et paisible. Quand il s'éveilla, il vit qu'il voguait en barque sur une rivière chaude. Toute douleur avait disparu, et à la petite fenêtre, lentement, la nuit pâlissait. Non seulement dans la maison, mais dans la Ville et dans le monde entier, régnait le silence. Une lueur d'un bleu limpide s'écoulait par la fente des rideaux. La femme, réchauffée et triste, dormait près de Tourbine. Il se rendormit.

Au matin, vers neuf heures, un cocher qui passait par hasard dans la rue Malo-Provalnaïa complètement déserte, prit deux clients : un homme en manteau civil noir, très pâle, et une femme. La femme, qui soutenait avec précaution l'homme suspendu à son bras, le conduisit rue Saint-Alexis. Là, non plus, il n'y avait aucune circulation. Devant l'entrée du n° 13 seulement, un traîneau était arrêté, d'où venait de descendre un étrange visiteur chargé d'une valise, d'un baluchon et d'une cage à oiseau.

XIV

Ils se retrouvèrent tous. Personne ne fut porté disparu, et ils se retrouvèrent dès le lendemain soir.

« C'est lui », souffla à Aniouta une voix intérieure, et son cœur sautilla dans sa poitrine comme l'oiseau de Lariossik. A la fenêtre saupoudrée de neige de la cuisine des Tourbine, quelqu'un avait frappé prudemment du dehors. Aniouta colla son visage à la vitre, et le reconnut. C'était lui, mais sans moustache... Lui... Des deux mains, Aniouta lissa ses cheveux noirs, ouvrit la porte de l'entrée de service, puis celle de la cour enneigée, et Mychlaïevski fut près d'elle, plus près d'elle que jamais. Il avait un manteau d'étudiant à col d'astrakan et une casquette... plus de moustache... Mais, même dans la pénombre du hall, on reconnaissait parfaitement ses yeux. Le droit parcouru d'étincelles vertes, comme une pierre de l'Oural, et le gauche sombre... Et il paraissait devenu plus petit...

D'une main tremblante, Aniouta referma la porte au crochet, la cour disparut. Le rai de lumière qui venait de la cuisine disparut lui aussi, masqué par le manteau de Mychlaïevski qui enveloppa Aniouta, tandis qu'une voix bien connue lui chuchotait :

— Bonjour, Aniouta... Mais vous allez prendre froid... Il n'y a personne dans la cuisine, Aniouta?

— Personne, répondit-elle sans savoir ce qu'elle disait, et en chuchotant elle aussi, sans savoir pourquoi.

« Il m'embrasse... Comme ses lèvres sont devenues douces », pensa-t-elle avec un délicieux serrement de cœur, et elle murmura :

— Victor Victorovitch... laissez-moi... Hélène...

— Hélène n'a rien à y voir... chuchota d'un ton de reproche la voix qui sentait l'eau de Cologne et le tabac. Voyons, Anioutotchka...

— Victor Victorovitch, laissez-moi, ou je crie, aussi vrai que Dieu est saint, dit passionnément Aniouta, et elle entoura de ses bras le cou de Mychlaïevski. Il nous arrive un malheur : Alexis Vassilievitch est blessé...

Le boa relâcha aussitôt son étreinte.

— Comment ça, blessé? Et Nikolka?

— Nikolka va très bien, mais Alexis Vassilievitch est blessé.

Le rai de lumière reparut à la porte de la cuisine.

Hélène, en voyant entrer Mychlaïevski dans la salle à manger, se mit à pleurer et dit :

— Vitia, tu es vivant... Dieu merci... Mais chez nous...

Elle eut un sanglot et montra la porte de la chambre de Tourbine.

— Il a quarante de fièvre... une vilaine blessure...

— Sainte Mère, dit Mychlaïevski en repoussant sa casquette sur sa nuque. Comment ça lui est-il arrivé?

Il se tourna vers un personnage penché sur la table, au-dessus d'une bonbonne et de boîtes brillantes.

— Excusez-moi, vous êtes docteur?

— Non, malheureusement, répondit une voix terne et chagrine. Je ne suis pas docteur. Permettez-moi de me présenter : Larion Sourjanski.

Le salon. La porte du vestibule est fermée et masquée par la tenture, pour que les bruits et les voix ne parviennent pas jusqu'à Tourbine. Trois hommes viennent de sortir de sa chambre et de s'en aller : le médecin à barbiche et pince-nez d'or, un autre, jeune et rasé, et un vieillard à cheveux blancs et l'air intelligent, en lourde pelisse et toque de boyard, professeur dont Tourbine avait justement suivi les cours. Hélène les a accompagnés, et son visage est devenu de pierre. A force de répéter le typhus, le typhus... ils lui ont porté malheur.

— Outre la blessure, il a le typhus exanthématique...

La colonne de mercure reste fixée à 40°, et... « Julia »... Dans la chambre règne une chaleur rougeâtre. Et le silence, entrecoupé de marmottements à propos d'escalier et de sonnette... « dling »...

— Bien le bonjour, *mon cher monsieur*, dit Mychlaïevski d'un ton venimeux, les jambes écartées.

Chervinski, cramoisi, le regarda de travers. Il portait un costume noir qui tombait impeccablement, du linge splendide, un nœud papillon et des souliers vernis. « Artiste de l'opéra-studio Kramskoï » : il avait le certificat en poche.

— *Pourquoi donc n'avez-vous plus vos épaulettes ?...* continua Mychlaïevski, « Rue Vladimir, on déploie des drapeaux russes... Deux divisions de Sénégalais débarquent à Odessa, et des officiers de logement serbes... Allez en Ukraine, messieurs les officiers, et formez vos unités »... Crénom de fils de !...

— Qu'est-ce que tu as contre moi ? répliqua Chervinski. Est-ce ma faute, après tout ?... Est-ce que j'y suis pour quelque chose ?... J'ai failli être tué. Je suis parti de l'état-major le dernier, à midi exactement, alors que les fantassins ennemis étaient déjà au Petchersk.

— Tu es un héros, répondit Mychlaïevski. Mais j'espère que Son Excellence le commandant en chef a pu partir avant... De même que Son Altesse Sérénissime monsieur l'hetman... l'enfant de putain... Je caresse l'espoir qu'il est maintenant hors de danger. La patrie a besoin d'eux. A propos, tu ne peux pas me dire où ils se trouvent ?

— Pour quoi faire ?

— Je vais te le dire, pour quoi faire. (De son poing droit fermé, Mychlaïevski frappa sa paume gauche.) Si cette espèce d'Excellence et cette espèce d'Altesse me tombaient sous la main, j'en prendrais un par le pied gauche et l'autre par le pied droit, je les ferais tourner et je leur cognerais la tête par terre jusqu'à ce que j'en aie marre. Quant à votre bande de salauds d'états-majors, je les noierais dans les chiottes...

Chervinski s'empourpra.

— Hé ! doucement, commença-t-il. Fais un peu attention à ce que tu dis, quand même... N'oublie pas que le prince a aussi abandonné les officiers d'état-major. Ses deux aides de camp sont partis avec lui, mais les autres, il les a abandonnés à leur sort.

— Sais-tu toi-même qu'en ce moment au musée, il y a un millier des nôtres qui sont affamés, à côté de leurs mitrailleuses inutiles ?... Que les petliouristes vont les laisser crever comme des punaises... Sais-tu comment ils ont tué le colonel Naï ? Il était tout seul...

— Fiche-moi la paix, s'il te plaît !... cria Chervinski en se fâchant sérieusement. Pourquoi le prends-tu sur ce ton ?... Je suis officier, comme toi !

— Allons, messieurs, finissez ! (La Carpe se plaça entre Mychlaïevski et Chervinski.) C'est une discussion absurde. Et c'est vrai : pourquoi l'attaques-tu comme ça ?... Allons, assez, ça ne mène à rien...

— Chut, doucement, murmura Nikolka d'un air désolé. Il risque d'entendre...

Mychlaïevski, confus, hésita.

— Bon, ne te fâche pas, baryton d'opéra. Ce que j'en disais... mais tu comprends toi-même...

— Je suis tout de même très surpris...

— Doucement, messieurs, je vous en supplie...

Nikolka prêta soudain l'oreille et frappa légèrement du pied sur le plancher. Tous se turent et écoutèrent. Des voix parvenaient d'en bas, chez Vassilissa. Bien qu'assourdi, ils distinguèrent le rire de Vassilissa, un rire gai et quelque peu hystérique, semblait-il. Comme en réponse, Wanda poussa une exclamation joyeuse, puis tout se tut. Quelques instants plus tard le murmure des voix reprit, étouffé.

— Ça, alors, c'est extraordinaire, dit Nikolka d'un ton significatif. Vassilissa a des invités... Des invités. En un pareil moment. C'est le monde à l'envers !

— Oui, sacré type, votre Vassilissa ! confirma Mychlaïevski.

Il n'était pas loin de minuit quand, après une piqûre de morphine, Alexis s'endormit. Hélène s'installa dans un fauteuil près de son lit. Pendant ce temps, un conseil de guerre se réunissait dans le salon.

Il fut décidé que tous passeraient la nuit ici. D'abord parce qu'il ne faisait pas bon se promener la nuit, même avec des papiers satisfaisants. Et puis deuxièmement, pour Hélène... enfin, on pouvait l'aider. Et surtout, par les temps qui couraient, il valait mieux être chez les autres que chez soi. Enfin, et par-dessus tout, on n'avait rien de mieux à faire. On pouvait toujours jouer au whist[1].

— Vous jouez? demanda Mychlaïevski à Lariossik.

Lariossik rougit, se troubla, et débita tout à trac qu'il jouait au whist, mais très, très mal... qu'on veuille bien ne pas l'injurier comme le faisaient à Jitomir les inspecteurs des impôts... qu'il avait vécu un drame, mais qu'ici, chez Hélène Vassilievna, il sentait son âme renaître, parce qu'Hélène Vassilievna était une personne tout à fait exceptionnelle et que cet appartement était chaud et confortable, que les rideaux crème à toutes les fenêtres étaient particulièrement remarquables, grâce à quoi on se sentait à l'abri du monde extérieur... lequel monde extérieur... avouez-le, était sale, sanglant et insensé.

— Excusez-moi, mais vous composez des vers? demanda Mychlaïevski en dévisageant attentivement Lariossik.

— J'en écris, prononça modestement Lariossik, en rougissant.

— C'est ça... Mais pardonnez-moi de vous avoir interrompu. Insensé, disiez-vous... Continuez, je vous en prie...

— Insensé, oui, et nos âmes blessées cherchent la paix, tenez, justement, à l'abri de rideaux crème comme ceux-ci...

— Vous savez, pour ce qui est de la paix, je ne sais pas comment c'est chez vous à Jitomir, mais ici, en Ville, je doute que vous la trouviez... Tu devrais humecter la brosse, ça ferait moins de poussière. Il y a des bougies? Parfait, dans ce cas

1. Il s'agit ici du whist russe ou *vint*, dont les règles diffèrent de celles du whist occidental. Il existait plusieurs variantes de ce jeu, très populaire en Russie au XIXe et au début du XXe siècle. Dans celle que l'on voit ici, le joueur qui a clos les annonces peut piocher quatre cartes pour son partenaire, lequel en redistribue trois à son gré et relance éventuellement les enchères.

nous vous inscrivons comme sortant... A cinq, c'est un jeu de tout repos[1]...

— Nikolka aussi joue comme une savate[2], glissa la Carpe.

— Dis donc, Fedia, qui est-ce qui a perdu, la dernière fois ? C'est toi-même qui as fait une renonce[3]. Alors, pas de calomnies !

— Tiens, au dos, c'est le bleu du drapeau de Petlioura...

— Oui, vivre derrière des rideaux crème comme ceux-ci. Je ne sais pourquoi, tout le monde se moque des poètes...

— Dieu m'en garde... Pourquoi prenez-vous ma question en mauvaise part ? Je n'ai rien contre les poètes. Il est vrai que je ne lis pas de vers...

— Et aucun autre livre non plus, à l'exception du manuel de l'artilleur, et des quinze premières pages du cours de droit romain... A la seizième page, la guerre a éclaté, et il l'a abandonné...

— Ne l'écoutez pas, il ment... Vos prénom et patronyme, c'est Larion Ivanovitch ?

Lariossik expliqua qu'il s'appelait Larion Larionovitch, mais qu'il éprouvait une telle sympathie pour cette compagnie, qui n'était pas une compagnie, d'ailleurs, mais une famille étroitement unie, qu'il désirait beaucoup qu'on l'appelât simplement par son prénom, Larion, sans patronyme... Si toutefois personne, naturellement, n'y voyait d'inconvénient.

— Ça a l'air d'un gars sympathique, murmura la Carpe, toujours réservé, à Chervinski.

— Eh bien... faisons plus ample connaissance... Pourquoi donc... Mais il ment : si vous voulez le savoir, j'ai lu aussi *Guerre et Paix*... Ça, c'est vraiment un livre. Je l'ai lu jusqu'au bout, et avec plaisir. Et pourquoi ? Parce qu'il n'a pas été écrit par un scribouillard quelconque, mais par un officier d'artillerie. C'est un dix, que vous avez ? Alors vous êtes avec moi... La Carpe avec Chervinski... Nikolka, tu sors...

— Seulement, pour l'amour de Dieu, ne vous mettez pas en colère contre moi, demanda Lariossik, un peu nerveux.

1. S'il y avait cinq joueurs, chacun d'eux sortait à tour de rôle pendant deux robres.

2. Littéralement « comme un défunt ». Jeu de mots sur *pokoïnik* (un défunt) et *pokoï* (la paix).

3. Faute grave qui consiste à ne pas fournir de la couleur alors qu'on en avait en main.

— Mais voyons, naturellement. Sommes-nous des sauvages de Papouasie ? Ce sont sans doute vos farouches inspecteurs d'impôts de Jitomir qui vous ont effrayé... Ici, nous avons des manières très strictes.

— De grâce, rassurez-vous, dit Chervinski en prenant place.

— Deux piques... Oui... c'était un écrivain, ce comte Léon Nikolaïevitch Tolstoï, lieutenant d'artillerie[1]... Dommage qu'il ait quitté le service... Passe... il serait bien devenu général... Au reste, c'est vrai, il avait un domaine... Quand on s'ennuie, on peut se mettre à écrire des romans... l'hiver, il n'y a rien à faire... Quand on a un domaine, c'est simple. Deux sans atouts.

— Trois carreaux, avança timidement Lariossik.

— Passe, dit la Carpe.

— Comment ? Mais vous jouez très bien. Ce ne sont pas des injures, que vous méritez, mais des louanges. Bon, si vous dites trois carreaux, nous dirons donc, quatre piques. En ce moment, c'est avec plaisir que j'irais vivre dans une grande propriété.

— Quatre carreaux, souffla Nikolka à Lariossik en regardant ses cartes.

— Quatre ? Passe.

— Passe.

A la lumière tremblante des bougies, dans la fumée des cigarettes, Lariossik prit, inquiet. Mychlaïevski lança une carte à chaque partenaire avec une telle dextérité qu'on aurait dit des douilles sortant d'un fusil.

— Un petit à pique[2], commanda-t-il à Lariossik en l'encourageant du regard. Bien.

Les cartes glissaient sans bruit entre les doigts de Mychlaïevski, comme des feuilles d'érable. Chervinski jetait ses cartes avec soin et précision. La Carpe, que la chance ne favorisait pas, avec mauvaise humeur. Lariossik, en soupirant, les étalait lentement, comme s'il montrait ses papiers d'identité.

— « Papa-maman », on connaît ça, dit la Carpe[3].

1. Tolstoï fut officier d'artillerie de 1851 à 1856 et participa à la défense de Sébastopol.

2. C'est-à-dire un petit chelem.

3. Le roi et la dame dans l'argot des joueurs.

Mychlaïevski s'empourpra soudain, jeta ses cartes sur la table et, roulant des yeux féroces à l'adresse de Lariossik, il rugit :

— Nom d'une pipe, mais qu'est-ce qui t'a pris de couvrir ma dame ? Larion ?

— Bravo ! Ha, ha, ha ! se réjouit la Carpe d'un air gourmand. Un de chute !

Un véritable vacarme s'éleva autour du tapis vert, et les langues de feu des bougies se couchèrent. Grognant et agitant les mains, Nikolka se précipita pour fermer la porte et tirer la tenture.

— Je pensais que Fiodor Nikolaïevitch avait le roi, balbutia Lariossik en blêmissant.

— En voilà une idée... (Mychlaïevski s'efforçait de ne pas crier, de sorte que sa gorge émettait des sifflements qui le rendaient encore plus effrayant) puisque tu l'as pris de tes propres mains et que tu me l'as envoyé ! Hein ? Enfin, bon Dieu, c'est... (il prit tout le monde à témoin) enfin c'est... Et il cherche la paix, hein ? Et faire un de chute, c'est la paix ? C'est un jeu où on compte, nom d'un chien ! Il faudrait tout de même faire marcher sa cervelle, le whist c'est pas des vers !

— Attends. La Carpe pouvait...

— Pouvait quoi ? Pouvait rien du tout ! C'est tout simplement une connerie. Excusez-moi, mon petit père, peut-être qu'à Jitomir on joue comme ça, mais bon Dieu, j'ai jamais vu ça !... Ne vous fâchez pas... mais Pouchkine et Lomonossov avaient beau écrire des vers, ils ne se seraient jamais permis de faire de pareilles bourdes... ou Nadson, par exemple[1].

— Hé ! du calme. Qu'est-ce qui te prend ? Ça arrive à tout le monde.

— J'en étais sûr, marmonna Lariossik. Je n'ai pas de chance...

— Chut. Taisez-vous...

Le silence se fit d'un coup. Au loin, du côté de la cuisine, à travers toutes les portes, on entendit grelotter la sonnette. Tous se taisaient. Des talons claquèrent, la porte s'ouvrit, et Aniouta parut. La tête d'Hélène se montra à la porte du couloir. Mychlaïevski pianota sur le tapis vert de la table à jeu.

1. Nadson (1862-1887), poète médiocre dont l'œuvre, d'abord d'inspiration civique, puis empreinte d'un morne désenchantement, connut une très grande popularité en Russie.

— Il est un peu tôt, non ? dit-il.

— Oui, il est trop tôt, affirma Nikolka, qui se considérait comme un expert dans les questions de perquisitions.

— Il faut que j'aille ouvrir ? demanda anxieusement Aniouta.

— Non, Anna Timotheïevna, répondit Mychlaïevski. Attendez un peu. (Avec un grognement, il se leva de son fauteuil.) De toute façon, ne vous dérangez pas, désormais c'est moi qui irai ouvrir...

— On ira ensemble, dit la Carpe.

— Bon, alors voilà, dit Mychlaïevski, et il se comporta tout à coup comme s'il était au commandement de sa section. De ce côté-là, donc, ça va... le docteur a le typhus exanthématique, et cætera. Toi, Léna, tu es sa sœur... La Carpe, tu passeras pour un carabin, un étudiant... Colle-toi dans la chambre... Prends une seringue, ou n'importe quoi... On est beaucoup. Bon, ça ne fait rien...

La sonnette retentit de nouveau, impatiente. Aniouta tressaillit, et tous prirent un air grave.

— On a le temps, dit Mychlaïevski en tirant de la poche arrière de son pantalon un petit revolver noir, semblable à un jouet.

— Ça, c'est vraiment superflu, dit Chervinski en fronçant les sourcils, et ça m'étonne de toi. Tu pourrais tout de même faire attention. Tu t'es promené avec ça dans la rue ?

— Ne t'inquiète pas, répondit courtoisement et sérieusement Mychlaïevski. On va s'arranger. Tiens, Nikolka, prends-le, et va à l'entrée de service ou au vasistas. Si ce sont des archanges de Petlioura, je tousserai, et tu t'en débarrasseras, mais de façon qu'on puisse le retrouver. J'y tiens, il m'a accompagné jusque sous Varsovie... Et pour toi, tout est en ordre ?

— Sois tranquille, répondit sévèrement et fièrement l'expert Nikolka, en prenant le revolver.

— Bien. (Mychlaïevski frappa du bout du doigt la poitrine de Chervinski et dit :) Toi, le chanteur, tu es ici en visite. (A la Carpe :) Toi, tu es étudiant en médecine. (A Nikolka :) Toi, tu es le frère. (A Lariossik :) Toi, tu es un étudiant logé ici. Tu as des papiers ?

— J'ai un passeport impérial, dit Lariossik en pâlissant, et aussi un certificat d'étudiant de Kharkov.

— Le passeport, tu le planques. Tu montreras le certificat.

Lariossik s'emmêla dans la portière, et sortit.

— Les autres, aucune importance, c'est des femmes... continua Mychlaïevski. Bon. Tout le monde a des papiers? Rien de trop dans les poches?... Hé, Larion! Va donc lui demander s'il n'a pas d'arme sur lui?

— Hé, Larion! appela Nikolka de la salle à manger. Tu as une arme?

— Non, non, Dieu m'en garde! s'écria du fond de l'appartement la voix de Lariossik.

La sonnerie se répéta, longue, insistante, impatiente.

— Eh bien, à la grâce de Dieu, dit Mychlaïevski en se dirigeant vers la porte. La Carpe disparut dans la chambre de Tourbine.

— On dirait une réussite, dit Chervinski en regardant les cartes, et il souffla les bougies.

Il fallait franchir trois portes pour entrer chez les Tourbine. Celle du vestibule qui donnait sur l'escalier, la porte vitrée qui délimitait le domaine propre des Tourbine, et en bas, au bout de l'entrée principale sombre et froide, sur le côté de laquelle s'ouvrait la porte des Lissovitch, il y avait encore une dernière porte, celle de la rue.

Les portes claquèrent, et en bas, Mychlaïevski cria :

— Qui est là?

Il sentit, derrière son dos, qu'on guettait du haut de l'escalier. De l'autre côté de la porte, une voix assourdie prononça d'un ton implorant :

— Ben alors, depuis le temps que je sonne... Hélène Thalberg-Tourbine, c'est ici?... Un télégramme pour elle... Ouvrez!...

« Ça y est », pensa Mychlaïevski en un éclair, et il se mit à tousser à se déchirer la gorge. En haut de l'escalier, une silhouette disparut. Mychlaïevski défit prudemment la barre, tourna la clé et ouvrit la porte, en laissant la chaîne.

— Donnez le télégramme, dit-il en se plaçant de façon à rester masqué par la porte. Un bras habillé de gris passa par l'ouverture et lui tendit une petite enveloppe. Mychlaïevski constata avec étonnement que c'était bien un télégramme.

— Signez, dit la voix derrière la porte d'un ton agressif.

Mychlaïevski risqua un œil et vit que l'homme était seul dans la rue.

— Aniouta, Aniouta ! cria Mychlaïevski d'un ton alerte, soudain guéri de sa bronchite. Donne un crayon.

Au lieu d'Aniouta, ce fut la Carpe qui accourut avec le crayon. Sur le bout du papier, Mychlaïevski griffonna « Tour... » en chuchotant à la Carpe :

— Donne-moi vingt-cinq kopecks...

La porte grinça et se referma...

Accompagné de la Carpe, Mychlaïevski stupéfait remonta. Tout le monde se trouva réuni. Hélène déplia le papier et commença machinalement à lire ces mots :

AFFREUX MALHEUR SURVENU LARIOSSIK — STOP — ACTEUR D'OPÉRETTE LIPSKI...

— Mon Dieu, dit Lariossik cramoisi. C'est lui !

— Soixante-trois mots ! s'exclama Nikolka avec ravissement. Regardez, c'en est rempli.

— Seigneur ! s'exclama Hélène. Qu'est-ce que c'est que ça ? Ah ! excusez-moi, Larion... j'ai commencé à lire. J'avais complètement oublié cette histoire de télégramme...

— De quoi s'agit-il ? demanda Mychlaïevski.

— Sa femme l'a plaqué, lui souffla Nikolka à l'oreille. Un scandale...

Comme une avalanche, un bruit épouvantable éclata soudain à la porte vitrée. Aniouta poussa un cri plaintif. Hélène pâlit et s'appuya au mur. Le vacarme était tellement épouvantable, monstrueux et invraisemblable que Mychlaïevski lui-même changea de visage. Chervinski, très pâle lui aussi, saisit le bras d'Hélène... Un gémissement parvint de la chambre de Tourbine.

— Les portes..., s'écria Hélène.

Au mépris du plan stratégique, Mychlaïevski dévala l'escalier, suivi de la Carpe, de Chervinski, et de Lariossik à demi mort de frayeur.

— Ça, c'est beaucoup moins drôle ! grommela Mychlaïevski.

Derrière la porte vitrée s'agitait une silhouette noire, solitaire, et le vacarme s'interrompit.

— Qui est là ? tonna Mychlaïevski.

— Pour l'amour du ciel... Pour l'amour du ciel... Ouvrez, c'est Lissovitch... c'est moi... Lissovitch ! brailla la silhouette. Lissovitch... c'est moi... Lissovitch !...

Vassilissa était affreux à voir... Ses cheveux, au travers desquels transparaissait sa calvitie rosâtre, étaient hérissés en tous sens. Sa cravate pendait de travers et les pans de sa veste ballottaient comme les portes d'une armoire brisée. Ses yeux avaient un regard trouble et insensé, comme s'il avait absorbé du poison. Il avança jusqu'à la première marche, chancela soudain et s'écroula dans les bras de Mychlaïevski. Celui-ci le retint à grand-peine, et dut s'asseoir sur une marche. D'un air désemparé, il ordonna :

— La Carpe ! De l'eau...

XV

C'était le soir. Il était près de onze heures. A cause des événements, la rue, déjà peu fréquentée, avait été désertée beaucoup plus tôt que d'habitude.

Il tombait une neige clairsemée dont les flocons voltigeaient en cadence derrière la fenêtre, et les branches des acacias des trottoirs, qui en été obstruaient les fenêtres des Tourbine, pendaient hérissées de neige.

Cette mauvaise soirée, pleine de contrariétés et de coups au cœur, avait commencé dès le dîner. L'électricité, on ne sait pourquoi, n'éclairait qu'à peine, et pour le dîner Wanda fit des cervelles. En général, la cervelle est une nourriture désastreuse, mais préparée par Wanda, elle devenait proprement intolérable. Avant les cervelles, il y avait eu de la soupe dans laquelle Wanda avait mis de l'huile au lieu de beurre, et Vassilissa, maussade, se leva de table avec l'impression pénible de ne pas avoir dîné. Quant à la soirée, elle apporta une série de tracas, et rien que des tracas extrêmement désagréables, pénibles. Dans la salle à manger, la table avait les quatre pieds en l'air et un paquet de Lebid-Yourtchik traînait par terre.

— Tu n'es qu'une bête, dit Vassilissa à sa femme.

Wanda changea de figure et répondit :

— Il y a longtemps que je sais que tu n'es qu'un goujat. Ta conduite, ces derniers temps, a vraiment atteint les colonnes d'Hercule.

Vassilissa éprouva une envie douloureuse de la frapper à toute volée sur le visage, de façon qu'elle soit projetée contre le coin du buffet, puis de la battre encore, et encore, jusqu'à ce que cette créature osseuse et odieuse se taise et s'avoue vaincue. Enfin, lui, Vassilissa, lui qui était harassé, lui qui, à la fin des fins, travaillait comme un bœuf, il exigeait — il exigeait — d'être obéi chez lui. Vassilissa grinça des dents, mais se contint, car une agression contre Wanda était loin d'être aussi dépourvue de dangers qu'on pouvait le croire à première vue.

— Fais ce que je te dis, grogna Vassilissa entre ses dents. Comprends donc qu'un buffet, ça peut se déplacer. Alors ça nous avance à quoi, hein? Tandis que ça, ça ne viendra à l'idée de personne. Du reste, toute le monde en Ville fait comme ça.

Wanda consentit, et tous deux se mirent au travail : à l'aide de punaises, ils fixèrent les billets de banque étalés sur la face intérieure de la table.

Bientôt, celle-ci en fut couverte et ressembla à un tapis soyeux aux dessins multicolores et compliqués.

Vassilissa, la figure injectée de sang, se releva en geignant et embrassa du regard la surface couverte de billets.

— Ce n'est pas pratique, dit Wanda. Quand on aura besoin d'argent, il faudra retourner la table.

— Eh bien, tu la retourneras, ça ne te cassera pas les coudes, répondit Vassilissa d'une voix sifflante. Il vaut mieux retourner la table que tout perdre. Tu sais ce qui se passe en Ville? C'est pire que les bolcheviks. Il paraît qu'ils font des perquisitions générales. Ils cherchent partout les officiers.

A onze heures du soir Wanda apporta le samovar de la cuisine et éteignit toutes les lumières dans l'appartement. Dans le buffet elle prit un sac en papier contenant du pain rassis et du fromage vert[1]. Au-dessus de la table, dans le lustre à trois lampes, une seule ampoule aux filaments faiblement incandescents, répandait une médiocre lumière rougeâtre.

Vassilissa mangea une tranche de pain, avec du fromage vert qui lui agaça les nerfs jusqu'aux larmes, comme un mal de dents térébrant. A chaque bouchée, une pluie de miettes nauséabondes tombait de sa bouche et saupoudrait sa veste et sa cravate. Sans comprendre ce qui le tourmentait, Vassilissa regardait par en dessous Wanda qui mâchait consciencieusement.

1. Fromage sec au raifort qui se servait souvent râpé au thé de fin de soirée.

— Ce qui m'étonne, c'est la veine qu'ils ont toujours, dit Wanda en regardant le plafond. J'étais certaine qu'il y en aurait au moins un qui se ferait tuer. Mais non, ils sont tous revenus, et l'appartement est de nouveau plein d'officiers...

En un autre moment, les paroles de Wanda n'auraient produit sur Vassilissa aucune impression, mais là, alors que le cafard lui rongeait l'âme, elles lui parurent d'une bassesse insupportable.

— Ce qui m'étonne, c'est toi, répondit-il en évitant de la regarder pour ne pas perdre ce qui lui restait de sang-froid. Tu sais parfaitement qu'au fond, ils ont agi comme ils le devaient. Il fallait bien quelqu'un pour défendre la Ville contre cette (Vassilissa baissa la voix) canaille... Et en l'occurrence tu as tort de penser qu'ils ont tant de veine que ça... Je crois qu'il...

Wanda leva la tête et lui jeta un regard noir.

— Oh ! Ça, j'ai compris tout de suite, je n'ai pas eu besoin de toi... Évidemment, il a été blessé...

— Alors, tu vois, il n'y a pas de quoi se réjouir, « de la veine, de la veine »...

Wanda se lécha les lèvres.

— Je ne me réjouis pas, j'ai seulement dit « de la veine ». Mais ce que je serais curieuse de savoir c'est si... Dieu nous en garde, mais supposons qu'on vienne chez nous et qu'on te demande, en tant que président du comité d'immeuble, qui habite au-dessus ? Et est-ce qu'ils étaient avec l'hetman ? Qu'est-ce que tu répondrais ?

Vassilissa se renfrogna et la regarda de travers.

— On pourra dire que c'est un docteur... A la fin, comment veux-tu que je sache ? Hein ?

— Justement, on n'en sait rien...

Sur ce, la sonnette retentit dans l'entrée. Vassilissa pâlit et Wanda tourna brusquement son cou décharné.

En reniflant Vassilissa se leva et dit :

— Dis donc ? Si on allait chercher les Tourbine ?

Wanda n'eut pas le temps de répondre car la sonnette retentissait de nouveau.

— Ah ! mon Dieu, murmura anxieusement Vassilissa, il faut y aller.

Wanda lui jeta un regard effrayé et le suivit. Ils ouvrirent la porte qui faisait communiquer l'appartement avec l'entrée commune. Vassilissa passa dans le couloir humide et froid, observé de loin par le visage anguleux de Wanda aux yeux agrandis par la peur. Au-dessus de la tête de Wanda, pour la troisième fois, la coquille brillante de la sonnette stridula, obsédante.

Un bref instant, Vassilissa eut l'idée de frapper à la porte vitrée des Tourbine : sûrement, quelqu'un sortirait aussitôt, et ce serait moins effrayant. Mais il n'osa le faire. « Pourquoi as-tu frappé chez eux ? Hein ? Tu avais peur ? » En outre, il eut l'espoir, bien faible il est vrai, qu'il ne s'agissait pas d'eux, mais de n'importe quoi d'autre...

— Qui... qui est là ? demanda faiblement Vassilissa derrière la porte.

Aussitôt, à la hauteur du ventre de Vassilissa, le trou de la serrure répondit d'une voix enrouée, tandis qu'au-dessus de la tête de Wanda la sonnette ne cessait de retentir.

— *État-major*, gronda le trou de la serrure, *ouvrez. Et te sauve pas, ou on tire à travers la porte.*

— Ah ! mon D..., soupira Wanda.

Les bras coupés, Vassilissa leva la barre et le lourd crochet, et dans un état second, enleva la chaîne.

— *Dépêche...*, dit rudement le trou de la serrure.

A travers l'obscurité de la rue, Vassilissa aperçut un morceau de ciel grisâtre, une branche d'acacia, des flocons de neige. Trois hommes entrèrent, mais Vassilissa eut l'impression qu'ils étaient beaucoup plus nombreux.

— Excusez-moi... c'est à quel sujet ?

— Perquisition, répondit le premier entré, d'une voix de loup, et il marcha vers Vassilissa. Le corridor tournoya, et dans la porte éclairée le visage de Wanda parut outrageusement poudré.

— Mais excusez-moi, s'il vous plaît (la voix de Vassilissa était blanche, sans timbre) vous avez peut-être un mandat ? En fait, je suis un citoyen paisible... je ne comprends pas pourquoi vous venez chez moi ? Je n'ai rien... *rien* — Vassilissa s'efforça douloureusement de prononcer le mot en ukrainien.

— *Bon, on va vérifier*, répondit l'homme.

Reculant dans le couloir sous la pression des intrus, Vassilissa les voyait comme dans un rêve. Le premier avait tout d'un loup, lui sembla-t-il confusément. Son visage était étroit, ses yeux petits et profondément enfoncés, sa peau grisâtre, sa moustache hérissée en touffe, et ses joues non rasées étaient creusées de sillons arides ; son regard était fuyant et il louchait bizarrement, et même dans cet espace réduit, on put constater qu'il n'avait pas une démarche humaine, mais cette démarche plongeante des créatures habituées à la neige et à la prairie. Il parlait une langue incorrecte et affreuse, un mélange de russe et d'ukrainien bien connu des habitants de la Ville qui avaient l'occasion de se rendre au Podol, sur la rive du Dniepr, là où en été, sur les quais, les treuils tournent et grincent, où des gens en guenilles déchargent les péniches de pastèques... La tête du loup était coiffée d'un bonnet de peau de mouton sur le côté duquel pendait un chiffon bleu orné d'un galon d'oripeau.

Le deuxième était un géant qui emplissait presque jusqu'au plafond l'entrée de Vassilissa. Il était jeune, et avait de bonnes joues rouges de grosse femme réjouie, sur lesquelles ne poussait aucun poil. Il portait un bonnet noir à oreilles mangé aux mites, une capote grise, et ses pieds anormalement petits étaient chaussés d'affreuses savates.

Le troisième était doté d'un long nez tombant, dont un côté était rongé par une croûte purulente, et sa bouche était fendue et déformée par une cicatrice recousue. Il était coiffé d'une vieille casquette d'officier à bandeau rouge où l'on voyait la trace d'une ancienne cocarde. Une vieille tunique de soldat croisée, à boutons de cuivre verdi couvrait son corps. Il portait un pantalon noir, et aux pieds, des sandales de tille, par-dessus de grosses chaussettes grises de l'armée. A la lumière de la lampe, son visage offrait un mélange de deux couleurs — jaune cireux et violet —, et ses yeux brûlaient d'une haine douloureuse.

— *On va vérifier, on va vérifier*, répéta le loup, et j'ai le mandat.

Ce disant, il fourra sa main dans une poche de son pantalon, et en tira un papier froissé qu'il colla entre les mains de Vassilissa. Le regard de son œil droit porta un coup au cœur de Vassilissa, tandis que son œil gauche, oblique et fureteur, examinait rapidement les coffres placés dans l'entrée.

Sur le carré de papier chiffonné qui portait ce tampon

ÉTAT-MAJOR DE LA SIETCH
1er Kourène[1]

1. Cf. note 1, p. 69. Le camp de la Sietch était divisé en quartiers appelés « kourènes ».

étaient tracés au crayon à encre, d'une grande écriture griffonnée et oblique, ces mots :

Ordre de perquisitionner chez l'habitant Vassili Lissovitch, rue Saint-Alexis, n° 13.

En cas de résistance, fusiller.

Le chef d'État-major
PROTSENKO
L'aide de camp
MIKLOUNE

Le coin inférieur gauche portait un cachet bleu illisible.

Les bouquets de fleurs et de feuillage du papier peint dansèrent quelque peu devant les yeux de Vassilissa, et tandis que le loup reprenait le papier, il dit :

— Entrez, s'il vous plaît, mais il n'y a rien chez moi.

Le loup sortit de sa poche un browning noir enduit de graisse et le pointa sur Vassilissa. Wanda s'écria faiblement :

— Aïe !

Un colt luisant de graisse, long et menaçant, surgit également dans la main de l'homme à la bouche fendue. Les genoux de Vassilissa plièrent, et il parut rapetisser. Au même instant, on ne sait pourquoi, la lumière électrique se mit à briller d'un vif éclat, blanche et joyeuse.

— *Qui loge ici ?* demanda le loup d'une voix rauque.

— Il n'y a personne, dit Vassilissa les lèvres blêmes, *que moi et ma femme...*

— *Allez, les gars, fouillez, vite fait*, gronda le loup en se tournant vers ses compagnons. *On n'a pas le temps.*

Aussitôt, le géant souleva un coffre et le secoua comme il eût fait d'une simple boîte, et l'homme défiguré fila vers le poêle. Les pistolets disparurent. L'homme à la bouche fendue sonda les parois du poêle à coups de poings et en ouvrit la porte, qui laissa échapper, dans un grincement métallique, une parcimonieuse bouffée d'air chaud.

— *Vous avez des armes* ? demanda le loup.

— Parole d'honneur... miséricorde, moi des armes...

— Pas d'armes chez nous, confirma dans un souffle l'ombre de Wanda.

— *Tu ferais mieux de parler, sinon, tu as vu : « fusiller », hein ?* dit le loup d'un air sérieux.

— Moi, mon Dieu... comment voulez-vous ?

Dans le cabinet, la lampe verte s'alluma, et Alexandre II regarda les trois hommes, indigné jusqu'au fond de son âme de bronze. C'est dans la pénombre verte de ce cabinet que, pour la première fois de sa vie, Vassilissa ressentit, avec le vertige qui lui tournait la tête, l'approche de l'évanouissement. Les trois hommes s'attaquèrent en premier lieu à la tapisserie des murs. Aisément, comme en se jouant, le géant balaya rangée par rangée les livres des étagères, et les six mains se promenèrent sur les murs en les tapotant... Toup... toup... répondaient sourdement les parois. Toc ! fit soudain la plaque qui masquait la cachette. La joie étincela dans les yeux du loup.

— *Qu'est-ce que je disais* ? murmura-t-il sourdement.

Le cuir d'un fauteuil creva sous le poids du géant, et celui-ci s'éleva jusqu'au plafond. Quelque chose craqua et se brisa sous ses doigts, et il arracha la plaque du mur. Un paquet enveloppé de papier et ficelé passa dans les mains du loup. Vassilissa chancela et s'appuya contre le mur. Le loup se mit à hocher la tête ; il hocha la tête longuement en contemplant Vassilissa à demi mort.

— *Alors, salopard* ? dit-il d'un ton amer. *Alors, hein ? « J'ai rien, j'ai rien » — va donc, hé, cul de chien. Il dit qu'il a rien, et il cache* des sous dans le mur ? *Je m'en vais* te tuer, moi !

— Vous n'allez pas faire ça ! s'écria Wanda.

Sans doute se produisit-il chez Vassilissa quelque chose d'étrange, car il éclata tout d'un coup d'un rire convulsif, et ce rire était effrayant, car ses yeux bleus tremblaient d'épouvante, et seuls ses lèvres, son nez et ses joues riaient.

— Mais, *messieurs*, s'il vous plaît, il n'y a pas eu de décret... Ce ne sont que quelques billets de banque et des babioles... Ça fait peu d'argent... De l'argent que j'ai gagné... Et de toute façon, maintenant, la monnaie impériale n'a plus de valeur...

En disant cela, Vassilissa regardait le loup comme si la vue de celui-ci le plongeait dans un sinistre ravissement.

— *Tu mérites d'être arrêté*, dit le loup d'un ton sentencieux.

Puis il secoua le paquet et le fit disparaître dans la poche sans fond de sa capote trouée.

— *Maintenant, les tiroirs, mes gars !*

Les tiroirs, ouverts par Vassilissa lui-même, déversèrent

pêle-mêle des monceaux de papiers, des cachets, des sceaux, des cartes, des porte-plume, des étuis à cigarettes. Des feuilles jonchèrent le tapis vert et le dessus de table rouge, des feuilles voletèrent tout autour. L'homme au visage monstrueux retourna la corbeille. Dans le salon, ils sondèrent les murs superficiellement, comme à contrecœur. Le géant enleva le tapis et martela le sol des pieds, laissant sur le parquet des traces compliquées semblables à des brûlures. L'électricité, qui s'était ranimée pour la nuit, répandait une lumière vive et gaie, qui faisait briller le pavillon du gramophone. Vassilissa suivait les trois hommes en traînant les pieds. Un calme hébété l'avait envahi, et ses pensées avaient repris un semblant de cohérence. Dans la chambre, ce fut immédiatement le chaos : ils vidèrent l'armoire à glace de ses draps et couvertures, et mirent le sommier sens dessus dessous. Le géant s'arrêta soudain, un sourire timide rayonna sur son visage, et il regarda à ses pieds. Sous le lit bouleversé apparaissaient les nouvelles chaussures de chevreau à bout verni de Vassilissa.

— *Elles sont belles, les chaussures*, dit-il d'une voix fluette avec un petit rire et un coup d'œil hésitant en direction de Vassilissa. *Peut-être que des fois, elles m'iraient?*

Vassilissa songeait encore à ce qu'il devait répondre quand le géant se baissa et prit délicatement les souliers. Vassilissa tressaillit.

— C'est du chevreau, *messieurs*, dit-il sans comprendre lui-même ce qu'il disait.

Le loup se tourna vers lui, et une fureur amère flamboya dans ses yeux bigles.

— *Ta gueule, pou!* dit-il sombrement. Silence! reprit-il en s'excitant soudain. *Dis-nous merci qu'on t'ait pas tué, comme voleur et bandit, pour avoir caché un trésor. Ta gueule* (répéta-t-il en marchant, le regard chargé de menace, sur Vassilissa exsangue). *T'as amassé des tas de trucs, tu t'es empiffré la gueule, t'es rose comme un cochon, et tu vois un peu ce que les braves gens ont aux pieds? Tu vois? Il a les pieds gelés, à moitié coupés, il a pourri pour toi dans les tranchées, pendant que t'étais tranquillement chez toi, à faire jouer ton gramophone. Ouh! ouh! enfant de putain.*

Comme une lueur, passa dans ses yeux le désir de frapper Vassilissa sur l'oreille, et il leva la main. Wanda cria : « Vous n'allez pas... » L'aspect distingué et honorable de Vassilissa arrêta le geste du loup, et il se contenta de lui fourrer son poing dans la poitrine. Le visage blanc, Vassilissa chancela, ressentant dans la poitrine, mêlée à l'angoisse, la douleur provoquée par le poing dur et sec.

« Voilà ce que c'est, la révolution, pensa-t-il dans sa tête rose et soignée. Elle est jolie, la révolution. Il aurait fallu tous les pendre, mais il est trop tard, maintenant... »

— *Vassilko, mets les chaussures*, dit le loup avec douceur en s'adressant au géant.

Celui-ci s'assit sur le sommier et se débarrassa de ses savates. Mais les épaisses chaussettes grises n'entrèrent pas dans les souliers.

— *Donne des chaussettes au cosaque*, ordonna rudement le loup à Wanda.

Celle-ci s'accroupit immédiatement devant le tiroir inférieur de l'armoire jaune et en sortit des chaussettes. Le géant ôta ses chaussettes grises, montrant des doigts de pieds rouges et des ecchymoses noirâtres, et mit les chaussettes neuves. Il peina à enfiler les chaussures, et le lacet de celle de gauche cassa. Souriant et ravi comme un enfant, il noua les bouts et se leva. Au même instant, il sembla que quelque chose se rompait dans la tension des rapports entre ces cinq étranges personnages, qui avaient parcouru l'appartement à la queue leu leu. La simplicité s'instaura. L'homme défiguré, ayant jeté un coup d'œil aux souliers du géant, s'empara prestement d'un pantalon de Vassilissa accroché à une patère près de la table de toilette. Le loup, encore une fois, se contenta de lancer à Vassilissa un regard soupçonneux — allait-il dire quelque chose ? — mais Vassilissa et Wanda ne dirent rien, et leurs visages à tous deux étaient d'un blanc absolument identique, avec des yeux énormes. La chambre ressemblait maintenant à un rayon de magasin de prêt-à-porter. L'homme défiguré, en caleçons rayés qui, par endroits, s'en allaient en lambeaux, examinait le pantalon à la lumière.

— Un tissu cher, de la cheviotte, dit-il en nasillant, puis il s'assit dans un fauteuil bleu et enfila le pantalon.

Le loup échangea sa vareuse sale contre un veston gris de Vassilissa, dont il sortit des papiers qu'il rendit à Vassilissa avec ces mots :

— *Prenez ces papiers, monsieur, vous en aurez peut-être besoin.*

Sur la table, il prit une pendulette sous verre en forme de globe, sur le cadran de laquelle s'étalaient, épais et noirs, des chiffres romains.

Le loup enfila sa capote. On entendait dessous le tic-tac de la pendule.

— *L'heure, c'est une chose nécessaire. Quand on n'a pas l'heure, c'est comme si on n'avait pas de bras*, dit le loup à l'homme défiguré, cependant que son attitude envers Vassilissa s'humanisait de plus en plus. — *Comme ça, la nuit tu peux regarder quelle heure il est, on ne peut pas se passer de ça.*

Là-dessus, tout le monde se mit en route. Vassilissa et Wanda suivaient les trois hommes en silence. On traversa le salon et on regagna le cabinet. Arrivé là, le loup réfléchit un moment en louchant, puis il dit à Vassilissa :

— *Vous allez me donner un reçu*, monsieur... (Une vague idée paraissait l'inquiéter, et il plissait le front.)

— Comment ? balbutia Vassilissa.

— *Un reçu, comme quoi vous nous avez donné des choses*, expliqua le loup en regardant par terre.

Vassilissa changea de visage, et une bouffée rose monta à ses joues.

— Mais comment... Mais il... (Il voulait s'écrier : « Mais il faut encore que je vous donne un reçu ! », mais ce furent d'autres mots qui sortirent de sa bouche.) Vous... c'est à vous de donner un reçu, pour ainsi dire...

— *Oh ! il va falloir que je te tue comme un chien. Ouh ! ouh ! sangsue... Je sais ce que tu penses. Je sais. Tu penses que si ton pouvoir revenait, tu nous écraserais comme des insectes. Ouh ! ouh ! je vois, il y a pas de bien à attendre de toi. Collez-le contre le mur, mes petits gars. Ouh ! je vais te régler ton compte...*

Très en colère, les gestes nerveux, il immobilisa Vassilissa contre le mur en lui serrant le cou d'une main, ce qui fit instantanément virer au pourpre le visage de Vassilissa.

— Aïe ! s'écria Wanda épouvantée, et elle saisit le bras du loup. Vous n'allez pas... Par pitié... Signe le reçu, Vassia, signe...

Le loup lâcha la gorge de l'ingénieur, dont le faux-col sauta de côté, comme mû par un ressort, avec un léger craquement. Vassilissa se retrouva assis dans le fauteuil sans savoir comment. Ses mains tremblaient. Il arracha une feuille d'un bloc-notes et trempa une plume dans l'encrier. Un silence se fit, et on entendit, dans la poche du loup, le tic-tac de la pendule de verre.

— Que faut-il écrire? demanda Vassilissa d'une voix faible et enrouée.

Le loup réfléchit, en battant des paupières.

— *Écris... « Conformément aux ordres de l'état-major... les objets... à savoir... ont été remis... intacts... »*

— A sav... commença Vassilissa en grinçant des dents, mais il se tut aussitôt.

— *« ... intacts lors de la perquisition. Je n'ai aucune réclamation à faire ». Et signe...*

Vassilissa rassembla quelques débris de son courage et demanda en détournant les yeux :

— Remises à qui?

Le loup regarda Vassilissa d'un air méfiant, mais contint la colère qui montait en lui et se contenta de soupirer.

— *Et puis écris... « les objets ont été remis... remis intacts à Nemoliaka* (il réfléchit en regardant l'homme défiguré)... *Kirpatyi et à l'ataman Ouragar. »*

Regardant le papier d'un œil trouble, Vassilissa écrivit ce qui lui était dicté. Cela fait, il traça en guise de signature un tremblant « Vassilissa », et tendit le papier au loup. Celui-ci le prit et se mit à l'examiner.

A ce moment, au loin dans l'escalier, on entendit claquer la porte vitrée, puis il y eut un bruit de pas auquel se mêla la voix sonore de Mychlaïevski.

Le visage du loup changea brutalement, et s'assombrit. Ses acolytes remuèrent. La figure couleur de brique, le loup ordonna doucement : « Chht ». Il tira son browning de sa poche et le pointa sur Vassilissa, qui sourit d'un air souffreteux. Derrière les portes, on entendit des pas et des exclamations dans le corridor. Puis retentirent les bruits de la barre, du loquet, de la chaîne — on refermait la porte du bas. Puis encore des pas rapides, et le rire d'un homme. La porte vitrée claqua de nouveau, le bruit des pas qui montaient s'éteignit, et tout se tut. L'homme défiguré alla dans l'entrée, colla son oreille à la porte et écouta. Quand il revint, il échangea un regard significatif avec le loup, et tous, en se gênant mutuellement, passèrent dans l'entrée. Là, le géant remua les doigts de pieds dans les étroits souliers et dit :

— *Ça va être froid.*

Et il enfila par-dessus les caoutchoucs de Vassilissa.

Le loup se tourna vers Vassilissa et, le regard fuyant, lui dit d'une voix douce :

— *Alors voilà, monsieur... Vous direz à personne qu'on était chez vous. Si vous dégoisez sur nous, nos gars vous tueront. Ne sortez pas d'ici avant demain matin, sous peine de punition sévère...*

— *Et on s'excuse pour le dérangement*, dit le nez tombant d'une voix putride.

Le géant aux joues rouges ne dit rien, regardant simplement Vassilissa avec timidité et louchant avec ravissement sur les caoutchoucs brillants. De la porte de Vassilissa à celle de la rue, ils parcoururent rapidement le corridor, se heurtant et, on ne sait pourquoi, marchant sur la pointe des pieds. Les verrous cliquetèrent, le ciel obscur apparut furtivement, puis Vassilissa, les mains glacées, remit la barre. Sa tête tournait, et il crut un instant qu'il avait rêvé. Son cœur s'arrêta, puis se mit à battre avec frénésie. Dans l'entrée, Wanda sanglotait. Elle tomba assise sur un coffre, sa tête heurta le mur, et de grosses larmes coulèrent sur son visage.

— Mon Dieu ! Qu'est-ce qui nous arrive ?... Mon Dieu. Mon Dieu. Vassia... En pleine nuit. Qu'est-ce que ça veut dire ?...

Debout devant elle, Vassilissa tremblait comme une feuille, le visage décomposé.

— Vassia, cria Wanda, tu sais... Il n'y avait ni état-major ni régiment. Vassia ! C'étaient des bandits !

— Mais oui, mais oui, je le sais bien, marmotta Vassilissa en écartant les bras de désespoir.

— Seigneur ! s'écria Wanda. Il faut courir tout de suite, tout de suite, les dénoncer, les faire prendre. Les faire prendre ! Sainte Mère de Dieu ! Toutes nos affaires. Tout ! Tout ! Et si quelqu'un, si quelqu'un... Hein ?...

Elle se mit à grelotter, glissa du coffre à terre, se couvrit le visage de ses mains. Ses cheveux se défirent, et dans son dos, sa blouse se déboutonna.

— Mais où aller ? Où ? demanda Vassilissa.

— Mon Dieu, je ne sais pas, à l'état-major, à la Varta[1] !

1. Cf. note 1, p. 189.

Faire une déclaration, tout de suite ! Mon Dieu, quelle histoire !

Vassilissa piétina sur place, puis soudain se précipita vers la porte. Il alla s'abattre contre la porte vitrée, et déclencha le vacarme que l'on sait.

Tout le monde, hormis Chervinski et Hélène, se pressa dans l'appartement de Vassilissa. Lariossik, très pâle, resta à la porte. Mychlaïevski, les jambes écartées, contemplait les savates et les loques abandonnées par les visiteurs inconnus. Puis il se tourna vers Vassilissa.

— Faites-en votre deuil. C'étaient des bandits. Et remerciez le ciel qu'ils vous aient laissés en vie. Franchement, je suis très étonné que vous vous en tiriez à si bon compte.

— Mon Dieu ! Si vous saviez ce qu'ils nous ont fait ! dit Wanda.

— Ils m'ont menacé de mort.

— Une chance qu'ils aient pas mis leur menace à exécution. Première fois que je vois ça.

— C'est du beau travail, affirma doucement la Carpe.

— Mais que faire, maintenant ? demanda Vassilissa défaillant. Aller se plaindre ?... Mais où ?... Pour l'amour de Dieu, Victor Victorovitch, donnez-nous un conseil.

Mychlaïevski se racla la gorge en réfléchissant.

— Je vous conseille de n'aller vous plaindre nulle part, proféra-t-il finalement. D'abord, ils ne seront jamais pris, et d'une. (Il déplia un long doigt.) Deuxièmement...

— Vassia, tu te rappelles, ils ont dit qu'ils te tueraient si tu portais plainte.

— Des bêtises. (Mychlaïevski fronça les sourcils.) Personne ne vous tuera, mais je le répète, ils ne seront jamais pris, et du reste, personne ne se donnera la peine de les rechercher. Et deuxièmement... (Il déplia un deuxième doigt) vous seriez obligés de déclarer ce qu'ils vous ont pris, de parler de l'argent impérial... Bon, vous allez vous plaindre à leur espèce d'état-major ou je ne sais où, et qu'est-ce qu'ils vont faire, hein ? Une deuxième perquisition, c'est sûr.

— C'est possible, c'est tout à fait possible, confirma le grand spécialiste Nikolka.

Navré, et encore humide de l'eau dont on l'avait arrosé après son évanouissement, Vassilissa baissa la tête. Wanda, appuyée au chambranle de la porte, se mit à pleurer sans bruit, et tous les prirent en pitié. A l'entrée, Lariossik poussa un profond soupir en roulant des yeux troubles.

— Que voulez-vous, à chacun sa peine, murmura-t-il.

— Qu'est-ce qu'ils avaient, comme armes? demanda Nikolka.

— Mon Dieu. Deux avaient des revolvers, et le troisième... Vassia, le troisième n'avait rien?

— Oui, deux avaient des revolvers, confirma faiblement Vassilissa.

— Quel genre de revolvers, vous n'avez pas remarqué? s'enquit Nikolka d'un air pratique.

— Mais je ne sais pas, dit Vassilissa en soupirant, je ne connais pas les marques. Il y en avait un gros, noir, et l'autre était noir aussi, mais petit, avec une chaînette.

— Une chaînette, oui, soupira Wanda.

Nikolka fronça les sourcils et regarda Vassilissa de côté, comme un oiseau. Il dansa d'un pied sur l'autre, puis, d'un pas impatient et rapide, il se dirigea vers la porte. Lariossik se traîna à sa suite. Lariossik arrivait à peine dans la salle à manger quand, de la chambre de Nikolka, lui parvint un tintement de verre brisé et un cri de Nikolka. Lariossik y courut. La chambre de Nikolka était tout allumée, un froid vif entrait par le vasistas ouvert, et un large trou noir béait dans la vitre, provoqué par les genoux de Nikolka quand, sous le coup du désespoir, il avait glissé de l'appui de la fenêtre. Les yeux de Nikolka étaient hagards.

— Ce n'est pas possible! s'écria Lariossik en levant les bras. C'est de la vraie sorcellerie!

Nikolka se rua hors de la chambre, traversa en coup de vent la bibliothèque, puis la cuisine où Aniouta, abasourdie, lui cria : « Nikolka! Où vas-tu sans chapeau? Mon Dieu, qu'arrive-t-il encore?... », et bondit dans la cour. Aniouta, avec de grands signes de croix referma la porte derrière lui, rentra en courant dans la cuisine et se colla à la fenêtre, mais Nikolka avait déjà disparu.

Il tourna brusquement à gauche, descendit la pente en courant et s'arrêta devant un énorme tas de neige qui fermait l'étroit passage entre les murs des deux maisons. La neige était absolument intacte. « Je n'y comprends rien », grommela Nikolka avec désespoir, et bravement, il se lança dans le tas de neige, soufflant en crachant, réussit enfin à franchir l'obstacle et déboucha, tout blanc, dans la sinistre venelle. Il regarda en haut et vit le rectangle de lumière qui tombait de la fatale fenêtre de sa chambre, les saillies noires des crampons et leurs ombres épaisses et pointues, mais de boîte, plus trace.

Avec le dernier espoir que, peut-être, la ficelle avait cassé, Nikolka se jeta à genoux et fouilla parmi les morceaux de briques. La boîte n'y était pas.

A ce moment, une vive lumière éclaira le cerveau de Nikolka : « Ah ! ah ! » s'écria-t-il, et il se glissa jusqu'à la palissade qui séparait le passage de la rue. Sous ses mains, les planches cédèrent et un large trou s'ouvrit sur l'obscurité de la rue. Il comprit tout. Ils avaient envoyé promener les planches de la palissade, étaient entrés dans le passage... oui, c'est ça... et ils avaient voulu entrer chez Vassilissa par la fenêtre du cabinet de débarras, mais elle était grillagée.

Nikolka, tout blanc, rentra dans la cuisine en silence.

— Mon Dieu, attends que je te nettoie..., s'écria Aniouta.

— Pour l'amour du ciel, fiche-moi la paix, dit Nikolka, et il traversa l'appartement en frottant sur son pantalon ses mains engourdies. Larion, tape-moi sur la gueule, dit-il à Lariossik.

Celui-ci battit des paupières, puis écarquilla les yeux et dit :

— Voyons, Nikolacha ? Pourquoi te désespérer comme ça ? Timidement, il frotta le dos de Nikolka et fit tomber la neige avec sa manche.

— Sans compter qu'Aliocha, si Dieu veut qu'il se rétablisse, va m'arracher la tête, poursuivit Nikolka, mais le principal... le colt de Naï-Tours !... Bon Dieu, j'aurais préféré me faire tuer !... Dieu me punit pour m'être moqué de Vassilissa. Je regrette pour Vassilissa, mais tu comprends, c'est avec ce même revolver qu'ils lui ont fait sa fête. Quoique, du reste, il n'y avait pas besoin de revolver pour le plumer comme un dindon... Un type pareil. Eh oui !... Quelle histoire... Prends du papier, Larion, on va recoller la vitre.

Il faisait toujours nuit quand Nikolka, Mychlaïevski et Lariossik, armés d'une hache, de clous et d'un marteau, sortirent de la venelle. Celle-ci était maintenant hermétiquement bouchée par de courtes planches. C'est Nikolka lui-même qui, avec rage, avait enfoncé les clous épais et longs de façon que leur pointe ressorte de l'autre côté, sur la rue. Jusqu'à une heure tardive, ils visitèrent la véranda avec des bougies, puis, traversant le cellier, ils grimpèrent tous trois dans le grenier, au-dessus de l'appartement. Avec des piétinements menaçants, ils en fouillèrent tous les recoins, se faufilant entre les tuyaux de chauffage et les pièces de linge étendu, et ils obturèrent la lucarne.

Apprenant l'expédition dans le grenier, Vassilissa manifesta le plus vif intérêt. Il vint se joindre aux explorateurs et fouilla lui aussi parmi les poutres, approuvant tous les actes de Mychlaïevski.

— Quel dommage que vous n'ayez pas pu nous faire prévenir. Vous auriez dû nous envoyer Wanda Mikhaïlovna, par l'entrée de service, dit Nikolka en laissant s'égoutter la stéarine de sa bougie.

— Pas tout à fait d'accord, mon vieux, répliqua Mychlaïevski. Avec eux dans l'appartement, ça aurait fait une histoire assez saignante. Tu ne penses tout de même pas qu'ils seraient restés là sans se défendre ? Tu parles. Avant même d'entrer dans l'appartement, tu aurais reçu une balle dans le ventre. Et hop ! te voilà mort. Alors tu vois. Ne pas les laisser entrer, par contre, c'était déjà une autre affaire.

— Ils avaient menacé de tirer à travers la porte, Victor Victorovitch, dit Vassilissa avec chaleur.

— Ils ne l'auraient pas fait, répondit Mychlaïevski. Jamais. Sinon, ils auraient attiré l'attention de toute la rue sur eux.

Plus tard dans la nuit, la Carpe se prélassait comme un Louis XIV dans l'appartement des Lissovitch. Ce fait avait été précédé de la conversation suivante :

— Ils ne viendront plus aujourd'hui, voyons ! dit Mychlaïevski.

— Non, non, non, répondirent dans l'escalier Wanda et Vassilissa en se coupant mutuellement la parole, nous vous en supplions, venez !... Qu'est-ce que ça vous coûte ? Wanda Mikhaïlovna vous fera du thé. Nous vous installerons confortablement. Nous vous en prions, et pour demain aussi. Comment ferions-nous, sans homme dans l'appartement !

— Jamais je ne pourrai m'endormir, affirma Wanda en s'enveloppant dans son châle duveteux.

— Et j'ai un bon petit cognac pour nous réchauffer, dit Vassilissa d'un air crâne, inattendu chez lui.

— Vas-y, la Carpe, dit Mychlaïevski.

C'est ainsi que la Carpe se prélassait. Les cervelles et la soupe à l'huile n'avaient été, comme il fallait s'y attendre, que des symptômes de cette répugnante maladie, appelée avarice, que Vassilissa avait transmise à son épouse. En réalité, dans les recoins secrets de l'appartement étaient cachés des trésors dont seule Wanda connaissait l'existence. On vit ainsi apparaître sur la table de la salle à manger un bocal de champignons marinés, du veau froid, de la confiture de cerises et un authentique et excellent cognac de chez Choustov. La Carpe réclama un verre pour Wanda Mikhaïlovna et ce fut lui qui la servit.

— Pas plein, pas plein, s'écria Wanda.

Vassilissa se fit une douce violence et, cédant à la Carpe, vida un petit verre.

— N'oublie pas, Vassia, que ça te fait du mal, dit Wanda d'un ton affectueux.

Après les explications compétentes de la Carpe, comme quoi le cognac ne pouvait faire de mal absolument à personne et qu'on en donnait même, dans du lait, aux anémiques, Vassilissa but un second petit verre, ce qui fit rosir ses joues et perler la sueur à son front. La Carpe but cinq verres, à la suite de quoi il se trouva dans une excellente disposition d'esprit. « Si on l'engraissait un peu, pensa-t-il en regardant Wanda, elle ne serait pas du tout si vilaine. »

Ensuite, la Carpe loua fort la disposition de l'appartement des Lissovitch et mit au point un système d'alarme, pour prévenir au besoin les Tourbine : il y avait deux sonnettes, l'une à l'entrée principale, l'autre du côté de la cuisine. Qu'il arrive quelque chose, et il suffisait d'aller sonner en haut. Et puis, c'est Mychlaïevski qui irait ouvrir, ce qui, n'est-ce pas, n'était plus du tout la même chose.

La Carpe ne tarissait pas d'éloges sur l'appartement. Confortable. Très bien meublé. Un seul inconvénient : il y faisait froid.

Vassilissa lui-même apporta une brassée de bois et, de ses propres mains, alluma le poêle dans le salon. La Carpe, déshabillé, était étendu sur un divan, entre deux draps merveilleux, et il se sentait remarquablement bien et à l'aise. Vassilissa, en chemise et bretelles, vint s'asseoir près de lui dans un fauteuil et dit :

— Vous savez, je n'arrive pas à dormir. Vous permettez que nous causions un peu ?

Dans le poêle, le bois achevait de se consumer. Vassilissa, rondelet et rassuré, assis dans son fauteuil, disait en soupirant :

— Et voilà, Fiodor Nikolaïevitch. Tout ce que j'avais amassé au prix d'un travail acharné est passé en une soirée dans les poches de je ne sais quels chenapans... et par la violence... N'allez pas croire que je nie la révolution, non, non, je comprends parfaitement les causes historiques qui sont à l'origine de tout cela.

Un reflet pourpre jouait sur le visage de Vassilissa et sur les attaches de ses bretelles. La Carpe, délicieusement amolli par le cognac, commençait à somnoler, et il devait faire effort pour conserver à son visage un air d'attention polie...

— Mais convenez-en. Chez nous, en Russie, dans ce pays qui est incontestablement des plus arriérés, la révolution a déjà dégénéré en pougatchovisme[1]... Vous n'avez qu'à voir ce qui se passe... En quelque deux ans, nous nous sommes privés de tout soutien légal, d'un minimum de protection de nos droits d'hommes et de citoyens. Les Anglais disent...

— Mmmoui, les Anglais... bien sûr, marmotta la Carpe, qui sentait une sorte de cloison molle s'élever entre Vassilissa et lui.

— ... Mais ici, comment peut-on dire encore « ta maison c'est ta forteresse », quand, dans votre propre appartement, vous n'êtes même pas garantis par sept sceaux qu'une bande comme celle qui était ici aujourd'hui ne viendra pas vous prendre non seulement vos biens, mais même, pourquoi pas, votre vie !

— Nous perfectionnerons notre système d'alarme et nous renforcerons les volets, dit la Carpe d'une voix endormie, un peu hors de propos.

— Voyons, Fiodor Nikolaïevitch ! Il ne s'agit pas seulement, mon cher, de pouvoir donner l'alarme ! Aucun système d'alarme ne mettra fin au désarroi et à la corruption qui ont fait maintenant leur nid dans l'âme des hommes. Le système d'alarme, si vous le permettez, est un cas particulier, et puis, imaginons qu'il se détraque ?

— On le réparerait, répondit le bienheureux la Carpe.

— Mais enfin, on ne peut pas fonder toute la vie sur un

1. Du nom d'Emelian Pougatchov, chef de la sanglante révolte populaire (1773-1774) décrite par Pouchkine dans *La Fille du capitaine*.

système d'alarme et sur je ne sais quels revolvers. La question n'est pas là. Je parle en général, je généralise le cas, pour ainsi dire. Le fait est que l'essentiel a disparu, l'essentiel, c'est-à-dire le respect de la propriété. Et dès lors, tout est terminé. Nous sommes finis. Par nature, je suis un démocrate convaincu, et d'ailleurs je sors du peuple. Mon père était un simple chef d'équipe aux chemins de fer. Tout ce que vous voyez ici, et tout ce que m'ont pris aujourd'hui ces escrocs, tout cela, je l'ai acquis ou fait de mes mains, de mes propres mains. Et croyez-moi, je n'ai jamais pris fait et cause pour l'ancien régime, au contraire — je vous l'avoue sous le sceau du secret — je suis un constitutionnel-démocrate[1], mais maintenant, quand je vois de mes yeux à quoi tout cela aboutit, je vous jure, j'en arrive à la triste conviction qu'une seule chose peut nous sauver... (un chuchotement parvint à La Carpe, à travers le voile flottant qui l'enveloppait...) l'autocratie. Oui... La dictature la plus cruelle qu'on puisse imaginer... L'autocratie...

« Hé ! le voilà lancé », pensa la Carpe béat.

— Mmoui, l'autocratie... c'est astucieux. Hé, hé, hm..., grommela-t-il dans le coton.

— Ah ! bla-bla-bla-bla-bla... *habeas corpus*, Ah ! bla-bla-bla... aï, bla-bla, ils ont tort de croire que cette situation va durer longtemps, bla-bla-bla, et ils crient que ça durera de longues années. Non ! Ça ne durera pas de longues années, il est même ridicule de penser que...

— Le fort Ivangorod, dit soudain, interrompant Vassilissa, un commandant défunt en bonnet de peau de mouton.

— De longues années !

— Et Ardagan et Kars[2], confirma la Carpe, dans le brouillard.

— De longues années !

De très loin parvint un petit rire déférent de Vassilissa.

— De longues années ! chantèrent joyeusement des voix dans la tête de la Carpe.

1. Le parti constitutionnel-démocrate ou K.D., de tendance libérale, fut fondé en 1905.

2. Ivangorod, Ardagan et Kars furent perdus par la Russie au terme de la Première Guerre mondiale, au profit de la Pologne et de la Turquie.

XVI

> De longues annéées. De longues années.
> De lonononongues annéééééées...

entonnèrent les neuf basses du fameux chœur de Tolmachevski[1].

> De lononononongues annéééééées...

lancèrent les sopranos argentins.

> De longues... Longues... Longues...

se fondant avec les sopranos, le chœur monta en spirale jusqu'au ciel.

— *Regarde! Regarde! C'est Petlioura...*

— *Regarde, Ivan...*

— Ouh ! imbécile... Petlioura est déjà sur la place...

Sur la galerie, des centaines de têtes s'empilaient les unes sur les autres, s'écrasant mutuellement, et se penchaient sur la balustrade, entre les antiques colonnes peintes de fresques noircies. Se tordant, ondulant, se pressant et s'écrasant, une marée humaine assaillait la balustrade pour regarder en bas, dans le gouffre de la nef que surplombait le triple rang serré des têtes, comme un tas de pommes jaunes. Au fond du gouffre étouffant roulait un flot de milliers de têtes, au-dessus duquel s'élevait un nuage brûlant de vapeur et de sueur, la fumée de l'encens, la flamme de centaines de cierges et la lueur fuligineuse des pesantes veilleuses pendues à des chaînes. Le lourd rideau gris-bleu glissait en grinçant sur ses anneaux masquant les portes saintes sculptées et torsadées, bardées de métal séculaire, sombres et lugubres comme toute la lugubre cathédrale Sainte-Sophie[2]. Dans les lustres, les

1. « De longues années », prière de longue vie pour le tsar, la famille impériale ou autres personnages importants, à la fin du *Te Deum*.

2. Dans les églises russes, le sanctuaire est séparé de la nef par l'iconostase, au centre de laquelle s'ouvrent les deux battants de la « porte sainte » ou « porte royale », doublée par un rideau. Les portes latérales sont empruntées par les clercs inférieurs.

langues de feu des bougies crépitaient, palpitaient, s'étiraient vers les voûtes en filets de fumée. Elles manquaient d'air. Dans la sacristie régnait un indescriptible désordre. Par les portes latérales du sanctuaire des chasubles dorées se répandaient sur les dalles de granit usées, les étoles s'agitaient. Des toques violettes[1] sortaient de leurs cartons ronds, et des murailles, les bannières se décrochaient en ondoyant. La terrible voix de basse de l'archidiacre Serebriakov rugissait au plus épais de la foule. Une chasuble sans tête et sans bras flotta un instant au-dessus du flot, puis se noya dans la foule, d'où émergea ensuite une manche de soutane ouatinée, puis une autre. Des foulards à carreaux roulés en tortillons s'agitaient çà et là.

— Père Arcadi, il faut vous envelopper la figure mieux que ça, il fait un froid de loup, permettez, je vais vous aider.

Aux portes, les bannières s'inclinaient comme des drapeaux vaincus, les faces brunies des saints et les mystérieuses inscriptions d'or ondulaient, les franges balayaient le sol.

— Rangez-vous...

— Mais où, grand Dieu? On ne peut pas bouger!

— Mania! J'étouffe...

— De qui donc? (Chuchotement de basse.) De la république populaire d'Ukraine?

— Ah! le diable le sait (chuchotement).

— Que ce soit pois ou fève...

— Attention...

De longues années!

tonitrua le chœur à travers toute l'église... Le gros et rouge Tolmachevski souffla son cierge fluet et fourra son diapason dans sa poche. Le chœur, en longues robes brunes à passements d'or, où ondulaient les petites têtes blondasses, qui paraissaient chauves, des sopranos, et les longs cous à pommes d'Adam saillantes surmontées des têtes chevalines des basses, s'écoula de la sombre galerie. Dans toutes les travées, la foule bouillonnait, tourbillonnait, épaisse et pressée comme les flots d'un torrent.

1. Il s'agit des *Kamilavki*, coiffures cylindriques du clergé orthodoxe. Celles des prêtres, portées seulement pendant les offices, sont violettes et celles des moines noires.

Du sanctuaire descendaient des surplis, des têtes aux yeux effarés, enveloppées comme pour une rage de dents, des toques violettes qui ressemblaient à des jouets de carton. Un petit homme malingre, une mitre étincelante de pierreries posée sur le foulard à carreaux gris qui lui enveloppait les joues — le père Arcadi, archiprêtre de la cathédrale — se laissait porter par le flot en trottinant. Son regard était farouche, et sa barbiche tremblait.

— Il va y avoir une procession. Avance, Mitka.

— Doucement ! Où allez-vous donc ? Vous allez écraser les popes...

— C'est bien tout ce qu'ils méritent.

— Frères orthodoxes ! Vous écrasez cet enfant...

— Je n'y comprends rien...

— *Si vous n'y comprenez rien, rentrez donc chez vous, vous n'avez rien à faire ici...*

— On m'a volé ma bourse !

— Mais permettez, ce sont des socialistes. N'est-ce pas ? Alors qu'est-ce que les popes ont à voir là-dedans ?

— *Je vous demande pardon.*

— Donnez à un pope un billet bleu[1], et il dira la messe au diable.

— Si on allait au bazar, démolir les boutiques des youpins ? C'est le moment...

— *Je ne comprends rien à votre baragouin.*

— Il y a une femme qui étouffe, une femme qui étouffe...

— Haaaaa, haaaa...

Des bas-côtés, derrière les colonnes, des galeries, marche par marche, le flot s'écroulait, ondulait, avançait vers les portes, sans pouvoir remuer ni revenir en arrière. Sur les vieilles fresques des murailles, les bateleurs en tunique brune, aux mollets rebondis, se hâtaient, dansant et jouant du chalumeau, vers une destination inconnue[2]. Toutes les travées charriaient une foule bruissante et bourdonnante, à demi étouffée et soûlée de gaz carbonique, de fumée et d'encens. Du plus épais de la foule partaient de temps à autre de brefs cris de douleur poussés par des femmes. Des pickpockets en cache-

1. Un billet de cinq roubles.

2. A Sainte-Sophie de Kiev, les murs de l'escalier qui mène à la galerie sont ornés de fresques représentant des danseurs et des musiciens.

nez noir travaillaient avec application et non sans peine, glissant leurs mains expertes de virtuoses dans les amas compacts de chair humaine. Des milliers de pieds raclaient les dalles, la foule bruissait et murmurait.

— Seigneur mon Dieu...

— Jésus... Reine des cieux, Sainte Mère...

— Je regrette bien d'être venu. Qu'est-ce que c'est que cette histoire ?

— Tu mériterais d'être écrasé, salaud...

— Ma montre, mes agneaux, ma montre d'argent, mes bons frères, je l'ai achetée hier...

— Ce qu'on peut dire, c'est qu'ils n'ont guère respecté la liturgie...

— Dans quelle langue ont-ils donc dit l'office, bonnes gens ? Je n'y comprends plus rien.

— Dans la langue de Dieu, ma petite dame.

— *La langue de Moscou va être formellement interdite.*

— Mais enfin, permettez, qu'est-ce que ça veut dire ? Est-ce que nous n'avons plus le droit de parler la langue orthodoxe de nos pères ?

— On m'a pris mes boucles d'oreilles. Ça m'a arraché la moitié des oreilles...

— Arrêtez le bolchevik, cosaques ! Un espion ! Un espion bolchevik !

— *Ici, vous n'êtes pas en Russie, mon bon monsieur.*

— Oh ! mon Dieu, avec des queues... et regarde, Maroussia, les galons.

— J... je me sens mal...

— Une femme se trouve mal.

— Tout le monde, ma petite mère, se sent mal. Ça va très mal pour tout le monde. Ne poussez pas, vous allez me crever un œil ! Mais vous êtes enragés, espèces d'anathèmes !

— *Hors de l'Ukraine ! Allez donc en Russie !*

— *Dites donc, Ivan Ivanovitch, ce qu'il faudrait, c'est des détachements de police, comme ça se faisait aux fêtes carillonnées, vous vous rappelez ?... Hé, hé, hé !*

— C'est Nicolas le Sanglant[1] qu'il vous faut ? Nous

1. Surnom donné à Nicolas II dans les milieux révolutionnaires après le Dimanche rouge (16 janvier 1905), où l'armée ouvrit le feu sur un cortège pacifique venu devant le palais d'Hiver porter une pétition à l'empereur.

savons, nous savons très bien les idées que vous avez derrière la tête.

— Laissez-moi tranquille, pour l'amour du Christ. Je ne vous touche pas.

— Seigneur, vivement qu'on soit dehors... qu'on respire de l'air frais.

— Je n'y arriverai pas. Je vais mourir.

A la sortie principale, la foule se pressait, se bousculait, refluait, bourdonnait, des gens perdaient leur chapeau, d'autres se signaient. La porte latérale, dont deux vitres volèrent aussitôt en éclats, déversa, argentée et dorée, la procession ahurie et pantelante avec le chœur. Des taches d'or voguaient dans le flot noir d'où émergeaient des toques, des mitres et des bannières qui s'inclinaient pour franchir les portes et se relevaient et poursuivaient leur chemin de guingois.

Il gelait dur, et toute la Ville fumait. Le parvis de l'église, foulé par des milliers de pieds, crissait sans interruption. Une buée glaciale flottait dans l'air figé et montait vers le clocher. La lourde cloche de Sainte-Sophie, dans le clocher principal, mugissait, s'efforçant de couvrir tout cet affreux et vociférant remue-ménage. Les petites cloches glapissaient et s'égosillaient à qui mieux mieux, sans rime ni raison, comme si le diable lui-même, vêtu d'une soutane, s'était installé dans le clocher et menait le tintamarre pour s'amuser. Dans les ouvertures noires du haut clocher qui avait accueilli à grands coups de tocsin les Tatars aux yeux bridés[1], on voyait se démener et aboyer les cloches, comme des chiens furieux au bout de leur chaîne. Le froid crissait et fumait. Libérée, la masse noire reprenait ses esprits et le bon peuple se répandait sur le parvis.

Des hommes de Dieu, tête nue malgré le froid de loup, tantôt chauves comme des citrouilles mûres, tantôt couverts d'une épaisse chevelure orange, avaient déjà pris place, assis côte à côte à la turque, le long du chemin de pierre qui menait à la grande arcade du clocher de Sainte-Sophie et ils psalmodiaient d'une voix nasillarde.

Des vielleux aveugles bramaient une désespérante mélopée sur le jugement dernier. Ils avaient posé devant eux leur casquette froissée au fond de laquelle luisaient des piécettes usées

1. Conduits par Batou, petit-fils de Genghis Khan, les Mongols (que les Russes appellent Tatars), prirent et saccagèrent Kiev, en 1240.

et où tombaient parfois, comme des feuilles mortes, des billets graisseux.

Oï, quand ce siècle touchera sa fin,
Nous serons près du jugement dernier...

Les affreux sons grêles et nasillards des bandouras[1] à dents jaunes et à manche recourbé planaient sur le sol crissant et vous serraient le cœur.

— Petits frères, petites sœurs, prêtez attention à mon infirmité. Donnez-moi, pour l'amour du Christ, ce que vous dictera votre bon cœur.

— Dépêchons-nous, Fedossei Petrovitch, ou nous serons en retard sur la place.

— Il va y avoir un *Te Deum*.

— Une procession.

— Pour que Dieu accorde succès et victoire aux armes révolutionnaires de l'armée populaire ukrainienne.

— Pardon, mais quel succès ? Quelle victoire ? La victoire, ils l'ont déjà.

— Ils vaincront encore !

— Il y aura une expédition.

— Une expédition ? Pour où ?

— Pour Moscou.

— Quelle Moscou ?

— La Moscou habituelle.

— Ils ont le bras un peu court.

— *Comment ? Répétez ce que vous avez dit ? Hé ! les gars, vous avez entendu ce qu'il a dit ?*

— Mais je n'ai rien dit !

— Arrêtez-le ! Au voleur ! Arrêtez-le !

— Vite Maroussia, sortons par l'autre porte, ici on ne peut plus passer. Il paraît que Petlioura est sur la place. Allons voir Petlioura.

— Idiote, Petlioura est dans la cathédrale.

— Idiote toi-même. On dit qu'il arrive sur un cheval blanc.

— Vive Petlioura ! Vive la république populaire ukrainienne !

— Dong... dong... dong... Dong, dong, dong... Tirli, bom, bom. Dong, baoum, baoum, sonnaient les cloches endiablées.

1. La bandoura est une sorte de guitare ukrainienne à huit cordes.

— N'oubliez pas les pauvres, citoyens orthodoxes, bonnes gens... Aveugle... Infirme...

Noir, le bas du tronc enveloppé de cuir, comme un hanneton sans pattes, ses moufles s'agrippant à la neige piétinée, un cul-de-jatte se faufilait entre les jambes. Des estropiés, des infirmes exposaient les plaies de leurs jambes bleuies, branlaient la tête comme des malades nerveux à moitié paralysés, roulaient des yeux blancs comme s'ils étaient aveugles. Tourmentant les âmes, accablant les cœurs, évoquant la misère, le mensonge, le désespoir, le désert sans fin des steppes, grinçant comme des roues de chariot, les maudites vielles gémissaient et pleuraient au cœur de la foule.

Reviens, pauvre orphelin, qui es parti au loin...

De vieilles femmes hirsutes et tremblotantes appuyées sur des bâtons tendaient leur main décharnée et parcheminée et piaillaient :

— Quel beau gars ! Que Dieu te donne la santé !

— Barynia, ayez pitié d'une pauvre vieille dans le malheur.

— Mes agneaux, mes gentils, le Seigneur ne vous oubliera pas...

Des commères à pieds plats, des boutiquiers en cafetan et bonnet à oreilles, des moujiks coiffés de peau de mouton, des jeunes filles aux joues rouges, des fonctionnaires en retraite qui portaient encore la trace poussiéreuse de leur cocarde, des femmes d'âge mûr au ventre en promontoire, des gamins agiles, des Cosaques en capote et bonnet à queue tressée et à fond bleu, rouge, vert, cramoisi, retombant en queue, avec des galons d'or et d'argent et des glands d'or comme on en voit au coin des cercueils, se répandaient comme une marée noire sur le parvis de l'église, dont les portes déversaient sans cesse de nouvelles vagues. A l'air libre, la procession reprenait souffle, aspirait une force nouvelle, se regroupait, et on voyait défiler en rangs et en ordre les têtes nues enveloppées de foulards à carreaux, les mitres et les toques, les tignasses luxuriantes des diacres, les calottes des moines, les minces croix à longs manches de bois doré, les bannières du Christ-Sauveur et de la Mère à l'Enfant divin, et les oriflammes dentelées, rehaussées d'émail, dorées, cramoisies, brodées de lettres slavonnes.

Ce n'est pas une nuée grise au ventre de dragon qui s'étend vers la ville, ce n'est pas l'eau brune et trouble des rivières qui se répand dans les rues[1], c'est l'armée innombrable de Petlioura qui arrive sur la place Sainte-Sophie pour la parade.

Déchirant l'air glacé du rugissement des trompettes et du choc des cymbales étincelantes, fendant le flot noir du peuple, la première à déboucher sur la place, en rangs serrés, fut la division bleue.

En surtouts bleus et bonnets kalmouks à fond bleu crânement relevés, marchaient en tête les Galiciens. Deux enseignes bicolores, inclinées parmi les sabres nus, suivaient la masse cuivrée de l'orchestre. Derrière les enseignes, au pas cadencé, la troupe écrasait gaillardement la neige craquante, chaudement vêtue de drap allemand. Ce premier bataillon était suivi d'une nuée de longs manteaux noirs sanglés de cuir, casque en tête, hérissée d'une forêt brune de baïonnettes.

Puis venait la force innombrable des régiments gris de Cosaques de la Sietch. Les haïdamaks d'abord, venaient à pied, kourène après kourène[2]. Entre leurs bataillons caracolaient, haut perchés sur leur selle, les intrépides commandants des régiments, des kourènes et des compagnies. Dans ce flot bariolé éclatait l'or tonitruant des marches militaires hardies et victorieuses.

A la suite des fantassins venaient, au trot enlevé, se soulevant en cadence sur leur selle, les régiments à cheval. Les bonnets caucasiens à fond bleu, vert et rouge et à glands d'or, crânement posés de côté, éblouissaient le peuple ravi.

Les lances effilées tressautaient, fixées par une boucle à la main droite des cavaliers. Dans un joyeux tintamarre, les enseignes à clochettes oscillaient au milieu des cavaliers et les montures des commandants et des musiciens se ruaient en avant au glapissement des trompettes. Gai et rond comme une boule, Bolbotoun chevauchait devant son kourène, offrant au vent glacial son front bas luisant de graisse et ses grosses joues réjouies. Sa jument alezane, louchant de ses yeux injectés de sang, rongeant son frein, la bouche écumante, se cabrait de temps à autre pour essayer de secouer de son dos les six pouds de Bolbotoun. Le fourreau du sabre recourbé battait en clique-

1. Ces parallèles négatifs évoquent le style des épopées médiévales russes. L'image apocalyptique de la nuée s'étendant sur la ville sera un des leitmotive du *Maître et Marguerite*.

2. Cf. notes 1 p. 69, 1 p. 148 et 1 p. 249.

tant ses flancs nerveux, que le colonel piquait légèrement des éperons.

Nos chefs sont avec nous
Avec nous comme des frères!

chantaient à pleine voix, se soulevant au rythme du trot, les hardis haïdamaks, faisant voler la mèche de cheveux qui ornait le dessus de leur crâne.

Sous un drapeau jaune et bleu criblé de balles, au son de l'accordéon, s'avançait à son tour le régiment du noir colonel Kozyr-Liechko à la moustache effilée, monté sur un énorme cheval. Le colonel, l'air sombre et le regard torve, cinglait du fouet la croupe de son étalon. La mauvaise humeur du colonel n'était pas sans motif : dans le brouillard du petit matin, les salves de Naï-Tours, sur la route de Brest-Litovsk, lui avaient fauché ses meilleures sections, et c'était une troupe clairsemée et étriquée qui, derrière lui, pénétrait au trot sur la place.

Après le régiment de Kozyr venaient les intrépides et invaincus cavaliers de la mer Noire, du kourène Mazeppa. Le nom de l'illustre hetman, qui avait failli vaincre le tsar Pierre Ier à Poltava, brillait en lettres d'or sur la soie bleue de leur bannière[1].

Une marée humaine battait les murs jaune et gris des maisons, des gens étaient juchés sur les bornes, des gamins avaient escaladé les réverbères et s'étaient perchés sur les fenêtres ou sur les toits, et sifflaient et criaient :

— Hourra !... hourra !

— *Vivat! Vivat!* vociféraient les trottoirs.

Aux carreaux des fenêtres, des visages s'écrasaient comme des galettes.

Les cochers, en équilibre instable, étaient debout sur le siège de leur traîneau et agitaient leur fouet.

— *C'est des bandits, qu'ils disaient... Alors, vous les voyez, les bandits ? Hourra!*

— *Vivat! Vive Petlioura! Vive notre petit père!*

— Hourraaa !...

— Mania, regarde, regarde... C'est Petlioura, sur le cheval gris. Quel beau gars...

1. Ivan Mazeppa (1644-1709), hetman cosaque qui trahit Pierre le Grand et s'allia à son ennemi, le roi de Suède Charles XII.

— *Mais non, madame, c'est un colonel.*

— Oh ! c'est vrai ? Mais alors, où est Petlioura ?

— Petlioura est au palais. Il reçoit des ambassadeurs français d'Odessa.

— *Qu'est-ce que vous dites, mon bon ? Vous êtes fou ? Quels ambassadeurs ?*

— Il paraît, Piotr Vassilievitch, que Petlioura (chuchotements) est à Paris, hein, vous voyez ?

— Des bandits, tu parles... Un million d'hommes.

— Mais où est Petlioura ? Bonnes gens, où est Petlioura ? Que je jette au moins un petit coup d'œil sur lui.

— Petlioura, madame, est en ce moment sur la place, où il passe la revue.

— Pas du tout. Petlioura est à Berlin, où il est reçu par le président pour conclure un accord.

— Quel président ? Est-ce que vous feriez de la provocation, mon bon ?

— Le président de Berlin... Pour la république...

— *Vous avez vu ? Vous avez vu ? Ah ! dites donc, c'est quelqu'un !... Il est passé par la rue Rylski en carrosse. Tiré par six chevaux...*

— Excusez-moi, est-ce que ces gens-là croient aux évêques ?

— *Ça, je ne peux pas vous dire... Ce que je peux vous dire, c'est que je l'ai vu passer, et rien de plus. Expliquez vous-même le fait que...*

— Le fait est que les popes disent l'office en ce moment...

— Avec les popes, on est plus sûr...

— Petlioura. Petlioura. Petlioura. Petlioura. Petlioura...

D'énormes et lourdes roues grondaient, des caisses brinquebalaient : à la suite d'une dizaine de kourènes à cheval s'étirait le défilé sans fin de l'artillerie. On tirait de gros mortiers obtus, on roulait de minces obusiers ; les servants étaient assis sur des caissons, joyeux, vainqueurs et bien nourris, emmenés par des conducteurs placides et dignes. Les pièces étaient tirées avec effort par des chevaux rassasiés, robustes, à larges croupes et par des rosses de paysans durs à la tâche, qui ressemblaient à des puces enceintes. L'artillerie de montagne, dont les petits canons tressautaient, roulait avec légèreté, entourée de cavaliers intrépides.

— Hé... hé... quinze mille, tu parles... Ils nous ont bien

menti. Quinze mille... un bandit... la démoralisation... Seigneur, ils sont innombrables. Encore une batterie... encore une, encore...

La foule pressait, écrasait Nikolka qui, son nez en bec d'oiseau enfoncé dans le col de sa capote d'étudiant, réussit enfin à se fourrer dans une niche d'un mur et à s'y maintenir. Une commère en bottes de feutre, du genre joyeux, s'y trouvait déjà. Elle dit à Nikolka d'un ton enjoué :

— *Accrochez-vous à moi, mon petit monsieur, moi je me retiens aux briques, sinon on va se faire emporter.*

— Je vous remercie, dit mélancoliquement Nikolka en reniflant dans son col givré, mais vous voyez, j'ai un crochet pour me retenir.

— *Mais Petlioura, où est-il donc ?* jacassa la commère, qui semblait d'un naturel bavard. *Oh! ce que je voudrais voir Petlioura. On dit qu'il est tellement beau, que c'est inimaginable.*

— Oui, inimaginable, marmotta indistinctement Nikolka dans la fourrure de son col. Encore une batterie... Nom de Dieu... maintenant je comprends...

— *Il paraît qu'il est arrivé en automobile... Vous ne l'avez pas vu ?*

— Il est à Vinnitsa, répondit Nikolka d'une voix rêche et lugubre, en remuant ses doigts de pied qui gelaient dans ses bottes. « Fichue idée de ne pas avoir mis de bottes de feutre. Quel froid. »

— *Regardez, regardez, Petlioura.*

— *Quel Petlioura ? C'est le chef de la Varta.*

— *Petlioura a sa résidence à Bielaïa-Tserkov. Maintenant, c'est Bielaïa-Tserkov qui sera la capitale.*

— Mais il ne viendra pas à la Ville, si je puis me permettre de vous poser la question ?

— Il viendra en son temps.

— Ah ! bien, bien.

Bruit, bruit, bruit. Le roulement sourd des tambours turcs montait de la place Sainte-Sophie, et déjà, on voyait s'avancer dans la rue, faisant pivoter leur tourelle d'où pointait, menaçante, une mitrailleuse, quatre terrifiantes autos blindées. Mais l'enthousiaste Strachkevitch aux joues roses n'était plus dedans. Immobile, il gisait encore, plus rose du tout, mais d'un jaune cireux et sale, dans le parc Marie, juste derrière les grilles. Dans le front de Strachkevitch, il y avait un petit trou, et un autre, taché de sang coagulé, derrière son oreille. Les jambes déchaussées de l'enthousiaste émergeaient de la neige, et ses yeux vitreux regardaient droit vers le ciel, à travers les branches dénudées des érables. Tout alentour était silencieux, il n'y avait pas une âme dans le parc, et dans la rue quelqu'un ne se montrait que de loin en loin. La musique de Sainte-Sophie ne venait pas jusque-là, aussi le visage de l'enthousiaste était-il parfaitement paisible.

Les automitrailleuses, ouvrant la foule à coups de klaxon, fendirent le flot jusqu'à l'endroit où Bogdan Khmelnitski, se détachant en noir sur le ciel, montrait le nord-est de sa masse d'armes[1]. Les cloches firent encore rouler une vague sonore, épaisse et grasse, sur les collines et les toits enneigés de la ville, tandis que dans la foule, le tambour battait, battait sans relâche, et que des grappes de gamins joyeusement surexcités s'accrochaient aux sabots du cheval du noir Bogdan. Déjà, dans les rues, grondaient des camions aux chaînes grinçantes, dont les plates-formes transportaient, vêtus de pelisses ukrainiennes, des filles couronnées de paille en jupes bariolées et des gars en larges pantalons bleus, qui chantaient doucement en chœur...

A ce moment, une salve éclata rue Rylski. Elle fut immédiatement précédée de glapissements de femmes qui s'élevèrent en tourbillon dans la foule. Quelqu'un s'enfuit en criant :

— *Oh! malheur!*

Une voix pressée, sifflante, s'égosilla :

— *Je les reconnais! Attrapez-les! Des officiers. Des officiers. Des officiers... Je les ai vus en épaulettes!*

Dans une section du dixième kourène « Rada d'Ukraine », qui attendait de pouvoir pénétrer sur la place, quelques hommes mirent pied à terre, puis se précipitèrent dans la foule pour s'emparer de quelqu'un. Des femmes crièrent. Saisi par les bras, le capitaine Plechko s'écria d'une voix faible, hystérique :

1. Bogdan Khmelnitski (1593-1657), hetman cosaque qui s'insurgea contre les Polonais et réunit l'Ukraine à la Russie en 1654. Sa statue équestre, due au sculpteur Mikechine, fut érigée sur la place Sainte-Sophie en 1888. La masse d'armes était l'insigne du pouvoir des hetmans.

— Mais pourquoi ? Je ne suis pas officier ! Pas du tout. Pas du tout. Je suis employé de banque.

A côté de lui, un autre homme, pâle et silencieux, se contorsionnait dans les mains qui l'empoignaient...

Perdant la tête de peur, la foule prit la fuite, et la rue se vida comme un sac crevé. Un large espace blanc se découvrit, où l'on ne voyait plus qu'une tache : un chapeau abandonné. Des éclairs jaillirent et des détonations déchirèrent l'air, et le capitaine Plechko, qui s'était renié trois fois, paya de sa vie sa curiosité pour les parades militaires. Il tomba à la renverse, les bras écartés, contre une palissade de l'hôtellerie de Sainte-Sophie. Son compagnon taciturne tomba en travers de ses jambes, le visage contre le trottoir. Aussitôt après, au coin de la place, les cymbales résonnèrent, le peuple, de nouveau, se pressa, l'orchestre tonitrua. Une voix victorieuse lança « *En avant marche !* » et rang par rang, chatoyant de leurs galons d'or, s'ébranlèrent les cavaliers du kourène « Rada d'Ukraine ».

Le fond gris sur lequel se profilaient les coupoles se déchira soudain, et l'on vit apparaître dans la grisaille un soleil tout à fait inattendu. C'était un soleil énorme, tel que personne en Ukraine n'en avait jamais vu, et parfaitement rouge, comme du sang frais. De la grosse boule, dont les rayons traversaient avec peine le rideau des nuages, s'écoulaient de longues traînées régulières de sang séché mêlé de pus. La coupole maîtresse de Sainte-Sophie se teignit de couleurs sanglantes, et le parvis se couvrit d'une ombre étrange, dans laquelle Bogdan devint violet et où la foule houleuse parut encore plus noire, plus épaisse, plus confuse. Sur l'escalier découpé dans le rocher qui portait la statue, on vit grimper des silhouettes grises sanglées de cuir, qui essayèrent d'effacer à l'aide de baïonnettes l'inscription gravée dans le granit noir[1]. Mais les baïonnettes s'acharnaient et glissaient vainement sur le granit. Caracolant, Bogdan enlevait fougueusement son cheval du rocher, pour échapper à ceux qui s'accrochaient lourdement à ses sabots. Son visage, tourné droit vers le soleil rouge, était furieux, et sa masse d'armes était toujours tendue vers le lointain.

1. L'inscription gravée sur le socle est « A Bogdan Khmelnitski, la Russie une et indivisible ».

A ce moment, au-dessus de la foule qui s'étalait bruyamment devant Bodgan, des bras hissèrent un homme sur la vasque gelée et glissante de la fontaine. Il était en manteau sombre à col de fourrure, et malgré le froid, il avait ôté son chapeau qu'il tenait à la main. La foule bourdonnait toujours et grouillait comme une fourmilière, mais le clocher de Sainte-Sophie s'était tu, et la musique s'était dispersée dans les rues gelées. Une foule énorme se pressait au pied de la fontaine.

— Petia, Petia. Qui est-ce qu'ils ont fait monter là-dessus ?...

— Ça doit être Petlioura.

— Petlioura va faire un discours...

— *Quel bobard... C'est un simple orateur...*

— Maroussia, un orateur. Regarde... regarde...

— Ils vont faire une déclaration...

— *Non, on va lire un Universal*[1].

— *Vire l'Ukraine libre!*

L'homme regarda d'un air inspiré, par-dessus les milliers de têtes, le disque du soleil qui perçait de plus en plus vivement les nuages et les croix aux reflets d'or rouge, puis il leva un bras et cria d'une voix faible :

— *Gloire au peuple!*

— Petlioura... Petlioura.

— *Qu'est-ce que vous dites ? Ce n'est pas Petlioura.*

— Qu'est-ce que Petlioura irait faire sur cette fontaine ?

— Petlioura est à Kharkov.

— Petlioura vient d'entrer au palais, pour le banquet...

— *Des blagues. Il n'est pas question de banquet.*

— Gloire au peuple ! répéta l'homme, et une mèche de cheveux clairs tomba sur son front.

— Chut ! chut !

La voix de l'homme aux cheveux clairs s'était affermie et dominait nettement le bourdonnement des voix et le crissement de la neige sous les pieds, le bruit de ressac de la foule et le battement lointain des tambours.

— Vous avez vu Petlioura ?

— Mais mon Dieu oui, à l'instant.

1. Les manifestes de la Rada s'appelaient « Universal », terme qui désignait, au XVIIIe siècle, les ordonnances des hetmans. En janvier 1918, l'indépendance de l'Ukraine avait été proclamée par le IVe Universal.

— Ah ! veinarde. Et comment est-il ? Comment est-il ?

— Il a une moustache noire retroussée, comme Guillaume, et un casque. Mais le voilà, regardez, regardez, Maria Fiodorovna, regardez, c'est lui, à cheval...

— *Dites donc, c'est de la provocation que vous faites ? C'est le chef des pompiers de la Ville.*

— Chère madame, Petlioura est en Belgique.

— Pour quoi faire, en Belgique ?

— Pour conclure une alliance avec les Alliés...

— *Mais non. Il vient de se rendre avec une escorte à la Douma.*

— Pourquoi ?...

— Pour le serment...

— Il va prêter serment ?

— Mais non. C'est à lui qu'ils vont prêter serment.

— Eh bien, j'aimerais mieux mourir (chuchotement), que de lui prêter serment...

— On ne vous le demandera pas... Les femmes, il les laisse tranquilles.

— Mais pas les Juifs, ça c'est sûr.

— Ni les officiers. Ils vont leur crever la panse à tous.

— Et les hobereaux. A bas les hob... !

— Chut !

L'homme aux cheveux clairs, le regard résolu mais empreint d'une sorte de tristesse poignante, montra le soleil.

— *Citoyens*, commença-t-il, *frères et camarades, vous savez ce que chantent les Cosaques : « Nos chefs sont avec nous, avec nous comme des frères. » Avec nous. Avec nous !* (L'homme se frappa la poitrine de son chapeau, sur le flot rougeoyant de sa large cravate.) *Avec nous. Nos chefs sont du peuple, ils sont nés avec lui, ils mourront avec lui. Avec nous ils ont eu les pieds gelés pendant le siège de la Ville, et ils l'ont prise vaillamment, et aujourd'hui le drapeau rouge flotte sur ces milliers de...*

— Hourra !

— *Quel drapeau rouge ? Qu'est-ce qu'il dit ? Il est jaune et bleu.*

— Les bolchaks aussi, ils ont un drapeau rouge.

— Chut ! Hourra !

— *Il parle drôlement mal ukrainien...*

— Camarades ! Vous avez maintenant une tâche nouvelle à

accomplir : bâtir et consolider la République *une et indivisible*, pour le bonheur de *tous* les éléments travailleurs, ouvriers et paysans *car à eux seuls*, qui ont donné leur sueur et leur sang pour notre terre *natale*, cette terre *appartient* de droit !

— C'est juste ! Bravo !

— Tu entends, il nous appelle « camarades » ? Formidable...

— Si-lence !

— C'est pourquoi, chers citoyens, en ce jour heureux de victoire populaire (les yeux de l'orateur brillaient, il tendait le bras vers le ciel gris avec une excitation croissante, tandis que les mots ukrainiens se raréfiaient dans son discours) nous jurons, nous faisons le serment de *ne pas déposer* les armes *tant que le drapeau rouge*, symbole de la liberté, ne flottera *pas* sur le monde des travailleurs tout entier.

— Hourra ! Hourra ! Hourra !... L'inte-er...

— Vassia, la ferme, bougre d'imbécile !

— Voyons, Chtchour, taisez-vous !

— Bon Dieu, Mikhaïl Semionovitch, je ne peux pas m'en empêcher. Debout... les damn...

Les favoris noirs à la Oneguine s'enfoncèrent dans le col de castor, et l'on vit seulement étinceler avec inquiétude, en regardant l'enthousiaste motocycliste comprimé par la foule, deux yeux qui ressemblaient étrangement à ceux du défunt sous-lieutenant Chpolianski, tombé dans la nuit du quatorze décembre. Une main gantée de jaune s'allongea et serra le bras de Chtchour...

— Bon, bon, je me tais, grommela Chtchour en dévorant des yeux l'homme aux cheveux clairs.

Celui-ci, maître de lui maintenant, ainsi que des premiers rangs de la foule, s'écriait :

— *Vivent* les soviets de députés ouvriers, *paysans* et Cosaques ! Vivent...

Le soleil s'éteignit soudain, et l'ombre s'étendit sur les coupoles de Sainte-Sophie. Le visage de Bogdan se dessina plus nettement, ainsi que celui de l'homme. On voyait sa mèche blonde sautiller sur son front.

— ... Rrra... haaa, mugit la foule.

— ... les soviets de députés ouvriers, paysans et soldats rouges ! Prolétaires de tous les pays, unissez-vous...

— Quoi ! Quoi ! Comment ? Hourra !

Dans les derniers rangs, quelques voix d'hommes auxquelles se mêla une voix aiguë et sonore entonnèrent : « *Si je meurs...*[1] »

— Hourra ! lancèrent triomphalement d'autres voix.

Un remous se produisit soudain en un troisième point de la foule.

— *Attrapez-le ! Attrapez-le !* cria une voix d'homme fêlée, haineuse et pleurnicharde. *Attrapez-le ! C'est de la provocation ! Un bolchevik ! Un moskal ! Attrapez-le ! Vous avez entendu ce qu'il a dit...*

Des mains se tendirent. L'orateur se jeta de côté, ses jambes disparurent, puis son corps, puis sa tête où il avait remis son chapeau.

— *Attrapez-le !* reprit une voix de ténor en réponse à la première. *C'est un faux orateur. Prenez-le, les gars, prenez-le, citoyens.*

— Ha, ha, ha ! Arrête ! Qui ? Qui ont-ils pris ? Qui ? Il n'y a personne !

L'homme à la voix de ténor se rua vers la fontaine, en agitant les mains comme si elles essayaient d'attraper un gros poisson glissant. Mais Chtchour, engoncé dans sa pelisse, se retourna sur lui d'un air niais en criant : « *Attrapez-le !* », puis il aboya soudain :

— Eh là ! Frères, il m'a fauché ma montre !

Quelqu'un marcha sur le pied d'une femme, qui poussa un hurlement épouvantable.

— Quelle montre ? Où ? Tu mens !

Par-derrière, quelqu'un ceintura le possesseur de la voix de ténor et au même instant une main large, lourde et froide lui écrasa une gifle sur la bouche et sur le nez.

— Oups ! fit la voix de ténor en devenant pâle comme la mort. Il sentit en même temps que son chapeau était tombé et qu'il avait la tête nue. Aussitôt, une seconde gifle le cingla d'une douleur infernale, tandis qu'au-dessus de lui, dans le ciel, une voix tonitruait :

— C'est lui, le parasite, le bandit, le fils de chienne ! Battez-le !

1. *Si je meurs...* : chanson populaire sur des vers du célèbre poète ukrainien Tarass Chevtchenko (1814-1861). Le poète y demande à être enterré dans la steppe de son Ukraine natale.

— *Mais pourquoi?* hurla la voix de ténor. Pourquoi vous me battez? *C'est pas moi! C'est pas moi! Je voulais attraper le bolchevik! Oh-oh!...*

— Mon Dieu, mon Dieu, quelle histoire. Maroussia, sauvons-nous vite...

Un tourbillon furieux agita la foule près de la fontaine, mêlé de coups et de hurlements, et les gens s'éparpillèrent. Mais surtout, l'orateur avait disparu. Il avait disparu mystérieusement, comme d'un coup de baguette magique, comme si la terre l'eût englouti. Quelqu'un fut emporté hors du tourbillon, qui n'avait d'ailleurs rien de commun avec le faux orateur, lequel portait un chapeau noir alors que celui-ci avait un bonnet de peau de mouton. Trois minutes plus tard, le tourbillon se calmait de lui-même, comme si rien ne s'était passé, car un nouvel orateur était déjà monté sur le bord de la vasque, et de toutes parts convergeait pour l'écouter, comme s'agrégeant à un noyau central, une foule de presque deux mille personnes.

Dans la petite rue blanche bordée d'une palissade d'où le peuple curieux avait reflué pour suivre les troupes qui se dispersaient, Chtchour, hilare, n'y tint plus et se laissa tomber assis sur le bord du trottoir.

— Oh! je n'en peux plus, râla-t-il en se tenant le ventre. (Son rire dégringolait en cascade, et on voyait luire ses dents blanches.) Je vais crever de rire, comme un chien. Quelle volée il a reçu, Seigneur Jésus!

— Ce n'est pas le moment de vous asseoir, Chtchour, lui dit son compagnon en col de castor, qui ressemblait comme deux gouttes d'eau à feu le célèbre sous-lieutenant et président du Triolet magnétique, Chpolianski.

— Je viens, je viens, dit Chtchour en se secouant, et il se releva.

— Donnez-moi une cigarette, Mikhaïl Semionovitch, dit le second compagnon de Chtchour, un homme de haute taille en manteau noir. Il repoussa son bonnet en peau de mouton sur sa nuque, et une mèche de cheveux clairs lui tomba sur les sourcils. Il respirait avec peine et soufflait, comme s'il avait trop chaud malgré le gel.

— Ç'a été dur? demanda l'autre avec affabilité, en relevant un pan de son manteau d'où il tira un mince porte-cigarettes d'or, et il offrit à l'homme blond une cigarette allemande, sans bout de carton[1]. Celui-ci l'alluma en protégeant la flamme dans le creux de ses mains, rejeta la fumée et soupira :

— Ouf !

Tous trois repartirent alors d'un pas vif, tournèrent au coin de la rue et disparurent.

Venant de la place, deux silhouettes d'étudiants s'engagèrent rapidement dans la petite rue. L'un était petit, râblé, vêtu avec soin et chaussé de caoutchoucs brillants. L'autre était grand, large d'épaules, et le compas de ses longues jambes s'ouvrait de près de six pieds.

Tous deux avaient relevé leur col jusqu'au bord de leur casquette, et la bouche imberbe du plus grand était même dissimulée par un cache-nez ; cela n'avait rien de bizarre — il faisait très froid. Comme au commandement, les deux silhouettes tournèrent la tête simultanément pour regarder les cadavres du capitaine Plechko et de l'inconnu qui gisaient face contre terre, les genoux enfoncés dans la neige, et sans un mot passèrent outre.

Quand ils eurent quitté la rue Rylski pour tourner rue de Jitomir, le plus grand des deux étudiants se pencha vers son compagnon et dit d'une voix de ténor rauque :

— As-tu vu, hein ? As-tu vu, je te demande ?

Le petit ne répondit pas, mais grimaça et poussa une sorte de meuglement inarticulé, comme s'il était pris d'une soudaine rage de dents.

— Aussi longtemps que je vivrai, poursuivit le grand en marchant à grands pas, je n'oublierai jamais. Jamais.

Le petit marchait en silence à ses côtés.

— Merci pour la leçon, en tout cas. Si un jour je rencontre cette canaille d'hetman... (Un sifflement sortit du cache-nez) je le... une affreuse bordée de jurons suivit.

Ils débouchèrent dans la grande rue de Jitomir, mais là, leur route était coupée par une procession qui se dirigeait vers le beffroi du quartier de la Vieille-Ville. A vrai dire, venant de Sainte-Sophie, il y avait un chemin simple et direct, mais la cavalerie, qui n'avait pas encore eu le temps de quitter le lieu de la parade, bouchait la rue Vladimir, et la procession avait dû faire un détour, comme tout le monde.

Elle était précédée d'une volée de gamins, qui couraient ou

1. Les cigarettes russes traditionnelles ont un bout de carton creux.

sautaient à reculons, en lançant des sifflements stridents. Venait ensuite, sur la chaussée piétinée, un homme seul, les yeux hagards de douleur et d'épouvante, en caftan court déchiré et déboutonné. Son visage était ensanglanté et des larmes coulaient de ses yeux. Il ouvrait une large bouche et criait d'une voix grêle et complètement enrouée, mêlant les mots russes et ukrainiens :

— *Vous n'avez pas le droit!* Je suis un poète ukrainien connu! Je m'appelle Gorbolaz. J'ai publié une anthologie de la poésie ukrainienne. Je me plaindrai au président de la Rada et au ministre. *C'est inadmissible!*

— Cassez-lui la figure! Charogne, voleur! criait-on des trottoirs.

— *C'est moi* (criait l'homme ensanglanté en cherchant désespérément à se faire entendre et en se tournant de tous côtés), c'est moi qui ai essayé d'attraper le provocateur bolchevik...

— Quoi, quoi, quoi, grondaient les trottoirs.

— Qui est-ce? Pourquoi?

— Un attentat contre Petlioura.

— Non.

— Ce fils de chienne, il a tiré sur notre petit père.

— Pourtant, c'est un Ukrainien.

— C'est une ordure, pas un Ukrainien, bourdonna une voix de basse. Il a volé des bourses.

— Fi-ou! sifflaient les gamins avec mépris.

— Qu'est-ce que c'est? De quel droit?

— C'est un provocateur bolchevik qu'ils ont attrapé. Il faut le tuer sur place, la charogne.

Derrière l'homme ensanglanté s'étirait une foule houleuse dans laquelle on apercevait, sur un bonnet caucasien, deux canons de fusil et une queue galonnée d'or. Un homme étroitement sanglé dans un ceinturon bariolé accompagnait à grandes enjambées l'homme au visage ensanglanté, et de temps à autre, quand celui-ci criait trop fort, il lui envoyait machinalement un coup de poing sur la nuque; alors le malheureux, qui avait voulu saisir l'insaisissable, se taisait et se mettait à sangloter violemment, mais sans bruit.

Les deux étudiants laissèrent passer la procession. Quand elle se fut éloignée, le grand prit le bras du petit et lui chuchota avec une joie méchante :

— Bien fait, bien fait. Ça me soulage le cœur. Je vais te dire une chose, la Carpe : les bolcheviks sont de sacrés gaillards. Ma parole. De sacrés gaillards. Ça, c'est du travail, du beau travail ! Tu as vu, comment ils ont escamoté leur braillard ? Et culottés, avec ça. Et c'est ce que j'aime, chez eux, le culot, putain de leur mère.

Le petit dit doucement :

— Si on ne boit pas un coup maintenant, il y a de quoi se pendre.

— Bonne idée. Bonne idée, approuva le grand avec animation. Combien as-tu sur toi ?

— Deux cents.

— Et moi cent cinquante. Allons chez Tamara. On prendra une bouteille...

— C'est fermé.

— Elle ouvrira.

Ils tournèrent rue Vladimir, et s'arrêtèrent devant une petite maison à un étage dont l'enseigne annonçait : « Épicerie », et à côté : « Cave du château de Tamara ». Ils s'enfoncèrent dans l'étroit escalier et frappèrent prudemment à la double porte vitrée.

XVII

Le but secret auquel Nikolka n'avait cessé de penser depuis trois jours, depuis que les événements s'étaient abattus comme une grêle de pierres sur sa famille, ce but lié aux mystérieuses dernières paroles d'un homme étendu les bras en croix dans la neige, Nikolka l'atteignit enfin. Mais pour cela, pendant toute la journée qui précéda la parade, il lui fallut courir la Ville et visiter pas moins de vingt adresses. Plusieurs fois pendant cette longue course, Nikolka perdit courage, fut sur le point de renoncer, mais à chaque fois il reprit le dessus, et il réussit.

Aux confins de la banlieue, rue de Lituanie, dans une petite maison de pauvre apparence, il retrouva un membre de la deuxième milice qui lui donna l'adresse, le prénom et le patronyme de Naï-Tours.

Pendant deux heures, Nikolka lutta contre le courant impétueux de la foule, pour essayer de traverser la place Sainte-Sophie. Mais impossible de traverser cette foule innombrable !

Transi, Nikolka perdit près d'une demi-heure à tenter de s'arracher aux tenailles qui l'enserraient pour rejoindre son point de départ, le monastère Saint-Michel. De là, par la rue de l'Église, Nikolka voulut gagner le bas du Krechtchatik en faisant un long crochet, pour atteindre ensuite, après de multiples détours, la rue Malo-Provalnaïa. Mais cela aussi s'avéra impossible ! La rue de l'Église, comme toutes les autres, était bouchée par le long serpent des troupes qui allaient à la parade. Nikolka allongea encore son détour, et finit par se retrouver, complètement seul, sur la colline de Vladimir. Il courut le long des terrasses et des allées, se frayant son chemin entre les murailles de neige. Il arriva à une petite terrasse où il y avait déjà moins de neige. De là, sur les collines d'en face, on voyait le jardin impérial tapi dans un océan neigeux, et plus loin, vers la gauche, au-delà du Dniepr blanc et majestueux dans son écrin hivernal, les espaces infinis de la plaine de Tchernigov, où régnait sans partage le calme de l'hiver.

Tout respirait le repos et la paix, mais ce n'était pas de repos que Nikolka avait besoin. Luttant contre la neige, il conquérait terrasse après terrasse, s'étonnant seulement, de temps à autre, de voir la neige marquée de pas, ce qui signifiait que malgré l'hiver, quelqu'un était venu errer sur la colline.

Nikolka prit une allée descendante, et, avec un soupir de soulagement, il constata enfin qu'il n'y avait pas de troupes sur le Krechtchatik. Il se hâta de marcher vers le lieu secret qu'il cherchait depuis si longtemps. « 21 rue Malo-Provalnaïa », — telle était l'adresse qui avait été donnée à Nikolka. Il ne l'avait pas notée, mais elle était profondément gravée dans son cerveau.

Nikolka était ému et intimidé... « Qui est-ce que je vais demander, et comment faire pour le mieux ? Je ne sais rien... » Il sonna à la porte d'une aile de la maison blottie dans la première partie du jardin. Son coup de sonnette resta longtemps sans réponse. Enfin, un pas traînant s'approcha, et la porte s'entrouvrit, barrée par une chaîne. Un visage de femme à lorgnon apparut, et demanda sèchement dans l'ombre de l'entrée :

— Vous désirez ?

— Excusez-moi... Est-ce ici qu'habitent les Naï-Tours ?

Le visage féminin se rembrunit et perdit toute trace d'amabilité, derrière l'éclat du lorgnon.

— Il n'y a jamais eu de Naï-Tours ici, dit la femme d'une voix sourde.

Nikolka rougit et demeura là, triste et déconcerté...

— L'appartement cinq...

— Oui, oui, répondit la femme avec réticence et d'un air soupçonneux. Mais qu'est-ce que vous voulez ?

— On m'a dit que les Naï-Tours habitaient ici...

Le visage sortit un peu plus de l'ombre et les yeux examinèrent rapidement, mais soigneusement, le petit jardin, pour voir s'il n'y avait personne derrière Nikolka... lequel Nikolka put ainsi constater que la dame avait un double menton replet.

— Mais que désirez-vous ?... Il faut me le dire.

Nikolka soupira, jeta un coup d'œil derrière lui et dit :

— C'est à propos de Felix Felixovitch... j'ai des nouvelles.

Le visage de la femme changea complètement. Elle battit des paupières et demanda :

— Qui êtes-vous ?

— Un étudiant.

— Attendez ici.

La porte claqua, et les pas s'éteignirent.

Une demi-minute plus tard, des talons claquaient derrière la porte, qui s'ouvrit complètement, pour laisser entrer Nikolka. L'entrée était éclairée par le salon, où Nikolka aperçut le bord d'un large fauteuil duveteux, puis la dame au lorgnon. Nikolka ôta sa casquette, et tout d'un coup, il se trouva en face d'une autre dame, petite et maigre, dont le visage portait les vestiges d'une beauté fanée. A certains traits peu perceptibles et indéterminés, la forme des tempes ou la couleur des cheveux, Nikolka sut que c'était la mère de Naï-Tours, et il en fut horrifié — comment allait-il lui apprendre... La dame le fixa d'un regard clair et ferme, ce qui acheva de le décontenancer. A côté de lui parut encore quelqu'un, une jeune femme apparemment, qui elle aussi lui ressemblait beaucoup.

— Eh bien, parlez, parlez donc, dit abruptement la mère...

Nikolka froissa sa casquette, leva les yeux sur la dame et balbutia :

— Je... je...

La dame maigre jeta à Nikolka un regard noir et qui lui parut chargé d'animosité, et soudain, s'écria d'une voix si sonore que la porte vitrée, derrière Nikolka, en renvoya l'éclat :

— Félix est mort !

Elle ferma les poings, les agita devant la figure de Nikolka et cria :

— Ils l'ont tué... Irina, tu entends ? Ils ont tué Félix !

L'effroi troubla le regard de Nikolka, qui pensa avec désespoir : « Mais je n'ai rien dit... Mon Dieu ! » La grosse dame à lorgnon claqua la porte derrière Nikolka puis courut avec une rapidité étonnante vers la dame maigre, qu'elle prit par les épaules et à qui elle murmura hâtivement :

— Voyons, Maria Frantzevna, voyons, ma colombe, calmez-vous... — Elle se pencha vers Nikolka et lui demanda : Mais ce n'est peut-être pas ça !... Seigneur... Parlez donc... Ce n'est pas possible... ?

A cela, Nikolka ne pouvait rien répondre... Il se contenta de regarder devant lui avec désespoir, et il aperçut de nouveau le bord du fauteuil.

— Du calme, Maria Frantzevna, du calme, ma colombe... Pour l'amour du ciel... On va vous entendre... C'est la volonté de Dieu... balbutiait la grosse dame.

La mère de Naï-Tours chancela, prête à tomber à la renverse, et s'écria :

— Quatre ans ! Quatre ans que je l'attends... Que je l'attends !

La jeune femme surgit derrière Nikolka et se précipita pour retenir la mère. Nikolka, au lieu d'offrir son aide comme il l'aurait dû, éclata soudain en sanglots et continua de pleurer convulsivement, sans pouvoir s'arrêter.

Dans le salon aux fenêtres masquées par d'épais rideaux régnaient une demi-obscurité et un silence total, où se mêlait l'odeur désagréable des médicaments...

Ce fut la jeune femme — la sœur de Naï-Tours — qui rompit le silence. Elle tourna le dos à la fenêtre et s'approcha de Nikolka. Celui-ci se leva du fauteuil, froissant toujours entre ses mains sa casquette, dont il ne pouvait se séparer en ces terribles circonstances. La sœur arrangea machinalement une mèche de ses cheveux noirs. Ses lèvres tremblèrent, et elle demanda :

— Comment est-il mort ?

— Il est mort, répondit Nikolka de sa meilleure voix, il est mort, vous savez, en héros... En véritable héros... Il a fait partir tous les junkers juste à temps, au dernier moment, et lui (Nikolka, tout en racontant, pleurait) et lui, il les couvrait. J'ai failli être tué avec lui. Nous étions sous un feu de mitrailleuses (Nikolka pleurait en même temps qu'il racontait) nous... nous ne sommes restés que tous les deux, et il me chassait, il me houspillait et il tirait avec la mitrailleuse... La cavalerie arrivait de tous les côtés, parce qu'on nous avait fait tomber dans un traquenard. De tous les côtés, absolument.

— Et s'il n'était que blessé ?

— Non, répondit fermement Nikolka en essuyant de son mouchoir sale ses yeux, son nez et sa bouche. Non, ils l'ont tué. Je l'ai tâté moi-même. Il a reçu une balle dans la tête, et une dans la poitrine.

L'ombre s'épaississait. De la pièce voisine ne parvenait plus aucun bruit, car Maria Frantzevna s'était tue. Dans le salon, étroitement réunies, trois personnes causaient à mi-voix : Irina, la sœur de Naï, la grosse dame à lorgnon — c'était la propriétaire, Lydia Pavlovna, ainsi que l'apprit Nikolka — et Nikolka lui-même.

— Je n'ai pas d'argent sur moi, dit Nikolka à voix basse. S'il le faut, je vais passer chez moi en vitesse pour en prendre, et ensuite nous irons là-bas.

— Je vais vous donner de l'argent tout de suite, ronchonna Lydia Pavlovna. L'argent, ça n'a pas d'importance, mais pour l'amour du ciel, allez là-bas et tâchez de réussir. Irina, tu ne lui dis rien à elle, ni où ni quoi... Franchement, je ne sais que faire...

— Je vais avec lui, chuchota Irina, et nous réussirons. Vous n'aurez qu'à lui dire qu'il est dans une caserne, et qu'il faut une autorisation pour le voir.

— Oui, oui... Très bien... Très bien...

La grosse dame se rendit en trottinant dans la pièce voisine, et on entendait sa voix qui chuchotait, pressante :

— Voyons, Maria Frantzevna, restez allongée, pour l'amour du Christ... Ils s'en vont tout de suite, et ils reviendront avec tous les renseignements. Le junker dit qu'il est dans une caserne.

— Sur un bat-flanc ?... demanda la voix sonore, et qui parut encore une fois à Nikolka chargée d'animosité.

— Allons, Maria Frantzevna, dans une chapelle, voyons, dans une chapelle...

— Si ça se trouve, il est resté au carrefour, et les chiens sont en train de le dévorer.

— Oh ! Maria Frantzevna, que dites-vous là... Allongez-vous, calmez-vous, je vous en supplie...

— Ces trois journées ont rendu maman tout à fait anormale... murmura la sœur de Naï en redressant encore une fois sa mèche de cheveux rebelle et en regardant on ne sait où, loin derrière Nikolka. Du reste, tout est devenu absurde aujourd'hui...

— Je vais avec eux, lança la voix de la pièce à côté.

La sœur s'anima aussitôt et courut à la chambre.

— Maman, maman, tu ne peux pas venir avec nous. C'est impossible. Le junker ne voudra plus nous aider, si tu viens. Il risque d'être arrêté. Reste allongée, couche-toi, je t'en prie...

— Irina, Irina, Irina, Irina, psalmodia la voix. Ils l'ont tué, et toi, qu'est-ce que tu dis ? Qu'est-ce que tu dis ?... Irina, tu... Qu'est-ce que je vais devenir, maintenant qu'ils ont tué Félix ? Tué... Et il est resté dans la neige... Est-ce que tu penses...

De nouveau, les sanglots éclatèrent, le lit grinça, puis on entendit la voix de la propriétaire :

— Allons, Maria Frantzevna, voyons, ma pauvre, du courage, du courage...

— Ah ! mon Dieu, mon Dieu, dit la jeune femme en traversant rapidement le salon. Dans son trouble, Nikolka pensa soudain, avec effroi et désespoir : « Et si nous ne le trouvons pas, qu'arrivera-t-il ? »

Nikolka s'arrêta devant la hideuse porte où, malgré le froid, on sentait déjà une odeur lourde et horrible, et dit :

— Il vaut mieux, peut-être, que vous attendiez ici... A... à cause de l'odeur, vous pourriez vous trouver mal...

Irina regarda la porte verte, puis Nikolka, et répondit :

— Non, j'entre avec vous.

Nikolka tira le lourd battant par la poignée, et ils entrèrent. Ils eurent d'abord l'impression d'être dans le noir. Puis ils aperçurent des rangées infinies de portemanteaux vides. Au plafond une ampoule luisait faiblement.

Nikolka se tourna avec inquiétude vers sa compagne, mais celle-ci marchait à côté de lui comme si de rien n'était. Son visage était simplement un peu pâle et ses sourcils froncés. Sa façon de froncer les sourcils rappela Naï-Tours à Nikolka, mais ce ne fut du reste qu'une ressemblance fugitive — Naï avait un visage de fer, simple et viril, alors que celle-ci était une beauté, pas tellement une beauté russe d'ailleurs, plutôt étrangère. Une jeune femme remarquable, étonnante même.

L'odeur que craignait Nikolka était partout. Elle émanait du plancher, des murs, des portemanteaux de bois. Et elle était si affreuse qu'elle en devenait visible. Les murs paraissaient gras et gluants, les portemanteaux luisants, le plancher poisseux, et l'air même, épaissi par cette odeur de charogne, semblait non pas se respirer, mais se manger. On s'habituait très vite, du reste, à l'odeur elle-même, mais il valait mieux ne pas y prêter attention, ne pas y penser. Ne pas y penser, surtout, sous peine d'apprendre aussitôt, par expérience, ce qu'est la nausée. Un étudiant en manteau passa rapidement et disparut. A gauche, derrière les portemanteaux, une porte s'ouvrit en grinçant et livra passage à un homme chaussé de bottes. Nikolka le regarda et détourna vivement les yeux, pour ne pas voir sa veste. Sa veste luisait comme les portemanteaux, et ses mains aussi.

— Qu'est-ce que vous voulez? demanda l'homme rudement.

— Nous sommes venus, dit Nikolka pour une affaire... nous voudrions voir le directeur... Nous cherchons un mort. Il est ici, sûrement?

— Quel mort? demanda l'homme en les regardant par en dessous.

— Dans la rue, tout près d'ici, il a été tué il y a trois jours...

— Ah! ah! Un junker ou un officier probablement... Des haïdamaks aussi ont été tués là. Qui est-ce?

Craignant d'avouer que Naï-Tours, justement, était officier, Nikolka dit :

— C'est ça, il a été tué là aussi...

— C'est un officier, mobilisé par l'hetman, dit Irina en s'approchant de l'homme. Il s'appelait Naï-Tours.

L'homme, visiblement, se fichait complètement de savoir qui était Naï-Tours. Il jeta un coup d'œil en coin à Irina, toussa, cracha par terre et répondit :

— Je ne sais pas quoi vous dire. La journée est finie, et il n'y a plus personne dans les salles. Les autres gardiens sont partis. Ça va être difficile de chercher. Très difficile. Les cadavres ont été mis dans les dépôts du sous-sol. Difficile, très difficile...

Irina ouvrit son sac et y prit un billet de banque qu'elle tendit au gardien. Nikolka détourna les yeux, craignant que le gardien, en homme honnête, ne protestât contre le geste d'Irina. Mais le gardien ne protesta pas...

— Merci, mademoiselle, dit-il en s'animant. On va vous le trouver. Mais il faut une autorisation. Et si le professeur le permet, vous pourrez même emporter le cadavre.

— Et où est-il, le professeur ?... demanda Nikolka.

— Il est ici, mais il est occupé. Je ne sais pas... est-ce qu'il faut le prévenir ?...

— Faites, faites, prévenez-le tout de suite, dit Nikolka. Quant au mort, je le reconnaîtrai tout de suite...

— On va le prévenir, dit le gardien en leur montrant le chemin.

Ils gravirent quelques marches et s'engagèrent dans un couloir où l'odeur était encore plus horrible. Puis ils prirent un corridor, à gauche, où l'odeur s'affaiblit et où ils virent plus clair, car le plafond du corridor était vitré. De chaque côté s'ouvrait une série de portes blanches. Le gardien s'arrêta à l'une d'elles, frappa, puis ôta son bonnet et entra. Le corridor était silencieux et la lumière du jour pénétrait, diffuse, par le plafond. Au bout du corridor, cependant, il faisait déjà sombre. Le gardien ressortit et dit :

— Par ici.

Nikolka entra, suivi d'Irina Naï... Nikolka ôta sa casquette. La première chose qu'il vit dans la vaste pièce fut les taches noires et luisantes des rideaux, puis le faisceau de lumière crue, blessante, qui tombait sur la table et éclairait en même temps une barbe noire, un visage émacié et ridé, et un nez busqué. Puis, déprimé, il regarda les murs. Dans la pénombre brillaient d'innombrables vitrines où l'on apercevait des espèces de monstres, bruns ou jaunes, semblables à d'horribles figurines chinoises. A l'autre bout de la pièce, il vit un homme de haute taille en tablier de cuir, comme un prêtre sacrificateur, et en gants noirs, penché sur une longue table où une lampe de bureau inclinée, à tulipe verte, allumait des reflets de verre et d'or sur des microscopes rangés comme des canons.

— Que désirez-vous ? demanda le professeur.

A la barbe et au visage émacié, Nikolka jugea que c'était bien un professeur, et que le sacrificateur, là-bas, devait être d'un rang inférieur — un assistant quelconque[1].

Nikolka toussota, regardant le faisceau de lumière crue qui tombait de la lampe de bureau curieusement tordue et brillante, puis diverses autres choses — les doigts jaunis par le tabac, et un objet affreux et répugnant posé devant le professeur — un cou et une tête humaine, tout en tendons et filaments et abondamment garnie de crochets et de ciseaux de métal étincelant...

— Vous êtes de la famille ? demanda le professeur. Il avait une voix sourde en harmonie avec son visage et sa barbe. Il leva la tête et plissa les yeux pour examiner Irina, son manteau de fourrure et ses bottines.

— Je suis sa sœur, dit Irina Naï en s'efforçant de ne pas voir ce qui était sur la table, devant le professeur.

— Vous voyez, Serguei Nikolaïevitch, quels tracas ça nous donne. Et ce n'est pas la première fois... D'ailleurs, il n'est peut-être pas chez nous. Les cadavres n'ont-ils pas été transportés aux dépôts ?

— C'est possible, répondit l'homme de haute taille en rejetant un instrument sur sa table.

— Fiodor ! appela le professeur...

— Non, pas vous... vous ne pouvez pas y aller... Je vais le faire... dit timidement Nikolka.

— Il a raison, mademoiselle, approuva le gardien, vous vous trouveriez mal. Vous pouvez attendre ici, ajouta-t-il.

Nikolka le prit à part, lui donna deux billets et le pria de trouver un tabouret propre pour faire asseoir la dame. Le gardien, dont l'haleine sentait le mauvais tabac, alla chercher un tabouret dans une salle qui laissa apercevoir une lampe verte et des squelettes.

— Vous n'êtes pas toubib, mon jeune monsieur ? Les toubibs, ils s'habituent tout de suite, dit le gardien en ouvrant une grande porte et en abaissant l'interrupteur.

Un globe s'alluma sous le plafond de verre. Une odeur

1. Cette image du savant penché dans un faisceau de lumière et de son assistant à l'allure de sacrificateur rappelle les héros des *Œufs fatidiques* et de *Cœur de chien*.

atroce émanait de la salle où s'alignaient des tables de zinc blanchâtres. Elles étaient vides. Quelque part, on entendait de l'eau s'égoutter dans un évier. Les pas résonnaient, sonores, sur le sol de pierre. Nikolka, fortement incommodé par l'odeur qui, semblait-il, régnait là à jamais, marchait en s'efforçant de ne penser à rien. Par la porte opposée, le gardien et lui pénétrèrent dans un couloir complètement obscur, où le gardien alluma une petite lampe, et qu'ils parcoururent. Le gardien tira un lourd verrou, ouvrit une porte de fer et alluma. Le froid saisit Nikolka. D'énormes boîtes cylindriques étaient posées dans les coins du sombre local. Elles étaient remplies à regorger de morceaux et de débris de chair humaine, de lambeaux de peau, de doigts coupés, d'os brisés. Nikolka se détourna en avalant sa salive, et le gardien lui dit :

— Tenez, reniflez ça, mon jeune monsieur.

Nikolka ferma les yeux et aspira avidement l'odeur forte et cuisante qui montait du flacon d'ammoniaque.

Comme dans un demi-sommeil, Nikolka, les yeux mi-clos, vit la braise pétiller dans la pipe de Fiodor et il sentit l'odeur délectable du gros tabac qui brûlait. Fiodor s'affaira longtemps devant le cadenas qui fermait la grille du monte-charge, finit par l'ouvrir, et tous deux prirent place sur la plate-forme. Fiodor tourna une manette, et le monte-charge descendit en grinçant. D'en bas montait un froid glacial. La plate-forme s'arrêta, et les deux hommes se trouvèrent dans un immense entrepôt. Nikolka vit alors, confusément, quelque chose qu'il n'avait encore jamais vu. Les uns sur les autres, comme des bûches empilées, étaient entassés des corps humains, nus, qui exhalaient une puanteur intolérable, suffocante malgré l'ammoniaque. Les jambes, raidies ou au contraire ramollies, dressaient leurs pieds nus. Les têtes des femmes gisaient, cheveux défaits et emmêlés, et leurs seins étaient fripés, écrasés, marqués de bleu.

— Bon, on va retourner, tout ça, et vous regarderez, dit le gardien en se baissant.

Il prit par le pied un cadavre de femme, qui glissa comme sur du beurre et tomba sur le sol avec un léger bruit. Elle apparut à Nikolka affreusement belle, comme une sorcière, et visqueuse. Ses yeux étaient ouverts et regardaient fixement Fiodor. Avec peine, Nikolka détacha son regard de la blessure qui la ceignait comme un ruban rouge, et tourna la tête. Il avait la nausée et le vertige à la pensée qu'il allait falloir démolir et étaler tout cet amoncellement de cadavres collés les uns aux autres.

— Inutile. Attendez, dit-il faiblement à Fiodor en mettant le flacon d'ammoniaque dans sa poche. Le voilà. Je l'ai trouvé. Il est au-dessus. Là, là.

Fiodor se mit aussitôt à l'œuvre, les pieds écartés pour ne pas glisser et perdre l'équilibre. Il saisit Naï-Tours par la tête et tira avec force. Une femme à poitrine plate et fortes hanches était couchée, face en bas, sur le ventre de Naï ; dans ses cheveux était encore planté un peigne bon marché, oublié, qui luisait d'un éclat terne, comme un morceau de verre. Fiodor le détacha au passage avec habileté et le glissa dans la poche de son tablier, puis il saisit Naï sous les bras. Privée de point d'appui, la tête de celui-ci retomba en arrière et pendit, dressant son menton non rasé. Un bras glissa.

Fiodor, pour déplacer Naï, ne s'y prit pas comme pour la femme, mais précautionneusement, en le portant sous les aisselles, pliant le corps déjà ramolli ; il le tourna pour que les jambes touchent le sol d'abord, et que le visage soit tourné vers Nikolka, puis il dit :

— Regardez. C'est bien lui ? Pour qu'il n'y ait pas erreur...

Nikolka regarda droit dans les yeux ouverts de Naï, qui lui rendirent un regard dépourvu de sens. La joue gauche était marquée d'une tache verdâtre à peine perceptible, et sur sa poitrine et son ventre s'étaient étalées puis figées de larges taches brunes — du sang probablement.

— C'est lui, dit Nikolka.

Fiodor reprit Naï sous les aisselles et le traîna jusqu'au monte-charge, où il le déposa aux pieds de Nikolka. Les bras du mort retombèrent, et de nouveau, il dressa le menton. Fiodor entra à son tour, fit jouer la manette et l'ascenseur s'éleva.

Cette même nuit, tout fut arrangé selon la volonté de Nikolka dans la chapelle, et il avait l'esprit en paix, bien qu'austère et triste. Voisine de l'amphithéâtre d'anatomie, la chapelle, nue et sombre, était illuminée. Dans un coin, on avait fermé le couvercle du cercueil d'un inconnu, et ce défunt étranger, lourd, affreux et antipathique, ne troublait pas la paix de Naï. Naï qui, dans son cercueil, paraissait beaucoup plus heureux, plus gai.

Naï lavé par des gardiens loquaces et contents d'eux, Naï propre et net dans une tunique sans épaulettes, Naï au front couronné sous la triple lumière des cierges, et surtout, Naï décoré d'une écharpe de Saint-Georges mordorée, large d'une archine, que Nikolka avait disposée lui-même sous la chemise, sur la poitrine froide et visqueuse[1]. Devant les trois cierges, la vieille mère tourna vers Nikolka sa tête branlante et lui dit :

— C'est mon fils. Je te remercie.

Ces mots, à nouveau, firent pleurer Nikolka. Il quitta la chapelle et sortit dans la neige. Au-dessus de la cour de l'amphithéâtre d'anatomie régnaient la nuit, la neige, et les croix scintillantes des étoiles, et la blanche Voie lactée.

XVIII

Tourbine entra en agonie dans la journée du 22 décembre. C'était un jour pâle, trouble, traversé des reflets de la Nativité toute proche. Ces reflets se remarquaient particulièrement dans le brillant du parquet du salon, frotté conjointement la veille, sans un bruit, par Aniouta, Nikolka et Lariossik. La Nativité s'annonçait aussi dans les veilleuses d'icônes, nettoyées par Aniouta. Enfin, il y avait l'odeur des aiguilles de sapin et la verdure qui embellissait le coin du multicolore Valentin, oublié à jamais, semblait-il, au-dessus des touches d'ivoire...

Pour ma sœur...

Vers midi, Hélène parut à la porte de la chambre d'Alexis Tourbine. D'un pas qui manquait de fermeté, elle traversa silencieusement la salle à manger, où la Carpe, Mychlaïevski et Lariossik étaient assis et ne disaient mot. Pas un d'eux ne bougea à son passage, sans doute effrayés par l'expression de son visage. Hélène s'enferma dans sa chambre, et la lourde portière retomba aussitôt, immobile.

Mychlaïevski remua.

— Et voilà, chuchota-t-il d'une voix sifflante. Le comman-

1. L'ordre de Saint-Georges fut créé par Catherine II pour récompenser les faits de guerre. L'écharpe était l'insigne du grade le plus élevé.

dant en chef a bien fait tout ce qu'il a fait, il a seulement mis Aliocha à une mauvaise place...

La Carpe et Lariossik ne firent aucun commentaire. Lariossik battit des paupières, et des ombres lilas s'étendirent sur ses joues.

— Eh... sacrebleu, ajouta Mychlaïevski. Il se leva, s'approcha en titubant légèrement de la porte de Tourbine, s'arrêta, indécis, se tourna, jeta un regard à la porte d'Hélène.

— Écoutez, les gars, il faudrait aller voir... sinon...

Il piétina un instant sur place, puis se rendit dans la bibliothèque où le bruit de ses pas s'éteignit. Quelques instants plus tard on entendit sa voix mêlée à des sons étranges et douloureux qui venaient de la chambre de Nikolka.

— Il pleure, Nikolka, chuchota Lariossik d'un ton désolé. Il soupira, s'approcha sur la pointe des pieds de la porte d'Hélène, se pencha pour regarder par le trou de la serrure, mais ne vit rien. Il se tourna d'un air impuissant vers la Carpe et l'appela par des gestes. La Carpe s'approcha, hésita un moment, puis se décida à frapper doucement à la porte, du bout de l'ongle, en appelant à voix basse.

— Hélène Vassilievna, hé, Hélène Vassilievna...

— Ah ! ne vous inquiétez donc pas, répondit sourdement la voix d'Hélène. Et laissez-moi.

La Carpe se recula vivement, et Lariossik aussi. Tous deux retournèrent à leur place — sur les chaises près du poêle de Zaandam — et se tinrent tranquilles.

Les Tourbine, et ceux qui leur étaient étroitement et intimement liés n'avaient rien à faire dans la chambre d'Alexis. A son chevet, il y avait trois personnes qui à elles seules occupaient toute la place : l'ours aux lunettes d'or, le jeune médecin à la taille bien prise et au visage rasé, qui ressemblait plus à un officier de la garde qu'à un médecin, et enfin, le professeur chenu. Tout de suite, dès sa première apparition, le 16 décembre, son art lui avait révélé, ainsi qu'à la famille Tourbine, de bien mauvaises nouvelles. Il comprit de quoi il retournait, et déclara aussitôt que Tourbine avait le typhus. Du même coup, la blessure qui lui traversait l'aisselle gauche fut reléguée au second plan. Une heure plus tôt, le professeur était revenu avec Hélène dans le salon, et à sa question pressante — question exprimée non seulement par sa voix, mais par ses yeux secs, ses lèvres gercées et ses mèches défaites —, il avait répondu qu'il y avait peu d'espoir, puis, regardant Hélène bien en face, de ses yeux d'homme plein d'expérience, et par suite plein de pitié pour autrui, il avait ajouté : « Très peu. » Tout le monde, et Hélène en particulier, sait ce que cela signifie — qu'il n'y a plus d'espoir du tout — et que par conséquent Tourbine était en train de mourir. Après cela, Hélène retourna dans la chambre de son frère, où elle demeura longtemps à contempler son visage, et où elle se rendit parfaitement compte par elle-même qu'il n'y avait en effet plus d'espoir. Sans posséder les connaissances et l'art du bon vieillard, on pouvait dire que le docteur Alexis Tourbine agonisait.

Il était étendu, exhalant encore la fièvre, mais une fièvre déjà affaiblie, vacillante, qui n'allait pas tarder à tomber. La peau de son visage commençait à laisser paraître, çà et là, une étrange teinte cireuse ; son nez semblait s'être aminci, et son arête busquée, dont le relief s'était nettement accentué, donnait bien l'impression qu'il n'y avait plus d'espoir. Hélène sentit un froid dans ses jambes, et une brume de tristesse l'enveloppa dans l'air confiné de la chambre, qui sentait le pus et le camphre. Mais cela passa.

Quelque chose oppressait la poitrine de Tourbine comme une pierre ; sa respiration était sifflante, et ses dents qu'un rictus découvrait ne laissaient passer qu'un mince filet d'air moite qui atteignait à peine ses poumons. Il était depuis longtemps déjà dans un état d'inconscience qui l'empêchait de voir et d'entendre ce qui se passait autour de lui. Hélène, debout, le regardait. Le professeur lui toucha le bras et murmura :

— Ne restez pas ici, Hélène Vassilievna. Nous ferons nous-mêmes tout ce qu'il faut.

Hélène obéit et sortit aussitôt. Mais le professeur ne fit rien de plus.

Il ôta sa blouse, frotta ses mains à l'aide de grosses boules de coton humide, puis regarda encore une fois le visage de Tourbine. Une ombre bleuâtre se formait aux commissures de ses lèvres et aux narines.

— C'est sans espoir, chuchota le professeur à l'oreille du jeune médecin rasé. Vous resterez près de lui, docteur Brodovitch.

— Camphre ? demanda Brodovitch à voix basse.

— Oui. Oui.

— Une seringue ?

— Non. (Il regarda la fenêtre, réfléchit.) Par doses de trois grammes à la fois. Et souvent. (Il réfléchit encore, puis ajouta :) Vous me téléphonerez, en cas d'issue fatale (le professeur murmura ces mots avec une extrême prudence, afin que Tourbine, même à travers le rideau de brume et de délire qui l'enveloppait, ne risquât pas d'en percevoir le sens) à la clinique. Si rien ne se produit, je reviendrai ici aussitôt après mon cours.

Chaque année, aussi loin que pouvait remonter la mémoire des Tourbine, les lampes d'icônes s'allumaient chez eux le 24 décembre au crépuscule, et pendant la soirée, dans le salon, de petites flammes chaudes s'éparpillaient parmi les branches vertes du sapin. Mais cette fois, la blessure perfide et le râle du typhus embrouillèrent et précipitèrent tout, et les lampes furent allumées plus tôt que de coutume. Hélène, ayant fermé la porte qui donnait sur la salle à manger, alla prendre des allumettes dans sa table de nuit, monta sur une chaise et fit jaillir une petite flamme dans la lampe suspendue par une lourde chaîne devant une vieille icône au lourd revêtement d'argent. Quand la flamme fut haute et chaude, la petite couronne qui surmontait le visage bruni de la mère de Dieu prit l'éclat de l'or, et son regard se fit bienveillant. Sa tête, légèrement inclinée de côté, regardait Hélène. Les deux carrés des fenêtres s'ouvraient sur le jour blanc et silencieux de décembre, et la langue de feu vacillante mettait dans le coin de la chambre un air de réveillon. Hélène descendit de la chaise, ôta son châle de ses épaules et s'agenouilla. Elle souleva le bord du tapis afin de découvrir une partie du parquet brillant et, en silence, fit sa première prosternation.

Mychlaïevski traversa la salle à manger, suivi de Nikolka dont les paupières étaient bouffies. Ils allèrent dans la chambre de Tourbine. Quand ils revinrent dans la salle à manger, Nikolka dit aux autres, en reprenant haleine :

— Il meurt...

— Dites donc, fit Mychlaïevski, si on appelait un prêtre ? Hein, Nikolka ?... Le laisser sans absolution...

— Il faut en parler à Hélène, répondit Nikolka effrayé. On ne peut rien faire sans elle. D'ailleurs elle aussi aura sûrement besoin d'aide...

— Et que dit le docteur ? demanda la Carpe.

— Que veux-tu qu'il dise ? Il n'y a plus rien à dire, grogna Mychlaïevski.

Leur chuchotement inquiet dura longtemps, et on entendit par moments les soupirs du pâle Lariossik tout désorienté. Une fois encore, ils allèrent voir le docteur Brodovitch. Celui-ci sortit dans le vestibule, alluma une cigarette, et leur dit à voix basse que c'était maintenant l'agonie, que naturellement, on pouvait aller chercher un prêtre, mais que c'était sans importance vu que le malade était inconscient et que cela ne pouvait, en tout cas, lui faire de mal.

— Une confession muette.

Ils chuchotèrent, chuchotèrent sans pouvoir se décider. Ils frappèrent à la porte d'Hélène, mais elle leur répondit sourdement, sans ouvrir :

— Allez-vous-en... Je viendrai tout à l'heure...

Et ils s'en allèrent.

Toujours à genoux, Hélène regarda par en dessous la couronne dentée qui surmontait la face noircie aux yeux clairs, et dit à mi-voix, les mains tendues :

— Tu nous envoies trop de malheurs à la fois, Sainte Mère de l'Intercession. Voilà une famille détruite en une année. Pourquoi ?... Tu as pris notre mère, et je me rends bien compte que je n'ai plus de mari, c'est fini. Oh ! oui, je m'en rends parfaitement compte. Et maintenant, tu nous enlèves notre frère aîné. Pourquoi ?... Qu'allons-nous devenir, seuls, Nikolka et moi ?... Vois ce qui se passe, vois donc... Sainte Mère de l'Intercession, n'as-tu donc pas de pitié ?... Nous sommes peut-être de mauvaises gens, mais pourquoi nous punir de cette façon ?

Elle se prosterna de nouveau et pressa avidement son front contre le parquet, fit le signe de la croix, tendit les mains encore une fois et pria :

— Mon seul espoir est en toi, Vierge immaculée. En toi. Prie ton fils, prie Dieu Notre Seigneur de faire un miracle...

Le murmure d'Hélène devint passionné, les mots se bousculèrent, mais sa parole continua de s'écouler comme un flot ininterrompu. De plus en plus fréquemment, elle se prosternait, puis rejetait la tête en arrière pour ôter de ses yeux une mèche qui s'était détachée de son peigne. Aux fenêtres, le jour avait disparu ; le faucon blanc avait disparu aussi, et à trois heures de l'après-midi, la gavotte s'était égrenée sans bruit, de même qu'était arrivé sans bruit celui à qui Hélène en appelait, par l'intercession de la vierge brune de l'icône.

Il apparut à côté de son tombeau renversé, tout à fait ressuscité, nu-pieds et miséricordieux. La poitrine d'Hélène se dilata largement, le rouge monta à ses joues, ses yeux s'emplirent de lumière et débordèrent de pleurs secs, sans larmes. Elle pressa son front, puis sa joue, contre le sol, puis de toute son âme, se tendit vers la flamme sans même sentir la dureté du parquet sous ses genoux. La flamme se gonfla, le sombre visage couronné s'anima, et ses yeux tirèrent d'Hélène un flot renouvelé de paroles. Un silence total régnait derrière les portes et les fenêtres, l'obscurité venait avec une effrayante rapidité, et de nouveau, Hélène eut une vision : la lumière transparente comme du verre de la coupole céleste, des dunes de sable d'un jaune rougeâtre, des oliviers, et une église qui lui mettait au cœur une sensation de froid et de paix obscure et éternelle.

— Sainte Mère de l'Intercession, murmura Hélène enflammée, supplie-le. Le voici. Qu'est-ce que cela te coûte ? Aie pitié de nous. Aie pitié. Les jours de ta fête sont proches. Peut-être fera-t-il une bonne action. Je te supplie de nous pardonner nos péchés. J'accepte que Serge ne revienne pas... Prends-le si tu veux, mais lui, ne le punis pas de mort... Que le sang retombe sur nous, nous sommes tous coupables. Mais ne le punis pas. Ne le punis pas. Le voici, le voici...

La flamme s'éparpilla, un rayon s'allongea, s'allongea jusqu'aux yeux d'Hélène. A ce moment, d'un regard insensé, elle vit les lèvres, dans le visage serti d'or, se décoller légèrement l'une de l'autre, et l'éclat des yeux devint si insolite qu'une frayeur et une joie délirante lui déchirèrent le cœur. Elle se prosterna et ne bougea plus.

L'angoisse s'était répandue dans tout l'appartement, comme un vent aride. Quelqu'un traversa rapidement la salle à manger, sur la pointe des pieds. Quelqu'un, encore, gratta à la porte en chuchotant : « Hélène... Hélène... Hélène ». Hélène essuya son front moite et froid du revers de la main, rejetant en arrière la mèche rebelle, se leva, regarda devant elle d'un regard aveugle, comme devenue sauvage, et sans plus faire attention au coin rayonnant de l'icône, le cœur dur comme l'acier, elle marcha vers la porte. Celle-ci, sans attendre son consentement, s'ouvrit d'elle-même, et Nikolka parut dans l'encadrement de la portière. Les yeux exorbités, il regardait Hélène d'un air épouvanté, le souffle coupé.

— Écoute, Hélène... n'aie pas peur... n'aie pas peur... viens voir... on dirait que...

Le docteur Alexis Tourbine, cireux comme une bougie pétrie et tordue par des mains moites, gisait, dressant son menton pointu et laissant pendre hors de la couverture ses mains osseuses aux ongles trop longs. Une sueur poisseuse coulait de son corps, et dans l'échancrure de la chemise, son torse humide et décharné se soulevait. Il baissa la tête, appuya son menton sur sa poitrine, desserra ses dents jaunes, et entrouvrit les yeux. On y voyait encore onduler des lambeaux de brouillard et de délire, mais des lueurs y apparaissaient déjà dans le noir. D'une voix très faible, grêle et sifflante, il dit :

— C'est le moment de la crise, Brodovitch. Alors... je vais m'en tirer?... Oui-i.

La Carpe tenait une lampe dans ses mains tremblantes, qui éclairait le lit creusé et les draps roulés en boule, mettant dans les plis des ombres grises.

D'une main mal assurée, le jeune docteur glabre pinça la peau maigre du bras de Tourbine et y enfonça l'aiguille d'une petite seringue. De fines gouttes de sueur perlaient à son front. Il était extrêmement troublé et stupéfait.

XIX

Pétourra. Il vécut dans la Ville quarante-sept jours. Cuirassé de glace et saupoudré de neige, le mois de janvier 1919 passa par-dessus la tête des Tourbine, et fit place à février qui tournoya dans le blizzard.

Le 2 février, dans l'appartement des Tourbine, errait une silhouette noire, à la tête rasée couverte d'un bonnet de soie noire. C'était Tourbine lui-même, ressuscité. Il avait grandement changé. Des plis s'étaient creusés, pour toujours semblait-il, aux coins de sa bouche, la couleur de sa peau restait cireuse, ses yeux étaient enfoncés dans l'ombre et à jamais sombres et sans sourire.

Dans le salon, comme quarante-sept jours auparavant, Tourbine colla son front à la vitre, et comme alors, quand on voyait par les fenêtres la neige danser dans un décor d'opéra autour de petites lumières chaudes, il écouta le bruit lointain et étouffé du canon. Fronçant les sourcils d'un air sombre, Tourbine s'appuyait de tout son poids sur une canne, et regardait au-dehors. Comme par magie, les jours étaient devenus plus longs et plus clairs, malgré la tempête de neige qui poussait contre la fenêtre des millions de flocons.

Sous son bonnet de soie, ses pensées suivaient leur cours, claires mais austères et sans joie. Sa tête lui semblait légère et vide, comme une boîte qu'on aurait posée sur ses épaules, et les pensées y venaient comme de l'extérieur, dans un ordre dont il n'était pas maître. Heureux d'être seul, Tourbine regardait dehors...

« Pétourra... Cette nuit, au plus tard, tout sera consommé, et il n'y aura plus de Pétourra... A-t-il même existé?... Ou bien ai-je rêvé tout ça? Je l'ignore, et impossible de vérifier. Lariossik est très sympathique. Il ne nous gêne pas, au contraire, il nous serait plutôt nécessaire. Il faudra le remercier pour son aide... Et Chervinski ? Ah ! le diable sait ce qu'il est... Voilà le malheur, avec les femmes. Hélène va sûrement se lier à lui, c'est inévitable... Qu'a-t-il de bien ? Sa voix ? Sa voix est splendide, mais enfin, une voix, on peut l'écouter sans l'épouser pour autant, pas vrai ?... Du reste, c'est sans importance. Mais qu'est-ce qui a de l'importance ? Oui, Chervinski l'a dit, ils ont des étoiles rouges à leur bonnet... Il va encore s'en passer de belles en Ville, probablement. Oh ! oui... Donc, cette nuit... Leurs convois sont peut-être déjà dans les rues... Néanmoins j'irai, j'irai dans la journée... Et je lui porterai... Dling. *Attrapez-le!* Je suis un meurtrier. Non, j'ai tiré pour me défendre, en combattant. Ou bien j'ai tué... Avec qui vit-elle ? Où est son mari ? Dling. Malychev. Où est-il maintenant ? Disparu dans la nature. Et Maxime... Alexandre Ier ? »

Le cours de ses pensées fut interrompu par la sonnette. A part Aniouta, il n'y avait personne dans l'appartement. Ils étaient tous partis en Ville, pour régler toutes sortes d'affaires avant la nuit.

— Si c'est un patient, fais-le entrer, Aniouta.

— Très bien, Alexis Vassilievitch.

Quelqu'un monta l'escalier derrière Aniouta, se débarrassa dans le vestibule de son manteau en poil de chèvre, et entra dans le salon.

— Je vous en prie, dit Tourbine.

L'homme qui se levait du fauteuil où Aniouta l'avait fait

asseoir était jeune, maigre, jaune de peau. Il portait une vareuse grise. Ses yeux avaient un regard à la fois trouble et attentif. Tourbine, en blouse blanche, s'effaça pour le faire entrer dans le cabinet.

— Asseyez-vous, je vous prie. En quoi puis-je vous être utile ?

— J'ai la syphilis, dit le visiteur d'une voix rauque, en regardant Tourbine bien en face, d'un air sombre.

— Vous vous êtes déjà soigné ?

— Oui, mais mal, et pas régulièrement. Les médicaments ne m'ont pas fait grand-chose.

— Qui vous a adressé à moi ?

— Le doyen de l'église du Bon-Saint-Nicolas, le père Alexandre.

— Qui ?

— Le père Alexandre.

— Comment, vous le connaissez ?...

— Je me suis confessé à lui, et l'entretien de ce saint vieillard a été pour moi d'un grand secours spirituel, expliqua le visiteur en regardant le ciel. Il ne fallait pas que je me soigne... c'est du moins ce que je croyais. J'aurais dû supporter patiemment l'épreuve que Dieu m'infligeait pour mes épouvantables péchés, mais le père Alexandre m'a fait comprendre que mon raisonnement était faux. Je me suis soumis à lui.

Tourbine examina très attentivement les prunelles de son patient, puis il contrôla ses réflexes. Mais les prunelles de l'homme au manteau de chèvre étaient normales, si on exceptait l'expression de profond chagrin qui les noircissait.

— Bon, dit Tourbine en reposant son petit marteau. Vous êtes, à ce que je vois, un homme très religieux.

— Oui, jour et nuit je pense à Dieu et je le prie. Comme seul refuge et unique consolateur.

— Oui, c'est très bien naturellement, répondit Tourbine sans détacher son regard de ses yeux, et c'est un sentiment que je respecte, mais voici ce que je vous conseille : pendant la durée du traitement, ne vous obstinez pas à penser à Dieu. Il est certain que chez vous, cela risque de tourner à l'idée fixe. Et dans votre cas, c'est mauvais. Ce qu'il vous faut, c'est du grand air, du mouvement et du sommeil.

— Je prie toutes les nuits.

— Non, il faut changer cela. Il faut réduire le temps consacré à la prière. Cela vous fatigue, et vous avez besoin de repos.

Le malade baissa docilement les yeux.

Devant Tourbine, nu, il se laissa ausculter.

— Vous prenez de la cocaïne ?

— Parmi les vices et les turpitudes auxquels je me suis adonné, il y a eu cela aussi. Mais plus maintenant.

« Le diable sait d'où sort ce type... un filou ?... un simulateur ? Il faudra veiller à ce que les fourrures du vestibule ne disparaissent pas. »

Du manche de son petit marteau, Tourbine dessina sur la poitrine du malade un point d'interrogation. Marqué en blanc, le signe vira au rouge.

— Cessez de vous enticher de problèmes religieux. Et en général, évitez les méditations pénibles, quelles qu'elles soient. Rhabillez-vous. Dès demain je commence un traitement au mercure, et dans une semaine, nous ferons la première injection.

— Bien docteur.

— Plus de cocaïne. Plus d'alcool. Et pas de femmes non plus...

— J'ai déjà écarté les femmes et les poisons. J'ai aussi éloigné de moi les méchants, poursuivit le malade en boutonnant sa chemise, et notamment le mauvais génie de la vie, le précurseur de l'Antéchrist, qui est parti pour la cité du Démon.

— Non, je vous en prie ! gémit Tourbine. A parler comme ça, vous allez finir dans un hôpital psychiatrique. De quel Antéchrist voulez-vous parler ?

— Je parle de son précurseur, Mikhaïl Semionovitch Chpolianski, un homme à favoris noirs et aux yeux de serpent. Il est parti pour le royaume de l'Antéchrist, à Moscou, afin de donner le signal, ct de conduire ici, dans la Ville, les hordes d'anges des ténèbres, en punition des péchés de ses habitants. Comme jadis Sodome et Gomorrhe...

— Ce sont les bolcheviks que vous appelez anges des ténèbres ? D'accord avec vous. Mais tout de même, évitez ce langage... Vous prendrez du bromure. Une cuillerée à soupe trois fois par jour...

— Il est jeune. Mais il y a chez lui plus de turpitude que chez un démon millénaire. Il entraîne les femmes à la débauche, les jeunes gens au vice, et sonnent, sonnent déjà les trompettes guerrières des hordes du mal, et l'on voit s'élever, au-dessus de la plaine, la face de Satan qui les suit.

— C'est-à-dire Trotski ?

— Oui, c'est le nom qu'il a pris. Mais son vrai nom est Abaddon en hébreu, et Apollion en grec, c'est-à-dire l'extermination[1].

— Écoutez, je vous le dis sérieusement, si vous ne cessez pas de... voyez-vous, cela tourne chez vous à la monomanie...

— Non, docteur, je suis normal. Combien prenez-vous docteur, pour votre saint labeur ?

— Voyons, pourquoi donc employez-vous le mot « saint » à tout propos ? Je ne vois rien de particulièrement saint dans mon travail. Je fais payer mes soins, comme tout le monde. Si vous suivez votre traitement chez moi, versez-moi des arrhes.

— Très bien.

Il déboutonna sa vareuse.

— Vous n'avez peut-être pas beaucoup d'argent, grommela Tourbine en regardant ses genoux usés. « Non, ce n'est pas un filou... non... mais il déraille. »

— Si, docteur, je trouverai ce qu'il faut. A votre manière, vous soulagez l'humanité de ses maux.

— Et parfois avec succès. Mais je vous en prie, prenez votre bromure régulièrement.

— Mais le véritable soulagement, estimé docteur, c'est là qu'il est, là seulement (et le malade montra le plafond blanc d'un air inspiré). Mais maintenant, nous allons tous subir des épreuves telles que nous n'en avons jamais connues... Et elles vont venir très bientôt.

— Je vous remercie humblement. J'en ai subi assez comme ça.

— Il ne faut jurer de rien, docteur, oh ! non... murmura le malade dans le vestibule, en enfilant avec peine son manteau. Car il est dit : Le troisième ange vida sa coupe dans les sources des eaux, et elles devinrent du sang.

« J'ai déjà entendu ça quelque part... Ah ! oui, bien sûr, il a bavardé tout son saoul avec le prêtre. Ils ont dû trouver là un merveilleux terrain d'entente. »

— Je vous conseille vivement de lire un peu moins l'Apo-

1. Cf. *Apocalypse* IX : « De cette fumée, des sauterelles se répandirent sur la terre. [...] Elles ont pour roi l'ange de l'Abîme ; son nom est en hébreu Abaddon, en grec il se nomme Apollyon. » Abaddon apparaît au chapitre 22 du *Maître et Marguerite*.

calypse... Je vous le répète, cela vous fait du mal. J'ai bien l'honneur de vous saluer. Demain à six heures, s'il vous plaît. Aniouta, veux-tu raccompagner...

— Vous ne refuserez pas d'accepter ceci... Je voudrais, puisque vous m'avez sauvé la vie, qu'il vous reste quelque chose en souvenir de moi... c'est un bracelet qui avait appartenu à ma mère...

— Mais pourquoi... il ne fallait pas... je ne veux pas, dit Julia Reiss en se défendant d'un geste de la main. Mais Tourbine insista, et il fixa lui-même sur le poignet pâle le lourd et sombre bracelet de métal martelé. Aussitôt, la main en parut embellie, et Julia elle-même sembla encore plus jolie... Même dans la pénombre, on pouvait voir le rose monter à son visage.

Tourbine ne put y résister. Son bras droit entoura le cou de Julia, il l'attira à lui et, à plusieurs reprises, il l'embrassa sur la joue... Ses mains affaiblies lâchèrent la canne, qui tomba avec un bruit sec au pied de la table.

— Partez, murmura Julia. Il est temps... Les convois passent dans la rue. Faites attention à vous.

— Vous m'êtes chère, chuchota Tourbine. Permettez-moi de revenir vous voir.

— Quand vous voudrez.

— Mais dites-moi : pourquoi êtes-vous seule ? Et qui est-ce, cette photo sur la table ? Avec des cheveux noirs et des favoris.

— C'est mon cousin germain... répondit Julia en baissant les yeux.

— Comment s'appelle-t-il ?

— Pourquoi me demandez-vous ça ?

— Vous m'avez sauvé... Je veux savoir.

— Parce que je vous ai sauvé, vous avez le droit de tout savoir ? Il s'appelle Chpolianski.

— Il est ici ?

— Non, il est parti... A Moscou. Comme vous êtes curieux.

Tourbine eut un tressaillement intérieur, et il contempla longuement les yeux noirs et les favoris noirs... Une pensée désagréable, taraudante, s'attarda dans son esprit plus longtemps que les autres, tandis qu'il étudiait le front et la bouche du président du Triolet magnétique. Mais elle était confuse... Le précurseur. Ce pauvre type en manteau de poil de chèvre...

Qu'est-ce qui m'inquiète ? Qu'est-ce qui me tourmente ? Ça ne me concerne en rien. Les anges des ténèbres... Ah ! peu importe... Pourvu que je puisse revenir ici, dans cette étrange et paisible maison, avec ce portrait aux épaulettes d'or...

— Partez. Il est temps.

— Nikolka ? C'est toi ?

Les deux frères se trouvèrent nez à nez dans la partie basse du mystérieux jardin, près d'une autre maison. Nikolka, on ne sait pourquoi, eut un air confus comme s'il était pris en faute.

— Je suis venu voir les Naï-Tours, Aliocha, expliqua-t-il avec la tête de quelqu'un qu'on aurait surpris sur une palissade en train de voler des pommes.

— Eh bien, tu as bien fait. Il avait encore sa mère ?

— Et une sœur. Vois-tu, Aliocha... Enfin, voilà...

Tourbine regarda Nikolka du coin de l'œil et ne lui posa plus de questions.

Les deux frères firent la moitié du chemin en silence. Ce fut Tourbine qui le rompit.

— Apparemment, c'est Pétourra qui nous a jetés, toi et moi, rue Malo-Provalnaïa. Hein ? Eh bien soit, nous y retournerons. Qu'est-ce qu'il en sortira, nul ne le sait. Hein ?

Nikolka, qui avait écouté cette phrase énigmatique avec le plus vif intérêt, demanda à son tour :

— Toi aussi, tu es venu voir quelqu'un, Aliocha ? Rue Malo-Provalnaïa ?

— Hm, hm, acquiesça Tourbine, puis il releva le col de son pardessus, y cacha son visage et ne prononça plus un mot jusqu'à la maison.

En ce jour important et historique, tous déjeunèrent chez les Tourbine : il y avait là Mychlaïevski et la Carpe, et Chervinski. C'était le premier repas qu'ils prenaient en commun depuis que Tourbine blessé s'était alité. Et tout fut comme avant, à l'exception du bouquet de roses sombres et ardentes, parce que depuis longtemps la confiseuse de la boutique Marquise dévastée avait disparu, partie vers des lointains inconnus, là sans doute où reposait Mme Anjou. Aucun des convives n'avait non plus d'épaulettes, envolées et disparues dehors, dans la tempête de neige.

Bouche bée, tous écoutaient Chervinski, même Aniouta, venue de la cuisine et appuyée au chambranle de la porte.

— Qu'est-ce que c'est que ces étoiles? demanda Mychlaïevski d'un air sombre.

— Ce sont des étoiles à cinq branches, racontait Chervinski, petites comme des cocardes et ils les portent sur leur bonnet. Ils arrivent en foule, à ce qu'on dit... Bref, à minuit ils seront là...

— Pourquoi précisément à minuit...

Chervinski n'eut pas le temps de répondre, à cause d'un coup de sonnette qui fut suivi de l'entrée de Vassilissa.

S'inclinant à droite et à gauche, Vassilissa serra cordialement les mains, particulièrement celle de la Carpe, et se dirigea, en faisant crisser ses souliers, vers le piano. Hélène lui tendit la main avec un sourire lumineux et Vassilissa, en sautillant, la lui baisa. « Le diable sait pourquoi, on dirait que Vassilissa est devenu sympathique, depuis qu'on lui a fauché son argent, pensa Nikolka, qui se mit à philosopher à part lui : peut-être l'argent empêche-t-il la sympathie. Ici, par exemple, personne n'a d'argent, et tout le monde est sympathique. »

Non, Vassilissa ne voulait pas de thé. Non, non, merci infiniment. Ça va très bien, très bien. Hé hé ! comme on est bien chez vous, malgré ces terribles événements. Eh oui... Non, merci infiniment. Wanda Mikhaïlovna? Sa sœur est venue la voir de la campagne, et il faudra qu'il redescende tout de suite. Il est monté simplement pour transmettre une lettre à Hélène Vassilievna. Elle est arrivée dans la boîte aux lettres au moment où il l'ouvrait « C'était mon devoir. J'ai bien l'honneur de vous saluer. » Et Vassilissa, toujours sautillant, se retira.

Hélène, la lettre à la main, passa dans sa chambre.

« Une lettre de l'étranger? Pas possible? Il y a des lettres comme ça. Il suffit de tenir l'enveloppe entre les doigts, et on sait de quoi il s'agit. Mais comment est-elle venue? Aucune lettre n'arrive. Même pour envoyer des nouvelles de Jitomir, allez savoir pourquoi, il fallait s'en remettre à des occasions. Comme tout est bête et saugrenu chez nous, dans ce pays. Pourtant, l'occasion en question, elle aussi voyage par le train. Alors pourquoi pas les lettres, pourquoi se perdent-elles, on se le demande? Et celle-ci est arrivée. Mais ne vous inquiétez pas, les lettres de ce genre arrivent, trouvent leur destinataire. Var... Varsovie. Varsovie. Mais ce n'est pas l'écriture de Thalberg. Ces battements de cœur sont pénibles... »

Bien que la lampe fût munie d'un abat-jour, la chambre d'Hélène avait un aspect désagréable, comme si quelqu'un avait arraché la soie à fleurs, de sorte que la lumière crue de la lampe blessait les yeux, et semait le chaos. Le visage d'Hélène changea, et ressembla au vieux visage de sa mère, dans son cadre sculpté. Ses lèvres tremblèrent, puis se refermèrent en formant un pli méprisant. Un tic lui tirailla le coin de la bouche. Elle déchira l'enveloppe et en tira une feuille de papier rayé, grisâtre, qu'elle plaça dans la lumière.

... Je viens d'apprendre que tu t'étais séparée de ton mari. Les Ostrooumov ont vu Serge Ivanovitch à l'ambassade — il part pour Paris avec la famille Hertz. On dit qu'il va se marier avec Lidotchka Hertz. Comme tout devient bizarre, dans ce tohu-bohu. Je regrette que tu ne sois pas partie. Je regrette pour vous tous que vous soyez restés entre les pattes des moujiks. Ici les journaux disent que Petlioura attaque la Ville. Espérons que les Allemands ne le laisseront pas faire...

A travers le mur et la porte calfeutrée par Louis XIV, la chanson de marche entonnée par Nikolka sautait et cognait mécaniquement dans la tête d'Hélène. Louis XIV riait, un bras rejeté en arrière et appuyé sur une canne nouée d'un flot de rubans. Un pommeau cogna à la porte, et Tourbine entra, frappant le parquet de sa canne. Il regarda sa sœur du coin de l'œil ; un tic lui tirailla la bouche, comme à elle-même, et il demanda :

— C'est de Thalberg ?

Hélène, honteuse et peinée, ne répondit pas. Mais elle se reprit aussitôt et tendit la lettre à Tourbine : « C'est Olga... elle écrit de Varsovie... » D'un œil attentif, Tourbine lut rapidement la lettre jusqu'au bout, puis il relut le début :

Chère Léna, je ne sais pas si cette lettre te parviendra...

Diverses colorations montèrent à son visage : sur un fond uni de safran, des taches roses aux pommettes, et du noir dans les yeux à la place du bleu.

— Avec quel plaisir, murmura-t-il entre ses dents, je lui aurais cogné sur la gueule...

— A qui ? demanda Hélène en reniflant, car des larmes coulaient le long de son nez.

— A moi-même, dit le docteur Tourbine rongé de honte. Pour l'avoir embrassé à ce moment-là.

Hélène pleura.

— Fais-moi le plaisir, continua Tourbine, de jeter ça aux ordures. Du pommeau de sa canne, il toucha le portrait posé sur la table. Hélène, sanglotant, lui donna le portrait. Tourbine arracha immédiatement du cadre la photo de Serge Ivanovitch Thalberg et la déchira en petits morceaux. Hélène éclata en pleurs bruyants, comme une femme du peuple, et les épaules secouées de sanglots, elle cacha son visage contre la chemise empesée de Tourbine. De biais, elle regarda avec une terreur superstitieuse l'icône brune devant laquelle brûlait toujours la petite lampe tressée d'or.

« Dieu a entendu ma prière... mes conditions... non, non... ne te fâche pas... ne te fâche pas, Sainte Mère de Dieu » pensa Hélène. Tourbine, effrayé, lui dit :

— Du calme, voyons, du calme... ils vont entendre, à quoi bon tout cela?

Mais dans le salon, personne n'entendit. Sous les doigts de Nikolka, le piano déversait à flots les notes farouches de *L'Aigle à deux têtes*, et on entendait des rires.

XX

Grande et terrible fut cette année, mil neuf cent dix-huitième depuis la naissance du Christ. Mais l'an mil neuf cent dix-neuf fut encore plus terrible.

Dans la nuit du 2 au 3 février, à l'entrée du pont suspendu qui enjambait le Dniepr, un homme au manteau noir déchiré, au visage marbré de bleu et rougi par les traînées de sang, courait, pourchassé par deux cosaques et accompagné par un chef de kourène qui le frappait sur la tête à grands coups de baguette de fusil. A chaque coup, la tête ensanglantée de l'homme ballottait, mais il ne criait plus, et poussait seulement des gémissements étouffés. Dure et cinglante, la baguette s'enfonçait aussi dans les lambeaux du manteau, et l'homme répondait sourdement à chaque coup :

— Ouh... aah...

— Sale gueule de youpin ! criait frénétiquement le chef de kourène. Au poteau, qu'on me fusille ça ! Je vais t'apprendre, moi, à te cacher dans les coins noirs ! Je v-vais t'apprendre ! Qu'est-ce que tu fabriquais, derrière le tas de bois, hein ? Espion !...

Mais l'homme ensanglanté ne répondit rien au chef de kourène écumant de fureur. Alors celui-ci courut se placer devant, et les cosaques firent un saut de côté pour éviter eux-mêmes la baguette qui s'abattit avec un éclair métallique. Le chef de kourène ne mesura pas son coup, et la baguette tomba comme la foudre sur la tête de l'homme. Celle-ci émit une sorte de crissement, mais cette fois l'homme en noir ne fit pas « ouh ! »... Un bras replié et secouant la tête, il tomba à genoux et s'écroula sur le flanc, puis, d'un grand geste, il lança son autre main en avant comme pour ramener à lui le plus possible de terre piétinée et semée de crottin. Ses doigts se replièrent comme des crochets et grattèrent la neige sale. Puis, dans une flaque sombre qui s'étalait sous lui, il eut quelques soubresauts convulsifs, et ne bougea plus.

Au-dessus de l'homme prostré grésillait un réverbère électrique, devant l'entrée du pont. Des ombres inquiètes de haïdamaks en bonnet à queue s'agitaient autour de lui, et au-dessus de tout cela s'étendait le ciel noir où scintillaient les étoiles.

A l'instant où l'homme étendu à terre rendait l'âme, la planète Mars, dans les espaces glacés qui dominaient le faubourg, explosa en gerbe d'étincelles avec un bruit assourdissant.

Aussitôt après, les lointains obscurs qui s'étendaient au-delà du Dniepr, vers Moscou, retentirent d'un grondement puissant et prolongé. En même temps, une deuxième étoile explosa, mais plus bas, juste au-dessus des toits ensevelis sous la neige.

Dans l'instant qui suivit, la division bleue des haïdamaks quitta les abords du pont au galop, s'engouffra dans la Ville, traversa la Ville, et disparut au loin, à jamais.

A la suite de la division bleue passa comme une bande de loups en déroute, le kourène de Kozyr-Liechko au galop des chevaux transis, traînant une popote qui tressautait... et tout disparut comme s'il n'y avait jamais eu personne. Seul demeura le cadavre froid du Juif en manteau noir près de l'entrée du pont, avec quelques poignées de foin piétiné et du crottin de cheval.

Seul ce cadavre témoignait que Pétourra n'était pas un mythe, qu'il avait réellement existé... Dzing... Trenn... guitare,

Turc... réverbère en fer forgé, rue Bronnaïa... nattes de jeunes filles balayant la neige, blessures par balles, luttes sauvages dans la nuit, le gel... Tout cela avait donc réellement existé.

Et Grits va au travail...
Ses bottes sont déchirées...

Mais pourquoi ? Personne ne peut le dire. Quelqu'un paiera-t-il pour le sang versé ?

Non. Personne.

Simplement, la neige fondra, la verte herbe ukrainienne sortira et flottera comme une chevelure sur la terre... les épis splendides mûriront... l'air brûlant vibrera sur les champs, et toute trace de sang aura disparu. Le sang ne coûte pas cher sur les terres rouges, et personne ne le rachètera.

Personne.

Depuis le début de la soirée, les carreaux de faïence du poêle de Zaandam dégageaient une bonne chaleur, et ils étaient encore chauds maintenant, au cœur de la nuit. Les inscriptions avaient été effacées, et il n'en restait qu'une :

« Lén... j'ai pris un billet pour *Aïd*[1]... »

La maison de la rue Saint-Alexis, cette maison coiffée d'un bonnet de général blanc, dormait depuis longtemps, dormait chaudement. Le sommeil errait derrière les rideaux tirés, ondulant dans l'ombre.

Derrière les fenêtres, la nuit froide étendait son empire et flottait silencieusement sur la terre. Les étoiles scintillaient, se contractant et s'élargissant, et très haut dans le ciel brillait un astre rouge à cinq branches — Mars.

Les songes visitèrent les chambres tièdes.

Tourbine dormait dans sa chambre, et son rêve était suspendu au-dessus de lui, comme un tableau délavé. Un vaste vestibule voguait et se balançait, et l'empereur Alexandre Ier brûlait dans un poêle la liste des effectifs de la division... Julia passa, fit un signe de la main en riant... Des ombres bondirent, criant « *Attrapez-le ! Attrapez-le !* »

Elles tiraient des coups de feu silencieux, et Tourbine essayait de leur échapper, mais ses pieds collaient au trottoir

1. Le mot Aïd désigne en russe l'Hadès.

de la rue Malo-Provalnaïa, et Tourbine mourait en songe. Il se réveilla avec un gémissement, perçut le ronflement de Mychlaïevski dans le salon, le chuintement de la Carpe et de Lariossik dans la bibliothèque. Il essuya la sueur de son front, retrouva tous ses esprits, sourit faiblement et tourna la tête vers son réveil.

Le cadran marquait trois heures.

— Ils doivent être partis... Petourra... On ne le reverra jamais.

Et il se rendormit.

La nuit se déployait. Déjà elle tirait vers sa fin, et la maison enfouie sous la neige poudreuse dormait. Vassilissa le martyr reposait dans les draps glacés qu'il réchauffait de son corps maigre. Vassilissa eut un rêve tout rond et complètement inepte. Il n'y avait pas de révolution. Sottises et billevesées. Dans le rêve. Vassilissa nageait dans un bonheur douteux et vacillant. C'était l'été, et Vassilissa achetait un jardin. Aussitôt, des légumes y poussaient. Les plates-bandes se couvraient de joyeuses frisettes d'où émergeaient les museaux verts des concombres. Vassilissa, en pantalon de toile, regardait le soleil se coucher gentiment et marmonnait en se grattant le ventre : c'est tout de même mieux comme ça... Car enfin cette révolution... Non, voyez-vous, avec de pareils pourceaux, il est impossible de faire la moindre révolution[1]...

A ce moment, Vassilissa revit en rêve la pendulette sous globe qu'on lui avait volée. Il aurait voulu s'attrister à cette pensée, mais le soleil brillait si agréablement qu'il ne put éprouver de regret.

C'est cet instant heureux que choisirent des gorets ronds et roses pour faire irruption dans le jardin et labourer les plates-bandes de leur groin. La terre jaillit en gerbes. Vassilissa ramassa un bâton et voulut chasser les gorets, mais il s'aperçut aussitôt que ces animaux, avec leurs dents aiguës, étaient effrayants. Ils se mirent à sauter sur Vassilissa, faisant des bonds d'une archine, parce qu'ils étaient montés sur ressorts. Vassilissa, dans son rêve, hurla. Une nuée noire recouvrit alors les gorets, qui disparurent sous terre, et Vassilissa vit flotter autour de lui sa chambre humide et noire...

1. « Et marmonnait... la moindre révolution » : passage censuré jusqu'en 1989.

La nuit se déployait. La vague de sommeil passa sur la Ville, planant comme un trouble oiseau blanc, laissa de côté la croix de Saint-Vladimir, alla s'abattre au-delà du Dniepr, au plus épais de la nuit, et vogua le long de la ligne de chemin de fer. Elle atteignit la gare de Darnitsa, au-dessus de laquelle elle demeura suspendue. Un train blindé stationnait sur la voie 3. Les wagons-plateaux étaient bardés de tôle blindée jusqu'aux essieux. Du ventre du massif polyèdre noir de la locomotive sortait une nappe de feu qui ondoyait sur les rails, et on eût dit que ses entrailles étaient bourrées de charbons ardents. Elle chuintait doucement mais d'un air méchant, ses flancs s'égouttaient, et son mufle épais et taciturne regardait en grimaçant la forêt proche. Sur le dernier plateau, une énorme bouche à feu, étroitement muselée, était pointée vers les hauteurs bleu-noir du ciel, visant droit la croix de minuit, à douze verstes de là.

La gare était figée de terreur. Sous son front encapuchonné de ténèbres luisaient de petits yeux jaunes, hébétés par le tumulte de la soirée. Mais malgré l'heure — l'aube allait bientôt poindre — une agitation continuelle régnait sur les quais. Les trois fenêtres de la petite baraque jaune du télégraphe étaient brillamment illuminées, et à travers les vitres on entendait cliqueter sans interruption les trois appareils. En dépit du froid mordant, des silhouettes en pelisse courte, capote ou caban noir, couraient en tous sens sur le quai. A côté et en arrière du train blindé, les wagons chauffés d'un convoi de troupes ne dormaient pas, s'interpellaient, et leurs portes roulaient en grondant.

Près de la locomotive et du premier wagon du train blindé, un homme en longue capote, bottes de feutre usées et capuchon pointu, faisait les cent pas, régulier comme un balancier. Il tenait tendrement son fusil dans ses bras, comme une mère fatiguée portant son enfant; à côté de lui, sous la lumière avare d'un lampadaire, glissait entre les rails et se brisait sur la neige l'ombre noire et silencieuse de son capuchon et de sa baïonnette. L'homme était recru de fatigue et transi comme une bête par le froid inhumain. Ses mains bleuies aux doigts raides comme des bâtons se fourraient dans ses manches en loques, cherchant en vain un refuge. Sous le capuchon frangé d'une sorte d'écume blanche, qui découvrait une bouche poilue figée par le froid, luisaient deux yeux aux cils épais et blancs, des yeux bleus souffrants, endormis, languissants.

L'homme faisait les cent pas méthodiquement, portant mollement son fusil, et ne pensant qu'à une chose : quand se terminerait enfin cette heure de torture glaciale, quand pourrait-il quitter ce monde extérieur féroce pour rentrer dans la chaleur divine du wagon, s'allonger sur son étroite couchette, s'y étendre de tout son long, s'y coller de tout son poids? L'homme et son ombre allaient et venaient entre le ventre ardent de la locomotive et la paroi sombre du premier wagon où s'étalait en lettres noires l'inscription :

Train blindé *Le Prolétaire*

L'ombre, tantôt s'allongeant, tantôt prenant l'aspect d'un gnome tordu, mais la tête toujours pointue, fouillait la neige de sa baïonnette noire. Derrière l'homme tombaient les rayons bleuâtres du lampadaire. Deux autres lunes bleues brûlaient, lancinantes et sans chaleur, sur le quai. L'homme avait cherché un feu quelconque, mais n'en avait trouvé nulle part; les lèvres serrées, sans espoir de réchauffer ses doigts de pied gelés qu'il remuait de temps à autre, il regardait fixement les étoiles. Il préférait surtout contempler Mars, qui brillait dans le ciel au-dessus du faubourg. Et il le regardait. Ses yeux se portait à des millions de verstes et ne se détachaient pas un instant de l'astre rouge et vivant. Il vivait, oui, il se dilatait et se contractait, et il avait cinq branches. Parfois, exténué, l'homme laissait tomber dans la neige la crosse de son fusil, et il sombrait aussitôt dans un sommeil transparent, où il voyait toujours la masse noire du train blindé et percevait certains bruits de la gare. Mais d'autres éléments s'y joignaient. Un firmament immense, inconnu, s'étendait au-dessus de lui. Il était rouge, étincelant, couvert de planètes Mars au scintillement vivant. Son âme, aussitôt, s'emplissait de bonheur. Puis il voyait surgir un cavalier inconnu et mystérieux, en cotte de mailles, qui s'approchait de lui fraternellement. Et l'homme avait l'impression que le train blindé était sur le point de disparaître de son rêve, et il voyait naître à sa place, enfoui dans la neige, son village — Malye Tchougry. Et lui, l'homme, était appuyé à une barrière, et son voisin venait à sa rencontre.

— Jiline? prononça silencieusement, sans remuer les lèvres, le cerveau de l'homme, et aussitôt une voix menaçante de sentinelle martela trois mots dans sa poitrine :

— Poste... sentinelle... gelé.

Dans un effort qui n'avait plus rien d'humain, l'homme souleva son fusil, le mit à l'épaule, chancela, arracha son pied du sol, et se remit en marche.

Aller-retour. Aller-retour. Le firmament de rêve s'évanouit, et la soie bleue du ciel, trouée par le funeste canon noir du fusil, couvrit de nouveau le monde glacé. Vénus, rougeâtre, scintillait faiblement, et à la lueur de la lune bleue du lampadaire, brillait par moments en réponse une petite étoile sur la poitrine de l'homme. Elle avait, elle aussi, cinq branches.

La vague de sommeil, inquiète, s'agitait. Elle volait le long du Dniepr. Elle survola les quais déserts et descendit sur le Podol. Toutes les lumières étaient éteintes depuis longtemps. Tout dormait. Au coin de la rue Volynski, cependant, dans une maison de pierre à deux étages où se trouvait l'appartement du bibliothécaire Roussakov, une lampe brûlait sous un abat-jour de verre en cloche, dans la petite chambre, étroite comme une mauvaise chambre d'hôtel de troisième ordre, du jeune Roussakov aux yeux bleus, qui était assis près de cette lampe. Devant lui était ouvert un gros livre à reliure de cuir jaune. Son regard suivait les lignes lentement, solennellement.

> Et je vis les morts, et les grands de ce monde qui se présentaient devant Dieu, et des livres furent ouverts, et l'un d'eux était le livre de vie ; et les morts furent jugés selon leurs œuvres, d'après ce qui était écrit dans les livres.
>
> Alors la mer rendit les morts qu'elle renfermait, et la mort et l'enfer rendirent leurs morts, et chacun fut jugé selon ses actes.
>
> ....
>
> et quiconque ne fut pas trouvé inscrit dans le livre de vie, celui-là fut jeté dans l'étang de feu.
>
> ....
>
> et je vis un ciel nouveau et une terre nouvelle, car l'ancien ciel et l'ancienne terre avaient disparu et la mer n'était plus[1].

A mesure qu'il lisait le livre bouleversant, son esprit devenait comme un glaive étincelant qui s'enfonçait dans les ténèbres.

Souffrance et maladie lui parurent sans importance, déri-

1. *Apocalypse* XX, 12-15 et XXI, 1.

soires. La maladie se détachait de lui comme l'écorce pourrie d'une branche morte oubliée dans la forêt. Il voyait les ténèbres bleues, insondables, des siècles, le corridor infini des millénaires. Et il n'éprouvait aucune frayeur, mais une dévotion et une humilité pleines de sagesse. La paix descendit dans son âme, et c'est en paix, qu'il lut ces mots.

« ... toute larme de leurs yeux, et la mort ne sera plus, et il n'y aura plus ni deuil, ni cri, ni souffrance, car le monde ancien a disparu[1]. »

L'obscurité s'entrouvrit confusément et laissa passer le lieutenant Chervinski, qui s'approcha d'Hélène. Ses yeux protubérants souriaient avec impertinence.

— Je suis un démon, dit-il en claquant des talons. Il ne reviendra plus, Thalberg, et je chanterai pour vous.

Il tira de sa poche une énorme étoile dorée et se l'accrocha sur la poitrine du côté gauche. Les brumes du rêve flottaient autour de lui, et son visage émergeait de la nuée, brillant comme celui d'une marionnette. Il chanta d'une voix stridente, différente de sa voix réelle :

— Vivre, nous allons vivre !

— Et la mort viendra, et nous allons mourir, modula Nikolka en entrant.

Il tenait une guitare, mais son cou était en sang et son front était ceint d'une couronne jaune d'images pieuses. Hélène pensa tout de suite qu'il allait mourir. Elle pleura amèrement, et s'éveilla en poussant un cri dans la nuit :

— Nikolka, oh ! Nikolka !

Et longtemps, secouée de temps à autre par des sanglots, elle écouta la rumeur de la nuit.

Et la nuit poursuivait son périple.

Petia Chtcheglov enfin, dans l'aile de la maison, eut un songe.

Petia était petit, aussi ne s'intéressait-il ni aux bolcheviks, ni à Petlioura, ni au Démon. Et son rêve fut simple et joyeux, comme le soleil.

1. *Apocalypse* XXI, 4. Entre ce verset et celui cité plus haut, se trouve la vision de « la cité sainte, la Jérusalem céleste qui descendait du ciel, d'auprès de Dieu, prête comme une épouse qui s'est parée pour son époux ». (XXI, 2). Rappelons que Kiev était traditionnellement appelée « la Jérusalem russe ».

Petia marchait dans une grande prairie verte, dans laquelle se trouvait une grosse boule étincelante comme du diamant, plus grosse que Petia. Quand les adultes, dans leurs rêves, veulent courir, ils se trouvent collés à la terre, et ils gémissent et se démènent pour arracher leurs pieds du marécage où ils s'enfoncent. Les jambes des enfants, elles, sont agiles et libres. Petia courut à la boule de diamant et s'étouffant d'un grand rire heureux, et il la prit dans ses mains, et la boule éclaboussa Petia de gouttelettes étincelantes. Tel fut tout le rêve de Petia. Et de plaisir, il rit tout seul dans la nuit. Derrière le poêle, le grillon stridulait gaiement pour lui. Petia eut d'autres songes légers et joyeux, et le grillon, caché dans quelque fente derrière le seau, chantait sa chanson, animant la nuit endormie et murmurante de la famille.

La dernière nuit était éclose. Dans sa deuxième moitié, la lourde tenture bleue tirée par Dieu sur le monde se couvrit d'étoiles. C'était comme si, à une hauteur incommensurable derrière ce rideau bleu, près des saintes portes, on chantait des vêpres. De petites lumières s'allumaient sur l'autel, et elles perlaient sur le rideau en formant des croix, des carrés, des ramures. Au-dessus du Dniepr, de la terre pécheresse, sanglante et enneigée montait vers les hauteurs ténébreuses la croix de minuit de Saint-Vladimir. De loin, il semblait que sa branche transversale avait disparu, s'était fondue avec la verticale, et ainsi la croix se changeait en un glaive pointu et menaçant.

Mais ce n'est pas un glaive terrible. Tout passera. Les souffrances, les tourments, le sang, la faim et la peste. Le glaive disparaîtra, et seules les étoiles demeureront, quand il n'y aura plus trace sur la terre de nos corps et de nos efforts. Il n'est personne au monde qui ne sache cela. Alors, pourquoi ne voulons-nous pas tourner nos regards vers elles ? Pourquoi ?

Moscou
1923-1924

Achevé d'imprimer en juin 1995
sur les presses de l'Imprimerie Bussière
à Saint-Amand (Cher)

POCKET - 12, avenue d'Italie - 75627 Paris Cedex 13
Tél. : 44-16-05-00

— N° d'imp. 1498. —
Dépôt légal : juillet 1995.

Imprimé en France